O RITUAL DA SOMBRA

Eric Giacometti e Jacques Ravenne

O RITUAL DA SOMBRA

Tradução
Véra Lucia dos Reis

© 2005, Éditions Fleuve Noir, département d'Univers Poche

Todos os direitos desta edição reservados à
EDITORA OBJETIVA LTDA. Rua Cosme Velho, 103
Rio de Janeiro – RJ – CEP: 22241-090
Tel.: (21) 2199-7824 – Fax: (21) 2199-7825
www.objetiva.com.br

Título original
Le Rituel de l'ombre

Capa
Mariana Newlands

Imagens de capa
©Elio Ciol/Corbis/LatinStock
©The Art Archive/Corbis/LatinStock

Revisão
Diogo Henriques
Michelle Strzoda
Umberto Figueiredo Pinto

Editoração eletrônica
Abreu's System Ltda.

CIP-BRASIL. CATALOGAÇÃO-NA-FONTE
SINDICATO NACIONAL DOS EDITORES DE LIVROS, RJ

G355r
    Giacometti, Eric
        O ritual da sombra / Eric Giacometti e Jacques Ravenne ; tradução
    Véra Lucia dos Reis. – Rio de Janeiro : Objetiva, 2008.

        395p.   ISBN 978-85-60280-07-0
        Tradução de: *Le rituel de l'ombre*

        1. Romance francês. I. Ravenne, Jacques. II. Reis, Véra Lucia
    dos. III. Título.

    07-1272.   CDD: 843
                                               CDU: 821.133.1-3

Advertência

O Ritual da Sombra é antes de tudo uma obra de ficção. Os personagens principais são imaginários. Em contrapartida, os autores se inspiraram em materiais históricos, maçônicos e científicos reais. As descrições das reuniões em lojas se aproximam da realidade, mas este romance não compromete de modo algum as obediências maçônicas citadas.

SUMÁRIO

ULAM	9
BOAZ	33
JAKIN	99
HEKKAL	173
DEBBHIR	265
EPÍLOGO	377
ANEXOS	387
Os arquivos maçônicos	387
Vichy e as perseguições contra a maçonaria	387
A maçonaria na Internet	389
Revistas	389
Livros	390
A Sociedade Thulé Gesellschaft e a Ahnenerbe	390
A capela de Plaincourault	391
As plantas alucinógenas	392
Glossário maçônico	393

ULAM

Pergunta: — O que você viu ao entrar?
Resposta: — Luto e desolação.
P: — Qual era o motivo?
R: — A celebração de um lúgubre acontecimento.
P: — Que acontecimento?
[...]
P: — O que fizeram em seguida?
R: — Retiraram o lençol que cobria o caixão que representava o túmulo e fizeram o sinal do horror.
P: — Faça esse sinal, meu I:.
P: — Que palavra foi então pronunciada?
R: — M:. B:. N:., que significa "A carne se desprende dos ossos".

Instrução para o terceiro grau simbólico de Mestre no Rito maçônico

Emblema da sociedade secreta alemã Thulé Gesellschaft, datado de 1919. No alto do punhal, uma suástica chamada solar — tida como representação da energia vital.

1

Berlim
Bunker da Chancelaria do III Reich
25 de abril de 1945

A lâmina da navalha derrapou pela segunda vez sobre a pele áspera, e um filete de sangue escorreu pela face. Irritado, o homem de calça preta pegou a ponta umedecida de uma toalha e secou cuidadosamente o corte, tentando interromper o sangramento. Cortara-se não por descuido, mas porque o chão estava tremendo: os bombardeios tinham continuado mais intensamente ao amanhecer.

O concreto do bunker, feito para durar mil anos, já começava a vacilar nas fundações.

Olhou-se no espelho lascado, pendurado acima da pia, e mal se reconheceu, de tanto que os seis últimos meses de combate o marcaram.

Festejaria o 25º aniversário dali a uma semana, contudo, o reflexo lhe devolvia o rosto duro de um homem dez anos mais velho; duas cicatrizes riscavam-lhe o alto da fronte, lembrança de um confronto com o Exército Vermelho na Pomerânia.

O sangue parou de brotar.

Satisfeito, o SS vestiu a camisa, o casaco preto, e esboçou um pequeno sorriso diante do retrato do Führer que, de acordo com o regulamento, destacava-se em todos os quartos do bunker, onde ele tivera a honra de passar a noite anterior. Enfiou o boné preto na cabeça, abotoou a gola enfeitada do lado direito com duas runas de prata em forma de S e se empinou, estufando o peito.

Gostava daquele uniforme, aparato de poder e símbolo de preeminência sobre o resto da humanidade.

Ainda se lembrava de suas licenças, quando passeava pelas ruas de braços com suas conquistas passageiras. Por onde andasse no império nazista, de Colônia a Paris, identificava, achando engraçado, o medo e o respeito nos olhos dos transeuntes. A submissão destilava-lhes dos olhos assim que ele aparecia.

Até as crianças pequenas, que, contudo, não tinham idade para compreender o que seu uniforme representava, manifestavam um evidente mal-estar, afastando-se dele quando estava querendo ser cordial.

Como se o negror da farda provocasse nelas um medo ancestral, primitivo, inscrito nos genes adormecidos, e brutalmente reativados. E ele gostava intensamente disso. Sem o nacional-socialismo e seu chefe bem-amado, ele teria sido apenas um anônimo como os outros, destinado a uma vida medíocre, às ordens de outros medíocres, numa sociedade sem ambição. Mas o destino tinha decidido de outro modo, e ele se viu impulsionado para o círculo de ferro da raça dos senhores da SS.

Acontece que a sorte da Alemanha tinha mudado; os Aliados e as forças judaico-maçônicas triunfavam novamente. Ele sabia que dali a poucos dias não poderia mais usar orgulhosamente o uniforme.

Berlim iria cair; era uma certeza desde junho último, quando os Aliados invadiram a Normandia. E, no entanto, apesar da derrota anunciada, ele tinha vivido o último ano numa alegria feroz, intensa; "um sonho heróico e brutal", para parafrasear Heredia, um poeta francês caído no esquecimento, mas que ele amava.

Um sonho para alguns, um pesadelo para outros.

Agora, os bolchevistas rastejavam nos subúrbios da cidade em ruínas e não tardariam a submergir tudo, como uma horda de ratos.

Eles não teriam clemência. Lógico, ele mesmo sempre teve como ponto de honra não fazer prisioneiros enquanto esteve na Frente Leste.

"A piedade, o único orgulho dos fracos", tinha o hábito de afirmar o *Reichsführer* SS Meinrich Himmler a seus subordinados. Esse mesmo homem tinha entregado a François a Cruz de Ferro por sua ação no front.

Um novo tremor sacudiu as paredes de concreto, poeira cinza caiu do teto. Dessa vez a explosão deve ter acontecido ali perto, talvez mesmo por cima do bunker, sobre o que restava do jardim da Chancelaria.

Ele não sentia medo. Estava pronto para morrer, defendendo até o fim Adolf Hitler, o chefe da grande Europa que desmoronava num dilúvio de aço e de sangue. Tudo o que o nacional-socialismo tinha construído desapareceria, varrido pelo ódio de seus inimigos.

O *Obersturmbannführer* François Le Guermand lançou um último olhar no espelho lascado.

Que caminho percorrera para chegar até ali! Ele, um nativo de Compiègne, iria derramar o sangue pela Alemanha, pelo país que cinco anos antes tinha invadido o seu.

Como outros jovens de sua geração, imediatamente após a derrota, compreendera que a França caíra por causa dos judeus e dos franco-maçons. Aqueles corromperam sua terra, segundo os locutores da Rádio Paris.

A Alemanha, vencedora generosa, oferecia ajuda para a reconstrução de uma nova Europa. Fervoroso partidário da colaboração, germanófilo de primeira hora, acabou considerando o marechal Pétain muito flexível e se engajou com entusiasmo, em 1942, na Legião dos Voluntários Franceses contra o bolchevismo.

Contra a vontade da família que, embora a favor de Pétain, o tinha renegado, acusando-o até mesmo de traição. Imbecis.

Recrutado para o uniforme da Wehrmacht, como milhares de franceses na época, recebera a divisa de capitão dois anos depois de campanha na frente Leste.

Mas isso não tinha sido suficiente. Para ele, o ideal absoluto ainda era a SS. Em licença na Alemanha, olhava com inveja para os senhores do Reich, jurando integrar-se a eles, quando ficou sabendo que as unidades Waffen SS estavam incorporando voluntários estrangeiros.

Em 1944, juntou-se à brigada SS Frankreich, depois à divisão Charlemagne, e prestou juramento de fidelidade a Adolf Hitler. Sem o menor arrependimento, tanto mais que tinha recebido a bênção de monsenhor Mayol de Lupé, capelão francês da SS. As palavras do prelado com cara de mercenário ficaram gravadas em sua memória:

Você vai participar do combate contra o bolchevismo, contra o mal em estado puro.

Logo se tornou um dos mais fanáticos oficiais da divisão, não hesitando em executar friamente uns vinte prisioneiros russos que tinham, por sua vez, abatido cinco de seus homens.

Sua coragem e dureza chamaram a atenção do general da divisão Charlemagne, que era também encarregado de procurar elementos confiáveis nas fileiras de voluntários estrangeiros.

Durante as raras refeições partilhadas com o general e outros oficiais, o jovem francês descobriu uma faceta oculta da ordem negra. Aqueles SS tinham rejeitado totalmente o cristianismo — uma religião para os fracos — e professavam um paganismo surpreendente, mistura de crenças oriundas das velhas religiões nórdicas e de doutrinas racistas.

O oficial de ligação do general, um major proveniente de Munique, explicou-lhe um dia que, diferentemente dos SS estrangeiros, os de sangue germânico mais puro recebiam uma intensa formação histórica e "espiritual".

Fascinado, François Le Guermand ouvia ensinamentos estranhos e cruéis sobre o ardiloso deus Odin, o lendário Siegfried e, sobretudo, amítica Thulé, berço ancestral dos super-homens, verdadeiros senhores da raça humana. Ao longo de milênios, um velho combate opunha a raça humana ariana às populações degeneradas e bárbaras.

Em outros tempos, teria rido dessas elucubrações secretadas por espíritos doutrinados, mas, à luz de velas, mergulhado no turbilhão do combate titânico contra as hordas de Stalin, aquelas narrativas mágicas instilavam nele um veneno místico poderoso. Como uma droga ardente que corria em seu sangue e impregnava progressivamente seu cérebro por muito tempo privado de razão naquela época em decomposição. Durante as discussões ele compreendeu o verdadeiro sentido de seu engajamento na SS e o objetivo último da batalha final entre a Alemanha e o resto do mundo. Encontrou o que comumente se chama de sentido para a vida.

Investido pelo círculo do general, ele recebeu o verdadeiro batismo SS no solstício de inverno de 1944. Numa clareira iluminada por tochas, diante de um altar improvisado coberto com um pano preto, bordado com duas runas cor da lua, ele foi iniciado nos ritos da ordem negra sob os olhares sombrios dos soldados presentes que salmodiavam em voz baixa uma invocação germânica ancestral.

Halgadom, Halgadom, Halgadom...

Mais tarde, o major traduziu-lhe essa palavra de origem escandinava que queria dizer "catedral sagrada", explicando que essa catedral, que não tinha nada a ver com a dos cristãos, deveria ser considerada um fim mítico. Rindo, acrescentou que era uma espécie de Jerusalém celeste dos arianos.

Ao fim de uma hora, a noite engoliu os uniformes tenebrosos usados para a cerimônia, e François saiu como que transformado. Sua vida jamais seria a mesma; de que lhe importava morrer, já que a existência era apenas uma passagem rumo a outro mundo chamejante?

Naquela noite, François Le Guermand uniu definitivamente sua sorte à daquela comunidade maldita e vilipendiada pela humanidade. O major alemão fez com que ele compreendesse que outros ensinamentos lhe seriam transmitidos e que ele alcançaria a aurora de uma nova vida, mesmo que a Alemanha perdesse a guerra.

O avanço do Exército Vermelho se tornava a cada dia mais ameaçador, e a divisão se desagregava ao longo dos combates, diante dos ataques brutais do inimigo bolchevista.

Numa fria e úmida manhã de fevereiro de 1945, no momento em que ele deveria assumir a chefia de um contra-ataque para recuperar uma aldeia miserável perto de Marienburg, na Prússia Oriental, François Le Guermand recebeu ordem de se apresentar imediatamente em Berlim, no QG do Führer. Sem explicações.

Despediu-se dos sobreviventes de sua divisão já duramente testada em combates contínuos, mas só mais tarde ficou sabendo que seus companheiros, esgotados e mal-equipados, tinham sido dizimados, no dia mesmo de sua partida, pelos carros T34 do 2º Exército de choque russo que continuavam a empurrar as defesas alemãs para as margens do Báltico.

Naquele dia de fevereiro, o Führer lhe salvara a vida.

Durante a viagem de carro para Berlim, ele tinha cruzado com intermináveis colunas de refugiados alemães que fugiam dos russos. A propaganda na rádio do Dr. Goebbels clamava que os bárbaros soviéticos pilhavam as casas e violavam todas as mulheres que caíam em suas mãos.

Esquecia-se, porém, de precisar que essas exações eram conseqüência de outras atrocidades cometidas pelas tropas do Reich quando das marchas triunfais na Rússia.

Colunas de fugitivos amedrontados estendiam-se por quilômetros.

Por ironia da história, esses acontecimentos lembravam-lhe a manhã de 4 de junho de 1940, quando sua família puxara uma carriola pela estrada de Compiègne, fugindo do avanço dos "boches". Do assento traseiro do veículo ele viu os cadáveres de mulheres e crianças alemãs que jaziam às margens da estrada, alguns em avançado estado de decomposição.

Enojado, observou que muitos deles tinham sido despojados dos sapatos. Mas esse espetáculo deprimente não foi nada em comparação com o que constatou ao chegar à capital do III Reich em agonia.

Quando ultrapassou o subúrbio norte de Wedding, ele descobriu, estupefato, a perder de vista, as fachadas calcinadas dos prédios despedaçados pelos bombardeios incessantes dos Aliados.

Ele, que havia conhecido aquela cidade tão arrogante, tão orgulhosa de sua condição de nova Roma, olhou incrédulo para a procissão silenciosa dos habitantes que vagueavam pelos escombros.

Bandeiras com a cruz gamada pendiam do que restava de telhados, ocultando os buracos escancarados, abertos pelas explosões.

Bloqueado num cruzamento na Wilhelmstrass — que levava à Chancelaria — por causa de um comboio de carros Panzer Tigre e de um destacamento de infantaria SS, François notou um velho que cuspia na tropa que passava. Semelhante comportamento antipatriótico lhe teria custado, em outros tempos, a prisão imediata e uma coça; no entanto o homem continuou andando, sem ser perturbado, resmungando.

No frontão de um edifício ainda intacto, sede de uma companhia de seguros, uma bandeirola anunciava em letras góticas: "Venceremos ou morreremos."

Quando chegou diante do posto de guarda do bunker, ele viu, na esquina, dois enforcados balançando numa corda presa ao poste de luz, tendo em volta do pescoço um cartaz que proclamava: *Traí meu Führer*. Desertores capturados pela Gestapo e executados sem quaisquer formalidades. Para servir de exemplo. Ninguém poderia fugir ao destino do povo alemão.

Os rostos escurecidos pelo estrangulamento oscilavam ao sabor do vento. A cena lembrou a François os enforcados de Montfaucon evocados por François Villon. Um toque de poesia mórbida naquele cenário de apocalipse.

Ao se apresentar no bunker da Chancelaria, foi recebido, para sua surpresa, não por um oficial, mas por um civil insignificante que arvorava no paletó gasto a insígnia do Partido Nazista. O homem explicou-lhe que ele e outros oficiais de mesma patente seriam nomeados para um destacamento especial diretamente subordinado ao *Reichsleiter* Martin Bormann. A missão lhe seria esclarecida em tempo hábil.

Destinaram-lhe um quarto minúsculo, num bunker situado a um quilômetro de outro, que abrigava o que sobrara do quartel-general. Outros militares, todos eles destacados das três divisões SS Viking, Totenkopf e Hohenstaufen, tinham recebido a mesma ordem de missão e se alojavam nos quartos vizinhos.

Dois dias depois de ter chegado àquele lugar, o francês e seus companheiros foram convocados pelo mais poderoso personagem do regime agonizante, Martin Bormann, secretário do Partido Nazista e um dos últimos dignitários que ainda mereciam a confiança de Adolf Hitler. Frio, seguro de si, o homem de rosto espesso reuniu 15 oficiais fora do bunker, no que sobrara de uma grande sala da Chancelaria, com as paredes sujas. O delfim de Hitler fez-lhes um discurso com voz curiosamente aguda:

— Senhores, dentro de alguns meses, os russos vão chegar. Possivelmente perderemos a guerra mesmo que o Führer ainda acredite na vitória e nas novas armas mais devastadoras até do que nossos foguetes de longo alcance V2.

Martin Bormann passeou o olhar pela assistência e retomou o monólogo:

— É preciso pensar nas gerações futuras e acreditar na vitória final. Vocês foram escolhidos por seus superiores em razão de sua coragem e lealdade ao Reich, e digo isso especialmente aos amigos europeus, suecos, belgas, franceses, holandeses, que se comportaram como verdadeiros alemães. Durante as poucas semanas de trégua que nos restam, vocês serão preparados para sobreviver e perpetuar a obra gloriosa de Adolf Hitler. Nosso guia decidiu permanecer até o fim, pronto para aqui deixar a vida; vocês partirão em tempo hábil a fim de que seu sacrifício não seja em vão.

Um murmúrio se propagou na fileira de oficiais. Bormann retomou a palavra:

— Cada um de vocês receberá uma ordem de missão, vital para a continuidade de nossa obra. Vocês não estão sozinhos; saibam que outros grupos como este estão sendo formados, neste exato momento, em território alemão. O treinamento começará amanhã de manhã, às oito horas, e se prolongará por várias semanas. Boa sorte a todos.

Durante os dois meses que se seguiram, ensinaram-lhes a sobreviver na mais total clandestinidade. François Le Guermand não podia deixar de admirar o sentido de organização ainda vivo, apesar do Apocalipse anunciado. Havia muito tempo que ele não se sentia mais francês, da nação dos chorões que se submetiam a De Gaulle e aos americanos.

As conferências se sucederam aos cursos práticos, sem descanso, e François permaneceu enclausurado nas salas subterrâneas sem ver a luz por dias seguidos. Uma vida de rato. Militares e civis mostraram a ele e a seus colegas a vasta rede de ajuda mútua tecida mundo afora, em particular em países neutros como a Espanha, algumas nações da América do Sul e a Suíça.

Receberam até mesmo um curso completo de transferências bancárias clandestinas e de como dispor de várias contas com diferentes identidades.

Aparentemente, o dinheiro não constituía nenhum problema. Uma única exigência para todos os membros do grupo: chegar ao país que lhes tinha sido designado, misturar-se à população com uma nova identidade e estar sempre pronto.

Em meados de abril, quando os soviéticos estavam a apenas 10 quilômetros de Berlim, François recebeu a visita amistosa do oficial de ligação muniquense que lhe revelara a verdadeira face da SS.

Ele ficou sabendo que os trezentos sobreviventes da Charlemagne tinham sido designados para a defesa do bunker. O major lhe explicou que fora ele quem o indicara para a missão pós-guerra. Durante um almoço engolido às pressas, o alemão lhe entregou um cartão preto marcado com um T maiúsculo branco. Explicou-lhe que aquele cartão significava o pertencimento a uma antiga sociedade secreta ariana, a Thulé Gesellschaft, que já existia muito antes do surgimento do nazismo.

Um poder escondido no interior da SS.

Por sua coragem e dedicação, François tinha conquistado o direito de fazer parte dela. Depois da guerra, se tivesse conseguido se salvar, membros da Thulé entrariam em contato com ele, para lhe dar novas ordens. François notou que Bormann manifestava grande respeito pelo major e freqüentemente conversava com ele a sós, como se, a partir daquele momento, estivesse diante de um superior. Para seu espanto, o major mostrava-se muito crítico em relação a Hitler, que chamava de louco maléfico.

O sangue estava coagulando. O corte na face era agora imperceptível.

O dia da partida finalmente chegara.

O francês espanou o bico das botas lustrosas e lançou um último olhar ao espelho. Sentia-se na obrigação de arvorar uma aparência impecável nesse último jantar em companhia de seus colegas.

Na véspera, à noite, um dos assistentes de Bormann avisara-o de que deveriam estar preparados no dia 29 de abril pela manhã.

Saiu do pequeno quarto, deixou o bunker e entrou no longo subterrâneo que levava a uma saída, a um quarteirão de casas do QG. Os dois soldados de plantão o cumprimentaram; desceu à sala de conferências. Os aposentos de Hitler ficavam do outro lado do bunker e, desde que chegara, só o vira uma única vez, por ocasião de uma revista da tropa no pátio da Chancelaria.

Com o rosto inchado por causa dos remédios e o andar cambaleante, o velho tinha perdido o magnetismo febril, origem do enfeitiçamento exercido sobre toda uma nação. Acabara de passar em revista uma tropa de adolescentes do Wolksturm, cuja idade chegava em média aos 14 anos, usando uniformes que lhes dançavam no corpo e segurando brinquedos mortais, os Panzer Faust, bazucas usadas para destruir carros a curta distância.

François se surpreendeu apiedando-se daqueles pobres garotos fanatizados, entregues à morte certa. Partidário incondicional da Alemanha hitlerista, desaprovava, contudo, o suicídio coletivo de toda uma nação, particularmente dos mais jovens. Um estrago sem remédio.

19

Ao chegar à sala de conferências, François percebeu que havia alguma coisa errada. Seus colegas, todos de pé, hirtos como estacas, observavam um homem jovem, de cabelos negros, sentado numa cadeira no fundo da sala.

O homem usava uma japona da SS, desabotoada, e seus olhos não manifestavam a insolência habitual de um oficial daquele nível. Lágrimas escorriam-lhe pelas faces. François nunca tinha visto um SS chorar.

O rosto lhe era familiar: era um de seus companheiros, um capitão da Viking, nativo de Saxe, especialista em comunicações. Ao se aproximar, notou outros detalhes, e ficou tenso. No lugar das orelhas, dois buracos estavam cobertos com uma crosta de sangue seco. O SS soltou grunhidos surdos e abriu a boca para pedir socorro aos presentes.

A voz de Martin Bormann ressoou então na sala.

— Senhores, apresento-lhes um traidor de nossa causa, que estava fazendo as malas para se juntar a Heinrich Himmler. Acontece que, hoje de manhã, a BBC anunciou que o "fiel Heinrich" propôs às tropas aliadas uma rendição incondicional. Essa traição foi imediatamente reportada a nosso Führer, que teve um acesso de raiva incontrolável. Foi dada ordem de executar todos os que se juntariam a Himmler. Para provar sua determinação, nosso chefe bem-amado pediu até mesmo a execução de seu próprio concunhado, Herr Fegelein, marido da irmã de Eva Braun, que também queria fugir.

O homem continuava chorando.

Martin Bormann se aproximou do prisioneiro a passos lentos e pousou a mão em seu ombro com fingida indulgência. Continuou, sorrindo:

— Nosso amigo aqui presente queria se esquivar de sua missão. Cortamos-lhe as orelhas e a língua para que não possa mais contar a seu senhor as decisões de nosso glorioso Führer.

O hierarca do partido acariciou os cabelos do prisioneiro, distraidamente.

— Vejam vocês: um alemão, e ainda mais um SS, não pode trair impunemente seu sangue. Não considerem isso sadismo excessivo: é apenas uma lição para lembrar. Não traiam jamais! Guardas, levem esse dejeto e passem-no pelas armas no pátio!

O SS foi arrastado pelos ombros por dois guardas, e deixou a sala soltando gemidos.

A saída do prisioneiro diminuiu a tensão que reinava no recinto. Todos sabiam que Bormann odiava Himmler há muito tempo e só esperava uma oportunidade para demolir sua imagem de comandante das SS. A coisa estava feita.

— O tempo urge, senhores. O 1º Exército blindado de Jukov se aproxima mais rapidamente do que se previa, e suas tropas já se encontram perto do Tiergarten. A partida de vocês foi antecipada. *Heil* Hitler!

Ao ouvir a saudação ritual latida num tom rouco, o grupo se pôs de pé num salto e estendeu o braço como um só homem.

Como que em resposta a essa saudação, uma violenta explosão fez a sala tremer.

François Le Guermand se preparava para voltar ao quarto e trocar de roupa quando Bormann o deteve, segurando-o pelo braço. Olhou-o duramente.

— Você conhece as ordens? É vital para o Reich executá-las ao pé da letra.

A mão do secretário de Hitler tremia convulsivamente. François encarou-o.

— Conheço-as de cor. Saio de Berlim pela rede subterrânea ainda intacta para chegar a um ponto do subúrbio oeste que ainda está seguro. Lá, assumo a chefia do comboio de cinco caminhões com destino a Beelitz, a 30 quilômetros da capital, onde mando que enterrem as caixas transportadas no esconderijo previsto. Só devo levar comigo uma pasta contendo documentos.

— E depois?

— Junto-me ao 9º Exército que vai pôr à minha disposição um avião que me levará à fronteira da Suíça. Em seguida, dou um jeito de atravessá-la e chegar a um apartamento em Berna, onde vou esperar por novas instruções.

Bormann parecia aliviado. François continuou:

— A única coisa que eu não sei é o que as caixas contêm.

— Você não precisa saber. Contente-se em obedecer. Não seja indisciplinado como seus compatriotas franceses.

Pelo modo como Bormann pronunciou essa última palavra, François compreendeu que o *Reichsleiter* considerava os franceses com desprezo não dissimulado. François, que jamais gostara daquele burocrata empolado, com pose de chefete, respondeu-lhe num tom seco:

— São meus irmãos de armas da divisão Charlemagne que estão lá em cima dando o couro para bloquear os bolchevistas. Que ironia essa da história: franceses, os últimos bastiões de Hitler, enquanto todos os exércitos do Reich se desintegram diante do inimigo...

Bormann sorriu de leve, quis dizer alguma coisa, mas desistiu e girou nos calcanhares.

2

*Campo de Dachau,
25 de abril de 1945*

Os raios do sol atravessavam as vidraças quebradas da janela suja, iluminando uma miríade de partículas de poeira que dançavam no ar empestado pelo cheiro dos cadáveres. Há dois dias os kapos tinham trancado a porta da barraca arruinada, sem nem se dar mais o trabalho de tirar os mortos de lá. Os prisioneiros não recebiam alimentos havia uma semana, e os guardas esperavam que o esgotamento acabasse de matar os poucos sobreviventes.

Naquela antecâmara do inferno, em meio a dezenas de corpos descarnados que jaziam em colchões estripados, apenas três homens pareciam ainda animados por uma fagulha de vida.

O acaso e a barbárie nazi reuniram aqueles três em Dachau. Quatro meses antes, eles não se conheciam; tinham vindo de lugares diferentes.

Fernand, o mais velho, administrador aposentado em Montluçon, tinha sido preso em setembro de 1943 pela Gestapo depois que um membro de sua rede de resistência o denunciara sob tortura. Os alemães o deportaram para Dachau ao término de uma marcha forçada que tinha dizimado três quartos do comboio.

A seu lado, Marek, um judeu polonês de 20 anos, agarrado exatamente antes do desembarque quando, por desafio, pintava uma cruz de Lorena no muro que cercava o Kommandantur de Versalhes. Deportado diretamente para Dachau, esse rapaz, filho de um carpinteiro, sobreviveu graças à sua habilidade manual, fabricando para a filha do comandante do campo delicados brinquedos de madeira e, além disso, as três novas forcas que funcionavam sem interrupção.

O terceiro companheiro era Henri, um renomado neurologista parisiense, de uns 40 anos, aprisionado a 1º de novembro de 1941, no momento em que sua mulher estava para dar à luz. Seu percurso tinha sido mais tortuoso: raptado em seu domicílio, à rue Sainte-Anne, por auxiliares franceses da Gestapo, tinha sido transferido para um campo de pesquisas sob responsabilidade da Luftwaffe, às margens do Báltico.

Henri Jouhanneau *colaborava* nas pesquisas realizadas com base na sobrevivência de aviadores que caíram no Canal da Mancha. A partir da batalha da Inglaterra, as forças arianas de Goering tinham perdido muitos pilotos afogados no mar. Eram médicos SS que dirigiam as experiências da pesquisa. Ao fim de dois anos de detenção, e como o avanço russo se aproximava cada vez mais, o laboratório fora desmontado, e Henri conduzido a Dachau, para que tivessem certeza de seu silêncio.

Ali, entre os companheiros de infortúnio, seu espírito e seu corpo acabaram cedendo.

Refugiados num canto da barraca, Fernand, Marek e Henri tinham somente um ponto em comum.

Eram filhos da Viúva. Três franco-maçons perdidos naquele último círculo do inferno. Fernand, venerável de loja; Henri, mestre; e Marek, jovem aprendiz.

Desde o anoitecer, Henri delirava. As privações, o frio, a longa marcha que terminou em Dachau esgotaram suas últimas forças. Apoiado à parede de madeira, deixava escapar palavras que apenas os irmãos ouviam no silêncio de morte da barraca:

— Erramos ao pensar que o diabo não existe... O mal aí está, entre nós. Ele espreita no fundo da consciência. Ele só espera pelo instante da liberação. É como uma serpente enroscada, à espreita em nossa arquitetura. É o mau irmão que exige a senha. E ele a descobriu.

Marek dirigiu-se ao outro homem.

— Se ele continuar assim, não passará desta noite.
— Eu sei, mas o que é que você quer fazer?
A voz continuou, resfolegante:
— Eles acordaram a antiga serpente, a fonte de todo mal. Eles lhe deram o fermento do inferno... A árvore da ciência deixou seus frutos caírem por terra. E os grãos germinaram, germinaram por toda parte.

Fernand puxou uma tigela de debaixo do catre. Um pouco de água cinza brilhava em suas mãos. Umedeceu os lábios de Henri.

— Amanhã, outros demônios nascerão, e nós os adoraremos. O mal conhece todas as máscaras. Ele tomará conta de nós, porque somos feitos de orgulho.

— Não compreendo o que você diz, irmão — Marek o interpelou.
Um riso sardônico lhe respondeu.
— Eles foram a todos os lugares. Até aos confins das areias para encontrá-lo. Mas ali ele estava, e só esperava por nós.
— Agora ele está perdendo o juízo.

Ouviram som de passos, e a porta da barraca se abriu brutalmente. Quatro homens de uniforme verde se atiraram sobre os franceses. Todos usavam capacete, exceto um. Com o salto da bota o oficial esmagou a mão de Jouhanneau, que começou a berrar.

— Levem-no — latiu o torturador.

Os soldados seguraram Henri e o arrastaram rudemente para fora do barracão. A porta bateu de novo. Os dois deportados correram para a vidraça suja na tentativa de ver o que iria acontecer com o companheiro. O que viram deixou-os petrificados.

Henri Jouhanneau estava de joelhos em frente a um SS que empunhava uma bengala com um ferro na ponta. O alemão se virou para a barraca onde se encontravam os dois companheiros, sorriu-lhes com ar de desprezo e girou a bengala no ar, descendo-a com um golpe brutal sobre o ombro do deportado.

Henri gritou como um demente; um estalo sinistro ecoou na altura da clavícula. O SS mandou que os subordinados levantassem o prisioneiro e, em seguida, virou-se para a barraca com o mesmo sorriso de antes, batendo de novo com a bengala, desta vez, na nuca.

Henri caiu com o rosto no chão.
Fernand virou-se para Marek, lívido.

— Você entendeu?

— Sim. Ele sabe exatamente quem somos. E perverte o ritual! Mas por quê? Não somos mais uma ameaça! Não somos mais nada!

— Marek, se um de nós sair vivo, tem de se lembrar desse assassinato para um dia se vingar. Assim como, antes de nós, em séculos passados, outros companheiros vingaram a morte do mestre.

O SS se aprumou e logo se inclinou sobre Henri, sussurrando-lhe alguma coisa ao ouvido. O francês respondeu negativamente.

O oficial, dominado pela fúria, se ergueu num átimo e berrou uma praga. Depois, levantou a bengala bem acima da cabeça e a desceu com toda a força no rosto do supliciado. Um novo estalo surdo ecoou.

Foi o último dos três golpes: um no ombro, outro na nuca e o último no rosto.

Por detrás da vidraça do dormitório, Fernand compreendeu que tinha diante de si um carrasco versado nas sutilezas da maçonaria.

O alemão girou nos calcanhares, dirigiu um pequeno sinal cordial com a cabeça aos dois deportados e voltou para a barraca, seguido de sua escolta.

Fernand e Marek entreolharam-se longamente. O último instante tinha finalmente chegado. Abraçaram-se, sem saber quem seria o próximo.

A porta se abriu com estrondo. O sol penetrava em jorros, a luz dourada se espalhava até a menor reentrância do dormitório, como que para melhor acompanhar a volta das trevas.

3

Sudeste de Berlim,
30 de abril de 1945

François Le Guermand sabia que não sairia vivo se ficasse naquele caminhão. Instintivamente, tomou a única decisão que se impunha e berrou para um soldado jogar granadas incendiárias sobre as duas caixas.

Lá fora, o inimigo continuava ceifando com a metralhadora os ocupantes dos cinco caminhões bloqueados na estrada.

Sua ordem não surtiu nenhum efeito; o soldado já estava morto. O francês jogou no asfalto o corpo sem vida, sentado à sua esquerda, do qual metade do rosto tinha sido arrancada pela rajada, e com uma manobra passou para o acostamento, seguindo em direção a uma fazenda em ruínas.

Amaldiçoava a própria estupidez. Entretanto, as coisas tinham se desenrolado bem até então. Tinha saído de Berlim sem enfrentar obstáculos e assumido o comando do pequeno comboio como previsto. Precisava percorrer apenas 10 quilômetros para chegar ao esconderijo indicado no mapa quando, a meio caminho, na saída de uma curva, deram com uma patrulha de reconhecimento do Exército russo.

Que merda a russalhada estava fazendo ali? A zona deveria estar ainda sob o controle do 9º Exército alemão do general Wenck, que recuava para oeste, em direção às linhas americanas. A derrocada tinha sido mais rápida do que se esperava.

Precisava a qualquer preço escapar daquela arapuca.

De repente, um soldado russo saiu de um bosquedo e se postou diante do caminhão para interceptá-lo, de arma em punho. François acelerou e esmagou o homem sob as rodas do caminhão, que derrapou. Um grito misturou-se ao concerto de balas que silvavam na traseira do veículo.

O oficial SS deu um grito de dor; uma delas acabava de atingi-lo no ombro, e um jato de sangue esguichou no volante. Um gosto acre invadiu-lhe a boca seca.

Deu uma olhada pelo retrovisor: a 300 metros atrás dele, os outros caminhões pareciam intactos, com exceção de um, que estava pegando fogo no meio da estrada. Um grupo de russos já subia nos furgões, aos berros.

Ele mordeu os lábios; as caixas iriam cair nas mãos do inimigo. Não adiantava mais voltar. Sua bota enlameada pressionou o acelerador, e o caminhão entrou a toda velocidade num caminho pantanoso que se embrenhava num bosque escuro.

O coração batia a ponto de explodir; ele sabia que em pouco tempo seria alcançado pelos vermelhos. Se caísse nas mãos deles, teria uma morte lenta — o preço que teria de pagar por todas as atrocidades cometidas desde o início da guerra.

Viu um dos caminhões da escolta explodir num dilúvio de chamas. Isso lhe dava uma folga.

Continuou avançando; quase derrapou numa relheira; corrigiu a direção a tempo e calculou que entraria no bosque em menos de um minuto. Voltou a ter esperança quando não viu mais seus perseguidores, que deveriam estar ocupados pilhando os caminhões abandonados.

Deu-l*h*es uma banana, soltou um grito de triunfo e berrou uma estrofe do canto de marcha da divisão Charlemagne:

> *Por onde passarmos*
> *Que tudo trema*
> *E que o diabo ria com a gente.*

As palavras ressoavam junto com o rugido metálico do motor. Os primeiros carvalhos escuros se erguiam na orla da floresta como que para guardar a entrada de uma gruta de reflexos esverdeados e ameaçadores.

François fez uma careta de dor quando o caminhão trepidou numa relheira. O sangue bombeava forte em sua cabeça. As árvores desfilavam rapidamente diante do caminhão. Ele não iria parar nunca; pouco importava o que estivesse à sua frente, aqueles porcos russos jamais o pegariam vivo. Mais uma vez soltou o canto fetiche.

SS, voltaremos à França
Cantando o canto do diabo
Burgueses, temam nossa vingança
E nossos punhos formidáveis
Cobriremos com nossos cantos ardentes
Seus gritos e choros angustiados.

O caminhão coberto enfiou-se em alta velocidade por um antro vegetal, desaparecendo das vistas dos russos que tinham desistido de perseguir o fugitivo. François ainda se esgoelava quando os raios de sol desapareceram sob pesados ramos que caíam em cascatas das grandes árvores. Afinal, talvez se safasse, ou, pelo menos, suas chances de sobreviver aumentassem. Mas se os russos também tivessem alcançado o coração da floresta, ele ganharia apenas alguns minutos.

Conosco Satã urra
E nós...

O SS interrompeu bruscamente a cantoria. Um gigantesco tronco barrava toda a largura do caminho uns 10 metros à frente. Tentou frear desesperadamente, mas o solo, molhado, fugiu debaixo das rodas do caminhão, que escorregou para o lado. Desequilibrado por causa do peso da carga, o veículo despencou num declive coberto de fetos com reflexos de esmeralda.

A degringolada pareceu durar uma eternidade.

Os freios não respondiam mais. O *Obersturmbannführer* contemplava, impotente, os ramos que açoitavam o pára-brisa como garras de animais selvagens ávidos por dilacerar o veículo desgovernado.

Depois, como que por milagre, o declive se suavizou, e o caminhão ferido acabou parando no fundo do que parecia ter sido um rio lamacento.

A cabeça de François bateu no volante, mas ele nem sentiu essa nova dor. Encontrava-se num outro estado, no limiar da loucura.

Estava tudo escuro em volta dele; o caminhão se imobilizara contra uma parede rochosa minada por um musgo anegrado. Alguns fiapos de sol chegavam com dificuldade a abrir caminho até o fundo daquele abismo escuro.

Nenhum ruído ao redor. Nada além de um silêncio envolvente, pesado, úmido.

Conseguiu arrancar-se do caminhão. A cabeça girava, as pernas vacilavam, a fronte e o pescoço estavam cobertos de sangue vermelho vivo que saía em jorros intermitentes do alto da têmpora.

A consciência o abandonava inexoravelmente. O ferimento devia ser mais grave do que supunha. Mas ele queria se salvar, mais uma vez. O instinto de sobrevivência, entranhado em seus músculos expostos, o mantinha de pé.

Contornou o caminhão e subiu na caçamba. Mesmo correndo o risco de morrer, queria saber qual o conteúdo daquelas caixas sebentas.

O interior do caminhão exalava um cheiro adocicado: um galão de óleo de motor arrebentado pelas balas espalhara um líquido âmbar em volta das caixas presas por aros de proteção. Quase escorregou na camada de óleo, mas se segurou a tempo numa coisa simultaneamente dura e mole, pegajosa ao contato, e na qual se agarrou, tateando.

Na penumbra, percebeu enojado que tinha metido a mão no rosto rasgado de um cadáver picotado por balas. Retirou os dedos num gesto brusco, sem poder evitar um fio de bile que lhe subiu pela garganta.

Juntando as forças que ainda restavam, sentou-se ao lado de uma das caixas que levava o selo da águia com a cruz gamada, tomou de um fuzil de assalto abandonado ao lado do corpo e começou a bater com a coronha numa das tampas de madeira.

A vista se turvava. O sangue não chegava mais ao cérebro. Num acesso de raiva, deu um último golpe que partiu as lâminas de carvalho claro.

Um maço de papéis velhos se espalhou em seu colo junto com lascas de madeira.

François esperava tudo, menos aquilo. Papéis. Ridículos montes de papéis.

Com a boca seca, a mão crispada, ele pegou uma das folhas e leu.

Paralisado, contemplou os textos amarelecidos. Não conseguia decifrar os estranhos símbolos que giravam diante de seus olhos, mas percebeu nitidamente uma imagem insólita.

A de uma caveira desenhada com tinta preta, que o fixava com suas órbitas negras e vazias.

Não era a conhecida caveira de seu capacete SS, não, mas um crânio quase disforme que arvorava a paródia de um sorriso, um riso de chacota grotesco.

Quando ia mergulhar no nada, François Le Guermand começou a rir descontrolado, como um demente. Ninguém o ouviu. Vorazes, as trevas o dominaram.

No mesmo instante, a 50 quilômetros dali, no quarto gelado do bunker subterrâneo de Berlim, Adolf Hitler, o homem que havia mergulhado a Europa e parte da humanidade num inferno, dava um tiro na cabeça.

BOAZ

A vontade de descobrir segredos está profundamente enraizada na alma humana; até o menos curioso dos espíritos se inflama diante da idéia de deter uma informação proibida a outros.

John CHADWICK

4

*Roma, via Condotti,
loja Alexandre de Cagliostro,
8 de maio de 2005, 20h*

— Concluo dizendo-lhes, caros irmãos, o quanto fiquei feliz em poder falar aqui a vocês. Há muito tempo a França e a Itália estabeleceram importantes laços maçônicos. Muitos rituais que nasceram no país de Dante e de Garibaldi foram adotados e enriquecidos pela França. Portanto, para mim foi uma honra ter sido convidado pela loja Cagliostro, loja do Grande Oriente da França em terra italiana.

O orador, um homem de uns 40 anos, de cabelos muito negros, considerou o templo maçônico. Exatamente às suas costas, um grande sol estilizado, pintado de laranja na parede, introduzia um efeito de cor. Profundo silêncio envolveu o final do discurso de agradecimento.

O templo maçônico parecia uma grande caverna azulada. Finos raios de luz desciam do teto estrelado, semelhante à abóbada celeste, iluminando discretamente as paredes azul-noite.

À esquerda e à direita do orador, quarenta homens de terno preto, avental e luvas brancas ouviam impassíveis, imóveis como estátuas vivas. Excepcionalmente, algumas mulheres de vestidos brancos longos davam um toque de claridade ao cenário vindo de outra era.

— Eu disse, venerável mestre — concluiu o orador, virando-se para o Oriente, onde se sentava o venerável, aquele que presidia a sessão.

O venerável esperou alguns segundos; logo após, fez vibrar o malhete sobre a pequena escrivaninha e interrogou a assistência. Acima dele, na parede, estava pendurado um imenso olho egípcio, o Delta Luminoso.

— Minhas irmãs e meus irmãos, antes que peçam a palavra, quero agradecer a nosso irmão Antoine Marcas por sua presença e felicitá-lo pela qualidade de sua prancha sobre *As Origens dos Rituais Antigos na Maçonaria*. Como um *simples curioso*, ele nos esclareceu muitos horizontes obscuros. Não há dúvida de que as perguntas são muitas. Minhas irmãs e meus irmãos, a palavra circula.

Um bater de mãos se fez ouvir. Um irmão da coluna do Sul, a que fica à direita, fileira reservada aos mestres, pediu a palavra.

O primeiro vigilante, após as fórmulas rituais, concedeu-a.

— Venerável mestre no trono, veneráveis mestres no Oriente e todos os meus irmãos e irmãs em seus graus e qualidades, gostaria que nosso irmão Marcas nos explicasse, se possível, a origem do ritual dito de Cagliostro, do qual nossa loja tem a honra de levar o nome.

O orador consultou suas fichas antes de responder. Manuseou delicadamente as pequenas fichas de cartolina, cobertas por uma escrita enérgica.

— Como devem saber, foi em dezembro de 1784, em Lyon, na loja *A Sabedoria Triunfante*, que Cagliostro inaugurou o "Rito da Alta Sabedoria Egípcia". Conforme ele mesmo afirma, foi iniciado nesse ritual por um cavaleiro de Malta, um certo Althotas. Trata-se, naturalmente, de um nome de empréstimo. Segundo alguns autores da época, talvez fosse um comerciante dinamarquês chamado Kolmer, que teria vivido no Egito antes de se estabelecer em Malta, onde pretendia fazer ressurgir os Mistérios Egípcios de Mênfis. De acordo com os atuais biógrafos de Cagliostro, este teria sido iniciado em Malta, em 1766, na loja *São João de Escócia do Segredo e da Harmonia*, e ali teria descoberto o ritual que agora leva seu nome. Como vocês vêem, a questão está longe de ser resolvida.

Outro bater de mãos ressoou.

Antoine Marcas observava a assembléia que o ouvia com atenção. Além dos italianos, todas as obediências francesas estavam representadas. Desde os irmãos da Grande Loja, cujo avental tinha uma borda vermelha, símbolo do rito escocês, até as irmãs de Mênfis Misraïm, com vestido branco.

O venerável concedeu a palavra a um irmão cujo forte sotaque milanês acentuava a seriedade da intervenção.

— Gostaria de aproveitar a presença entre nós de um irmão do Grande Oriente para lhe fazer uma pergunta sobre a situação de nossos irmãos na França. Na verdade, durante muito tempo, a vida política italiana foi motivo de comentários do Judiciário, sobre a corrupção, sobre as instituições em declínio... Fomos o laboratório do mal-estar europeu. Ora, parece-me que, hoje em dia, a França, por sua vez, foi atingida por esses males, e muitos irmãos são apontados como agentes ativos da corrupção.

Marcas balançou a cabeça antes de responder. As questões políticas não o atraíam, mas era forçado a responder.

Maçom há 15 anos, tinha nitidamente sentido a degradação da imagem da maçonaria em seu país. Entrara para o templo maçom por ideal, confiando nos valores republicanos e leigos, e no conceito estimulante de aperfeiçoamento do indivíduo, característico do ensinamento de sua obediência.

A iniciação em loja seguira de perto sua entrada para a polícia e, gradativamente, ao longo dos anos, num lento processo de amadurecimento, transpôs os graus tanto em sua profissão quanto em sua loja.

Quando chegou ao cargo de comissário na vida profana e ao grau de mestre entre os maçons, poderia ter experimentado total serenidade. No entanto, isso não aconteceu; o ambiente fora do templo se tornava cada dia mais grosseiro.

Se antes a mídia louvava a participação dos maçons nos grandes combates, tais como o ensino, o direito ao aborto, a resolução do conflito na Nova Caledônia, agora se deleitava em revelar negócios que falavam de misteriosas redes de influências.

As ovelhas negras estavam sempre manchando o rebanho a despeito dos protestos de todas as obediências e de outras tentativas de limpeza.

A assembléia notou sua hesitação, entretanto, nenhum murmúrio se fez ouvir. O ritual exigia silêncio. O francês finalmente explicou:

— Creio que infelizmente a França não escapa aos males que atingem as democracias ocidentais: rejeição das elites, desconfiança em relação ao poder, aumento dos extremismos. Com ou sem razão, colocam-nos no campo dos poderosos.

Marcas parou um instante e depois continuou:

— Quanto aos ataques contra nossos irmãos, acredito que sejam às vezes caricaturais. Vocês sabem que os destaques dos jornais que falam de maçons sempre vendem, pelo menos tanto quanto os documentos sobre o mercado imobiliário. Pelo menos é prova de que ainda somos um valor tão firme como uma rocha. No entanto...

Marcas fez uma pausa, escolhendo as palavras. Não revelou o que, no fundo, pensava. De fato, sentia-se cada vez mais incomodado diante das campanhas da mídia, e também por ter observado de perto o comportamento de alguns irmãos indignos do avental.

Comissário de polícia, Antoine Marcas freqüentou por muito tempo uma loja que abrigara, entre outros, levantadores de fundos para partidos políticos, falsos contadores patenteados e intermediários duvidosos, mas hábeis em trapacear as licitações públicas, especialmente no ramo imobiliário. A loja, discretamente instalada num pavilhão em um subúrbio parisiense, foi aos poucos pervertida por uma rede de corrupção no mais alto nível da vida política.

Enojado com essas descobertas, um ano antes que os jornalistas fizessem disso um prato cheio, ele mudou de loja, não de obediência. Fiel ao engajamento maçônico e a seus ideais, não se reconhecia no punhado de corruptos, culpados por se desviarem da iniciação, mas sentiu crescer a dúvida a respeito do modo como outros irmãos encobriam canhestramente esses desvios.

Como reação, nas horas vagas, mergulhou na história e na simbologia maçônicas como se o passado pudesse lavar as sujeiras do presente. Com o passar do tempo, suas pesquisas foram recebidas com grande respeito, e sua reputação de integridade o precedia nas lojas que o convidavam a apresentar seus trabalhos.

Mas sua serenidade se desgastava todas as vezes que descobria nos jornais um caso implicando maus companheiros. Tomava isso como uma ofensa pessoal.

As recentes torpezas acontecidas na Côte d'Azur, reveladas pela mídia, mergulharam-no numa raiva sufocada, embora dissessem respeito a outra obediência. Um juiz complacente destituído por se aproveitar de suas amizades, um colega policial metido com figuras da criminalidade, um ex-prefeito responsável por extorquir a cidade com a ajuda de uma loja desgarrada, verdadeiro antro de crápulas: ele ainda estava com a salada provençal entalada na garganta.

Diferentemente de alguns irmãos que fingiam lavar as mãos, pois isso dizia respeito a outra obediência, ele estava convencido de que essas sujeiras maculavam a maçonaria em seu conjunto; os profanos não viam nenhuma diferença.

Marcas continuou:

— No entanto, é claro que muitas ovelhas negras pululam em nosso rebanho. Sou partidário de uma ação rigorosa para expulsá-las do Templo. Talvez, se tivéssemos agido com maior retidão, não teríamos chegado ao ponto em que nos encontramos hoje. Considerem que o desvio de uma única loja recai sobre centenas de outros templos. Essa é a verdadeira injustiça. Contudo, tenho na boca um travo semelhante ao da bebida amarga que temos de beber no momento de nossa iniciação.

Depois dessa intervenção, Marcas respondeu às outras perguntas, combinando habilmente uma erudição despretensiosa com um traço de humor quando tinha de confessar sua ignorância.

Em seguida, fez-se silêncio. O venerável retomou a palavra e iniciou o ritual de encerramento da sessão:

— Primeiro vigilante, como estão as colunas?

— Estão mudas, venerável mestre.

— Já que é assim, formemos a cadeia de união.

Um a um, homens e mulheres se levantaram, tiraram as luvas e cruzaram os braços sobre o peito. Cada um pegou a mão de quem estava a seu lado, de modo a formar uma cadeia humana em torno do centro da loja.

O venerável repetiu as palavras rituais:

— Que nossos corações se aproximem ao mesmo tempo que nossas mãos; que o Amor fraterno una todos os elos dessa Cadeia livremente formada por nós. Compreendamos a riqueza e a beleza desse símbolo;

inspiremo-nos em seu sentido profundo. Essa cadeia nos liga no tempo e no espaço; ela nos vem do passado e se estende para o futuro. Por ela ligamo-nos à linhagem de nossos ancestrais, os mestres venerados que a formavam ontem...

As palavras ressoavam no templo.

Um dos oficiais interveio com voz forte:

— Em nome de todas as irmãs e de todos os irmãos presentes, eu prometo — encadeou o grande experto.

Agora, o fim da sessão prosseguia em seu curso inexorável. Cada fase do cerimonial tinha sido estabelecida há séculos. Como numa peça de teatro, cada participante sabia perfeitamente seu papel.

Os vigilantes seguravam o malhete atravessado ao peito, o mestre-de-cerimônias batia no piso com o bastão com ponta de metal, aquele que se chama cobridor apertava na mão direita uma espada nua.

Marcas levantou-se por sua vez, pronunciando em voz alta e firme as aclamações e o juramento final:

— Liberdade, igualdade, fraternidade.

Depois, fez-se silêncio. A sessão estava terminada, o templo se esvaziava na calma.

Do lado de fora da sala, no lugar chamado de átrio, um banqueiro de aspecto aristocrático interpelou-o num francês perfeito:

— Você fica conosco para o ágape?

Marcas sorriu. Em todas as lojas do mundo, o ágape que sucedia à sessão consistia em beber e festejar com entusiasmo numa sala destinada para isso, a sala úmida.

— Lamento, meu irmão. Prometi a um velho amigo assistir a uma festa na Embaixada da França. Mas voltarei amanhã para consultar alguns livros raros de nossa biblioteca. Poderíamos almoçar juntos?

— Com prazer. Passe no meu escritório, na via Serena, por volta das 13h. Reservarei uma mesa no Conti.

O francês despediu-se polidamente de seu hospedeiro e desceu a escada de mármore negro que levava ao térreo. Ao sair do edifício, uma corrente de ar fresco pegou-o de surpresa. Ajeitou a gola do sobretudo e fez sinal para um dos incontáveis táxis que cruzavam as ruas. Entrou num Alfa Romeo, cujo capô tinha o perfil de um tubarão, e deu o endereço de seu destino, o palácio Farnese, no outro lado da cidade.

Como depois de cada *prancha* ou palestra, Marcas se sentia estranhamente disposto. Uma espécie de serenidade que se devia à prática do ritual em loja. Lembrava-se da época de seu divórcio, depois que a mulher o tinha deixado. As esposas de policiais não ficavam nunca muito tempo, e a senhora Marcas não fugiu à regra.

Quanto a ele, tivera longas noites de insônia, fins de semana de desolação diante do filho que não compreendia mais aquele pai sempre com ar distante. Alguns mergulham no álcool, outros procuram aventuras efêmeras, mas ele se dedicou à loja. Ali, com os olhos fixos nos símbolos, procurava seu caminho. Um longo e árduo caminho para aceitar e compreender; quase uma terapia. A cada nova sessão sobrevinha o apaziguamento. Um lento trabalho se realizava. Aos poucos, fragmentos de seu ser voltavam à luz, banhados por energia renovada. Olhava de outro modo os episódios de sua vida recente. Os momentos dolorosos voltavam à superfície, mas purificados, aceitos, inseridos num novo homem que renascia para si mesmo.

Em um ano, transformara-se sob a influência do ritual maçônico.

O táxi corria pelo centro de Roma, estranhamente silencioso naquela noite de maio. Nem buzinas, nem animação nas ruas, observou Antoine. De repente, o motorista ligou o rádio e a elocução precipitada da voz de um homem ressoou no veículo. Os jorros sonoros deram a resposta ao francês: o clube de futebol de Roma jogava a semifinal contra um dos rivais da península.

Vale dizer que era um combate sagrado, uma cerimônia grandiosa incensada pela Cidade Eterna como um todo.

Conhecendo a paixão dos italianos pela redonda, perguntou-se como faziam seus irmãos para conciliá-la com o engajamento maçônico que exigia presença regular às cerimônias. Devia ser uma aflição para alguns deles. Lembrava-se de um amigo, venerável de uma loja de Toulouse, que vivia um suplício todas as vezes que uma sessão acontecia numa noite de jogo importante no estádio toulousense.

O Alfa parou por um momento no sinal vermelho; o motorista deu uma rápida olhada nas duas ruas e acelerou sem se preocupar com a infração. Os policiais encarregados da circulação também estavam diante de uma televisão.

Um longo guincho ressoou no carro; o locutor parecia estar uivando para a lua. Marcas entendeu que Roma tinha feito um gol. O motorista, como que para confirmar sua suposição, deu um soco furioso no volante, pontuando com o gesto um xingamento sonoro, e o carro quase derrapou.

Marcas sorriu e virou a cabeça para a janela. Tinham acabado de atravessar um lugar simbólico da capital italiana, a piazza Campo dei Fiori. Ali, Giordano Bruno tinha sido queimado pelo papado, meio milênio antes. Ele poderia ter sido um excelente Filho da Viúva.

Os tempos tinham mudado bastante. Ele pensou nos três prelados italianos, igualmente maçons, freqüentadores de suas conferências. Se fosse antes, eles teriam passado pelas piores represálias da mui Santa Igreja Católica.

Contudo, ainda existiam pontos sensíveis. Assim é que desde 1984, por decisão papal, os maçons podiam assistir à missa, mas sem poder comungar. A comunhão com o Cristo continuava proibida aos irmãos ligados ao catolicismo, herança das antigas e ferozes batalhas entre a Igreja e as lojas.

Isso não era problema para Marcas — havia muito não freqüentava igrejas —, mas sabia que vários irmãos, particularmente em outras obediências mais deístas, sofriam com essa exclusão. Mais um erro dos profanos, pensou ele, acreditar que os maçons eram devoradores de padres. É fato que a laicidade é um pilar do Grande Oriente, mas a diversidade de crenças é mais comum do que se imagina.

Emergiu de suas reflexões ao perceber no fim da rua o palácio Farnèse. De longe, o prédio cintilava; projetores ocultos no gramado destacavam as colunas de pedra do frontão do edifício. Um balé de carros elegantes girava diante das altas grades de ferro fundido.

Antoine levou automaticamente a mão ao bolso interno do paletó para verificar se o convite ainda estava lá. Uma mania da qual não conseguia se libertar; precisava sempre verificar o que seus bolsos continham.

Saboreou o contraste de sua vida com um prazer intenso. Quinze minutos antes, ele discorria gravemente num recinto solene e dali a dez minutos, o mais tardar, se associaria à frivolidade e à vaidade deste mundo num palácio luxuoso. E em dois dias voltaria a Paris, para seu miserável comissariado.

Espremido atrás de uma fila impressionante de veículos, conduzidos em sua maioria por motoristas, o táxi parou a uns 50 metros da entrada da Embaixada da França. Antoine pagou ao motorista que mal lhe deu atenção, de tal forma estava mergulhado nos tormentos da derrota anunciada de Roma no campo de honra do gramado verde.

Uma leve brisa soprava do sul e agitava imperceptivelmente as árvores que cercavam a representação diplomática. Naquela estação, sempre se devia esperar uma noite fresca, último alívio antes de um verão que se anunciava, segundo os velhos romanos, temível.

Antoine se apresentou diante de um cérbero usando um terno preto, gravata preta sobre camisa branca, munido de um discreto fone de ouvido. Caricatura perfeita do agente de segurança americano, modelo *Men in Black* ou CIA, popularizado nos filmes de grande audiência.

Marcas entregou o convite prateado e a carteira de identidade ao sentinela que o examinou do alto de seu 1,90m, deixando-o passar, sem uma palavra.

Mal tinha dado um passo no gramado quando uma jovem recepcionista, vestindo um tailleur azul, acompanhada de mais duas convidadas, sedutoras mulheres de uns 40 anos, avançou em sua direção e se ofereceu para guiá-lo até a entrada do palácio.

Marcas deixou-se levar sem resistir; a noite prometia ser boa.

5

*Jerusalém, Israel,
Instituto de Estudos Arqueológicos,
8 de maio, madrugada*

Desde as primeiras noites do mês de maio, Marek custava a voltar à casa; preferindo trabalhar no laboratório até tarde da noite, com todas as janelas abertas ao perfume das glicínias, que subia dos jardins do Instituto.

As instalações datavam da ocupação inglesa. Uma longa construção de tijolos vermelhos, com tetos imensos que lembravam a grandeza perdida do Império. Na época, o Instituto já abrigava pesquisadores em arqueologia bíblica. Parker e, em seguida, Albright tinham trabalhado ali em torno das primeiras escavações de Jerusalém, perturbados pela busca de mistérios milenares.

Marek gostava daquele lugar mais do que tudo. Seu aspecto envelhecido, seu quase abandono faziam dali um refúgio para seus devaneios quando ele se concedia uma pausa no trabalho; aliás, seu escritório acabou servindo de depósito para a sua memória.

Sua tese datilografada, amarelecida e amassada, redigida havia mais ou menos cinqüenta anos, estava ao lado de um bastão de hóquei com o verniz escamado, lembrança de sua passagem pelos Estados Unidos. Foi há muito tempo. Marek se lembrava claramente de seu segundo nascimento, na primavera de 1945. Foi quando o tiraram do campo de Dachau, quase como um cadáver ambulante, e ele jurara fugir daquela Europa maldita para recomeçar a viver.

O pequeno carpinteiro de Versalhes embarcou num navio de carga, graças ao auxílio de uma agência judaica, com destino a Nova York. Um choque, o encontro com um país incrível, que não cheirava a anti-semitismo ou a ódio ao judeu. Aproveitou para mudar de profissão e conquistar enfim um saber intelectual, fazendo cursos de arqueologia hebraica sobre a história de seu povo. Pagou os estudos sozinho, trabalhando meio expediente como carpinteiro para famílias ricas da Costa Leste que restauravam suas velhas casas. Durante uma obra, se apaixonou por uma moça oriunda de família rica de Boston. Um idílio que acabou rapidamente porque a eleita de seu coração confessara que seus pais jamais autorizariam que ela se casasse com um judeu. Marek descobriu, então, que lá também ele nunca estaria em casa.

Nos anos 50, decidiu emigrar para Israel, sem família e sem vínculos. Dez anos depois de sua primeira travessia do Atlântico, refez o caminho em sentido inverso e foi para Jerusalém, onde se estabeleceu. Seu terceiro nascimento, de algum modo, porque imediatamente sentiu-se em casa naquele país ao mesmo tempo tão novo e tão antigo. Ao longo dos anos, tornou-se um dos mais renomados especialistas dos tempos bíblicos, uma espécie de sábio, de velho erudito malicioso.

Nenhum ruído perturbava o Instituto povoado de fantasmas do passado. Marek alisou a barba, observando-se num caco de espelho que estava sobre a mesa. À medida que envelhecia, ficava cada vez mais parecido com um patriarca sereno. No entanto, seu olhar se perturbava quando via na televisão cadáveres retirados de ônibus pulverizados pelos camicases do Hamas. E também quando lia nos olhos das crianças palestinas o mesmo ódio que, quando jovem, sentira pelos alemães, embora a comparação parecesse deslocada.

Desde o tempo dos ingleses, tanto o Instituto como a arqueologia tinham evoluído muito. A maioria das salas era agora destinada aos instrumentos de medida. Química, física, mineralogia e até a história dos climas faziam parte do arsenal que possibilitava desvendar os segredos do passado. A menor pedra ou o mais ínfimo tecido constituíam hoje uma vasta biblioteca para os pesquisadores.

Ali se podia obter enorme quantidade de informações. Uma massa de dados heterogêneos cuja síntese se tornava cada vez mais difícil. Tarefa que, naquela noite, cabia a Marek.

No jardim, o murmúrio da rega começou. O empregado palestino tinha acabado de chegar. Marek percebia o ruído da podadeira em atividade sob o caramanchão.

Suspirando, voltou ao dossiê posto sobre a escrivaninha.

Duzentas e quarenta páginas, formato A4, em espaço simples. Cinco relatórios de análise. Os laboratórios de geologia, química, micro-arqueologia se distinguiram, multiplicando os diagramas e as referências bibliográficas.

Eles não têm mais o que fazer, pensou Marek. Mas o motivo de sua amargura era bem outro. Desde sua criação, o Instituto tinha como missão verificar o valor de todas as peças arqueológicas que lhe eram apresentadas.

Todos os amadores, mais ou menos esclarecidos, todos os comerciantes de antigüidades, sem contar os iluminados, se acotovelavam para conseguir um certificado de autenticidade que, às vezes, valia milhões de dólares.

Era o caso de Alex Perillian, armênio nascido no Líbano que havia trinta anos pilhava o duvidoso mercado de objetos arqueológicos clandestinos por conta de ricos clientes estrangeiros. Apreciado graças às boas relações que mantinha com palestinos e judeus, Perillian passeava sua gordura lendária pelas aldeias muçulmanas de Gaza, à procura de vasos, estatuetas e outros utensílios marcados pelo tempo.

Toda uma rede de correspondentes ocultos recorria a ele quando uma peça antiga aparecia numa família. Em geral, por ocasião de um falecimento. Aparecia, então, um objeto histórico encontrado por um antepassado, que se tentava vender pelo melhor preço. Na maioria das vezes, eram apenas magros vestígios, mas Perillian se deslocava sistematicamente, e comprava em dinheiro vivo, pois sabia que de início sempre tentavam vender as peças de menor valor. Em seguida, se a confiança se estabelecia, via-se uma mulher com véu desaparecer nas profundezas da casa e voltar carregando um lençol cuidadosamente dobrado, envolvendo os mais preciosos achados. Assim é que Perillian vira pela primeira vez, pousada numa toalha de linho, a pedra de Thebbah. Comprada por 100 dólares de uma família de mercadores de cabras, a pedra foi oferecida por vinte vezes esse preço a Marek, por conta do Instituto, com a solicitação de um bônus três vezes maior se a decodificação resultasse num texto interessante.

No início, o velho erudito não escondeu sua desconfiança quando o armênio lhe trouxe a novidade. Não era a primeira vez que um colecionador ou um comerciante lhe trazia uma tabuinha gravada. Em setembro de 1990, Marek teve de dar sua opinião sobre a análise de uma pedra semelhante: a de Nolan.

Uma peça de excepcional interesse arqueológico, pois detalhava com precisão os reparos feitos no interior do Templo de Salomão. Seus colegas Ilianetti e Ptioraceck tinham concluído que a tabuinha gravada era autêntica. Tanto mais que a análise química indicava uma quantidade anormal de partículas de ouro incrustadas na pedra. Uma poeira que poderia provir do ouro fundido nas camadas sedimentares e, portanto, de Jerusalém.

Na época, o caso tomou grandes proporções. Toda a comunidade científica vibrava de excitação a respeito de sua origem, e os religiosos viam na pedra de Nolan uma relíquia sagrada. Quanto aos dirigentes políticos, já buscavam recursos para adquirir a peça excepcional e expor ao mundo aquele vestígio patriótico de primeira ordem, do tempo bendito do grande Israel. O entusiasmo estava no auge quando Marek decidiu se fechar em seu laboratório para preparar um golpe a seu modo.

Uma semana depois, anunciava-se a descoberta de nova tabuinha gravada, semelhante em todos os pontos à anterior. Submetida ao mesmo grupo de cientistas que haviam realizado a análise da primeira pedra, ela também foi declarada autêntica. Até a publicação do artigo de Marek no qual este explicava, com certo humor, como havia realizado aquela falsificação reconhecida como autêntica por toda a comunidade científica.

Com auxílio de instrumentos de época, para evitar qualquer depósito de partículas modernas, ele tinha gravado uma pedra virgem colhida numa camada geológica típica. Depois, salpicara a superfície com areia fina, usando um simples aerógrafo. Em seguida, amassando um fragmento da pedra num almofariz antigo, e reduzindo-o a pó por meio de ultra-som, colocara tudo numa solução aquosa.

Quanto aos vestígios de ouro, um simples bico de gás e uma velha aliança de família foram suficientes para espalhar sobre a superfície partículas auríferas. Finalmente, para ajudar uma datação mais precisa e irrefutável, algumas lascas de carvão incrustadas, saídas de um verdadeiro sítio arqueológico, possibilitaram enganar os melhores especialistas. Desde esse dia, pediram que Marek redigisse as conclusões sobre todas as peças arqueológicas de interesse nacional.

O velho cientista não podia tirar os olhos vermelhos de cima da relíquia de Thebbah posta sobre sua escrivaninha. Desde o início, Marek soube que a pedra gravada não seria contestada, mesmo antes de realizar as análises principais, certificadoras de sua autenticidade. Ela era pura demais, quase vibrante em razão de uma história imemorial. De hábito, Marek desconfiava de suas emoções e, no trabalho, preferia apostar na razão, mas, daquela vez, algo transcendente o dominava quando ele olhava aquela... coisa. Pressentia que a rocha carregava uma verdade transmitida por milênios, uma mensagem redigida em tempos imemoriais por mão cujos ossos há muito se haviam dissolvido nas areias do tempo.

A pedra de Thebbah, aninhada quietinha sobre o linho cru, falava-lhe silenciosamente. Medindo 62 x 27 cm, quebrada no ângulo inferior esquerdo. Embora o final tivesse sido amputado, o texto gravado ainda era bem legível e parecia ter resistido aos ataques do tempo por um feliz acaso ou graças aos cuidados dos homens.

Em geral, antes de passar os olhos pela tradução de um texto gravado, Marek sempre lia as conclusões das análises científicas e arqueológicas. Se os estudos demonstravam que havia risco de ser uma falsificação ou um erro, era melhor ficar sabendo, antes de se lançar a uma interpretação histórica.

De fato, os textos de época eram mais do que raros e, desde a descoberta dos Manuscritos do Mar Morto, o Estado de Israel, assim como as grandes religiões monoteístas, vigiavam de perto toda nova descoberta que pudesse atingir os fundamentos de sua existência.

Marek lamentou novamente a decisão de parar de fumar. Um único cigarro antes de abrir a primeira página do dossiê, só para aguçar o pensamento e afiar o espírito! Tinha renunciado a esse prazer no dia em que completou 50 anos. Uma espécie de aposta que lamentava freqüentemente, mas que o levou a recuperar o sentido do olfato.

E no mesmo instante sentiu chegar até ele o perfume das glicínias que Ali, o jardineiro, tinha acabado de cortar, exatamente debaixo da janela do laboratório. Marek respirou profundamente e se entregou à sua tarefa.

Duas horas depois, as conclusões do pesquisador cabiam numa simples página que ele releu com atenção.

Do ponto de vista mineralógico, as análises feitas sobre três amostras revelam que a pedra chamada Thebbah é constituída de arenito negro do cambriano. O que leva à pergunta sobre o lugar de sua extração. O intermediário não apresentou elementos coerentes sobre esse ponto, indicando simplesmente que foi transmitida na família do vendedor por várias gerações.

Sobre o território histórico de Israel, três gerações geológicas podem postular sua origem: o sul de Israel, o Sinai ou o sul jordaniano do Mar Morto.

A análise da pátina em sete amostras descobriu a presença de silício, alumínio, cálcio, magnésio e ferro, e também de vestígios de madeira. Essas últimas partículas, submetidas a análise com carbono 14, permitem datar a pátina em - 500 (+ ou - 40 anos) antes de J. C.

Essa datação, se confirmada após a análise, situaria cronologicamente a pedra gravada como contemporânea do Templo de Salomão.

Marek parou. O Templo do rei Salomão... Lugar mítico para os judeus, construído por aquele rei lendário, e no qual foram depositadas a Arca da Aliança e as Tábuas da Lei. Destruído pelo cruel Nabucodonosor, reconstruído por ordem de Ciro e embelezado por Herodes durante a ocupação romana.

A primeira reconstrução do Templo de Salomão, em 520 a.C., constitui um acontecimento essencial na história dos judeus.

Para todos os judeus do mundo, esse episódio histórico ainda é um símbolo absoluto, e tudo o que se liga a ele ganha um valor desmesurado. Marek sopesou a pedra de Thebbah. Se ela fosse mesmo autêntica, ele teria acertado na loteria. Os museus do mundo todo, os colecionadores particulares e especialmente o Estado de Israel disputariam aquela peça considerada única. Uma competição feroz, a golpes de centenas de milhares de dólares, para possuir aquele esplendor arqueológico.

Marek se pôs a fantasiar sobre todo aquele dinheiro.

Suspirou. O dinheiro, no fim, não representava grande coisa, tanto mais que ele devia prestar contas a um amigo de longa data. Seu irmão de loja maçônica, Marc Jouhanneau, filho único do companheiro de exílio, Henri, morto no campo de concentração. Henri, a um passo de descobrir uma verdade perdida, foi assassinado pelos nazis. Seu filho dera continuidade à sua busca por dever de memória.

Marek esperava a chegada da protegida de Marc, que devia lhe entregar documentos essenciais para a decodificação definitiva da mensagem da pedra de Thebbah. Tinha anotado o nome dela num pedaço de papel quando Marc lhe telefonara. Sophie Dawes.

Sophie... Sofia... A sabedoria. Bom presságio.

Marek deveria buscá-la no aeroporto Ben Gurion, no dia seguinte, à noite — ela chegaria num avião proveniente de Roma —, e levá-la ao hotel, o King David, o mais prestigioso de toda a cidade, antes de ver os documentos.

Apesar da idade avançada, a impaciência o dominou como se ele fosse um adolescente intimidado com o primeiro amor. Logo o mistério se dissiparia, e as portas do conhecimento se abririam. Foi assaltado por uma dúvida: o que se pode esperar da vida quando uma busca obsessiva termina? E se os mistérios existissem justamente para jamais serem revelados, e em particular o da pedra que tinha atravessado tantas civilizações?

Estremeceu a despeito do calor sufocante e leu a transcrição das inscrições gravadas.

O texto de Thebbah apresentava, de fato, um incrível enigma histórico.

6

*Roma,
palácio Farnese, Embaixada da França,
8 de maio de 2005*

De modo geral, a França tem o cuidado de instalar seus embaixadores em moradas dignas de representá-la com grandeza no estrangeiro, e a Embaixada de Roma é, incontestavelmente, a mais fastuosa de todas.

O palácio Farnese... O próprio nome evoca esplendores de uma época passada, feita de magnificência quase absoluta: a da Itália do Renascimento, dos príncipes mecenas, dos cardeais libertinos e dos cortesãos hábeis em levar à danação os senhores da Igreja.

Construído em meados do século XVI, o palácio foi residência dos Farnese, rica família nobre, originária do Lácio, que se orgulhava de ter um papa — Paulo III — em sua árvore genealógica e também um filho seu, descrente declarado, mercenário excomungado em decorrência de seu gosto pronunciado pela rapina e pelo estupro.

Michelangelo ilustrou-se na concepção do teto da grande sala do primeiro andar, enquanto Volterra e, em especial, Carracci encarregaram-se dos afrescos monumentais, como o de Perseu e Andrômeda, que pertencem à história da arte.

O gosto da família Farnese reflete esplendidamente a vaidade de uma época, vaidade que ainda se pode ler nos olhos dos últimos descendentes das dinastias romanas.

Por sutil ironia, foram os franceses, atuais senhores do lugar, que submeteram o palácio às últimas afrontas. Os canhoneiros do general Oudinot não hesitaram, em 1848, em bombardear uma parte do edifício. Foi o único obstáculo ao pacto de amor entre a França e esse palácio que se tornou a sede da diplomacia dos reis da França na Itália, e que teve como um de seus embaixadores o irmão de Richelieu.

A França não se sentia apenas em casa naquele lugar, mas também carnalmente mesclada à vida secular e tumultuada daquele palácio.

Os risos e as vozes explodiam sob os lambris da sala de recepção. A festa oferecida em comemoração pelos sessenta anos do fim da Segunda Guerra Mundial era um verdadeiro sucesso.

Pierre, o primeiro mordomo, contemplava em muda satisfação a aglomeração de convidados em volta dos bufês espalhados na grande sala de recepção. Mais uma vez havia realizado sua missão: satisfazer o paladar dos participantes da festa, em benefício do embaixador e, portanto, da França.

Ele tinha o hábito de ensinar a seus auxiliares que a escolha dos pratos de um coquetel noturno era o resultado de uma ciência tão exata quanto a composição de uma refeição tradicional.

Com alguma presunção, ele apelidava seu método de arquipélago. Partindo do princípio de que os bufês servidos em longas mesas intermináveis estavam mais do que ultrapassados, optara pela multiplicação de pequenas ilhas alimentares.

Um recife deveria ser evitado com cuidado, ou seja, a criação de enclaves do tipo: um bufê dietético aqui, outro para os gulosos ali, um terceiro para os amantes de especialidades exóticas.

As mulheres, por exemplo, corriam para o canto light, enquanto os homens, por dever de ofício, assaltavam os pratos mais consistentes.

Um erro fatal, porque uma recepção bem-sucedida tinha a obrigação de misturar os dois sexos. De que servia convidar as mulheres mais sedutoras da sociedade romana se era para elas ficarem batendo papo em torno de um prato de sushis?

Os machos, por mais sérios que fossem, ficariam decepcionados, e o ambiente se ressentiria demais. E a célebre reputação de sociabilidade francesa sairia manchada.

Por isso ele espalhara pela sala cinco ilhotas idênticas, compostas de montes de *foie gras* do Périgord, presuntos inteiros *pata negra* de Sevilha, fatiados na hora, e toda uma gama de carnes frias e salsicharia córsica.

Os núcleos dietéticos eram compostos de conjuntos de sushis e de yakis de todas as cores, cestos de legumes frescos crocantes, pequenos potes refratários com verduras. Ao lado de cada ilhota, um garçom oferecia bebidas frescas. Porque a época tendia à temperança, a possibilidade de escolha de bebidas alcoólicas era limitada, mas o champanhe continuava tendo seu valor, em particular o Taittinger *millésimé*.

Pierre, satisfeito, notou o equilíbrio quase perfeito que reinava na disposição dos vestidos das senhoras em torno das ilhotas, sinal de que ele não se enganara. Em meio a smokings, decotes de todas as cores volteavam com leveza e harmonia.

Pelo menos as romanas davam mostras de verdadeira criatividade, pensou ele ao observar uma bela morena comendo com graça um sashimi rosado. O vestido ocre e carmim provinha, como ele poderia jurar, de Lacroix, da placa Vendetti.

A serviço em Berlim, há três anos, ele detestara a tendência *viúva siciliana*: o vestido preto austero que as alemãs usavam obrigatoriamente, transformando as festas oficiais em velórios.

A outra vantagem do arquipélago era que os convidados podiam encontrar e avaliar discretamente eventuais parceiros antes de abordá-los, respeitando ao pé da letra os usos e costumes. Ele viu o conselheiro militar dos Estados Unidos conversando simplesmente com seu homólogo líbio, ao mesmo tempo que o adido cultural israelense, na verdade o número 2 do Mossad na Itália, parecia envolvido numa conversa com a delegada jordaniana da Organização para Cooperação e Desenvolvimento Econômico (OCDE), que fora uma das fascinadas amantes do terrorista internacional Carlos, o Chacal.

Em torno dos bufês, as conversas se desenvolviam bem, e o embaixador circulava de ilhota em ilhota, justificando sua presença.

A música de câmara deu lugar à voz grave da cantora americana Patricia Barber.

Pierre reconheceu o sucesso *Thrill is Gone*, "O encanto se foi", repetido em compasso mais lento. Deu uma olhada no relógio: a festa estava apenas começando; ele não iria para a cama antes das três da manhã.

Suspirou. Passada a satisfação por ter realizado a tarefa, viu que a reunião se desenrolava sem grandes surpresas. Agora, tinha de estar atento para que a substituição dos pratos fosse feita regularmente, de modo que os convidados não tivessem de esperar diante dos bufês. Se uma ilhota estava muito cheia, discretamente encaminhava um garçom extra para acelerar o ritmo.

O bufê disposto sob um quadro de Caravaggio parecia muito mais cobiçado que os outros; uma fila começava a se formar. Os extras contratados para aquela ocasião, na maioria estudantes com boa aparência e conhecimento de francês, já estavam todos atarefados.

Decidiu voltar para a cozinha e chamar uma garçonete. Justamente quando estava descendo a escada que levava à cozinha, encontrou Jade, a responsável pela segurança da Embaixada, uma loura alta com jeito de menino, conversando animada com um ator italiano.

Virou o rosto; bastava ver aquela mulher para se lembrar de um fora daqueles: ela o havia despachado brutalmente quando, tolo, tentou seduzi-la. A dama, seletiva, só se permitia aventuras de dois tipos: machos fisicamente avantajados, modelo Brad Pitt ou Keanu Reeves, ou intelectuais de QI descomunal.

Pierre não fazia parte de nenhuma das categorias, ele sabia, pois a natureza dotara-o apenas com capacidade de organização, um trunfo insuficiente para seduzir mulheres.

O mordomo empurrou os dois batentes da cozinha. Ao menos daquela vez não havia nenhum odor particular, já que o bufê havia sido encomendado a um restaurante da moda. Até os cozinheiros tinham sido dispensados.

Ia dar meia-volta quando viu uma das contratadas, agachada, procurando alguma coisa numa bolsa de lona gasta.

Pierre assumiu seu tom marcial:

— Venha imediatamente, precisamos de você num dos bufês.

A moça levantou a cabeça.

— Sim, mas...

— Mas o quê? — replicou Pierre.

Não gostava de dar a mesma ordem duas vezes, mas hesitou em erguer a voz, perturbado pelos olhos amendoados da garçonete, olhos de um azul vivo excitados, as pupilas dilatadas.

— Acho que tem ratos na cozinha; eu vi alguns entrando na minha bolsa — gaguejou a moça, com os cabelos louros presos atrás das orelhas.

Pierre a encarou com fingida indignação, quase achando graça.

— É uma brincadeira? Nunca vi um único rato desde que estou aqui. Vá logo dar uma ajuda na sala.

A moça, com o rosto vermelho de vergonha, obedeceu sem uma palavra e se dirigiu à sala de recepções. Ele notou sua altura; era mais alta do que a média, 1,80 m, pelo menos; provavelmente, uma estudante escandinava, embora o norte da Itália contasse, às vezes, com uma população de cabelos cor de mel, diferente dos estereótipos habituais.

Pierre pensou que, no dia seguinte, teria de falar com o representante da agência de empregos, mas se arrependeu; a moça era jovem, e ele decidiu esquecer o fato.

Sobre o aparador do fogão, havia uma garrafa de champanhe meio vazia, com uma taça usada. Provavelmente, a moça se servira, escondida, encontrando a desculpa esfarrapada dos ratos ao ouvi-lo se aproximar.

Pierre decidiu se conceder alguns momentos de trégua e pegou um tamborete para se sentar. Afinal, fazia mais de cinco horas que estava de pé, organizando o bufê. Depois de se dar o direito de tomar uma taça, tratou de pôr a garrafa de lado. Daria má impressão se fosse surpreendido com um objeto tão comprometedor.

Sóbrio desde o último tratamento talassoterápico, ele tinha jurado nunca mais tocar num só copo. Notou que a garçonete havia guardado a bolsa num canto junto da lixeira.

Ratos, que estupidez!

A bolsa da garota estava atravancando a cozinha. O mordomo olhou para ela aborrecido e decidiu colocá-la num canto; ele não gostava de desordem.

O comissário Antoine Marcas viu que tinha acabado de dar uma mancada com a moça. Um de seus amigos, conhecedor e amante de futebol, chamava a isso de *drible a mais*, quando um jogador, muito seguro de si, tenta forçar a defesa adversária em vez de dar o passe, perdendo assim, lamentavelmente, a bola.

A moça agora olhava para ele com desprezo, mirando-o como se ele fosse a torrada de anchova que ela estava comendo, evidentemente zangada.

— Infelizmente para você, ainda existem mulheres que não precisam de homem para satisfazê-las.

Ela girou nos calcanhares e se afastou em direção a outro bufê.

Marcas bebeu um último gole de champanhe, maldizendo-se. Meia hora antes, ele a tinha localizado afastada, sozinha, com os olhos no vazio, comendo torrada após torrada. Depois de alguns sorrisos, aproximaram-se do bufê e começaram a conversar sobre as belezas do palácio Farnese.

Sophie Dawes, arquivista e bibliotecária de profissão, especialista em manuscritos antigos, estava de passagem em Roma para cumprimentar amigos que trabalhavam na Embaixada.

A conversa fluía maravilhosamente, mas, por infelicidade, Marcas não pôde deixar de fazer gozação com duas mulheres sentadas um pouco à parte e que visivelmente apreciavam a companhia uma da outra.

Tomado de repentina e desastrosa inspiração, ele observou, em termos elegantes, que era triste ver duas belas mulheres discípulas de Lesbos, quando a cidade transbordava de machos italianos prontos a se oferecer.

Sophie fuzilou-o com os olhos assim que ele pronunciou essa afirmação sexista. Ele, que detestava a vulgaridade no amor, tinha se comportado como o pior machista, incapaz, além de tudo, de identificar as preferências sexuais da moça.

Marcas consultou o relógio. Depois desse desastre memorável, pensou em levantar acampamento e voltar para o hotel. O dia seguinte seria longo, tanto mais que ele teria de ir à loja Cagliostro para consultar a biblioteca. Quase se esqueceu de se despedir do amigo, Alexis Jaigu, conselheiro militar da Embaixada, que o convidara para a festa.

De qualquer modo, para Marcas, as recepções numa Embaixada lembravam-lhe sempre um filme publicitário de chocolates italianos que tiveram seus dias de glória nos anos 90 nas redes de televisão francesas.

Hesitou antes de sair. Assim que cruzasse a porta da Embaixada, não encontraria mais tantas belas mulheres por metro quadrado. Marcas gostaria muito de acrescentar uma nota romântica à sua ida a Roma.

Ele, que recusava categoricamente toda mistura em loja, adorava a companhia do sexo oposto.

Quando era casado, sua ex-mulher já o chamava de retardado quando ele tentava defender suas opiniões. Inutilmente argumentava contra a existência de lojas femininas; isso só servia para confirmar a opinião de um mundo em que o misto se tornava a norma e onde apenas os vestiários dos clubes esportivos e das piscinas ainda resistiam a essa imposição.

Ele sabia muito bem que essa posição conservadora parecia completamente inverossímil aos profanos que viam aí uma espécie de segregação que confirmava o fato de que a mulher não seria igual ao homem.

— Então, Antoine, está gostando da festa? Assim você varia um pouco daquele comissariado parisiense, não é?

Marcas se assustou; não tinha visto o amigo Alexis se aproximar.

— Pode ser. Me salva! Encontra uma mulher que ainda goste da companhia de homem.

Alexis Jaigu formou com os dedos dois círculos e os levou aos olhos, imitando binóculos. Aquele capitão-de-fragata, integrado ao serviço de informação militar, exibia um entusiasmo contagiante.

— Grande loura a duas horas, ruiva incandescente a seis horas. Os dois alvos parecem isolados, sem escolta de patrulheiro. A loura é diretora de marketing do banco San Paolo, a ruiva, assistente do chefe de uma sociedade israelense que trafica armas para os países emergentes.

— Muito pouco para mim. Você não teria um modelo mais clássico, pintora, dançarina, alguém mais... artística?

— Posso conseguir, em troca de um servicinho. Nada muito importante.

— Diga.

Alexis Jaigu fez uma pausa, o tempo de engolir uma torrada com patê; em seguida, continuou, com leve hesitação. Tinha bebido um pouco demais, e seus olhos brilhavam.

— Gostaria de saber se o embaixador é...

Marcas olhou espantado para o amigo.

— É o que? Se ele é gay, não conte comigo para descobrir. Gosto muito de você, mas há limites que não posso ultrapassar, nem por amizade.

— Nada disso. Só quero saber se ele é *franc-mac*, como você, ora!

O policial ficou tenso e respondeu secamente:

— Em *franc-mac,* tem *mac,* cafetão, caso você não tenha notado. E, além disso, eu não sou dedo-duro. Pergunte você mesmo.

— Você está brincando? Não quero ser despachado para Paris ou para um consulado esquecido num buraco na África. Diante do poder que vocês têm, vocês, os irmãos três pontos, eu tomo cuidado. Eu pedi como um favor. Vocês têm um código secreto de reconhecimento. Você sabe, o aperto de mãos, pressionando de certo modo os dedos no punho.

Marcas suspirou. Toda hora lhe diziam as mesmas besteiras. A influência oculta, os sinais de reconhecimento, todo o folclore. Não sabia mais o número de vezes em que profanos, impregnados de obras sobre a maçonaria, lhe apertaram as mãos apalpando-lhe o punho.

Jaigu sempre brincara a respeito de seu pertencimento à maçonaria, mas agora ele lhe pedia um favor impossível de ser atendido.

— Lamento, mas não posso.

— Não seria melhor dizer que você não quer, Antoine? Você me conhece há quantos anos? Mais de 15. E você prefere poupar o embaixador, um completo desconhecido? É verdade, vocês se protegem.

Marcas não queria polemizar com o amigo que, sem dúvida, estava alto. Conhecia-o bem; no dia seguinte, Jaigu se confundiria em humildes pedidos de desculpas, para que ele esquecesse o incidente.

— Deixa pra lá, Alexis, vou-me embora, estou um pouco cansado. Se você quiser, a gente se fala amanhã.

O conselheiro militar compreendeu que tinha exagerado.

— Não, não vou insistir. Para me desculpar, vou apresentar você a duas atrizes soberbas que só esperam por nós.

Imediatamente pegou-o pelos ombros e o levou até o terraço. Passaram por entre grupos de convidados; seu amigo cumprimentou homens e mulheres, apresentando-os a Marcas, que logo esqueceu os nomes e os títulos, cada um mais pomposo que o outro. A polidez diplomática e seus hábitos particulares o deixavam indiferente. No momento em que chegavam ao terraço, ele viu Sophie Dawes, dirigindo-se à escada que levava à sala do primeiro andar, em companhia de uma loura de pernas magníficas. Ele se pegou pensando no que as duas mulheres iriam fazer lá em cima... Provavelmente, extasiar-se diante das coleções de quadros.

7

*Jerusalém,
8 de maio, à noite*

Alex Perillian morava na cidade velha de Jerusalém. Um luxo perigoso, em meio a operações de *limpeza preventiva* do Exército israelense e instaladores de bombas do Hamas. Mas Perillian era apaixonado pelo bairro que lhe lembrava o Líbano de sua juventude.

Gostava das casas altas com fachadas cerradas que davam para invisíveis pátios internos. Ali, como verdadeiro oriental, passava horas tranqüilas, gozando da brisa e do silêncio. Até tarde da noite, fumando à luz de discretas lanternas, recebia os amigos e vizinhos árabes que conversavam em voz baixa, gemendo sobre a dureza e a injustiça dos tempos modernos, entregando-se sempre, porém, à misericórdia de Alá, justo repartidor do destino.

Embora armênio de origem *e* nascido em Beirute, Perillian mantivera até então excelentes relações com a vizinhança, sempre cuidando para manter a balança equilibrada entre os diferentes clãs das comunidades palestinas. Mas, de uns anos para cá, o clima vinha mudando. Os islâmicos ganhavam terreno e não suportavam mais nem judeus nem outros infiéis.

Acusavam Perillian de espoliar os árabes de sua herança histórica, de revendê-la aos *ateus,* aos *cristãos,* aos *porcos.* Nos últimos tempos, o *Armênio,* como o chamavam, tinha de pagar pela segurança. Pronunciavam o nome de sua origem como um insulto, quase como se cuspissem nele para fazê-lo compreender sua diferença.

A cada transação, ele pagava um imposto clandestino que lhe garantia, pelo menos por ora, a vida e a tranqüilidade. Assim que descobria uma peça arqueológica importante, tinha de informar a um contato, que recebia uma porcentagem significativa. Por isso, no caso da pedra de Thebbah, ele enviou um dossiê completo a Béchir Al Khansa, dito o Emir.

Béchir se movimentava sempre à noite e nunca sozinho. Uma maneira de frustrar a vigilância da Segurança israelense cujos *colaboradores* pululavam em Jerusalém Leste. Havia muito tempo que ele não tinha domicílio fixo e dormia, quando podia, em casas cuidadosamente escolhidas por especialistas na logística de sua movimentação. Um serviço mais do que eficiente, no qual, há muito, os espiões hebreus tentavam se infiltrar.

Todos os dias lhe entregavam uma lista de três lugares diferentes onde se refugiar em caso de necessidade. Cabia a ele decidir se se esconderia numa casa burguesa da cidade velha, num barracão de zinco num campo de refugiados ou até num estúdio alugado com esse propósito meses antes, num subúrbio judeu. Dois guarda-costas o acompanhavam permanentemente, e ele variava de disfarce para escapar a qualquer risco de atentado.

Naquela noite, Béchir usava um bigode fino e uma dessas roupas brancas preferidas pelos ricos comerciantes libaneses. Um traje que convinha perfeitamente para bater à porta de Alex Perillian.

Apesar do calor que reverberava das velhas pedras, os dois homens permaneceram sentados no pátio. Os guarda-costas vigiavam diante da porta de entrada. Béchir deixou a raiva explodir. A pedra de *Thebbah* não estava mais nas mãos de Perillian.

— Alá é grande; ele permitiu a descoberta dessa pedra. E você, você a passou para esses porcos judeus para que eles a profanem com seus dedos impuros!

Alex Perillian respirou fundo.

— Desde quando os respeitosos servidores do Profeta se interessam por uma tabuinha gravada pelos filhos de Sião?

— Tudo o que for encontrado na terra de Alá pertence a Alá. Onde está a pedra agora?

— Como de costume! No laboratório de arqueologia de Jerusalém. Os cientistas a analisam para saber se é autêntica; o preço será alto, e sua parte, grande.

— Pouco importa aos verdadeiros servidores de Deus o dinheiro maldito dos incrédulos! Quero a pedra!

Perillian sentiu a ameaça e disse uma mentira para ganhar tempo.

— Tenha paciência. Assim que as conclusões forem divulgadas, eles me devolverão a pedra. Então você poderá...

— Que Deus amaldiçoe os ímpios que não conhecem sua luz! Ninguém pode tomar conhecimento do sentido da pedra. E muito menos esses cães de Israel! Está entendendo?

— Mas eu não posso fazer nada!

Béchir sorriu.

— Sim, você vai me obedecer.

Inclinado sobre a mesa de trabalho, Marek olhava mais uma vez a tradução da pedra de Thebbah. Acabara de digitar o texto para entregá-lo como pasto à *Hébraïca*. Uma maravilha de programa cuja memória continha todos os textos hebreus antigos, citações dos autores antigos, até as mais recentes descobertas arqueológicas.

Logo *Hébraïca* iria começar a trabalhar e seu sistema de busca compararia cada palavra da pedra gravada com os textos de origem. Em alguns minutos, o programa produziria um diagrama irrefutável de todos os pontos em comum entre os escritos existentes e a nova descoberta. Daria até mesmo a freqüência de cada ocorrência em função das épocas *h*istóricas. Uma ajuda preciosa para datar com precisão um fragmento.

Enquanto o computador fazia as verificações, Marek contemplou a pedra. Dedicara a vida ao passado de seu país, e a cada nova descoberta recuperava o mesmo entusiasmo de estudante, seus sonhos de juventude. Ser o primeiro a anunciar que tinham exumado um fragmento da longa cadeia que ligava o povo eleito a seu destino!

Só que, descobriu estupefato, ele não era o primeiro.

No ângulo direito da pedra, uma mão anônima gravara uma cruz latina, com braços que se alargam do centro para as extremidades como as velas de um navio.

Marek levantou-se. Rapidamente encontrou a *História das Cruzadas*, de Steven Runciman. Uma bíblia para todos os especialistas da história do Oriente Médio. Marek possuía uma edição ilustrada. Folheou algumas páginas e parou diante da reprodução de um desenho de época.

Nenhuma dúvida. Aquela cruz gravada na pedra era mesmo a que ele temia: a cruz pátea da Ordem do Templo.

Essa ordem da cavalaria tinha sido fundada em 1119 em Jerusalém por nove cavaleiros franceses que se instalaram onde supostamente ficava o Templo de Salomão.

Marek, venerável de sua loja, sabia na ponta da língua a história deles. Não se dizia nos altos graus que a maçonaria descendia dos Templários? Uma simples lenda para Marek, ainda moldado pela cultura científica.

A cruz dançava diante de seus olhos. O que faziam os Templários com aquela pedra? Precisava chamar imediatamente Marc Jouhanneau para avisá-lo da descoberta. Seu relógio indicava uma hora da manhã; esperaria o dia seguinte.

Deu uma olhada na pesquisa de ocorrências lingüísticas. A tela do computador se iluminou. Os resultados acabavam de aparecer.

Pacientemente, Marek examinou uma a uma as freqüências. Estavam otimizadas. Salvo por uma palavra. Só uma.

Uma palavra que não existia. Primeiramente a cruz, em seguida um termo desconhecido.

O telefone sobre a escrivaninha tocou. Apesar da hora tardia, Marek atendeu impaciente, irritado pela interrupção. Uma voz melodiosa se ouviu:

— Ah, professor! Que sorte! Tentei achá-lo em casa... Então tentei o laboratório. Bendito seja esse hábito de trabalhar até tarde!

O arqueólogo sentiu que iria perder a boa educação.

— Perillian, se você está me telefonando para saber o resultado dos testes...

— Não, professor! Não! Um milagre, professor! Um verdadeiro milagre! Acabam de me trazer outra pedra. A mesma, professor!

— Você está brincando?

— Não, a mesma origem. A família veio oferecê-la esta noite. O senhor conhece os árabes, professor, sempre escondendo alguma coisa! Eles...

Marek o interrompeu:

— Perillian, você sabe que uma descoberta dessas pode mudar todo o curso das análises atuais.

— É claro que sei, professor! E não quero guardar semelhante tesouro em minha casa!

A impaciência de Marek aumentou um pouco mais.

— Quando é que você pode trazê-la?

— Imediatamente. Só que eu tenho de ficar com a família. O senhor compreende, se eles me vêem sair com a pedra... São capazes de pensar que... Enfim, o senhor conhece os...

— Como, então?

Na mesma hora Perillian sentiu um nó na garganta. Estava apostando a vida, desta vez. O judeu tinha de acreditar nele. A qualquer preço.

— Ouça, vou mandar Béchir. É meu empregado, um homem de confiança. Só que ele vai ter de passar pelas barreiras do Exército e...

— Não se preocupe com isso. Mande por fax uma cópia dos documentos dele. Eu avisarei diretamente o Ministério. Ele poderá se apresentar nos postos de controle daqui a meia hora.

— Obrigado, senhor professor. O senhor vai ver, é uma peça única...

Marek desligou. Tinha mais o que fazer além de escutar a falação do notório traficante. Seu olhar fixou-se novamente na tela do computador.

A palavra revelada pela pedra de Thebbah estava lá.

Tão logo desligou, Perillian virou-se sorridente para Béchir.

— Está vendo...

Não teve tempo de completar a frase. Uma dor aguda lhe transpassou o ventre. O cano lustroso de uma pistola munida de silenciador brilhava na penumbra.

Béchir ficou pensativo por um instante, contemplando o comerciante que caía lentamente diante dele, com os olhos arregalados. Tinha visado o baço, concedendo-lhe assim uma morte misericordiosa; certamente dolorosa, mas rápida. Quase se espantou com sua bondade; antigamente ele gostava de ver a vida se esvair lentamente do corpo das vítimas.

Não por sadismo, por simples curiosidade, vontade de captar o enigmático fulgor que vinha no momento final. Lembrou-se de um jovem soldado de Tsahal, sentinela de uma colônia hebraica isolada, que ele tinha degolado. O militar agonizou durante alguns minutos, com o olhar tão espantado quanto o de Perillian.

Os judeus expiravam exatamente do mesmo modo que os árabes ou cristãos. Quando era mais jovem, Béchir acreditava, segundo os preceitos dos ulemás, que os verdadeiros crentes, discípulos de Maomé — que Alá, o misericordioso, os proteja —, passavam desta para melhor de maneira diferente. Enganara-se. Os traidores árabes a serviço dos judeus, executados por suas próprias mãos, morriam como os outros.

Béchir guardou a arma no casaco e saiu do quarto do armênio sem fazer nenhum ruído. Os dois guarda-costas seguiram-no em silêncio e entraram no carro com chapas frias.

Ele deu o endereço do Instituto Hebraico; tirou o terno e enfiou-se na djelaba empoeirada.

Antes do fim da noite, sabia que veria novamente no olhar de outro homem, agora um judeu, extinguir-se a luz da vida. Mas esse homem não seria favorecido pelo mesmo tratamento concedido a Perillian.

Explicaram-lhe com precisão o ritual de morte que deveria aplicar a sua vítima.

8

*Roma,
palácio Farnese, Embaixada da França,
8 de maio, 23h*

Sophie Dawes correu pela grande sala fracamente iluminada pelas discretas luzes do parque. Sem fôlego, a respiração entrecortada, como se o ar não quisesse mais entrar nos pulmões por causa do medo que lhe estreitava os vasos do corpo.

A porta que dava para a biblioteca ficava lá no fundo. Esperança de escapar à perseguidora. A moça girou a maçaneta com toda a força. Em vão. A porta de madeira esculpida continuava desesperadamente fechada. Esgotada pela corrida, Sophie desabou no piso com reflexos sombrios.

Um som de passos, flexíveis e leves, se fez ouvir à entrada da grande sala, seguindo ao longo da parede coberta de afrescos, contornando com precaução os móveis autenticados do *quattrocento*.

Deitada no chão, Dawes percebia os sons alegres da festa que atingia o auge na sala de recepção no térreo. Mas nem o tilintar das taças de champanhe nem o riso dos convidados chegavam a abafar o ruído assassino dos passos que se aproximavam. Ela recuperou o fôlego e se arrastou na direção da janela.

— Não adianta.

A voz era firme; o tom, decidido.

Paralisada de medo, Dawes ergueu lentamente os olhos.

Diante dela, a jovem mulher loura a contemplava com um sorriso estranho, segurando numa das mãos um cassetete de choque elétrico com ponta metálica. A voz zumbiu de novo como num sonho ruim:

— Diga-me onde estão os documentos.

— Mas que documentos? Não estou entendendo nada. Por favor, deixe-me ir embora! — respondeu a moça, imóvel no chão.

— Não banque a idiota!

Com a ponta do cassetete, a mulher levantou lentamente a barra da saia.

— O que você descobriu não lhe interessa absolutamente. Você é uma simples arquivista. Então, diga-me apenas onde estão os papéis.

Uma onda de pânico envolveu o corpo de Dawes. Agora ela estava se sentindo nua, totalmente nua.

A voz se tornou mais incisiva.

— Você foi contratada quando era arquivista, faz agora um ano. Exatamente depois de sua defesa de tese na Sorbonne. Uma bela apresentação oral, com total segurança. A banca gostou muito. No entanto, você parecia um pouco, como direi, *engomada* naquele tailleur tinindo de novo. Falta de hábito, sem dúvida. O que mais? Ah, sim! Você deveria ir a Jerusalém, amanhã...

— Não é possível! Você não pode... — gemeu Dawes.

— Mas claro que sim. Você ainda tem certeza de que não tem nada a me dizer? Então eu continuo. Foi seu orientador quem cuidou de suas novas funções, e ele tem muitos amigos, ou deveria dizer, muitos *irmãos*?

Como se tivesse levado uma chicotada, a jovem arquivista tentou se levantar. O cassetete entrou em ação.

Ela gritou de dor, segurando o ombro.

— Silêncio, ou lhe quebro a outra clavícula.

— Eu suplico...

— Onde estão eles?

— Não sei. Não sei de nada — chorava Dawes.

A voz mudou brutalmente de tom.

— A mentira não é aconselhável. Temo, infelizmente, não ter me feito entender — sussurrou a moça.

O instrumento preto como ébano girou um instante e se abateu sobre a nuca de Sophie. Ela não sentiu mais as pernas e, no entanto, a mulher que a supliciava parecia sinceramente triste com o que estava acontecendo.

A voz melodiosa continuou:

— Você não pode mais se mexer, mas falar ainda é uma opção possível. É sua última chance.

Sophie Dawes agora sabia que o próximo golpe seria fatal se continuasse em silêncio. Seria assassinada exatamente acima da sala cheia de centenas de convidados... Ninguém poderia vir em seu socorro. Não tinha mais escolha.

— No meu quarto no Hilton, número 326. Juro, não me machuque mais.

Sophie não conseguia deixar de fixar os olhos amendoados de seu carrasco. Um olhar estranho, ao mesmo tempo claro e distante. Quando a moça, que se apresentara como Hélène, conversou com ela perto do bufê, Sophie foi envolvida por seu charme. A moça a perturbava, tanto mais que Sophie tinha acabado de se afastar de um tira, modelo perfeito de personagem grosseiro, o macho seguro de si.

Elas conversaram com entusiasmo sobre pintura italiana, o que, por coincidência, era também a paixão predominante de Hélène. A sedução, refinada, excitante, aumentava, e Sophie não resistiu muito quando a bonita loura convidou-a a se isolarem no andar de cima, longe da multidão, para verem os afrescos.

Sophie assumia sem complexos sua bissexualidade e adorava situações perigosas no amor, o que, aliás, tinha dito a um amante, um americano mais velho que ela, que aceitara o fato sem argumentar.

As duas mulheres subiram ao primeiro andar, para uma sala liberada aos convidados, sob o olhar plácido de um membro da segurança.

O pesadelo começou assim que elas fecharam a porta, no exato momento em que a loura lhe puxou o rosto como que para beijá-la.

Sophie só teve tempo de ver Hélène pegar uma pequena caixa preta que crepitava, e recebeu, em vez do beijo desejado, uma descarga elétrica que a levou ao chão.

Em seguida, como num pesadelo, a loura levantou-a e fez com que ela se sentasse num canapé.

Sophie recuperou logo os sentidos e com um pontapé nas costelas da agressora livrou-se, fugindo para a biblioteca, conseguindo assim uma folga de alguns segundos. Foi inútil.

Agora, Sophie tinha perdido a parada. Rezou para que a agressora a largasse. Não era justo; só tinha 28 anos, e sua vida mal começara. Percebeu com alívio um sorriso quase afetuoso no rosto de Hélène.

— Obrigada. Você terá uma morte mais rápida.

O anjo louro deu um beijo delicado na fronte de sua vítima e desferiu-lhe um golpe rápido na cabeça.

Sophie ouviu o silvo do cassetete no ar. Por reflexo, levou a mão ao rosto. Os dedos se quebraram com o choque. Caiu no chão, com o maxilar solto, sujando de sangue o piso encerado.

No térreo, a recepção prosseguia. Um tenor, acompanhado de um quarteto, interpretava árias de óperas italianas. Os sons da festa subiam através dos pisos históricos, deslizando ao longo das paredes seculares, invadindo os quartos particulares, os salões dourados, alcançando todos os recantos do velho palácio.

Antes de expirar, ao som de uma ária de Donizetti, *Una Furtiva Lagrima*, Sophie compreendeu de repente por que a matadora a atingira três vezes com o cassetete, em determinados pontos do corpo.

Ombro.

Nuca.

Fronte.

Quis pronunciar o nome que lhe vinha à boca, mas soltou o último suspiro.

O carrasco observou por instantes a jovem estendida no chão. Seu contrato exigia uma morte com uso de bengala ou objeto contundente em três partes precisas do corpo. As ordens tinham sido claras.

Ela cumpriu a ordem sem emoção, mas lamentou não ter podido usar sua arma favorita, a faca, infinitamente mais prática. Hélène apagou cuidadosamente suas digitais no cassetete que jogou no chão.

Missão cumprida, embora quase tivesse estragado tudo quando o mordomo apareceu de repente na cozinha na hora em que ela estava procurando o cassetete na bolsa. Logo depois que ele a despachou, ela se trocou rapidinho no toalete: o vestido preto estava oculto debaixo do uniforme de garçonete. O alvo não apresentou nenhuma dificuldade. Hélène conhecia os gostos da moça.

Bom trabalho. Agora tinha de voltar à sala, descer a escada como se nada tivesse acontecido, passar pelo agente de segurança, voltar ao toalete para se trocar, pegar a bolsa, pronta para abater o mordomo. Ela conhecia pelo menos dez métodos de se livrar de um macho com aquela corpulência.

A vida é maravilhosa, pensou a matadora ao sair da sala.

9

*Jerusalém,
Instituto de Estudos Arqueológicos*

Marek tinha lido Descartes. O *Discurso do Método*. As primeiras páginas, sobretudo, o fascinavam. A imagem daquele filósofo fechado sozinho em seu quarto, sua *estufa*, como ele dizia, e que, apenas pelo poder do raciocínio, alcançava a solução de qualquer problema...

O pesquisador tirava daí uma lição de vida, um método pessoal de reflexão que explicava por que ele preferia trabalhar à noite, no laboratório deserto. Marek falava sozinho. Em voz alta. Lançava fragmentos de idéias para as paredes e esperava que a ordem surgisse do caos.

Batucou no teclado do computador. Seu relatório sobre a pedra ganhava forma.

(...) segundo fórmulas rituais similares que são encontradas em outros textos da mesma época, trata-se de um escrito dos intendentes do Templo. Vários funcionários, diretamente subordinados ao rei, tinham como encargo o bom funcionamento do santuário. Trata-se, evidentemente, do intendente do edifício, cuja função é assegurar a manutenção do Templo.

Segundo os levantamentos arqueológicos, o canteiro de reconstrução do Templo durara vários anos. Sem dúvida por falta de mão-de-obra qualificada e, especialmente, de matérias-primas.

(...) Infelizmente, temos apenas um fragmento. O início da carta está faltando, mas pode-se deduzir quem é o destinatário: um mercador itinerante, dadas as referências a determinados materiais a serem adquiridos. Em particular, dois tipos de madeira são citados: o cedro e a acácia.

Marek pegou uma Bíblia inglesa. O Livro dos Reis descrevia com precisão a construção do Templo encomendado por Salomão. Estava tudo ali: as dimensões, a arquitetura interna, os materiais empregados e até o nome de alguns artesãos.

O forro do teto era de cedro do Líbano, a acácia, segundo o Êxodo, serviu para a construção da Arca da Aliança. Quanto ao bronze, era o único metal aceito no Templo, além do ouro.

(...) Sem dúvida, o intendente se dirige ao chefe da caravana de partida...

Pondo a Bíblia sobre a mesa, Marek pensou no fato de que mais da metade dos fragmentos de escritos antigos encontrados no mundo todo era dedicada exclusivamente à vida administrativa das civilizações: contas, faturas, leis, decretos, ordens, contra-ordens... Decididamente, o homem sempre foi a presa de dois importantes demônios: a organização e a hierarquia. E a pedra de Thebbah não escapava à regra, salvo num ponto:

(...) três linhas antes das fórmulas tradicionais de saudação, o intendente acrescentara uma última ordem, um interdito imprevisto:
E, sobretudo, vigia teus homens, que eles não comprem nem tragam esse grão do demônio bv'itti que fomenta o espírito do homem até a profecia.

BV'ITTI.
Consultou tudo. Dicionários etimológicos, léxicos das línguas semíticas, estudos escriturais, tudo, e em lugar algum a palavra apare-

ceu. Como se, no tormento das idades, esse vocábulo não tivesse sobrevivido, perdido nas tribulações do povo judeu.

E ele, Marek, era o primeiro a ver ressurgir aquela palavra, atingida de amnésia, que um funcionário obscuro entregara à maldição oficial.

Dessa vez o velho pesquisador decidiu se presentear com um cigarro, o primeiro depois de vinte anos. O jardineiro palestino, Ali, fumava cigarros Craven, deixando sempre um maço na estufa. Quando chegou à porta do laboratório, desarmou o sistema de alarme. No momento em que ia passar pela porta, o telefone tocou. Atendeu com impaciência.

A voz do guarda crepitou no aparelho:

— Professor, o senhor tem visita. O homem disse que o senhor o espera para receber um pacote. Eu o revistei...

Marek percebeu hesitação no tom do vigia. Ver chegar um árabe àquela hora no Instituto não era habitual.

— Está bem, Isaac, mande-o subir, eu me responsabilizo.

— Como o senhor quiser.

O professor desligou e foi até o elevador para receber o mensageiro. Só mais alguns segundos e ele teria em mãos um tesouro precioso, inestimável.

As portas do elevador se abriram com um sopro, dando passagem a um homem usando uma djelaba, de rosto alongado e olhos penetrantes, que avançou para ele, sorrindo. Trazia um saco de lona bege, sujo.

— Professor, transmito-lhe os cumprimentos e os respeitos de meu mestre.

— Agradeço-lhe. Dê-me o embrulho e vá para casa, já é tarde.

O homem acentuou o sorriso.

— Muito obrigado, professor. O senhor teria a bondade de me dar água? Estou com sede e não encontrarei nenhum café aberto a esta hora da noite.

Marek tomou-lhe a bolsa das mãos, quase grosseiramente.

— É claro. Siga-me até meu escritório, onde há um filtro.

Os dois homens atravessaram o grande corredor que ladeava as salas de aula e de pesquisa e chegaram a um pequeno recinto atulhado de livros e revistas.

— Sirva-se, os copos estão sob o aparador.

Mal havia completado a frase e o pesquisador já se lançava sobre a bolsa de lona, abrindo-a com gesto brusco. Febrilmente, desamarrou o cordão de linho e retirou uma massa escura, enegrecida, que pousou sobre a escrivaninha. Ajustou os óculos e observou detalhadamente os contornos da pedra.

Se aquela pedra completava a outra, talvez ele encontrasse nela informações sobre a palavra desconhecida.

Em dez segundos, Marek retirou os óculos e esfregou os olhos. Sua voz tremia de indignação.

— Isso é uma brincadeira? Esse pedregulho é uma falsificação grosseira, não se poderia vendê-lo nem para turistas americanos! Perillian ficou burro? Estou avisando...

Não teve tempo de completar a frase; um golpe violento quebrou-lhe o ombro. Caiu por terra, sufocado de dor.

A voz suave de Béchir ressoou como num sonho:

— Você não tem que me avisar de nada, judeu. O problema de vocês, filhos de Israel, é que ainda pensam que são os donos da minha terra. Sou eu que te previno, agora. Tua morte está chegando bem ligeira. Encarregaram-me — e acredite, eu lamento — de acabar com você a pauladas.

Novo golpe abateu-se sobre Marek. Sobre a nuca. Estava no limite da consciência, mas se lembrava de tudo.

Aquela execução de sessenta anos atrás, no campo de Dachau. Viu de novo o SS bater com força em seu companheiro de infortúnio, Henri Jouhanneau. O terceiro golpe seria o definitivo, mas ele não teve de esperar; seu coração não funcionava mais. Antes de morrer, pronunciou uma única frase, repetida muitas e muitas vezes no ritual maçônico, fixando os olhos do matador:

— A carne se desprende dos ossos.

— Mais um ritual judeu — resmungou Béchir batendo violentamente na fronte do velho.

O sangue coloriu o rosto do pesquisador.

Béchir pousou a picareta ensangüentada, instrumento indispensável nas escavações de boa qualidade naquela parte do globo; em seguida, dirigiu-se à escrivaninha do judeu. Logo a encontrou.

A pedra de Thebbah repousava tranqüilamente sobre a mesa atulhada de livros e papéis. Passou-a para a bolsa, assim como um dossiê que estava ali. O computador brilhava ao fulgor de uma lâmpada. Béchir imprimiu a página que estava na tela com os comentários do pesquisador sobre a pedra e apagou o arquivo.

Deixou a luz acesa, refez o caminho de volta ao elevador e passou por cima do cadáver, prestando atenção para não sujar a djelaba no sangue que escorria da cabeça do morto.

Enquanto o elevador descia, ele se perguntou sobre os motivos do ritual de morte que o mandante lhe havia imposto. Complicado demais para seu gosto. Naquele momento, ele preferia o estrangulamento: mais rápido e mais limpo. Na juventude, a degola tinha sido seu mais leve pecado. Tempos depois, numa noite de setembro, em Beirute, quando estava executando um contrato, a eliminação de um rival de Arafat durante uma festa particular, um jato de sangue manchara seu imaculado terno Armani. Um magnífico terno vindo diretamente da Itália, equivalente a um terço do contrato, bom para o lixo. Motivo para se largar definitivamente esse método poluidor de seus ternos feitos sob medida. Desde aquele dia, converteu-se à utilização da pistola e da corda de linho.

E o pior é que depois ele ficou sabendo que tinha sido usado pelos judeus, por intermédio de um jordaniano que se bandeara para o Mossad.

Béchir atravessou o pátio do Instituto e se dirigiu ao vigia hipnotizado pelas louras oxigenadas de *SOS Malibu*, que rebolavam de maiô na tela da pequena televisão pendurada na guarita. O guarda morreu na hora, na frente de Pamela Anderson fazendo ardente boca a boca numa vítima de afogamento.

Béchir deu uma olhada no seriado; ele também gostava das novelas americanas, infelizmente só podia vê-las quando ia à Europa ou aos Estados Unidos. Aqui, ele fingia ser o Emir, fiel entre os fiéis, humilde e virtuoso.

Essa esquizofrenia não o perturbava de fato; as divagações dos mulás lhe eram favoráveis, a época cheirava a Jihad, e Bin Laden tinha dado impulso ao Islã.

No fundo, porém, ele continuava um gozador, adorava a companhia das mulheres, apreciava os bons vinhos e não desprezava o luxo. A moral dos ulemás e seu ascetismo o aborreciam prodigiosamente. Preferia de longe o pan-arabismo de Nasser ou o nacionalismo ultrapassado de Kadhafi. Os cães iranianos tinham pervertido tudo com a revolução deles, e agora tinha de se moldar ao islã mais intransigente para ganhar a vida como matador.

Abrira-se uma única vez diante de um prisioneiro judeu capturado num subterrâneo de Ramallah. Um colono raptado ao acaso que era preciso matar para servir de exemplo depois de um ataque assassino de Tsahal. Quase que rotina. De bom humor, começou a conversar. O colono, convencido de construir a grande Israel, detestava, no entanto, os integristas de sua religião. Tinham ambos chegado à conclusão de que o desvio fundamentalista nas duas religiões do Livro instilava verdadeiro veneno. Béchir passou uma tarde excelente e, pela primeira e última vez em sua carreira, deixou o judeu sair com vida. A cólera dos bufões do Hezbollah, para quem trabalhava na época, fez com que tivesse um excelente momento.

Béchir consultou o relógio: tinha tempo de sair do Instituto e se refugiar num de seus esconderijos a um quilômetro de distância. O posto da guarda estava em silêncio. Béchir delicadamente retirou a fita do gravador ligada à câmera de segurança. Todos os vestígios tinham de desaparecer. Era quase fácil demais, nada que chegasse a estimular sua adrenalina.

Hesitou alguns segundos, em seguida apertou o botão amarelo que fazia soar o alarme, uma sirene rasgou o silêncio. Em poucos minutos, duas ou três viaturas de polícia estariam ali, com todas as sirenes ligadas.

A aceleração da pressão sangüínea irradiava-lhe o cérebro e o coração. A excitação estava de volta. Afastou-se correndo para o carro onde seus dois guarda-costas esperavam pacientemente, preocupados com o alarme.

O plano funcionou às mil maravilhas; uma toca onde poderiam se esconder esperava-os a cinco minutos de carro dali. Béchir apalpou a bolsa de lona que continha a pedra, enquanto olhava a rua que desfilava rapidamente diante de seus olhos. Uma noite bem bonita em Jerusalém.

10

*Palácio Farnèse,
a Grande Galeria,
8 de maio, 23h30*

Marcas sentiu que dessa vez seu charme surtia efeito; a produtora francesa morria de rir cada vez que ele dizia alguma coisa engraçada. Ele a convidaria para fugir e ir beber alguma coisa no centro da cidade.

Percebeu que o tocavam no ombro.

Alexis Jaigu inclinou-se, para lhe falar ao ouvido.

— Vem depressa, preciso de você agora.

Marcas suspirou. Dessa vez, não, não iria perder a única possibilidade de acrescentar um toque sensual à sua escapada romana. Antes que tivesse tempo de protestar, o conselheiro militar puxou-o, resmungando:

— É urgente, Antoine.

— O que está acontecendo?

— Acompanhe-me ao primeiro andar e você vai compreender.

Marcas desculpou-se com a produtora, afirmando que não demoraria.

A festa tinha chegado ao clímax, os convidados dançavam sem parar, o quarteto fora substituído por um DJ que emendava sucessos do momento. Tinha virado o fino do fino em algumas representações diplomáticas contratar um DJ para dar um tom mais animado às festas muitas vezes pretensiosas.

Marcas acompanhou Alexis, que subiu as escadas de três em três degraus, quase no mesmo ritmo dos compassos de Benny Benassi que retumbavam nos alto-falantes, um som que seu filho de 10 anos lhe tinha apresentado.

Dois homens que impediam a passagem para a grande porta do salão nobre se afastaram diante do conselheiro militar e seu amigo.

Ao entrar, Antoine viu outros dois gorilas da Embaixada inclinados sobre uma massa informe que ele não conseguia distinguir.

Aproximou-se e viu o que chamava a atenção dos funcionários da segurança.

No chão, estava a moça que ele tinha tentado namorar uma hora antes. O corpo parecia desarticulado, uma poça de sangue impregnava o piso recém-lustrado com cera de abelha, cujos eflúvios se misturavam ao perfume da vítima, provavelmente Shalimar, notou o policial.

Alexis Jaigu respirou profundamente, depois se agachou ao lado do cadáver.

— De jeito nenhum esta morta pode chegar às manchetes da imprensa italiana; seria uma publicidade desastrosa para a imagem da Embaixada. Nossas relações com o governo Berlusconi já não são muito boas... Os pasquins da península vão adorar!

Marcas franziu as sobrancelhas.

— O que é que eu tenho com isso? Você sabe muito bem que não tenho nenhuma autoridade para tratar deste caso. Não vai me pedir para investigar, é assunto de responsabilidade da segurança.

Jaigu continuou olhando para o corpo sem vida.

— Eu sei, mas eles não são especialistas em homicídio, e você é. Além disso, a vítima era justamente uma amiga íntima do responsável pela segurança. Temo que isso embote seu julgamento. Eu lhe peço, me faz este favor! Observe o que achar suspeito; o responsável pela segurança foi chamado com urgência, mas...

Marcas suspirou.

— Está bem. Mas eu preciso de uma equipe de especialistas para verificar as impressões, examinar o corpo e...

Jaigu o interrompeu:

— Não há tempo, eu só quero uma opinião. A segurança recebeu ordem de cercar as imediações da Embaixada. Já temos uma testemunha que pode identificar o matador.

Marcas inclinou-se sobre o corpo.

— E então?

— A vítima subiu há mais ou menos 45 minutos com outra mulher, os guardas viram. Dez minutos depois, ela desceu e sumiu. Não vendo a outra convidada aparecer, o agente entrou na sala e descobriu o corpo. Imediatamente deu o alerta.

— Continuo sem saber por que você me mete nesse crime. Não tenho nenhuma competência aqui. O chefe da segurança vai ficar furioso; pelo menos, em seu lugar, eu ficaria.

Jaigu sorriu, pouco à vontade.

— Certo. Então, ouça. Desde que vim para cá estou em guerra aberta contra ela.

— Ela?

— Sim, é uma mulher. Jade Zewinski. Um tipo terrível. Por sorte o agente de serviço no topo da escada é um amigo meu; ele me avisou antes de avisar a ela. Só quero a tua opinião antes que ela chegue. Com isso poderei ficar sabendo mais sobre a situação e informar o embaixador em primeira...

— Você quer se valorizar, não é?

— Escuta! Uma só pista pode ser importante. Além disso, passar à frente da chata da Jade seria um enorme prazer. A amiga dela, encontrada assassinada na Embaixada, primeiro crime neste lugar tão prestigiado, desde as torpezas da família Farnèse, vai certamente prejudicar sua promoção. Se com isso ela não for transferida para uma república da Ásia Central, peço para ser recebido por seus maninhos.

Marcas detestava o caráter conspirador do amigo, e não queria se envolver com jogos de poder que considerava inadmissíveis. Mas, intrigado com o assassinato, decidiu examinar o cadáver. Notou os golpes dados na fronte e no ombro. Curioso modo de morrer; isso lhe dizia alguma coisa, mas não conseguia entender aquele fragmento de lembrança.

Jade Zewinski não gostava do próprio nome; tinha certeza de que indicava um objeto frágil, precioso, decerto, mas delicado. Ora, a delicadeza não fazia parte de suas qualidades. Depois de um bacharelado obtido sem glória, Jade bateu sem hesitar à porta do Exército.

Tudo, menos continuar suportando a atmosfera sufocante da pequena cidade provinciana onde seu pai se suicidara. Ao fim de cinco anos, ela ocupava um posto no Afeganistão. A única mulher mandada para área de combate, ligada a personalidades midiáticas ou políticas de passagem. Dava para preencher um bom caderno de endereços.

Um ano depois de sua chegada, ela voltou na bagagem de um diplomata hábil que recrutava discretamente para o serviço de informação. Mais um ano, e porque as ameaças terroristas estavam se intensificando, ela foi para Roma, como encarregada da segurança da Embaixada.

Ali, pelas costas, era chamada de *Afegã*. Esse apelido lhe agradava muito mais do que Jade...

Usando uma calça larga, de cor escura, e um casaco grande o bastante para que ela pegasse a arma de serviço com rapidez, Zewinski empurrou sem consideração os convidados da festa. Um chamado no celular interrompera a conversa com o jovem ator italiano. Um perfeito cretino e, além de tudo, pretensioso, mas bastante atraente para se passar uma noite agitada.

Jade largou o bonitão plantado com sua taça de champanhe e sem pedir licença desapareceu, indo ao encontro de seu auxiliar, apavorado.

— Foi sua amiga. Morreu. Encontramos o corpo no primeiro andar. Lamento...

Jade cambaleou, mas se controlou. Sobretudo nunca demonstrar nada.

O homem continuou, hesitante:

— Preciso avisá-la. Jaigu já está lá em cima.

A Afegã empalideceu.

— O quê? Você está brincando?

— Não. É verdade, ele foi avisado antes de você. Não sei como.

— Esse merda não tem nada que fazer lá! Até prova em contrário, ele é só o adido militar. Diga a nossos homens para mandar ele vazar.

— É difícil. Ele tem o apoio do embaixador.

Jade acelerou o passo, empurrou o ministro italiano e quase derrubou o embaixador alemão.

Sentiu um nó na garganta quando pensou na amiga; não se viam há mais de um ano, e Sophie tinha desembarcado em Roma dois dias antes. Mudara muito, estava mais segura, mais madura, quase sem a vivacidade espontânea que lhe dava tanto charme. A amizade delas vinha do colégio, eram muito chegadas, e embora Jade não partilhasse as mesmas tendências sentimentais de Sophie, considerava-a uma irmã. Quando Jade se engajou, Sophie escolheu a universidade, mas a amizade não acabou.

Na véspera, Sophie se abrira com a amiga enquanto jantavam num pequeno restaurante da piazza Navona.

Depois do curso de história comparada, ela voltou para a livraria dos pais, na rue de Seine, especializada em manuscritos antigos, mais exatamente no campo esotérico. A demanda explodia: tratados de alquimia, documentos maçônicos, breviários ocultos do século XVIII; tinha dificuldade em atender aos pedidos dos clientes que vinham do mundo todo.

Paralelamente, entrara para a maçonaria, por curiosidade, graças ao apoio de seu orientador. Esse engajamento a apaixonava e ela se deixou convencer a trabalhar como arquivista nas horas vagas na sede do Grande Oriente. Seu conhecimento de manuscritos antigos dava-lhe a possibilidade de separar e repertoriar toneladas de arquivos guardados ali.

Jade fez cara feia quando soube da filiação da amiga: não gostava dos filhos da Viúva. Por duas vezes em seu trabalho tinha encontrado os irmãos, o que lhe deixara um amargor. Da última vez, um posto em Washington lhe escapara por causa de um iniciado que sabia usar habilmente as conexões. Esse companheirismo a repugnava, mesmo reconhecendo que outras redes existiam no Quai d'Orsay, o Palácio das Relações Exteriores, e que a dos filhos da luz era ali menos poderosa do que a dos católicos ou a dos aristocratas.

Sophie explicou-lhe que tinha aproveitado uma viagem a Jerusalém para fazer uma parada em Roma e vê-la. Parecia tensa, confiando-lhe que estava numa missão para o Grande Oriente, encarregada de entregar documentos a um pesquisador israelense.

Durante o jantar, Jade notou que a amiga não parava de lançar olhares furtivos em volta, como se sentisse vigiada. Aliás, tinha pedido que ela guardasse, se possível no cofre da Embaixada, uma pequena pasta contendo seus documentos. Jade caçoou dos cuidados da amiga, mas concordou para lhe agradar. Em seguida, a conversa se desviou para os homens, assunto inesgotável. Sophie confidenciou-lhe que finalmente tinha assumido sua bissexualidade e que sua vida se dividia entre um homem maduro, rico cliente americano que às vezes passava por Paris, e algumas amigas muito amorosas encontradas em festas particulares.

Rindo, Sophie bem que tentou convencer Jade a acompanhá-la nos caminhos transversos, mas a Afegã se recusava: os homens, embora irritantes e presunçosos, ainda eram seu alvo preferido.

O riso de Sophie se apagara. Definitivamente.

Enquanto subia as escadas que levavam ao andar superior, Jade decidiu não falar nada a respeito dos documentos que sua amiga lhe confiara. Sem compreender por que, ela pressentia que a morte de Sophie estava ligada aos franco-maçons, o que a irritava ainda mais.

Quando chegou à cena do crime, viu Jaigu em companhia de outro indivíduo inclinado sobre o cadáver. Gritou, imediatamente:

— Vocês não têm nada que xeretar aqui! Vão saindo, merda!

Marcas se assustou. Era a voz de uma mulher jovem e, no entanto, cheia de autoridade, habituada a comandar. Assim que se levantou, deu de cara com uma loura de cabelos curtos, com ar esportivo. Ela o encarou com desprezo.

Alexis Jaigu se interpôs:

— Espere, fui eu que pedi para ele vir. É um policial, comissário de divisão lotado em Paris. Pensei que pudesse nos ajudar.

A Afegã o olhou de cima a baixo.

— Desde quando um tipo como você pensa? Se você quisesse mesmo usar o cérebro, teria se contentado em não pôr os pés aqui e ficar longe. Até que provem o contrário, eu sou responsável pela segurança da Embaixada. Portanto, correndo o risco de me repetir, mas apelando para a sua inteligência, vaza daqui e leva esse cara.

Antes que Jaigu pudesse intervir, Marcas falou:

— A senhorita está errada em agir assim, mas compreendo seu ponto de vista. Deixo a investigação para vocês; cada um com seu trabalho. Vem, Alexis; de qualquer modo, já vi o suficiente.

Marcas se afastou prudentemente; não queria ficar no mesmo lugar que aquela megera que o teria feito em pedaços, sem piedade. Com um pouco de sorte, poderia ainda alcançar a produtora e acabar a noite num tom romântico.

Jaigu, que também abandonou o jogo, encontrou-o no alto da escada.

— Então, o que você achou?

— Do que, da megera?

— Não! Do cadáver, ora!

— Não sei, não é fácil. Os golpes não resultam de uma lógica evidente. A morte se deve à pancada na fronte, mas o ombro, não entendo, a menos que desejassem que ela sofresse. Uma clavícula quebrada pode doer terrivelmente. Quanto ao resto, será preciso contar com tua amiga, a valquíria, e a polícia italiana.

— Duvido, está fora de questão que nossos amigos romanos ponham os pés na Embaixada. A jovem mulher terá morrido em conseqüência de um mal-estar.

Marcas olhou longamente o amigo.

— Mas vocês não vão esconder o crime. É ilegal.

— Não esconderemos nada das autoridades francesas, não se preocupe. Quanto aos italianos, por Deus, eles têm muitos assassinatos cometidos pela Máfia para se preocuparem com uma francesinha vítima de uma crise cardíaca. Vem, eu ofereço uma taça de champanhe paga pela República. Mas, antes, tenho de me encontrar com nosso amigo o embaixador.

Zewinski ficou como que hipnotizada diante do cadáver ensangüentado da amiga. Duas horas antes elas estavam rindo na grande sala de recepção e reivindicavam conquistas dos dois sexos, provocando uma a outra.

Revia seu rosto oval atravessado por uma mecha rebelde. Seu riso claro de menina. E, agora, aquele corpo sem vida, aquele amontoado de carne morta que acabaria num caixão. E o rosto arrebentado com um cassetete deixado bem ao lado da cabeça supliciada.

Saiu do transe, consciente de que era preciso agir com rapidez. Seus homens lhe haviam apontado a presença da moça que acompanhara

Sophie ao primeiro andar; sua descrição fora passada a todos os agentes da segurança.

Berrou ordem para dois de seus subordinados:

— Chamem o médico de plantão. Que ele a ajeite um pouco. Vamos arrumar uma ajuda respiratória para a transferência. A máscara de oxigênio cobrirá as marcas dos golpes.

Portas bateram. Ficaram apenas dois homens. Gendarmes. Homens de confiança, e rápidos.

O celular vibrou no bolso do casaco. Reconheceu a voz do embaixador.

— Jade, o que está acontecendo? Qual o nível de gravidade? Jaigu me chamou para me comunicar um crime lá em cima.

Tinham combinado um código para estimar o grau de urgência de acontecimentos imprevistos, baseado na escala Richter que avalia os terremotos. O número equivalente a um nível máximo avisava se havia risco de vida para o embaixador, ou um ataque terrorista.

— Em princípio, 5.

Ou seja, um acontecimento preocupante, mas controlável.

— Está bem. Faça um breve resumo. Tenho de cuidar dos convidados.

— Certo, senhor.

Para Jade, a morte de Sophie mereceria um 8 no plano pessoal.

O embaixador se informou rapidamente sobre a identidade da vítima e procurou saber se poderia ser um crime político. Jade o tranqüilizou; sua amiga não fazia parte do pessoal da Embaixada nem estava entre os convidados importantes da festa.

O embaixador deu-lhe os pêsames e teve mesmo a delicadeza de não soltar um suspiro de alívio.

Jade conhecia o procedimento: o cadáver seria despachado no dia seguinte pela manhã para Paris, munido de um atestado de morte por acidente, ideal para enganar a vigilância dos agentes alfandegários.

Ela mesma acompanharia o embarque do corpo da amiga. O caixão para o transporte seria encomendado na primeira hora do dia seguinte. Com um pouco de sorte, o corpo chegaria a Paris no mais tardar à noite.

Jade não tinha a menor ilusão sobre a presença da assassina na Embaixada; ela já devia ter dado o fora, o que foi confirmado pelo agente de plantão à entrada, que tinha visto sair uma das garçonetes que não se sentia bem.

Sua contratação deve ter sido uma fraude, assim como sua identidade. Sobrava um só indício: as gravações nos vídeos no perímetro da Embaixada.

Jade segurou pela última vez o punho de Sophie e foi para a porta. Seria uma questão de honra encontrar a puta responsável por aquela morte atroz.

No momento em que ia passar pela pesada porta, esbarrou com Antoine Marcas, esbaforido.

— Gostaria de verificar uma coisa no cadáver.

— Sem chance. Saia antes que eu o mande pôr para fora.

— Não seja tola. Ouça, mesmo que eu não possa vê-la, vá até o corpo e examine-lhe a nuca. Por favor, é muito importante.

Jade olhou friamente para o policial, depois deu de ombros.

— Está bem, mas se o senhor estiver me fazendo perder tempo, vai se arrepender.

Marcas esperou pelo menos um minuto até que Jade voltou. Parecia perturbada.

— Sophie recebeu, na nuca, um golpe que deve ter fraturado a cervical. Como é que o senhor sabia?

Marcas segurou-lhe o braço.

— Seria melhor se conversássemos longe daqui.

A Afegã se soltou, enraivecida.

— Basta! É agora, imediatamente.

Antoine hesitou, em seguida fez a pergunta que lhe queimava os lábios:

— Sophie era sua amiga, não? Ela tinha ligação com a franco-maçonaria, ou fazia parte dela?

— Qual a relação com o crime?

— Responda. Não estou querendo enganá-la.

Jade franziu os lábios.

— Sim, ela era membro. Agora é sua vez: explique-se!

Marcas circulou o olhar pelos quadros dos mestres florentinos, depois se pegou respondendo:

— A carne se desprende dos ossos.

11

Roma

Hélène abafou um grito de raiva. Tinha revirado o quarto do hotel: nem sombra dos documentos. O mandante não iria gostar do fracasso. A francesa a tinha enganado.

Sentou-se na cama macia e tentou se controlar. Habituaram-na a pensar com calma. Lentamente, voltou a inspirar e pronunciou em silêncio frases simples. Alguns anos atrás, quando estava na fronteira sérvia, tinha visto um padre ortodoxo rezar assim. A cada movimento respiratório ele dizia a meia-voz uma frase sacramental: *Kyrie eleison. Kyrie eleison.*

Em torno, os companheiros de infortúnio berravam de desespero ao mesmo tempo que, a alguns metros, croatas ilícitos estupravam as mulheres e depois as degolavam. Só o padre mantinha uma serenidade absoluta. À medida que ele rezava, tocava o peito com o queixo, e a estranha salmodia se elevava entre gritos de desespero.

Aos poucos, os sérvios se acalmaram. Um a um entoaram a palavra sagrada. Essa comunhão na fé exacerbou a raiva dos croatas, e suas armas automáticas cuspiram morte. Longamente Hélène observou o rosto do padre morto. Ele apresentava uma expressão indefinível, serena. Desde então, quando era tomada pela raiva ou pela dúvida, ela pronunciava frases antigas, contos da infância que sua mãe lhe cantava. A época feliz de sua vida.

Mas agora precisava pensar.

Desde que tinha chegado a Roma, Sophie Dawes só mantivera contato com a funcionária da Embaixada, sua amiga de infância. Porém, ela as tinha seguido. Portanto, só a moça do palácio Farnèse poderia estar de posse dos documentos, e como estava fora de questão voltar à Embaixada, Hélène compreendeu que sua missão havia falhado. Não importava o que fizesse, seria impossível se aproximar da amiga de Sophie Dawes sem correr o risco se ser localizada.

Hélène saiu do quarto, guardou o cartão magnético universal no bolso. Desde que os hotéis trocaram as boas e velhas chaves por cartões de plástico com fita magnética, entrar nos quartos tinha virado brincadeira de criança. Ela havia comprado um pequeno aparelho de codificação eletrônica numa loja especializada em Taiwan por apenas 10 mil euros, e agora circulava como na própria casa na maioria dos hotéis do mundo, pelo menos naqueles que não tinham instalado um sistema de segurança.

Pegou o elevador e saiu do hotel, incógnita. Esperaria até o dia seguinte para fazer o relatório.

Jade pediu que o interlocutor repetisse mais uma vez. O rosto de Antoine se crispou.

— *A carne se desprende dos ossos.* Você não pode compreender! É uma frase ritual maçônica, dita para lembrar o assassinato de Hiram, o fundador lendário da ordem.

— Não vejo a relação. O senhor poderia traduzir para esta profana aqui, já que suponho que o senhor faça parte dessa ordem?

Marcas passou a mão no rosto, sentindo a barba que já estava apontando.

— ... Foi atacada três vezes. Ombro, nuca e fronte. Como na lenda de Hiram. Veja, na tradição maçônica, está escrito que no tempo do rei Salomão vivia um arquiteto que construiu seu famoso templo. Detentor de poderosos segredos, Hiram provocou a inveja de três operários que quiseram arrancá-los dele. Armaram um complô e, numa noite, prepararam uma emboscada...

Perplexa, Jade olhou para ele.

— Isso é delírio! Sophie acaba de ser assassinada e o senhor está me recitando uma passagem da Bíblia. Estou pirando!

— Deixe-me terminar. O primeiro operário atingiu-o no ombro; Hiram recusou-se a falar e fugiu. O segundo deu-lhe um golpe na nuca, mas o grande arquiteto conseguiu escapar, e topou com o terceiro, que o liquidou com uma pancada na fronte.

Dessa vez ela não o interrompeu. Marcas continuou falando:

— Essa história possui um sentido muito importante para nós; não se pode tomá-la ao pé da letra, ela está carregada de símbolos. Porém, o mais estranho não é isso...

— O que mais?

— Corre um boato nas lojas. Sempre que há uma perturbação histórica, esse tipo de crime precede perseguições aos franco-maçons.

— Você é maluco!

— Você é inculta! Há mais de um século, aconteceram crimes similares na Europa. Sempre o mesmo ritual: ombro, nuca e fronte. Como se se quisesse imprimir o sinal do martírio aos franco-maçons, pois evidentemente todas as vítimas o eram.

— Mas como o senhor sabe disso?

— Eu lhe disse, são velhas histórias transmitidas boca a boca...

— E...

— E a mensagem nos é, sem dúvida, diretamente endereçada.

— E vocês sabem quem foram os autores? É verdade que vocês têm muitos inimigos!

— Nossos inimigos não existem, só existem ignorantes.

A Afegã o olhou ferozmente e balançou a cabeça.

— Deixo-o com seus contos e lendas. Quanto a mim, tenho um assassinato nas mãos: o de uma amiga que me era muito querida. Se ela não tivesse entrado para a sua seita, ainda estaria viva.

O clima estava ficando tenso. Enfrentaram-se olho no olho.

— Não me insulte, não faço parte de uma seita e não acredito que sua amiga tivesse a mesma opinião que a senhorita. E já que não quer me ouvir, prefiro ir embora e esquecer o caso.

O som das vozes ressoava pelos lambris do palácio que guardavam inúmeros ecos de desentendimentos, complôs e conspirações desde o tempo dos Farnèse.

Dessa vez foi a Afegã quem o reteve pelo braço. Antoine fuzilou-a com os olhos. Não gostava daquela mulher e quis que ela ficasse sabendo de uma vez por todas.

— Tire a mão de mim. Sua tolice só se iguala à sua incompetência em matéria criminal. Aconselho-a a me deixar ir. Para o seu próprio bem.

Ela esboçou um sorriso desafiador. Aquele tirazinho merecia uma lição.

— O que é que o senhor vai fazer? Pedir socorro aos amiguinhos?

A irritação de Marcas cresceu. As palavras, no entanto, brotaram como num sopro:

— Basta a imprensa. O Quai d'Orsay ficará encantado. Não é todo dia que se mata uma residente francesa no palácio Farnèse.

— Não vai ter tempo de fazer isso!

— A senhorita se esquece dos meus *amiguinhos*. Parece que há muitos deles entre os jornalistas. Quer que eu dê um telefonema? Sou a favor da transparência.

Tirou um celular cinza-metálico do bolso. A Afegã cerrou os punhos e abaixou o tom:

— É uma chantagem miserável. A transparência! Muito engraçado, vindo de um franco-maçom que passa o tempo fazendo complôs na loja.

— Não seja tola.

— Vejamos. As reuniões proibidas às pessoas comuns, sem falar nos trejeitos com aventais ridículos, as redes de camaradas infiltrados em todos os meios, os jeitinhos para conseguir contratar um mano... Sou uma idiota, isso não existe, naturalmente!

— Não vou entrar nesse terreno.

— Mil perdões. Afinal, sou apenas uma simples profana que não tem o privilégio de desfrutar da luz do Grande Arquiteto do Universo.

— Não temos nada a esconder.

— Todo mundo tem um segredo!

Marcas a observou, desconfiado.

— Ah, é? Então, qual é o seu?

O tom subiu novamente.

— Eu? Não tenho segredo nenhum. Não levo uma vida dupla de tira e de maninho. Veja, isso deve ajudar na sua carreira.

— Agente secreta e escamoteadora de cadáver, não vale muito mais!

Marcas e Zewinski se encaravam, com o insulto na ponta da língua.

O enfrentamento silencioso durou uns 15 segundos; em seguida, o policial girou nos calcanhares.

12

Jerusalém

O líquido avermelhado escorreu ao longo da garrafa, girou na altura do gargalo e jorrou no copo de cristal delicadamente cinzelado. A preciosa bebida logo encheu todo o copo. A mão imprimiu um movimento seco à garrafa, interrompendo a torrente carmim do *château-laudet*.

Um cheiro perfumado exalou do escrínio cristalino e penetrou os receptores olfativos de Béchir. Um momento de puro êxtase.

Beber um copo de vinho na intimidade representava para ele um desafio estimulante. Se seus próximos soubessem que o Emir se entregava de vez em quando a libações secretas, não há dúvida de que seu prestígio seria duramente abalado. Desafiar o interdito aumentava o prazer da degustação. Levou o copo aos lábios; o líquido retomou a corrida louca para, dessa vez, descer-lhe pela garganta.

Béchir saboreou aquele instante incomparável. O Islã condenava o álcool, mas não fora assim nos séculos precedentes. O Emir apreciava um poeta persa muito antigo, Omar Khayyam, que se celebrizou por seus textos sobre as alegrias do vinho e da radiante companhia das mulheres. Por ocasião de uma visita a Londres ele comprara um exemplar datado do fim do século XIX dos *Rubaiyat* de Khayyam, uma das inúmeras versões que circulavam na época, quando o poeta teve novo momento de glória nos círculos literários ingleses decadentes.

O vinho, líquido divino que abrasa o espírito dos mortais... Com a mão esquerda ele acariciou a pedra de Thebbah, objeto da cobiça de seu mandante. Cem mil euros, um negócio muito bom para uma pedra velha.

Tanto mais que Béchir não tinha saído do Instituto Arqueológico apenas com a pedra. Por precaução, levou também os papéis que o velho judeu pusera sobre a escrivaninha. Exatamente antes de morrer. O Emir tinha uma confiança moderada em seu mandante. Sem dúvida, um europeu.

Um desses colecionadores fanáticos, prontos a tudo para saciar o frenesi da paixão. Mas sabe-se lá? Essa pedra também podia acabar sendo mais preciosa do que se previa. Desde a descoberta dos Manuscritos de Qumran, às margens do mar Morto, a menor peça arqueológica desenterrada na Palestina fascina os pesquisadores do mundo todo.

É preciso dizer que, aparentemente, a luta estava aberta entre os adeptos das duas grandes religiões monoteístas oriundas do Livro. Judeus e cristãos se entregavam a um enfrentamento ideológico que, se escapava ao grande público, não deixava de ter profundas conseqüências religiosas. Para os adeptos do conservantismo judeu, os Manuscritos de Qumran provavam incontestavelmente que os cristãos, na verdade, eram apenas os herdeiros quase diretos de uma seita judaica minúscula, os essênios, que, refugiados no deserto, prediziam o Apocalipse. Nessa perspectiva, o Cristo se reduziria então a um simples profeta de segunda mão, que só teria repetido e transmitido, mal, aliás, a mensagem religiosa dos essênios.

O filho de um carpinteiro inculto que se considerava o Messias! Nada a ver com o filho do Deus Todo-Poderoso. Para os cristãos do mundo todo, essa interpretação é insustentável. E muitos de seus teólogos tentaram provar, ao contrário, o quanto a palavra dos Evangelhos é radicalmente diferente dos textos essênios do mar Morto.

Desde que foram descobertos, em 1947, esses manuscritos provocaram grande estardalhaço. Tanto mais que muitos desses escritos se apresentam em forma de fragmentos cuja reconstituição original levantou mais hipóteses lingüísticas do que certezas científicas. De qualquer maneira, esses famosos rolos, escondidos em jarras de óleo, preocuparam a

Igreja. Livros publicados, em especial nos Estados Unidos, recolocaram em questão a divindade do Cristo, logo, a legitimidade do cristianismo.

Béchir se interessava por essas questões, pois via nesses ataques dirigidos contra a origem da fé cristã a mão e o dinheiro sionista. Para ele, como para muitos intelectuais muçulmanos, os judeus eram incapazes de aceitar qualquer outra crença a não ser a deles mesmos. E muito menos ainda uma nascida no meio deles!

Se apenas os *roumis* pudessem compreender que não tinham inimigo pior que os judeus! No início do ano, entretanto, Béchir se alegrou. Um estudo monumental, não menos de dez anos de escavações e pesquisas, tinha sido publicado, questionando novamente a origem essênia dos Manuscritos do Mar Morto.

De fato, parece que o sítio de Qumran, onde teria vivido importante comunidade de essênios, teria sido apenas um local de produção de cerâmica! Por exemplo, as célebres piscinas de purificação aonde eram levados os turistas ignorantes seriam não mais do que simples tanques de decantação, próprios para recolher argila para a fabricação de louça.

E, além do mais, eram os arqueólogos judeus que vendiam a mina de ouro!

Béchir serviu-se de mais um copo de vinho. Não havia risco de que a pedra de Thebbah provocasse um dia tamanha confusão. Tinha acabado de ler o relatório da análise. Na verdade, tratava-se apenas de um fragmento de contrato comercial. Uma simples encomenda de materiais. Nada que revolucionasse a face da Terra! E dizer que um amador, em algum lugar do mundo, pagava uma fortuna por semelhante banalidade. Com certeza, os ocidentais eram verdadeiros decadentes.

Agora só faltava um obstáculo. Levar a pedra até Paris.

Béchir pousou o copo e teclou o celular de última geração. Conectou-se à Internet e escolheu a página especializada em vôos charter de última hora com preços reduzidos. Em seguida, clicou nos vôos charter com destino a Paris, partindo do Egito. Sair de Jerusalém representava um risco grande demais, e as fronteiras com os outros países árabes tinham a vigilância reforçada. Em contrapartida, a travessia da fronteira entre Israel e a terra das pirâmides tinha sido facilitada.

Esperou as respostas do sistema de busca que fazia a triagem das disponibilidades em mais de trezentas companhias no mundo. Três vôos surgiram na tela. O primeiro, partindo da estação balneária de Charm el-Cheikh; o segundo, de Luxor, e, por fim, o terceiro, do Cairo. Deixou de lado a última sugestão: o aeroporto Nasser era muito vigiado no momento por causa dos traficantes de antigüidades. Sua pedra Thebbah chamaria a atenção dos agentes alfandegários. Luxor, ponto de partida de cruzeiros baratos pelo Nilo, teria servido, mas a cidade lhe pareceu afastada demais, no sul do Egito. Restava uma solução: Charm el-Cheikh.

Abriu uma gaveta da escrivaninha e tirou um gasto mapa rodoviário de Israel e do Egito. Béchir fez uma careta, a estrada costeira que levava a Charm el-Cheikh a partir de Eilat acompanhava o deserto do Sinai, verdadeiro forno naquela estação, mas, sobretudo, era cortada por muitas barreiras do Exército egípcio. O risco era grande demais, e o Egito, má idéia.

Teclou de novo e tentou os vôos que partiam da Jordânia, outro país árabe tolerante com os judeus. Dois vôos partiam para Paris via Amsterdã ou Praga, dois dias depois.

Pela estrada, considerando-se os engarrafamentos pesados, levavam-se pelo menos oito horas para percorrer os 100 quilômetros entre Jerusalém e Amã. Possível, mas a travessia da fronteira não seria brincadeira, o posto era um dos mais bem guardados do Estado judeu, e as revistas, sistemáticas.

Esfregou o copo de vinho com as mãos, aquecendo-o delicadamente.

Uma idéia lhe passou pela cabeça. Luminosa, límpida, arriscada, mas eficaz.

Reservou o vôo para Amã com destino a Paris via Amsterdã e registrou o número do cartão de crédito em nome de Vittorio Cavalcanti, nascido em Milão, negociante com passaporte italiano irrepreensível.

Várias de suas amantes européias lhe disseram que ele parecia italiano; uma delas tinha até achado que ele possuía uma vaga semelhança com Vittorio Gassman. Isso lhe deu a idéia de, às vezes, assumir uma identidade italiana. Entretanto, não seria com esse nome que atravessaria a fronteira jordaniana.

Espreguiçou-se e sentiu o sono dominá-lo; amanhã seria um dia difícil. Pensou novamente em sua vítima: antes de morrer, o velho tinha pronunciado uma frase que soava aos seus ouvidos como uma praga. Não, não era bem isso; seria antes uma maldição.

13

Roma

Marcas girava entre os dedos os palitos que serviam para fisgar as tiras de salmão. Sinal claro de seu nervosismo. Considerou preferível bater em retirada diante da responsável pela segurança em vez de continuar um enfrentamento que estava se tornando ridículo.

Ela o tinha provocado de propósito, com seus ataques contra sua filiação à maçonaria, e nada poderia fazê-la mudar de opinião. Para quê? Não era a primeira vez que ele ouvia essas incriminações e não adiantaria de nada negar. Inicialmente, porque ele não se sentia mais solidário com os companheiros pervertidos, responsáveis pela degradação da imagem dos maçons. E, sobretudo, porque sabia não ter nenhuma chance de fazê-la compreender em que residia de fato seu engajamento e a beleza dos rituais praticados. Ela só via a face sombria...

Decididamente, não tinha sorte com as mulheres. Ou, então, não sabia lidar com elas. Desde o divórcio estava solteiro, e devia haver uma razão para isso. Uma de suas amigas de passagem, numa noite em que ele manifestava um entusiasmo sexual limitado, lhe explicara que com certeza ele não conseguia se libertar da lembrança da ex-mulher. Antoine quase deu uma gargalhada. Na verdade, só pensava na ex-esposa no fim do mês, quando tinha de mandar o cheque da pensão alimentícia. Ou então quando ela, por intermédio do advogado, lhe enviava uma de suas espantosas cartas de queixas mesquinhas e recriminações ácidas de que só ela tinha o segredo. Por fraqueza ou perversidade, Antoine guardava preciosamente essas cartas raivosas.

Uma espécie de fascínio o impedia de destruí-las. Como se podia passar de tanto amor a um ódio tão frio?

Olhou em torno, esperando que a produtora ainda estivesse por ali, mas, para seu desapontamento, ela havia desaparecido da grande sala de recepção. A assistência tinha diminuído à metade. Antoine decidiu pegar o sobretudo e sair da Embaixada; a festa desandara. Jaigu não deu mais sinal de vida, provavelmente estava fazendo o relatório para o embaixador e aproveitando para morder as canelas da colega.

A voz quente e sensual de China Forbes, a cantora do Pink Martini, grupo muito conhecido nas noites mundanas desde o aparecimento de seu último álbum, flutuava no ar. Ele reconheceu o título *U Plavu Zoru*, mistura improvável e repetitiva de violinos, congas, entremeada com uma melodia etérea com a marca de Portland. Antoine se imobilizou por alguns segundos, fechando os olhos para saborear aquele momento delicioso. Além do gosto acentuado pelos Pink e sua viagem pelos sucessos dos anos 40, ele devaneava desde o início a respeito da cantora, desde que a tinha descoberto, quando assistiu a um concerto, no começo de sua carreira, num subúrbio parisiense. Suave mistura de glamour e perturbadora espontaneidade.

A canção terminava suavemente, com os últimos acordes do violino orientalizado, quando ele abriu os olhos.

A volta foi rude: Jade Zewinski, plantada diante dele, as mãos nos quadris, encarando-o com dureza como para lhe barrar o caminho. A lembrança de China Forbes se desvaneceu instantaneamente.

— Não vá embora. Estão precisando de nós.

— Quem?

Jade lhe entregou um papel amassado.

— Sim, precisam! O senhor, eu! O casal maldito! A *agente secreta* e o *maninho*, se preferir! Veja. O senhor sabe ler?

Marcas leu rapidamente o fax: *...o funcionário da polícia acima citado se colocará imediatamente à disposição das autoridades consulares... Tra-*

balhará em plena e total cooperação com os responsáveis pelo serviço de segurança local...

O comissário amarrou a cara.

— Presumo que a senhorita não tenha nada a ver com isso.

— Não se pode esconder nada do senhor. Se só dependesse de mim, eu teria mandado meus homens porem-no para fora da Embaixada. Parece que seu amigo Jaigu tomou a desastrada iniciativa de mencionar sua presença ao alto escalão.

O policial suspirou. Não fazia questão de demorar ali.

— Ouça, não vamos fingir. Nem a senhorita nem eu fazemos questão de ficar mais um minuto juntos e...

— Pode até utilizar o segundo como unidade de referência, se o Grande Arquiteto do Universo autorizar.

— Obrigado pela exatidão. Continuando: o melhor é nos separarmos imediatamente. Vou me deitar; amanhã mando um relatório, certificando que não vi nada lá em cima. A senhorita fica com a investigação, e eu, com minha tranquilidade. Volto para Paris e fica tudo certo.

Jade sorriu. Pela primeira vez na presença dele.

— Negócio fechado. Evidentemente, nenhuma palavra com nossos camaradinhas de loja.

— Isso é óbvio. De qualquer modo, se eu lhes dissesse como você é, eles não acreditariam em mim. Tanta amabilidade e graça numa pessoa com sua índole é fruto de pura fantasia.

Jade engoliu em seco sem deixar de sorrir.

— Prazer em não revê-lo, comissário.

— O prazer foi todo meu.

Ela lhe disparou um último olhar azedo, deu meia-volta e se afastou em direção ao grupo de homens da segurança, reunido diante da porta das cozinhas.

Marcas se encaminhou para a saída, mas, no último instante, voltou, indo na direção do grupo. Jade parecia furiosa e falava alto com os subordinados. Um dos homens apontou para o policial; ela se virou e ergueu os olhos para o teto.

— O que falta?

Foi a vez de Marcas sorrir.

— Esqueci-me de lhe dar o nome do hotel onde me encontrar em caso de urgência.

Ela o olhou de cima a baixo.

— Você é muito amável, mas acho que não haverá necessidade. Contente-se em fazer a carta chegar a mim pela Embaixada.

Ele deu uma olhada para a porta das cozinhas.

— O que está acontecendo?

— Nada, ou quase nada. O mordomo voltou a si. Foi golpeado. Aparentemente, por uma das extras contratadas para a festa. Com um pouco de sorte, vamos fazer o retrato falado. Boa-noite.

Ostensivamente, ela lhe virou as costas e continuou a conversar com os agentes da segurança.

Marcas deu de ombros e caminhou para o vestiário. *A agente secreta e o maninho*, a expressão beirava o ridículo, mas soava bem. Talvez ela tivesse senso de humor.

Empurrou a pesada porta do palácio e sentiu uma brisa fresca acariciar-lhe o rosto. Se o crime não tivesse ocorrido, ele teria gostado de perambular por Roma. A capital dos Césares e do papado o atraía irresistivelmente. E, além disso, ele era um fervoroso amante das óperas de Puccini, e a *Tosca* estava sendo apresentada no palácio.

Um desejo de romance o envolveu.

Depois de amanhã ele estaria em seu comissariado mesquinho, lendo sempre os mesmos relatórios, escutando seus homens resmungar e se queixar, ouvindo os mesmos discursos banais, as mesmas velhas piadas. Em comparação, aquela moça com um nome impossível era cheia de vida, a verdadeira, talvez.

Marcas deu de ombros. Ter 40 anos e devanear a respeito de uma desconhecida, histérica ainda por cima! Só ele. O melhor seria voltar aos amados estudos. O passado nunca decepcionava. E a maçonaria era o caso de toda uma vida.

Uma verdadeira busca. Sem fim.

A visão do cadáver da moça ressurgiu em sua mente. Quem poderia sentir prazer em profanar o ritual de Hiram, levar o vício e a provocação a ponto de executar um ser humano daquele jeito? A morte de Hiram, como toda lenda das origens, representava apenas uma parábola, especialmente rica em ensinamento filosófico.

Era preciso ser um iniciado para compreender o significado do crime, ou então ter lido livros relacionados à maçonaria. No caso, se os testemunhos da segurança se referiam a uma mulher...

Uma matadora de maçons. Grotesco e inquietante, pensou Marcas, andando ao longo das grades da Embaixada. Sentiu que o sono chegava e fez sinal para um táxi no fim da rua.

No carro, seu cérebro voltou ao trabalho. Não podia deixar de analisar, comparar, imaginar intrigas...

E depois, do outro lado das grades da Embaixada, havia uma mulher jovem cuja vida acabara de ser bruscamente interrompida. Uma irmã cujo assassinato era agora problema seu. Querendo ou não. Ser maçom significava também dar provas de uma solidariedade exemplar, tanto na vida quanto na morte.

O táxi parou diante do hotel Zuliani, num dos raros bairros ainda calmos da Cidade Eterna. Longas ruas estreitas, que os carros evitavam, e calçadas sombreadas de limoeiros, ladeadas por grandes vilas construídas no período fascista. As casas de dignitários do regime, que buscavam inspiração na tradição histórica da península, a ponto de atualmente todo o bairro se parecer com uma colcha de retalhos da arquitetura italiana.

A família Zuliani era apaixonada por Veneza. Pela Veneza fim-de-século com seus palácios de mármore arruinados, pinturas desbotadas, emboço roído pelo ar marinho. Em todo caso, assim parecia hoje o hotel Zuliani aos estrangeiros que vinham se instalar ali por uma noite ou um mês.

A sociedade imobiliária proprietária do palácio, encarregada de transformá-lo em residência hoteleira, evitou mudar o que quer que fosse na decoração externa. Ela já sabia que os clientes gostavam tanto do passado quanto do conforto. Um privilégio apreciado por Marcas quando reservou um quarto naquele cenário de ópera obsoleta.

Instalado no quarto, o comissário pegou uma das cadernetas de que nunca se separava. Folheou-a até encontrar uma página em branco e desatarraxou a tampa da caneta de laca vermelha que seu filho lhe dera no Dia dos Pais. E se lançou ao trabalho.

Anotou na folha de rosto o nome de Sophie Dawes e o lugar do crime, acrescentando o estranho ritual utilizado pela assassina. Voltou a pensar nas narrativas de assassinatos semelhantes que um erudito que conheceu durante suas pesquisas sobre a história da ordem lhe contara havia muito tempo.

Não sabia se essa lenda negra se baseava em fatos reais ou se tinha origem nos acréscimos feitos às narrativas de perseguições sofridas pelos irmãos ao longo dos últimos séculos em países hostis. O erudito, venerável da loja das Três Luzes, morto já havia dez anos, era um historiador especialista em Espanha. Ele lhe contara que, naquele país, duas séries de exações tinham atingido os maçons num intervalo de cem anos.

A primeira, logo depois da partida das tropas de Napoleão, na qual uns cem irmãos espanhóis foram decapitados por terem demonstrado simpatia pelas idéias francesas e hostilidade à monarquia. A segunda, no momento da terrível guerra civil que opôs republicanos e partidários nacionalistas do general Franco, inimigo jurado da maçonaria, *esse movimento, adversário encarniçado do Cristo e da Igreja Católica*. Os maçons, muito presentes nas fileiras da esquerda, tanto nos círculos políticos quanto nos militares, foram perseguidos pela vingança das tropas triunfantes do Caudilho, e muitos deles pereceram nas prisões da ditadura, que tomou o cuidado de proibir a maçonaria assim que assumiu o poder.

Marcas se lembrou de ter feito anotações ao fim da palestra histórica e decidiu encontrá-las. Achava que tratavam das exações em Sevilha, de irmãos encontrados com o crânio arrebentado numa loja pilhada, trazendo na fronte a inscrição Hiram, traçada com sangue. O caso estava no fundo de sua memória. Mas, na época, as execuções sumárias e as represálias nos dois campos eram coisas banais: só os maçons que voltaram à loja tinham observado a singularidade dos crimes.

Quando passasse pela loja romana, no dia seguinte, perguntaria se outros crimes do mesmo tipo estavam registrados nos arquivos. Muito cansado, pousou a caneta e mergulhou na cama com lençóis frescos. Dormiu como uma pedra.

Sonhou.

Subia uma escada gigantesca erguida para o céu estrelado, os degraus levavam ao infinito, para uma nuvem luminosa. Depois, a escada tremeu e caiu num abismo negro e sombrio, no fundo do qual um olho gigantesco o escrutava. Uma mulher caiu a seu lado e o olhou com bondade. Sophie Dawes, com a fronte manchada de sangue.

JAKIN

"A franco-maçonaria é uma chaga malvada no corpo do comunismo francês; é preciso queimá-la com ferro em brasa."

Leon TROTSKI, 1923

"Uma sociedade cujo ideal é clandestino, que escolhe deliberadamente esconder-se, é uma sociedade malsã. Tratemo-la como um animal imundo."

Edouard de LA ROQUE, 1941

"Os fiéis que pertencem às associações maçônicas vivem em estado de pecado grave."

Cardeal RATZINGER, 1983

"Temos razão em dizer que a franco-maçonaria é satânica, pois ela age poderosamente para manifestar o Anticristo."

Site *Vox Dei*, 2004

"(...) Os franco-maçons, os clubes Rotary e outros grupos que não são nada além de órgãos de subversão e de sabotadores."

Carta de fundação do movimento Hamas

"Falar para não dizer nada e nada dizer para falar são os importantes e rígidos princípios de todos aqueles que fariam melhor se fechassem a boca antes de abri-la."

Pierre DAC, humorista francês, franco-maçom, *Les Pensées*

14

Paris
Grande Oriente, rue Cadet

No átrio, o futuro iniciado é mergulhado nas trevas. Mão experiente acaba de vendar-lhe os olhos com uma faixa opaca. Um tremor sacode-lhe a espinha.

A angústia novamente toma conta de seu espírito. Há pouco, no gabinete de reflexão, lugar de passagem obrigatória em toda iniciação, sua inquietude aumenta. Os símbolos maçônicos ancestrais lá estão, todos arrumados para ele.

A caveira sobre a mesa, as sentenças de intimidação pintadas em letras negras na parede. Por quanto tempo ele ficou naquele cenário fúnebre? Não tinha idéia; sozinho, diante daquele crânio que o olhava fixamente, os minutos se transformaram em horas, talvez... Aquela caveira não seria seu duplo careteante numa próxima vida, quando a carne tivesse se desprendido dos ossos? Em seguida, depois daquele instante coagulado, vieram buscá-lo, para arrancá-lo do recolhimento, impregnado de uma só idéia: ao término da cerimônia, ele não seria mais um homem como os outros.

E agora está de pé. Em volta dele tudo é silêncio. O profano vai agora penetrar no mundo desconhecido dos iniciados do qual ele pretende fazer parte.

Alguém desabotoa sua camisa. Outro lhe arregaça a calça. De repente, sente frio. É com as pernas e o peito nus que vai receber a iniciação. Mal tem tempo de se habituar a essa situação desconfortável e uma corda aperta-lhe o pescoço. Uma corda pesada e áspera como a que afundava, em outros tempos, os enforcados na agonia.

Deixa escapar um riso nervoso. Agora ele entrou mesmo. Impossível recuar.

No templo, os oficiais se preparam para as provas iniciáticas. Todos os irmãos, de terno preto, cingidos com o avental, devem participar da cerimônia.

Uma verdadeira comunhão de forças psíquicas, a *egrégora* dos alquimistas, que vai acompanhar o neófito em todas as fases de sua iniciação.

A batida do malho ressoou. O silêncio é quase absoluto.

O neófito entra, o corpo curvado em direção ao solo como se acabasse de rastejar para entrar no templo. Segundo alguns maçons eruditos, esse costume vem das iniciações medievais: a experiência simbólica da humildade. Novamente o venerável toma a palavra e interroga pela última vez o candidato às provas.

Em voz baixa, como os muitos irmãos que contemplam o recém-chegado, Marcas repete as perguntas rituais. Neste momento, o homem de olhos vendados ainda pode desistir. Ele dá um passo, sinal de que aceita a iniciação.

Marcas o observa, imóvel; ele sabe que desde o século XVIII o ritual permanece o mesmo. É preciso enfrentar as provas, diretamente herdadas dos mistérios antigos. Para receber a verdadeira Luz, o futuro iniciado deve ser purificado pelos quatro elementos simbólicos: a terra, a água, o ar e o fogo. Para os antigos, esses elementos compunham a verdadeira natureza do homem e do universo. Cada um representaria um estado da progressão humana para a verdade. Seria preciso atravessar todos eles para renascer na condição de iniciado.

De repente, o homem percebe que mãos o apertam. Um rumor ensurdecedor preenche o espaço. A iniciação acaba de começar.

Tudo se mistura em sua mente. O medo, quando perde o equilíbrio. Palavras enigmáticas marcam o ritmo da cerimônia. Ele perambula, perde o sentido de direção, um percurso incessante como se errasse num labirinto à procura de seu centro interior. Mistura-se à água. Sente o ar. Toca o fogo. E a música lancinante como uma melopéia oriental, repentinamente furibunda como uma dança macabra.

De súbito, tudo pára. Simbolicamente, ele atravessou o caos das origens e percorreu o caminho da criação.

Marcas vê o novo irmão e, como em toda nova iniciação, sofre as mesmas angústias que o outro. E, além disso, teme a última etapa.

A mais terrível. A mais concludente.

A noite desce sobre o templo. Apenas parte do chão é iluminada. Lentamente, desatam a venda do neófito.

Ele vê. Ele vê o que não se vê.

Logo o neófito vai receber a Luz. Os olhos novamente vendados, o torso coberto de suor, ele acaba de se submeter a todas as viagens. Purificado pelos quatro elementos, o futuro aprendiz espera agora o renascimento.

Nas colunas, os numerosos irmãos, os olhos marejados, revivem a própria iniciação.

A Oriente, Marcas tira as luvas. Logo a quinta viagem, a da amizade, vai ter início. Essa viagem não existe no ritual oficial da obediência. É uma tradição que se perde na noite das origens.

Um a um os irmãos estendem as mãos nuas. Escoltado pelo grande experto, o mestre-de-cerimônias segura o homem vendado pelos ombros e o inclina na direção do Oriente. O venerável mestre segura-lhe as mãos trêmulas e as coloca sobre as do orador que, por sua vez, as aperta.

O neófito percorre assim cada fileira, de mão em mão. A partir de agora ele faz parte da cadeia invisível que une os franco-maçons há séculos. Quando chega diante de Antoine, o coração do comissário bate aceleradamente. A tensão emotiva chega ao máximo. Ele vai dar o último aperto de mãos antes que a Luz se faça.

Terminado o rito, Marcas deixa-se cair no banco, um nó na garganta e os olhos brilhando.

Lentamente, os oficiais percorrem as alas e se imobilizam entre as colunas, voltados para o Oriente. O rosto do neófito poreja suor, suas pernas não o sustentam mais.

O grande experto desata a venda.

E a Luz se fez...

Marcas se sente bem. Está feliz por ter voltado a tempo de Roma, no final da tarde, para prestigiar naquela noite a iniciação bem-sucedida. Analisa o novo irmão, jovem, o ar perdido, com aquele fulgor nos olhos, ínfimo, mas presente.

Precisará de muitos anos de assiduidade e trabalho para escalar os degraus e merecer o avental.

15

Paris

No dia seguinte ao assassinato de Sophie Dawes, a diplomacia francesa estava a todo vapor. O corpo foi repatriado por avião, em seguida mandado para o instituto médico-legal a fim de ser identificado pela família. Oficialmente, a moça teve um mal-estar provocado pelo álcool e levou um tombo mortal na grande escada.

Três testemunhas, todas funcionárias da segurança da Embaixada, preencheram um atestado comprobatório. Falsos testemunhos exigidos pela própria responsável da segurança. Nenhum jornalista ficou sabendo do caso e nem um só convidado notou coisa alguma. Uma vida apagada, uma morte retocada.

O pai da vítima, um velho portador de Alzheimer, não se deslocou para identificar o corpo. Uma prima afastada passou como um foguete para assinar o registro de entrega do corpo em seu lugar e desapareceu tão rapidamente quanto chegara.

Dali a dois dias o cadáver seria enterrado discretamente num cemitério do subúrbio parisiense. Entretanto, o cuidado em apagar qualquer vestígio do assassinato era acompanhado de intensa atividade secreta a fim de esclarecer aquele caso sem existência legal.

No Quai d'Orsay, os serviços especializados reconstituíam com precisão a breve existência da vítima. Ao mesmo tempo, mediadores entravam em contato com o Grande Oriente de França para informá-lo de que uma de suas arquivistas tinha sido vítima de um lamentável acidente.

Na própria obediência, realizavam-se todas as verificações e controles necessários. No Ministério do Interior, a reunião informal de um conselheiro do Grande Oriente, um diplomata e um alto funcionário do Ministério já estava prevista.

Além desse encontro, Jade Zewinski foi mandada de volta a Paris e solicitada a se colocar à disposição das autoridades. Antoine Marcas já se adiantara e se encontrava em Paris desde a noite do dia anterior.

Sophie Dawes, que nunca tinha criado problemas em vida, começava, depois de morta, a incomodar as altas esferas.

Béchir, dito o Emir, iniciava o longo périplo rumo à Europa, a pedra de Thebbah cuidadosamente enrolada dentro de uma mala.

Hélène, aquela que tirara a vida de Sophie, aguardava instruções em Roma.

Os da Thulé esperavam que finalmente os tempos tivessem chegado, e se alegravam com a aproximação iminente da pedra dos judeus. A verdadeira luz surgiria...

Paris, place Beauvau
Ministério do Interior

— Muito bem, senhores, estamos todos de acordo nesse ponto? A senhorita Sophie Dawes foi vítima de um infeliz acidente. Uma queda desastrosa na grande escada da Embaixada em Roma. O Quai não faz nenhum comentário a respeito do lamentável acidente.

O representante das Relações Exteriores lançou um olhar interrogativo para os parceiros sentados em volta da mesa. O juiz Pierre Darsan, conselheiro dos Assuntos Jurídicos no Ministério do Interior, balançou a cabeça; o delegado do Grande Oriente, Marc Jouhanneau, com o rosto tenso, contentou-se com um simples gesto da mão.

— Falta garantir a discrição sobre todo esse caso — prosseguiu o diplomata.

— O Ministério do Interior tomou todas as medidas necessárias. A partir de amanhã, os guardas que testemunharam esse *acidente* serão transferidos para outras Embaixadas.

— E a responsável pela segurança, a senhorita Zewinski?

— Ela deixou Roma depois de ter dado provas de notável sangue-frio. Vai ser inquirida e agregada a nosso grupo de trabalho.

— E esse policial, Antoine Marcas? O que ele fazia lá?

— Um acaso. Estava na festa da Embaixada, convidado por um amigo que lhe pediu ajuda para a investigação preliminar. Ele também voltou a Paris.

— Podemos contar com sua discrição?

O conselheiro da place Beauvau virou-se para ele antes de responder:

— Creio que posso garanti-la.

— Muito bem. A senhorita Zewinski, subordinada ao Ministério da Defesa, será posta à sua disposição durante a investigação. Peço que me desculpem, mas tenho uma entrega da Legião de Honra em uma hora. Devo comparecer.

O representante do Quai d'Orsay levantou-se e se despediu. Assim que cruzou a porta, o juiz Darsan virou-se para o homem a seu lado. Ouvia-se em surdina o ruído da circulação, abafado pelas vidraças duplas.

— Agora, caro senhor grande arquivista, espero que possa me explicar o que sua funcionária fazia em Roma!

Marc Jouhanneau, com o rosto entre as mãos, emergiu lentamente, o rosto tenso e os olhos vermelhos.

— Sophie Dawes trabalhava para o departamento dos arquivos do Grande Oriente e deveria fazer uma viagem ao estrangeiro para verificar alguns detalhes. Estava apenas em trânsito em Roma para encontrar uma amiga da Embaixada, a senhorita Zewinski.

— Que detalhes?

— É uma longa história. Mas, antes, diga-me se o Quai d'Orsay encontrou os documentos levados por nossa irmã Sophie. São propriedade do Grande Oriente, como o senhor sabe, e...

— Depois. Primeiramente, quero ouvi-lo.

Jouhanneau tinha verificado o histórico do juiz Darsan antes de se apresentar no Ministério do Interior. Um juiz habituado a situações delicadas, mas também um profano aparentemente pouco receptivo às questões maçônicas. Impensável revelar-lhe tudo. Precisava limitar-se a uma parte da verdade.

Passou as mãos no rosto para espantar o cansaço e começou a contar:

— Faz dois anos que recuperamos nossos últimos arquivos que se encontravam em Moscou desde 1945. Esses documentos foram antes roubados pelos soviéticos na Alemanha, e provinham da pilhagem dos templos maçônicos franceses, feita em junho de 1940 pelos nazistas, particularmente em Paris. Uma verdadeira razia: toneladas de arquivos expedidos, na época, a Berlim para serem em seguida estudados detalhadamente.

— E por que os alemães teriam interesse pela história da maçonaria?

— Por dois motivos principais. O primeiro, de ordem política, a fim de conhecer a suposta extensão das redes de influência de nossas lojas. Não esqueça a expressão "complô judaico-cristão" muito em voga na época. Os meios de extrema direita viam maçons e judeus por trás de todos os escândalos, e a maçonaria sempre foi oponente declarada dos fascistas. O que parece estar por demais esquecido nos dias de hoje. Eles queriam pôr as mãos em nomes, endereços, relatórios de ações supostamente desenvolvidas contra o que eles representavam. Fantasmas que, infelizmente, vemos reaparecer no limiar do terceiro milênio.

Darsan amarrou a cara.

— Não estamos aqui para fazer considerações sobre o sentido da história; seja mais preciso.

Jouhanneau fingiu ignorar a maldade e retomou a palavra:

— A segunda preocupação deles era de natureza esotérica. O nacional-socialismo sempre foi atravessado por correntes ocultas. Para lhe dar um exemplo, a escolha da cruz gamada não foi um acaso, e sim sugerida a Hitler por adeptos de uma sociedade secreta, a Thulé Gesellschaft, cujo emblema era a suástica.

— A Thulé!?

— O grupo Thulé existia desde muito antes de Hitler se inscrever no Partido Nacional-socialista, e se tornou cada vez mais importante com o aumento de poder dos nazis. A seita de origem bávara, criada em 1918 por um falso aristocrata, um tal de Von Sebottendorff, recrutava elementos, depois da Primeira Guerra Mundial, nos meios intelectuais, industriais e militares alemães. Seus membros passavam por uma iniciação, reuniam-se secretamente e utilizavam sinais de reconhecimento particulares.

Darsan deu um risinho de chacota.

— Se entendi bem, era uma sociedade secreta de extrema direita que se infiltrava e influenciava o Partido Nazista. Ousaria dizer que isso se parece com as técnicas da franco-maçonaria...

Jouhanneau replicou secamente:

— De modo algum! Seu fim último tinha como base a perversão pura e simples: construir uma sociedade germânica pura, livre do judaísmo e do cristianismo; uma sociedade herdeira do antigo reino de Thulé, berço mítico da raça ariana, perdido no gelo do Norte, e que teria desaparecido durante um cataclismo.

— Como a lenda da Atlântida?

— Exatamente, mas uma Atlântida onde só viviam louros de olhos azuis e todos imbuídos de anti-semitismo virulento.

— Grotesco...

Jouhanneau olhou para ele com um sorriso triste.

— Sim, mas vimos posteriormente no que isso deu na Alemanha nazista. Numerosos dignitários e pessoas muito influentes no círculo de Hitler pertenciam à Thulé. Himmler, dirigente das SS, Rudolf Hess, Alfred Rosenberg, o teórico do Partido Nazista. Aliás, foi este que comandou o saque de todos os nossos arquivos, mas na verdade ele só se interessava por documentos de ordem esotérica.

— Já ouvi esse nome; ele não foi julgado no processo de Nuremberg?

— Sim, condenado à morte e executado. Um iluminado que queria aniquilar o judaísmo e todas as outras religiões, convencido de que também a raça ariana possuía suas Tábuas da Lei. Que havia ocorrido uma revelação divina, como para os muçulmanos, cristãos e judeus. Uma revelação específica aos arianos, destinada a manter sua supremacia definitiva sobre todas as raças e religiões humanas.

— Ainda não vejo a relação com a maçonaria...

— Segundo a sociedade Thulé, os franco-maçons, por meio da Revolução Francesa, foram os primeiros a derrubar o cristianismo, desde o seu surgimento na Europa. Uma velha fantasia; havia maçons nos postos avançados da conquista da República, mas também entre os aristocratas houve vítimas do terror revolucionário. Mas os da seita de Thulé estavam convencidos de que a franco-maçonaria detinha um segredo absoluto. Era preciso descobri-lo. Um investimento capital; como você sabe, os dignitários nazis e especialmente os SS nunca esconderam a rejeição ao cristianismo, para eles uma religião de escravos, e sua vontade de restabelecer um paganismo nórdico.

— Um segredo? — retomou Darsan.

— Sim, e esses fanáticos acreditaram nele a ponto de saquear toda a Europa. Pilharam templos maçônicos na Bélgica, na Holanda, na Polônia, e foi tudo levado para ser estudado na Alemanha.

— E depois?

Jouhanneau pegou em sua pasta de couro um dossiê azul. Retirou dele um texto datilografado em caracteres antigos, impressos em papel amarelado.

— Isto é um documento-síntese redigido por um de nossos historiadores, nos anos 50, sobre o roubo dos arquivos. Leia e compreenderá imediatamente.

Darsan pôs finos óculos redondos e começou a ler.

Como ocorreu com os da Grande Loja de França, parte de nossos arquivos ficou na França, nas mãos do serviço secreto francês, subordinado a Vichy, responsável pelas sociedades secretas. A maior parte foi expedida por trens para Berlim a fim de ser submetida a triagem por universitários nazistas. Os documentos de natureza política iam para um setor da Gestapo encarregado de identificar os nomes das personalidades que tinham atuado contra o nazismo ou o fascismo no período entre guerras.

Os arquivos esotéricos seguiram outro caminho e foram expedidos para um instituto especializado: o Ahnenerbe, que se pode traduzir como herança da raça. Fundado em 1935 por Himmler, esse órgão tinha como finalidade procurar as marcas da influência da raça ariana no mundo, e também estudar seus inimigos, os judeus. Sua divisa era: Raum, geist, Tot und erbe des nordrassischen indogermanentum. *Que se traduz como* o espaço, o espírito, a morte e a herança dos nórdicos indo-europeus. Esse instituto, cuja sede ficava na Wilhelmstrasse, em Berlim, possuía meios consideráveis, e chegou a empregar até trezentos especialistas. Ali se encontravam arqueólogos, médicos, historiadores, químicos. Em resumo, a "elite da ciência nazista".

As pesquisas da Ahnenerbe eram totalmente controladas pela sociedade secreta Thulé, que a orientava. O grupo Thulé se infiltrava em todos os centros de poder nazista, em particular no Estado-maior SS.

Possuímos poucos documentos sobre essa perigosa seita, mas sabemos que dois de seus membros foram encarregados da pesquisa esotérica em nossos arquivos. Um deles, um tal de Wolfram Sievers, secretário-geral da Ahnenerbe, alto dignitário da Thulé, foi julgado em Nuremberg. À margem do processo, um de nossos irmãos, capitão encarregado dos interrogatórios, colheu alguns fragmentos de informações sobre o que os alemães fizeram com nossos documentos.

A Ahnenerbe reunira pesquisadores e prisioneiros, todos maçons, num castelo da Westfália, o Wewelsburg, restaurado e embelezado sob as ordens do próprio Himmler. Entre 1941 e 1943, desenvolveram-se pesquisas sobre os arquivos de cunho esotérico, pilhados por toda a Europa. Sievers, sabendo-se condenado à morte, afirmou a nosso irmão que os pesquisadores estavam a ponto de fazer uma descoberta capital para o futuro da raça ariana. Uma descoberta mais importante do que a dos foguetes V2. Nosso irmão registrou seu depoimento, observando, porém, que Sievers parecia não mais estar de posse de seu juízo perfeito.

Darsan interrompeu a leitura. As elucubrações dos nazistas sobre o ocultismo deixavam-no indiferente. Deu um suspiro de exasperação e se virou para Jouhanneau.

— Francamente, não vejo interesse em continuar lendo essa lenga-lenga. Os nazis eram loucos perigosos, e os mais dementes faziam parte do grupo Thulé. Que descoberta! Tenho que resolver um crime, e isso, sim, é bem real. E depois, cá entre nós, explicar a barbárie nazista baseando-se apenas em teorias ocultas não se sustenta. Os historiadores especialistas ririam na sua cara.

Jouhanneau olhou-o fixamente.

— Não simplifique, senhor juiz. Evidentemente, a subida do nazismo deve-se antes de tudo a fatores de ordem racional, econômica, social, política e cultural e muito mais. No entanto, naquele movimento existia também uma dimensão esotérica que não se pode apagar com um simples gesto. Hitler com certeza não era um fantoche da Thulé, ele foi inteiramente responsável pelas atrocidades de seu regime, mas é claro que, em determinado momento de sua vida, sofreu sua influência. Continue a leitura; a chave do assassinato de Sophie talvez tenha ligação com esses arquivos.

Darsan deu de ombros e retornou às páginas amassadas.

Quando os alemães sentiram que o vento mudava depois da derrota de Stalingrado, em 1943, tomaram precauções. Os arquivos maçônicos foram retirados e propositalmente espalhados.

Na Alemanha, em Frankfurt, na Polônia, em Glasgow, Raciborz ou Ksiaz, na Tchecoslováquia. Em castelos, minas de sal, um verdadeiro jogo de pistas para evitar que todos aqueles documentos caíssem nas mãos do inimigo.

Em abril de 1944, quando a Alemanha estava a ponto de perder a guerra, o alto comando SS organizou a operação Brabant, destinada a dissimular novamente aquele tesouro de guerra assim como outros arquivos de nações ocupadas. A partir de então, era em trens inteiros que se deslocavam toneladas de documentos em toda a Silésia. De castelo em castelo, Wölfelsdorf, Fürstenteisn...

Quando os soviéticos invadiram a Alemanha em 1945, unidades do NKVD, o serviço secreto russo, puseram-se à caça de tudo o que havia sido pilhado pelos nazis. No fim da guerra, quase 44 vagões de documentos recuperados partiram diretamente para Moscou. De fato, no fim da guerra, todos os arquivos maçônicos pilhados na França tinham passado para as mãos do NKVD.

Precisamos, absolutamente, recuperar nosso bem junto às autoridades soviéticas.

Nosso grão-mestre apresentou um pedido junto ao embaixador russo em Paris que, em resposta, afirmou que a União Soviética não detinha nenhum documento maçônico.

O texto acabava ali.

Darsan levantou a cabeça e devolveu os papéis a Jouhanneau.

— Muito bem, resumindo, os nazis surrupiam de vocês os arquivos em 1944 e são roubados em 1945 pelos russos. E, então, o que acontece?

Jouhanneau interveio:

— Nada, durante quarenta anos, até a queda do comunismo. Em seguida, de repente, a questão vem à tona. Os russos deixam bruscamente de negar, reconhecem estar de posse de nossos arquivos, e as negociações começam. Recebemos uma primeira restituição em 1995; as outras estão escalonadas até 2002. Em princípio, tudo nos foi devolvido.

— Em princípio?

— Sim, em princípio. E é aí que entra Sophie Dawes. No ano passado, pedi-lhe que estudasse parte desses arquivos.

Jouhanneau se levantou. Olhou pela janela as árvores cujas folhas começavam a brotar. Uma nova primavera. Uma estação que Sophie Dawes nunca mais veria. Continuou:

— Na verdade, esses arquivos foram duas vezes recenseados: primeiramente, pelos alemães; em seguida, pelos russos. Ora, logo ficou patente que os alemães tinham recenseado mais documentos do que os soviéticos. Faltavam documentos.

— Quer dizer que os serviços de Moscou ficaram com alguns?

— Foi o que pensamos inicialmente, mas Sophie Dawes, ao comparar as duas classificações, encontrou um primeiro inventário dos russos, que ela reconheceu como verdadeiro, no qual também faltam alguns arquivos.

Darsan alisou o bigode. Um hábito adquirido havia quarenta anos, na Argélia.

— Continue.

Jouhanneau tirou do bolso do paletó um envelope que entregou a Darsan. Este balançou a cabeça.

— Não, chega de leitura. Quero uma síntese rápida.

— É a cópia de um interrogatório conduzido em abril de 1945 pelo Exército francês numa pequena aldeia alemã. Um tal de Le Guermand é preso enquanto tentava voltar para a França. Um SS da divisão Charlemagne, unidade inteiramente composta por franceses enviados para defender Berlim, que agonizava.

— Mas você está me dando uma aula de história! Qual é a relação com os arquivos perdidos?

— Vou chegar lá. Pouco antes da queda do Reich, Le Guermand e outros SS são retirados do front e recebem uma última missão: comboiar um carregamento para oeste, a todo custo. Mas o comboio de Le Guermand é interceptado por uma patrulha russa a alguns quilômetros de Berlim. Segundo disseram, dois caminhões foram atingidos. Para evitar que a carga caísse nas mãos dos russos, os SS os incendiaram. Le Guermand consegue escapar dos russos, ao volante de um caminhão, e perde contato com o resto do comboio. Uma semana depois é interceptado, meio delirante, por um destacamento francês que patrulhava o setor. Ele declara que sabe onde se encontra uma caixa de documentos preciosos, marcados com um esquadro e um compasso.

— Por que é que ele soltou tudo isso?

— Na época, os SS franceses eram muitas vezes executados logo que capturados. O próprio marechal Leclerc fuzilou dez Waffen SS da Charlemagne, interceptados numa estrada alemã, considerados traidores, já que combatiam pelos alemães. Tendo Le Guermand falhado em sua missão, quis negociar a vida, levando os interrogadores ao último caminhão intacto, escondido na floresta.

— E o que foi que eles acharam?

— Nada. Le Guermand se foi com três soldados franceses. No dia seguinte, um estafeta encontrou quatro cadáveres num celeiro abandonado.

— Mas por que você está me contando essa história?

— Porque esse processo confirma que nem todos os arquivos foram parar nas mãos dos russos. Outros comboios, dentre os quais o de Le Guermand, sumiram no ar. Há um ano Sophie vinha classificando comigo os documentos devolvidos pela Rússia. Ela trabalhava com alguns deles cuja origem não conseguimos situar. São os documentos que de início lhe pedi que me fossem devolvidos.

Depois de um momento de silêncio, o juiz Darsan se pronunciou:

— Resumindo: não se sabe, portanto, onde se encontra parte dos arquivos. Ou desapareceram, ou foram recuperados. E alguém quis pôr a mão nos documentos de sua assistente. Você tem idéia de quem sejam os criminosos?

Jouhanneau batia nervosamente na mesa com uma caneta laqueada, sinal claro de impaciência.

— Já lhe disse, o grupo Thulé.

— Francamente, senhor Jouhanneau, não consigo ver a relação entre essas histórias do passado e o assassinato de sua colaboradora. Seus arquivos, por mais notáveis que sejam, são apenas históricos, e os nazistas desapareceram há sessenta anos, com exceção talvez de algumas centenas de nostálgicos, dotados de um QI notavelmente baixo. Então, a menos que os velhos SS, gagás, numa casa de repouso, decidam voltar à ativa, penso que essa pista não tem nenhum valor para nós.

Jouhanneau sentiu a raiva dominá-lo, mas se controlou.

— O senhor não acredita que a Thulé sobreviveu passando a tocha para outras gerações? Os neonazistas não significam nada? Em 1993, a polícia alemã descobriu no equivalente ao nosso Minitel uma rede de informática de troca de informações, utilizada por mais de mil ativistas de extrema direita. Lá se encontravam métodos de fabricação de bombas, endereços pessoais de seus adversários, militantes antifascistas, lojas maçônicas, plantas de sinagogas. Esse sistema de coordenação sofisticada foi batizado por seus inventores de... Thulé. O senhor acredita que se tratava apenas de aposentados nostálgicos do III Reich? Não se engane, quem o concebeu foram engenheiros de informática, recém-saídos da universidade, financistas especialistas em mercados de capital e diplomados em escolas de comércio.

Darsan deu um pequeno suspiro.

— Alguns exaltados, no máximo. E, além disso, não estamos na Alemanha... Daí a acreditar num grande complô contra vocês...

Jouhanneau o olhou duramente e tirou um papel da pasta. Lentamente leu esta mensagem:

Que desgraça o Führer não ter tido tempo de erradicar da face do globo essa confraria que só merece a fogueira, por medida de higiene pública... Senhores franco-maçons, a hora da expiação se aproxima, desta vez não deixaremos um único de vocês escapar.
Heil *Hitler!*

Jouhanneau fechou o rosto.

— Isso data do ano passado e está na Internet, à disposição de todos, numa das inúmeras páginas antimaçônicas. Leia o blog maçônico que vigia nossos inimigos e o senhor ficará espantado com a virulência das divagações deles.

Darsan compreendeu que tinha ido longe demais e mudou de tom:

— Não se exalte; eu não queria ofendê-lo. Felizmente estamos de posse dos documentos de Sophie Dawes. Aparentemente, ele ou os matadores não conseguiram o que queriam.

Estendeu-lhe um dossiê volumoso. Jouhanneau deu um suspiro de alívio. Darsan continuou:

— Para ser franco, dei uma olhada nisto; é simplesmente incompreensível. Eis o que lhe proponho. O comissário Marcas e a senhorita Zewinski farão uma investigação discreta sobre o caso que, volto a lembrar, não tem existência legal. Prestarão contas apenas a mim. O senhor tem sorte, esse Marcas também pertence à sua... casa.

A entrevista estava acabando, o juiz Darsan acompanhou o visitante.

— Ah! Uma última pergunta: o senhor leu o relatório da autópsia da senhorita Dawes?

— Não.

— Ela foi atingida em três lugares: na clavícula, na fronte e na nuca. Isso lhe diz alguma coisa?

Jouhanneau respondeu o mais calmamente que pôde:

— Sim, é o ritual de morte do pai lendário da franco-maçonaria, Hiram.

Darsan olhou Jouhanneau fixamente nos olhos e continuou:

— O Quai d'Orsay recebeu de nossa Embaixada em Jerusalém um relatório semanal sobre a situação por lá. Rotina, colonos assassinados, atentados nos ônibus e um crime insólito no laboratório de arqueologia. De início, a polícia local pensou tratar-se de uma ação terrorista. Mas, segundo algumas fontes oficiais, a vítima, um professor universitário, foi encontrada surrada até a morte, pancadas no corpo e no rosto.

Jouhanneau sentiu o sangue coagular nas veias. Os matadores também tinham atingido Jerusalém. Marek!

— Você não disse que a senhorita Dawes deveria ir ao estrangeiro?

O grande arquivista teve um último reflexo:

— Israel não fazia parte de seu programa!

A voz de Darsan se fez mais insidiosa:

— O mais curioso é que o pesquisador foi morto na mesma noite em que Sophie Dawes. Tenha um bom dia, Sr. Jouhanneau.

A porta se abriu, dando passagem ao maçom, lívido. Darsan sentou-se na poltrona coberta pela pátina dos anos e pensou na conversa. Era evidente que aquele homem não lhe dizia toda a verdade. Os serviços do Quai tinham imediatamente estabelecido a relação entre os dois assassinatos, pois as fontes diplomáticas israelenses haviam detalhado exageradamente o assassinato, dando com precisão particularidades e indicações sobre os golpes recebidos pela vítima.

Darsan acendeu um cigarro e abriu o dossiê de Antoine Marcas. Inspetor da polícia criminal, breve passagem pela antigangue, boa avaliação dos superiores. Chegou a comissário sem problemas; em seguida, uma bifurcação inesperada pela RG (Informações Gerais), até pedir, contra qualquer expectativa, sua transferência para um simples comissariado parisiense.

Uma ficha anexada ao dossiê informava que Marcas freqüentara como maçom uma determinada loja enquanto estava na RG, a dos falsos contadores. Divorciado, um filho de 10 anos, passava as folgas escrevendo artigos sobre a história da franco-maçonaria em revistas especializadas.

Pierre Darsan esteve muitas vezes ao lado de maçons tanto nos tribunais quanto na polícia e, por natureza, desconfiava deles. De formação católica, oriundo de uma família maurrasiana, praticante convicto, via com maus olhos aquela rede de irmãos, ao mesmo tempo que tinha cuidado em não se opor abertamente a eles.

Em contrapartida, Marcas não fazia parte da loja *Orion*, a de Marc Jouhanneau. Contudo, segundo as Informações Gerais, aquela loja, com poucos membros, agrupava todos os irmãos especializados em pesquisa maçônica. E à menção do nome do policial, Jouhanneau não esboçou nenhuma reação. Não o conhecia, ou não queria conhecê-lo.

O juiz pousou o dossiê Marcas e pegou o de Jade Zewinski, enviado pelo Ministério das Relações Exteriores. Uma trajetória espantosa para uma jovem mulher daquela idade, sem laços familiares. Classificada entre os dez primeiros da sua promoção, estágios em grupos de combate, passagem pela Direção Geral de Segurança Externa (DGSE), duas operações no Oriente Médio, em seguida transferência para o Quai d'Orsay para segurança de Embaixadas. Designada para o Ministério do Interior a partir daquele dia.

Ele leu ainda uma dezena de folhas do dossiê e parou numa passagem inesperada. O pai dela se suicidara havia cinco anos por causa da falência de sua companhia; um recorte de jornal da época referia-se ao caso. Darsan releu o papel, sorrindo. Aparentemente, Jade Zewinski tinha pelo menos uma boa razão para não querer bem aos irmãos. Ele pousou o dossiê sobre o marroquim de sua escrivaninha, chamou a secretária e decidiu convocar o mais rapidamente possível os dois investigadores, começando pela moça.

Croácia

A brisa que vinha do mar soprava entre os pinheiros, trazendo com ela um discreto perfume marinho que se misturava aos eflúvios amadeirados das coníferas. Os cinco homens caminhavam a passos lentos, contemplando de vez em quando a beleza da floresta. O maior apontou para um pequeno promontório que avançava sobre o mar, ladeado por duas colunas de pedra em ruínas, plantadas sobre um terreno pedregoso. À esquerda dos pilares, quase na borda da falésia, uma pequena capela, cercada por três grandes teixos majestosos, erguia sua palidez mineral sob o sol abrasador.

O pequeno grupo virou-se na direção indicada pelo homem de cabelos cortados à escovinha e, depois de alguns minutos de curta subida por um atalho atapetado de ervas aromáticas, chegou ao belvedere natural.

Os cinco homens e as duas mulheres se sentaram num grande banco de madeira polida, em forma de círculo, que ficava defronte ao mar, e admiraram a vista do Adriático, resplandecente à luz ardente da manhã.

Um deles, o menor, de tez rosada, a fronte porejando leve suor, mostrou ao outro a capela cuja porta estava fechada a cadeado.

— Vista soberba; invejo-o por morar aqui. Tudo é perfeito, uma ode à glória da natureza; mas por que você conservou essa imundície cristã? O terreno nos pertence há lustros; podemos fazer o que quisermos, inclusive derrubar a capela.

Seu interlocutor, um homem de cabelos grisalhos e olhos de aço, sorriu e deu-lhe um tapa amigável nas costas.

— Ora, ora. Um pouco de tolerância. Tranqüilize-se, ela está fora de uso e, além do mais, eu a destinei a uma utilização um pouco especial. Daqui a pouco você vai ver. Mas falemos antes sobre o que nos reúne.

Um murmúrio percorreu o grupo. O homem continuou:

— Estamos de posse da pedra de Thebbah; pelo menos ela está em boas mãos, e é lógico que Sol deve recebê-la amanhã, em Paris. Em contrapartida, a operação em Roma falhou, e os documentos maçônicos ficaram com uma amiga da vítima.

Os homens permaneceram impassíveis.

— Fica para uma outra vez. Já dei ordens nesse sentido.

Um dos homens, o mais magro, de olhar claro, a fronte quase calva, interveio:

— É um aborrecimento; lembro a você que são necessários três elementos para elucidar o enigma que nos interessa. Sempre estivemos de posse do primeiro; o segundo está gravado nessa pedra hebraica e o terceiro, o que acabamos de perder, continua nas mãos de nossos adversários. Ora, agora eles vão desconfiar. Os assassinatos de Jerusalém e de Roma têm nossa assinatura. Foi, aliás, idéia tua deixar-lhes essa mensagem.

O menor o interrompeu:

— Ele tem razão. Eu bem disse que essa operação podia se tornar perigosa e chamar atenção sobre nós. E para quê? Sol e você nos arrastaram para uma busca quimérica. Não se esqueça de que nossos inimigos são poderosos, e suas redes, tentaculares.

— Basta! As ordens de Sol jamais devem ser discutidas! Lembro a vocês que o ritual de morte deles obedece a uma promessa de nossos ancestrais.

— Continuo achando que nos perdemos nessa história folclórica. A Ordem tem outros fins muito mais importantes. Essa operação é menor, insisto nisso.

O homem de cabelos cortados à escovinha deu uma olhada furtiva para a entrada da capela. Seu tom se suavizou. Levantou-se.

— Você tem razão, eu me excedi. Ora essa, o tempo está magnífico, não vamos brigar. Convido vocês para comungar na capela.

Os outros o olharam como se ele tivesse ficado maluco. Ele deu uma gargalhada.

— Venham, entrem na casa do Cristo e de sua mãe. Antes ela se chamava Nossa Senhora da Paixão. Vocês sabem que este país sempre foi muito católico.

O grupo aproximou-se da capela; um cheiro de pedra molhada, mesclado a algo indefinível, os envolveu na entrada. O homem de olhos cinza ligou um pequeno interruptor.

Três pequenos projetores iluminaram o interior da igreja, uma construção bem simples com paredes brancas e vitrais recentemente restaurados. Um grande crucifixo de madeira estava em evidência atrás do altar, com um Cristo famélico, cingido com uma coroa de espinhos, pendurado pelos braços. Uma decoração religiosa clássica se não fosse a presença incongruente de um sarcófago de metal antigo com mais de 2 metros de altura, posto diante do altar, e que tinha a forma de... uma mulher. Reconhecia-se distintamente o rosto polido pelos anos, sorrindo, ornado com uma cascata de cabelos de aço, as formas generosas dos seios e das ancas levemente estilizadas.

O grupo soltou um grito:
— Uma virgem de ferro!

O homem que conduzia a visita guiou os amigos até o estranho objeto.

— Pois é, meus amigos. Um de nossos companheiros encontrou-a quando explorava os subterrâneos de um castelo perto de Munique. Uma virgem construída no século XV, inteiramente restaurada e em perfeito estado de uso.

O homem com sotaque britânico o interrompeu:
— Já vi um troço desses num filme de terror; pensei que fosse uma invenção dos roteiristas.

— Absolutamente. A virgem foi criada na Alemanha medieval pelos tribunais da Santa Vehme, encarregados de executar os maus cristãos e os ladrões. Esse tribunal não existia oficialmente e se comportava como uma sociedade secreta com seus ritos tão... particulares, dos quais vocês vêem uma herança.

Ele pressionou um botão escondido do lado do sarcófago. Ouviu-se um pequeno clique. A tampa figurando o rosto e o corpo da mulher se abriu lentamente, mostrando na cavidade interior uma fileira de pontas de ferro.

— Espantoso, não? Os juízes metiam o condenado neste sarcófago e fechavam a tampa; os pregos de metal penetravam na carne em diferentes partes do corpo. O nome da virgem de ferro é uma homenagem à mãe do Cristo; aquele pessoal era muito crente...

— Muito engenhoso.

A laje de pedra na qual o sarcófago repousava estava como que coberta por um filete de cor escura, incrustado na pedra.

— Alguém quer experimentar, só para ver?

Um leve riso partiu do grupo. Aqueles homens, todos endurecidos, já tinham enfrentado a morte, mas a perspectiva de ficar dentro daquele instrumento de tortura não os encantava.

— Você, talvez? — disse ele apontando para o homem de tez rosada que fez uma careta.

— Sinceramente, obrigado. E se saíssemos deste lugar sinistro?

— Acho que não. Pelo menos não você.

Um ruído de passos se ouviu na entrada da capela; a silhueta de dois homens se recortou contra a luz do sol. Em alguns segundos eles caíram em cima do homem e o imobilizaram pelos braços. Ele parecia pequenino ao lado dos dois brutamontes de rosto quadrado.

— Vocês estão loucos? Larguem-me, imediatamente.

— Cale-se.

A voz do homem de olhos cinza explodiu com nitidez:

— Você nunca deveria ter fraudado as contas da Ordem. Sol providenciou uma investigação contábil sobre nossas atividades no norte da Europa e descobriu que você nos espoliou.

— Não é verdade!

— Cala essa boca! Você desviou mais de 1 milhão de euros. E vocês sabem por quê? Para construir uma vila em Andaluzia. Que lástima!

O acusado tentou se debater, mas o punho dos capangas era mais forte.

— Coloquem-no na virgem.

O homem berrou:

— Não!

Tentou dar pontapés em todas as direções, mas em vão. Um dos homens deu-lhe com o cassetete na testa para acalmá-lo; em seguida, meteu-o dentro do aparelho de tortura. A tampa foi empurrada, mas não totalmente, a fim de deixar uma brecha suficiente para que os pregos não chegassem a rasgar o infeliz.

— Eu imploro. Piedade. Devolverei tudo... Tenho família, filhos.

— Vamos, você sabe muito bem que para entrar na nossa ordem é preciso abjurar a piedade e a compaixão para com os semelhantes. Tente morrer como um homem da Thulé. Não conhecemos o medo.

Soluços reprimidos ressoaram na capela. Do alto da cruz o Cristo de madeira sofria pelo destino da humanidade.

O homem de olhos de aço pressionou outro botão camuflado no olho da virgem. O som de um pequeno motor ressoou.

— Mandei aperfeiçoar o sistema, acrescentando um mecanismo que controla o fechamento da tampa por meio de um temporizador eletrônico. Se eu regular no número 10, isso indica que tua agonia vai durar o mesmo período. O mostrador chega a duas horas...

— Eu... eu devolverei o dinheiro...

— Você vai me desculpar, mas só testei este achado em cobaias. É preciso também levar em conta o peso e a altura da vítima. A perfeição não é deste mundo.

A tampa se fechava imperceptivelmente, as pontas começavam a tocar o corpo no nível dos olhos, do ventre, dos joelhos e, logo, do sexo.

— Sou muito bom. Regulei o cursor para 15 minutos. Adeus, caro amigo. E agora, que tal se fôssemos almoçar? Uma excelente refeição nos espera no castelo.

O pequeno grupo saiu para o sol. A porta se fechou enquanto os dardos de metal começavam a furar a carne. A virgem de ferro sorria nas trevas.

Um longo urro repercutiu na capela.

16

Paris,
Biblioteca François-Mitterrand

Uma chuva fria caía em rajadas, transformando o pórtico da Grande Biblioteca em rinque de patinação. Com grande sagacidade, o arquiteto impusera uma madeira nobre como revestimento do solo, o que resultou numa explosão estatística de escorregões e de torções desde a primeira chuva. Pouco tempo depois da inauguração da biblioteca, os serviços de manutenção colaram nas lâminas de madeira tiras antiderrapantes para alívio dos freqüentadores e dos empregados que temiam o aparecimento da menor nuvem.

Antoine Marcas, no entanto, quase escorregou num trecho da escada não protegida e, no último instante, se agarrou a uma cerca de ferro que aprisionava um arbusto ressecado. Ergueu-se e continuou a subida até o pórtico central. As quatro torres em forma de livros, pelo menos para os observadores dotados de imaginação, vergavam ao vento forte que soprava incessantemente há três dias em toda a Île-de-France. Uma anomalia meteorológica naquela estação, que chegava depois de um período ensolarado. Os parisienses tiravam a contragosto do armário as roupas de chuva, esperando que o tempo serenasse.

Marcas reabotoou o impermeável ao chegar diante da entrada de metal que dava acesso ao santo dos santos. Como de hábito, a escada rolante não funcionava, o que não desencorajava os fiéis. As grandes árvores frágeis e exóticas que ornavam o imenso pátio central puxavam, a ponto de romper, os cabos de amarração à nau capitã do prédio. Como se, aproveitando-se da violência cúmplice do vento, tivessem decidido libertar-se do jugo de metal e voar para longe. Mas as prisões de aço permaneciam firmes, e as coníferas continuavam presas a suas amarras.

Curiosamente, Marcas gostava da biblioteca futurista, motivo das mais loucas paixões no momento de sua criação. De fato, se as enormes torres que abrigavam os livros o desagradavam, apreciava o prédio enterrado no chão, disposto em forma de escrínio em volta do parque inverossímil.

Um pequeno grupo de pessoas esperava pacientemente diante do vão de entrada guardado por dois seguranças pouco dispostos a deixá-lo entrar. Guarda-chuvas multicores formavam a única mancha viva no cenário de metal e madeira escura.

Enquanto aguardava na fila de espera, Marcas voltou a pensar em sua estada em Roma. Voltara na véspera e guardava na mente a imagem do corpo da moça no assoalho da Embaixada. Um fim trágico, num cenário de ópera italiana. O fato de que era irmã na maçonaria acrescentava certa tristeza ao policial. A cadeia perdia um de seus elos.

Se pudesse escolher o lugar de sua morte, Marcas elegeria sem hesitar aquela Embaixada de Roma, mais agradável para dar o último suspiro do que um simples hospital. Interrompeu essa consideração de ordem estética admitindo que, evidentemente, o modo de terminar a vida tem de ser levado em conta e que, no fim, morrer a golpes de porrete estragava singularmente a beleza do lugar.

No dia seguinte ao crime em Roma, de madrugada, tinha passado um longo período na biblioteca da loja italiana, estudando manuscritos redigidos no fim do século XVIII, e preenchendo sua caderneta com notas para a redação de uma conferência, uma prancha, que ele faria sobre a influência da França na maçonaria italiana.

Enquanto terminava o trabalho de cópia, teve a idéia de perguntar à secretária da biblioteca se existia um registro de fatos insólitos ou curiosos acontecidos na história das lojas romanas ou italianas. Uma espécie de pequena coleção ilustrada com curiosidades. O velho secretário, velho maçom aposentado, amável, de cabelos brancos, que beirava alegremente os 80 anos, lhe entregou uma grande caixa de papelão verde desbotado, cheia de papéis maltratados pelo tempo.

Sentado numa profunda poltrona de couro, Marcas compulsou avidamente a caixa. Procurava testemunhos de crimes análogos ao de Sophie Dawes. A marca dos três golpes no corpo apresentava uma coincidência por demais flagrante com a lenda de Hiram.

À medida que lia, foi perdendo rapidamente a ilusão. Relatórios de sessões brancas sem interesse — abertas ao profano —, recortes de jornais sobre entrega de condecorações a dignitários da ordem, artigos sobre saque às lojas por grupos fascistas quando Mussolini subiu ao poder e mais nada até a libertação da Itália pelos aliados.

Ele, então, interrogou o velho arquivista a respeito de assassinatos inexplicáveis contra os irmãos, na história das lojas italianas. O homem coçou a cabeça, puxando pela memória enfraquecida, e lembrou-se de que exatamente antes da libertação de Roma três veneráveis haviam sido encontrados mortos, num palácio próximo ao Coliseu. Três cadáveres de altos dignitários de lojas romanas e milanesas descobertos com o rosto arrebentado, numa época em que as execuções sumárias da Gestapo eram coisa banal. A matança foi então atribuída a ela.

O velho, guerrilheiro durante os combates da liberação, tinha encontrado um irmão comissário que acreditava na culpa da polícia hitlerista. Não fazia parte dos métodos da Gestapo, primeiramente porque ela torturava e executava suas vítimas em suas próprias dependências, e porque seus crimes eram identificados pelas marcas das sevícias nos corpos dos supliciados. Além do mais, com o sentido inato da organização, os nazistas agruparam todas as vítimas em fossas comuns para liquidá-las.

Os olhos do velho se iluminaram durante a narração daquele período histórico sombrio, e Marcas pensou que irmãos daquela têmpera faziam terrivelmente falta nos dias de hoje. Talvez simplesmente porque a sociedade atual provocava cada vez menos o risco, e a audácia se tornava uma virtude obsoleta.

Aquele herói ressecado pelo tempo, de verbo humilde e palavras medidas, escondia, sob o invólucro destinado ao pó, uma chama inalterada. Talvez a mesma coragem de que Hiram dera prova diante dos carrascos, se é que esse personagem lendário realmente existiu.

O arquivista entregou-lhe outra pasta, ainda mais empoeirada, cheia de recortes de jornais dos anos 30 sobre violências políticas. Uma delas relatava o assassinato, em 1934, de um pesquisador maçom, brutalmente espancado e abatido a pauladas na cabeça. À margem do artigo estava escrita a palavra "Hiram", seguida de um ponto de interrogação com tinta violeta, quase apagada. Marcas mandou fazer cópias, prometendo a si mesmo descobrir em Paris vestígios de crimes semelhantes no passado. Anotou na caderneta de couro vermelho o resumo dos diferentes assassinatos espaçados no tempo, com um só ponto em comum, o método usado para provocar a morte.

1934. Florença, um irmão.
1944. Roma, três irmãos.
2005. Roma, uma irmã.

Esperava que essa lista macabra só se apoiasse numa quimera e que não houvesse nada nos arquivos em Paris. Despediu-se do velho com profundo respeito ao sair da loja romana.

A chuva redobrou de violência. Aliviado, Marcas entrou no hall da biblioteca, empurrado por um grupo de jovens estudantes que brigavam diante dos olhos atônitos dos seguranças de paletó transpassado azul.

Biblioteca François-Mitterrand.

O nome do ex-presidente despertava nele fracas lembranças que o remetiam ao início da carreira. Disseram poucas e boas sobre as relações do homem da rosa com a franco-maçonaria: que, se apostara na rede dos maçons por ocasião de sua ascensão ao poder, se desligara dela em seguida, cultivando, como em muitos outros campos, uma ambigüidade calculada. Que chegara até mesmo a entregar pastas ministeriais a irmãos, no governo Mauroy, em 1981, mas que, no segundo septenário, atacara abertamente na mídia uma "camarilha maçônica" acusada de desvio de fundos.

Jovem inspetor em meados dos anos 80, Marcas tinha começado sua ascensão ao mesmo tempo que a esquerda perdia as ilusões utópicas e desafiava as realidades governamentais. Sua iniciação seguira o percurso clássico de qualquer jovem aspirante descoberto por irmãos bem situados. Numa noite, à saída de um jantar bem regado, um de seus superiores lhe perguntara se ele desejava entrar para a maçonaria, simplesmente como se ele quisesse fazer parte do clube de bocha local ou de uma associação de caçadores. Na hora, ele não soube o que responder.

Aos 25 anos, não tinha certeza de suas escolhas e não estava a fim de se submeter a regras. Um de seus colegas, com quem se abrira, observara, brincando, que era preciso ser de uma estupidez absurda para recusar aquele convite: as promoções três pontos ainda eram um dos maiores aceleradores de carreira na casa.

Por curiosidade e oportunismo, o jovem inspetor Antoine Marcas entrou para a maçonaria. Mas no Grande Oriente, que tendia à esquerda. Contrariamente à Grande Loja Nacional de França, preferida pelos comissários. Dali a um mês, três desconhecidos, enviados pelo venerável da loja para a qual havia solicitado sua admissão, encontraram-se com ele para conversar sobre seu engajamento.

Um deles, agente de seguros, quis ver seu apartamento para ter uma idéia de sua personalidade. Marcas ainda se lembrava de ter recorrido à zeladora do prédio para arrumar com urgência a desordem e a roupa suja. Na época, ele não era casado. Nem divorciado.

O homem de aspecto silencioso e austero observou longamente sua casa e fez perguntas sobre seu modo de vida e seus gostos. Tinha uma elocução singular, destacando as sílabas de todas as palavras num ritmo mais lento do que o usual, como se quisesse gravar cada palavra no cérebro do interlocutor. Era quase hipnótico, como uma doce melodia que penetrava na consciência.

Pela primeira vez o inspetor se encontrava do outro lado de um interrogatório, o que era bastante desestabilizador, tanto mais que o inquiridor parecia fazer de tudo para dissuadi-lo de aproveitar as luzes do verdadeiro Oriente.

Um mês depois, Marcas foi chamado ao templo do XVº arrondissement, pois a investigação não tinha constatado nada de repreensível. Para não ser apanhado de surpresa, Marcas tinha comprado um livro sobre iniciação maçônica, e sabia com o que teria de se defrontar.

Inicialmente, a espera no gabinete negro, um pequeno cômodo, carregado de símbolos de origem alquímica, onde teria de meditar e redigir seu testamento filosófico. Em seguida, de olhos vendados e algumas partes do corpo descobertas, precisaria passar pelas provas. Longas viagens perigosas através da água, do ar e do fogo, até que finalmente a luz lhe fosse concedida. O instante crucial. O do verdadeiro nascimento.

Na verdade, não havia nenhum segredo na descrição desse rito; todos os profanos podiam comprar na livraria uma das inúmeras obras disponíveis que descreviam detalhadamente o ritual.

Naquela noite, porém, Marcas compreendeu que o fato de viver a iniciação lhe havia proporcionado uma espécie de suplemento de alma.

Experimentou um sentimento indizível, a impressão de se ter coagulado num momento de eternidade; algo difícil de se compreender se não fosse vivido, ou, pelo menos, intransmissível pela simples leitura de obras eruditas. Nada de mágico, antes um estado de consciência alterado.

Conversou a respeito com outros irmãos; um deles, agnóstico convicto, anticlerical e chegado aos prazeres terrestres, respondeu-lhe que era como sexo: seria preciso praticar para compreender. "Tente explicar a um padre o que é um orgasmo: a menos que ele tenha sucumbido à tentação, será incapaz de imaginar sobre o que você está falando."

Depois da iniciação, conheceu novos irmãos, em loja, mas nenhum deles ocupava uma posição realmente influente. Quase ficou decepcionado: nem político conhecido, nem magistrado emblemático ou muito menos estrelas da mídia. Só ilustres desconhecidos, tiras como ele e também professores, alguns executivos de empresa, um punhado de artesãos, universitários aposentados e um cozinheiro que atraíra a atenção da imprensa por ter recebido uma estrela no Guia Michelin.

Ao longo dos anos, se envolveu e ascendeu ao grau de companheiro e em seguida ao de mestre. Quando chegou a esse estágio, começou a freqüentar outras lojas e teve a oportunidade de se aproximar dos ateliês tão desacreditados pela imprensa e dos quais alguns membros tinham perdido todo conceito de retidão. No entanto, sempre voltava ao templo que vira seus primeiros passos entre as colunas. Sentia-se em terra conhecida e amigável, protegido dos turbilhões do mundo profano.

Em segurança, entre irmãos.

Quando se preparou para o concurso de comissário, a rede se pôs em alerta e o convidou a participar da *irmandade*, um grupo que reunia bem uns cem comissários de todas as obediências. Marcas nunca soube se o fato de "pertencer a ela" lhe havia feito conquistar alguns pontos, mas em poucos anos colecionou uma sólida lista de endereços.

Em seguida ao pós-guerra e à Depuração, a polícia francesa contava com muitos franco-maçons em suas fileiras. Certamente, uma minoria entre os não graduados, mas, quanto mais se subia na hierarquia, maior era o número de irmãos. Havia pelo menos três ex-diretores da polícia judiciária, e se perdia a conta de quantos havia no Ministério do Interior, na place Beauvau.

Os irmãos mais apaixonados por história explicavam que os fortes laços entre a polícia e a maçonaria tinham surgido com Fouché, o temível ministro da polícia sob Napoleão e depois Luís XVIII e, além disso, hierarca poderoso do Grande Oriente da época.

Marcas não tinha Fouché em alta estima, e já perdera parte de sua ingenuidade a respeito das ações de alguns de seus colegas iniciados. Em meados dos anos 90, quando investigava um caso de desvio de fundos para o financiamento de um partido político, recebeu com grande surpresa a visita de um intermediário duvidoso. O homem apertou-lhe a mão longamente, aplicando o sinal de reconhecimento usual, uma discreta pressão na mão, e se lançou num longo discurso tortuoso sobre a defesa da República diante da subida da extrema direita para, à guisa de conclusão, pedir-lhe para não meter o nariz na série de transações efetuadas por uma companhia petrolífera nacional com um dos Emirados Árabes, por intermédio de um banco suíço.

O homem sabia o nome da loja freqüentada por Marcas e não hesitou em dizer-se apadrinhado pelo ministro da época. Marcas polidamente deixou que o homem com a entonação áspera do sudeste terminasse e despachou-o.

Era o tipo de pressão que o horrorizava, tanto mais que sabia que outros, além dele, que tiveram os olhos vendados muitas vezes transigiram em casos semelhantes, por uma estranha noção de solidariedade.

Daí vinha seu engajamento no estudo intensivo da simbologia maçônica e de sua história como uma espécie de antídoto contra o veneno destilado por esses maus companheiros. Ao longo de 15 anos passados à procura da luz, ele publicou regularmente em revistas históricas, sob pseudônimo, estudos sobre a questão, e sua autoridade nesse campo o precedia quando dava palestras em loja.

Grossas gotas de chuva se prendiam às paredes envidraçadas e escorriam preguiçosamente para os regos de reutilização. O tempo ruim desestimulava a habitual multidão de curiosos ávidos por consultar obras raras; o ambiente parecia quase fantasmagórico.

Marcas foi para o primeiro andar, atravessou a passarela de metal que leva à cafeteria da biblioteca, a que permite que se veja sob os pés um abismo profundo. Empurrou a pesada porta e examinou a grande sala com paredes escuras. Um grupo de quatro estudantes conversava em voz baixa em torno de um caderno de anotações, um casal de turistas japoneses se olhava em silêncio e uma senhora idosa lia atentamente uma revista de antigüidades. A pessoa com quem iria se encontrar ainda não tinha chegado; pediu um café e se instalou na extremidade esquerda da cafeteria, a Leste, do lado do Oriente, por assim dizer.

Abriu automaticamente um folheto publicitário, largado sobre a mesa, com oferecimento de viagens tentadoras a Cuba e Santo Domingo, tudo ilustrado com fotos de palmeiras e praias de areia imaculada. Quatrocentos euros por semana; por esse preço ficava mais barato partir para o outro lado do mundo do que passar um fim de semana na Côte.

Uma verdadeira provocação, com aquele tempo horrível, e, sobretudo, uma espoliação. Fim de maio, início de junho, não era o melhor período para se passar as férias naquele ponto do Caribe, copiosamente regado pelas tempestades tropicais. Marcas se lembrava de uma semana em Havana, afogada sob trombas-d'água contínuas.

Tinha passado um tempo com a mulher, pouco antes do divórcio, experimentando as alegrias do rum local e repisando o mau humor mútuo nos bares onde se depenavam turistas prostrados de tédio. No quarto do hotel, um três estrelas miserável, com paredes descascadas e úmidas, eles alternavam os dois canais nacionais, de um tédio mortal, que apresentavam, com certeza pela milésima vez, uma reportagem de propaganda do Che. Reportagem que eles tinham visto com a desagradável impressão de que o grande líder se lixava para eles, arvorando um sorriso irônico enquanto alardeava os grandes avanços do socialismo sob o céu cintilante dos anos 50.

Desde então, nunca mais pôs os pés naquela ilha incensada por todos, e da qual conservara uma lembrança amarga.

Levantou os olhos com um ar blasé e imediatamente a viu.

Sua silhueta destoava no meio dos estudantes e velhos pesquisadores. Segura de si, envolvida num grande mantô creme na última moda, Jade Zewinski caminhou em sua direção, com o olhar decidido.

Ela emitia algo, ele não saberia dizer o quê; não era uma beleza clássica mas uma evidência que a tornava atraente.

Ela havia telefonado para o seu celular pessoal, quando ele ainda estava oficialmente de férias. Precisava encontrar-se logo com ele. Ele quase desligou, mas ela havia recebido ordem de se comunicar com ele. Uma ordem que vinha diretamente de seu Ministério. Do mais alto posto. Ele marcou encontro com ela na cafeteria da biblioteca, lugar ideal para conversas confidenciais.

Jade sentou-se diante dele sem retirar o mantô.

— Bom-dia, maninho. Como vai?

Marcas contraiu imperceptivelmente a mandíbula. O tom da jovem mulher o encrespava. Como em Roma. Fez menção de se levantar. Jade o reteve pelo braço.

— Espere, falei isso brincando. Até parece um garotinho ofendido. Vocês, maçons, não têm nenhum senso de humor. Desculpe-me, não vou repetir.

Levantou a mão em sinal de honestidade. Marcas voltou a sentar-se.

— Talvez não tenhamos a mesma definição de humor, senhorita Zewinski. E se me dissesse por que sou obrigado a perder uma hora das minhas férias para ouvi-la?

Jade o encarou gravemente; seu rosto se escurecera. Ele notou pela primeira vez a cor de seus olhos: castanhos muito claros, salpicados de brilhos verdes.

— Descobri por que mataram Sophie.

17

Amsterdã

Os passageiros que aterrissam pela primeira vez em Schiphol se espantam com o número de lojas no aeroporto de Amsterdã. Um verdadeiro centro comercial onde se pode comprar qualquer coisa, tamanha a diversidade e a profusão que saltam aos olhos. Provavelmente, uma homenagem às qualidades mercantes de que os holandeses dão provas há séculos.

Sempre em busca de idéias novas, os engenhosos comerciantes tinham acabado de instalar um bar de vinhos e frutos do mar, que oferecia ostras, salmão e caranguejos aos passageiros que esperam seus vôos. Para os amantes de vinho, um gigantesco aparador de uns 10 metros de altura guardava uma centena de *crus* acondicionados em pequenos escaninhos de madeira negra.

Sentado a uma pequena mesa de vidro transparente, Béchir contemplava fixamente o copo de *château-margaux*, pensando no périplo vivido nos dois últimos dias. Acabara saindo de Israel usando a identidade de um jordaniano, comerciante de materiais de terraplenagem. Um disfarce perfeito, ao volante de uma pick-up emprestada por um de seus devedores cheia de cascalho recolhido nos canteiros, e de pedras, incluindo a que ele tinha roubado no Instituto. No posto da fronteira com a Jordânia, um zeloso policial judeu quis que ele descarregasse. Uma humilhação previsível. Béchir tinha alertado um comparsa que o seguia num carro. O homem saiu, então, da fila de veículos, buzinando furiosamente, e logo foi cercado por um enxame de militares israelenses com o dedo no gatilho, à espera de um ataque-surpresa de camicases.

O policial berrou para Béchir liberar, desimpedir o trânsito e se mandar para seu país de beduínos imundos. Quando chegou a Amã, o Emir se livrou da caminhonete e da identidade na casa de um amigo, e trocou rapidamente de roupa. Transformou-se em Vittorio Cavalcanti, turista milanês de volta ao país natal depois de um período de descoberta das maravilhas jordanianas. O passaporte ilegal, carimbado com vistos falsos, cumprira seu papel a contento.

Depois de ter guardado cuidadosamente a pedra de Thebbah numa valise cheia de suvenires de viagem, ele só teve tempo de pegar o vôo para Paris via Amsterdã.

Tudo deveria acontecer normalmente não fosse a companhia de charter ter interrompido o vôo em Schiphol por ordem da direção da aviação civil holandesa. Uma inspeção surpresa do avião no momento da escala revelara anomalias no sistema hidráulico do trem de aterrissagem. Todos os passageiros em trânsito para Paris foram convidados a desembarcar sem qualquer pedido de desculpas.

Béchir recuperou sua maleta sem protestar, deixando o grupo de viajantes enraivecidos, na maioria franceses, investir contra a funcionária da companhia.

Saboreando seu néctar, Béchir aceitou o contratempo com filosofia: poderia se permitir um ou dois dias de atraso, mesmo que o mandante manifestasse sinais de crescente impaciência. Não sabia quase nada a respeito da identidade do cliente; os contatos se limitavam a mensagens enviadas por meio de uma cascata de endereços fictícios, distribuídos em diferentes pontos do globo.

Ele próprio utilizava um programa de alto desempenho que podia mascarar o envio de mensagens, fazendo-as transitar aleatoriamente por uma centena de retransmissões no mundo, em menos de um minuto. Apenas um computador especializado em grandes empresas de informática poderia quebrar o sistema de encaminhamento, e ele só trocava mensagens de aparência banal.

Seu mandante passava as ordens por intermédio de um grupo de discussão sobre heroínas de quadrinhos americanos que estavam de novo na moda com suas aventuras na telona. Essas histórias em quadrinhos eram difundidas no mundo todo; bastava que Béchir comprasse a versão original americana da Mulher Maravilha para ficar sabendo qual o código em vigor. Escaneava as quatro primeiras páginas do número em circulação e levantava o alfabeto de referência, que mudava todos os meses, de acordo com a publicação.

O cliente sempre se apresentava com o mesmo nome: *Sol*.

Béchir mudava sistematicamente de pseudônimo, já que as fases pré-operacionais eram inacessíveis.

E sempre nomes femininos. Desta vez ele optara por Beatriz, em alusão a Dante, descoberto tardiamente, e também a uma ex-amante francesa de quem ele guardava uma lembrança nebulosa. A sedutora filha de um militar, viciada em caminhada, que ele conheceu um dia num *trekking* de uma semana nas areias da Jordânia. Ele estava se aproveitando da cobertura de guia local para localizar novos esconderijos para comandos do Hamas. A ligação tórrida nas areias do deserto ficou longamente gravada em sua memória. As mensagens de *Sol* transitavam por um programa codificador elaborado para digerir palavras e frases e restituí-las em linguagem clara. A última mensagem para Beatriz, enviada exatamente quando ele saía da Palestina, tinha sido: "Encontro em Paris, o mais cedo possível, contate Tuzet no Plaza Athénée. Peça-lhe as chaves de seu Daimler."

Ele não sabia quem era esse Tuzet, mas, já que receberia seu dinheiro, estava pouco ligando para a identidade do contato em Paris.

Acabou de beber e se dirigiu ao balcão de reservas do hotel, recuado em relação às lojas do aeroporto, bem ao lado dos representantes de locadoras de automóvel.

A comissária tamborilou no teclado e lhe ofereceu uma seleção de quatro hotéis de luxo. O Bilderberg, situado a dez minutos do aeroporto, no bairro sul, freqüentado por uma clientela de homens de negócios, bem em frente ao colossal Hilton com sua arquitetura fora de moda; o Amstel Intercontinental, um pouco longe do centro, todo em mármore e cristal, e que se orgulhava de abrigar o La Rive, único restaurante de Amsterdã a exibir duas estrelas no Michelin; o Europa, situado bem no centro, com uma vista impressionante do Amstel e seu panorama romântico; e, por fim, o Krasnapolski, monumental construção com 461 quartos, plantada em frente ao palácio real.

Béchir escolheu o penúltimo, o mais típico, em pleno bairro dos canais, que ele já conhecia por ter passado ali uma semana, quatro anos antes. Deu o número do cartão de crédito dedutível de uma conta devidamente provida num banco italiano e registrou a reserva.

Música house saía dos alto-falantes escondidos na estrutura do aeroporto, um som bastante desagradável naquele tipo de lugar. Béchir deu uma olhada no relógio: eram cinco horas da tarde, certeza de engarrafamento entre Schiphol e o centro da cidade. Decidiu pegar o trem que em 15 minutos levava à estação central, situada ao norte do Centrum.

Pragmáticos, os holandeses construíram a estação ferroviária bem na zona comercial. Cinco minutos depois, Béchir esperava o trem na plataforma cheia de viajantes. O expresso chegou como previsto e o deixou na estação central, onde ele pegou o bonde da linha 16, que rolou silenciosamente pelas ruas animadas do centro. Ninguém gritava, nem dava uma só buzinada e, evidentemente, não se permitiam carros naquela artéria de Amsterdã, verdadeiro paraíso para os pedestres. Desceu na parada Muntplein, tomou a rua Nieuwe Doelenstraat do outro lado do canal Amstel e se viu a alguns passos do hotel.

O porteiro de libré saudou-o com discrição, e ele penetrou o grande hall do palácio reformado por seu falecido proprietário, Freddy Heineken, o magnata da cerveja holandesa, desastradamente apaixonado pelo romantismo kitsch do século XIX.

Por detrás do grande balcão circular, três recepcionistas atendiam os clientes. Ele escolheu a ruivinha de coque impecável, ocupada em dar informações a dois judeus de chapéu e cachos, provavelmente diamantários em trânsito. Instintivamente, ele apertou o punho direito dentro do sobretudo, como que para refrear a vontade de apunhalá-los por simples prazer, para punir os elementos daquele povo que lhe havia roubado o país.

Quando se viraram para sair, ele lhes disparou um sorriso amigável, quase cúmplice, e mentalmente soltou uma praga, com toda convicção. A recepcionista, uma espanhola, cujo crachá trazia o nome Carmen — ele não sabia que existiam espanholas ruivas —, lhe entregou a chave cumprimentando-o em italiano, à vista de seu passaporte.

Ele deixou a maleta com o carregador e mandou que a levasse para cima imediatamente.

Quarenta minutos depois de sua saída do aeroporto, ele estava preparando um banho no banheiro de mármore claro. O hotel fazia bem as coisas, os acessórios de banho eram da marca Bulgari, um refinamento que ele apreciava enormemente depois de ter passado dois meses em esconderijos fedidos entre Gaza e Jerusalém.

Mergulhou na água quente, deliciado. O corpo exausto e dolorido em conseqüência de dois dias de viagem relaxava com o calor que o envolvia. Não era mais Béchir, um dos emires mais temidos no território palestino, mas Vittorio, *bon-vivant* milanês, amante de vinho e de belas mulheres.

Seu círculo na Palestina tinha o hábito de vê-lo desaparecer regularmente, achando que ele partia para se restaurar no mais puro islã, no Irã. Ele mesmo deixava pairar uma dúvida a respeito de suas ausências, e nenhum dos amigos palestinos teria acreditado nem por um segundo que ele se refestelava num banho em Amsterdã. Dessa vez ele partira em missão na Jordânia e, em seguida, na Síria, para comprar armamento leve, a fim de preparar operações para pressionar colônias judaicas. Há algum tempo trabalhava para a facção das brigadas Al Aqsa, muito mais eficientes que as do Hamas. As recentes operações camicases no centro de Jerusalém tinham obtido um sucesso espetacular e instilado no coração dos judeus um medo gravado com o mais puro ácido. Programada a partida, ninguém teria ousado duvidar de sua palavra.

Mas desde alguns meses Béchir acreditava que alguém de seu grupo tinha se bandeado para o Mossad e informava os judeus sobre alguns de seus deslocamentos. Nos meses anteriores, ele quase foi imprensado na cidade velha e só se salvou por causa de um erro dos israelenses. Sabia que se tratava de um adiamento e que, cedo ou tarde, eles o colheriam como um fruto maduro.

Sua carreira de matador em meio expediente iria em breve se acabar, e Béchir multiplicava os contratos para se aposentar. Tinha aceitado o da pedra de Thebbah por pura cobiça; com o que receberia, ficaria faltando apenas uma encomenda para pendurar as chuteiras e se retirar com honras de guerra.

Saiu do banho e cochilou no canapé, sorrindo. Quando acordou, a noite já caíra sobre a cidade há muito tempo; tinha dormido por mais de cinco horas sem perceber, e se sentia fresco e disposto, em plena posse dos sentidos. O cansaço quase se evaporara como por encanto, restituindo-lhe todo o vigor.

Ligou o computador, se conectou à Internet e entrou em contato com o grupo de discussão de seu cliente. Enviou uma mensagem codificada a Sol, comunicando o atraso, e avisou que tomaria o Thalys de 15h15 para Paris, no dia seguinte. Segundo suas previsões, estaria na capital francesa o mais tardar no dia seguinte à noite.

Enquanto esperava a resposta, ligou a televisão e zapeou os canais holandeses. Um deles mostrava uma reportagem sobre o crescente uso de cogumelos alucinógenos em lojas especializadas na cidade. Os *coffee shops,* onde se servia *cannabis,* decaíam em benefício das casas que ofereciam cogumelos de diversas variedades. Béchir prometeu a si mesmo comprá-los antes de ir embora, para consumo próprio, e levá-los para Paris.

Já tinha tomado psilocibina por ocasião de uma viagem ao México e ficou com uma lembrança marcante. Uma viagem completamente alucinante. Nada a ver com maconha. Um verdadeiro êxtase, sem as reações de costume, salvo que o efeito dos cogumelos durava quatro horas a partir da ingestão e freqüentemente provocava diarréia e vômitos agudos na fase de declínio.

Continuou zapeando e topou com o canal do hotel que passava filmes pornográficos para atrair turistas, pelo menos do ponto de vista holandês.

A cena aproximava dois homens e uma mulher, estimulando-se com dedicação; parecia que os homens tinham mais interesse em dar prazer um ao outro do que em prestar atenção na loura magnífica de formas exuberantes. Sua suspeita se confirmou quando a atriz saiu da cama, furiosa. Os dois *bodybuilders* atiraram-se então um ao outro com entusiasmo não dissimulado. Béchir xingou feio diante daquele espetáculo doloroso para seu machismo. Além do mais, o moreno esporeado pelo companheiro era um árabe.

Desligou com raiva o aparelho e foi até a janela. De repente, deu-se conta de que a algumas centenas de metros ficava a esquina das putas de Amsterdã, o bairro da luz vermelha, onde as garotas trabalhavam nas vitrines.

Nunca tinha pisado lá; era agora ou nunca, tanto mais que ele sentia crescer um desejo tão agradável quanto lancinante.

Antes de sair pela noite de Amsterdã, tirou a pedra de Thebbah da mala para colocá-la no cofre, escondido num dos armários envidraçados. Retirou delicadamente a lona que protegia a pedra, com atenção especial, como se manipulasse um explosivo instável.

Compacta, escura, gravada com caracteres ancestrais, a pedra repousava agora no imaculado lençol branco do hotel, a milhares de quilômetros das areias do deserto de onde ela tinha sido retirada, para no dia seguinte continuar a viagem para Paris e, em seguida, para um destino desconhecido.

Béchir a contemplou com um fascínio hipnótico; sentia nela uma espécie de ameaça que não conseguia interpretar. As superstições lhe eram indiferentes, mas não podia deixar de experimentar leve inquietação diante daquele pedaço de rocha que o levara a derramar sangue. O velho pesquisador judeu do Instituto parecia apegado a ela como a um tesouro sagrado.

Percorreu a lista de anotações redigidas pelo pesquisador, nas quais se falava de termos estrangeiros, de cruz de Templários, de palavras desconhecidas: BV'ITTI, escrito em maiúsculas. Béchir não gostava de adivinhações; a única coisa que importava para ele era o dinheiro.

E aquela pedra devia ser muito preciosa para que, sem piscar, se desembolsasse uma fortuna para consegui-la. Seu mandante o contatara uma semana antes, já sabendo que a pedra se encontrava com o mercador Perillian. Um novo cliente recomendado por um de seus melhores contatos, o número 3 do serviço secreto sírio, a quem fazia preciosos favores vez por outra.

O sírio confirmara o apadrinhamento sem revelar a identidade do mandante, acrescentando que Sol representava interesses muito poderosos e que, secundariamente, era amigo de longa data da causa palestina. Matar o velho judeu e roubar uma pedra representou um dos contratos mais fáceis que já tinha executado em dez anos.

Repôs a pedra na bolsa e a colocou no cofre com chave digital. Quanto mais rápido se livrasse dela, melhor seria; ela emitia uma coisa negativa que lhe desagradava profundamente.

Olhou para o computador na esperança de ver aparecer uma resposta a sua mensagem. O pequeno ícone em forma de envelope piscava no canto direito da tela. A mensagem de Sol era lacônica: "Confirmamos encontro citado."

Sem outra explicação. Apagou a mensagem, desligou o computador e levantou-se para contemplar silenciosamente a vista que se estendia diante de si. O canal de Amstel cintilava na noite; as luzes das casas com empena se acendiam e formavam como que uma guirlanda cujo brilho cintilava na água escura. Grupos de transeuntes circulavam alegremente nas pequenas pontes que ligavam as margens da cidade, e miríades de bicicletas rodavam em todos os sentidos.

Ele pensou nas noites de Gaza, quando a eletricidade era cortada de hora em hora e os habitantes não ousavam pôr os pés do lado de fora. Fazer um passeio de bicicleta para ir a uma festa em casa de amigos era um luxo proibido a muitos de seus compatriotas. A injustiça era muito grande; por que Alá ofereceu opulência aos infiéis do norte e a desgraça a seu povo? Mas seu questionamento nunca durava muito, e ele conhecia sua religião. A vida não tinha sentido, e somente os mais espertos ou os mais fortes venciam; o resto era fanfarronada. Ele fazia parte dos que sempre conseguiam se safar. Era assim mesmo.

Rapidamente enfiou uma roupa de passeio descontraída: camisa, calça clara e blusão de camurça escuro, descendo com elegância a escada de serviço. No hall, cruzou com um casal de aposentados. Russos, por causa dos modos bruscos, e porque ambos deviam estar usando pelo menos 15 mil euros em roupas caras e jóias espalhafatosas, de gosto duvidoso.

Passou pela porta giratória do hotel e caminhou em direção ao bairro da luz vermelha, ao norte, na direção do canal Nieuwmarkt; não podia se enganar, sempre em frente, ao longo do canal Klovenierburgwal.

A cidade, famosa por sua tolerância sexual, chegava ao luxo de indicar por meio de cartazes o caminho para o lupanar único na Europa, que expunha sem vergonha centenas de garotas em gaiolas de vidro ao belprazer dos homens. Morenas, louras, asiáticas, negras, russas; ali havia para todos os gostos. As mais belas, alojadas no primeiro andar com vistapara o canal, as outras relegadas ao térreo. As mais velhas mofando em boxes minúsculos, instalados nas ruelas em volta da catedral.

Béchir cruzou com um grupo de jovens turistas ingleses de pileque, os seis embolados diante de uma vitrine, xingando e fazendo gestos obscenos para uma morena de fio dental preto, originária do Oriente Médio, que olhava para eles com desprezo. Teimosamente, ela não queria puxar a cortina, quando poderia fazê-lo, desejando com isso afirmar sua superioridade sobre o bando de bêbados. Ocultar a visão seria sinal de derrota.

O matador teve um curioso sentimento de admiração por aquela prostituta sozinha diante da matilha de cães raivosos no cio. Ele cruzou o olhar com a morena de olhos pintados e por um momento pensou ver nele uma fugitiva solidariedade. Decidiu fazer-lhe um pequeno favor.

Numa rua lateral, três marginais se enchiam literalmente de cerveja. Ele lhes passou uma nota de 100 euros, pedindo-lhes que fossem brigar com os ingleses, acrescentando que aqueles tarados chamavam os holandeses de veados. Ele daria mais 100 euros se os estrangeiros beijassem a lona. O mais gordo dos três, uma mistura de Hell's Angel com carregador, soltou um palavrão e levou os companheiros até o grupo de turistas.

Os seis ingleses ficaram pasmos quando viram chegar três bêbados, e a confusão logo começou. Béchir se postou ao lado da vitrine para apreciar o espetáculo e lançar uma olhada cúmplice para a prostituta que dava um sorriso vingativo. Ele lhe oferecia aquele presente, contente em ver os porcos infiéis rolando no chão, com as roupas rasgadas e a cara em sangue.

A morena aplaudiu o espetáculo e, virando-se para Béchir, convidou-o com pequeno gesto da mão. Ele hesitou um pouco, depois declinou o convite com leve movimento amigável da cabeça, enquanto pulava por cima dos corpos embolados, sobre os quais jogou uma cédula, sem mesmo olhar para eles.

Não estava mais com vontade de trepar, cheio de um sentimento de orgulho por ter feito uma ação justa e não se ter comportado como um cão apoquentado pelos instintos. A visão dos ingleses cheios de álcool provocou nele uma curiosa reação: não queria se parecer com aqueles porcos. O sexo poderia muito bem esperar mais um dia, para quando chegasse a Paris e tivesse se livrado da pedra.

Virou a esquina de uma ruazinha mal iluminada que dava para uma ponte minúscula que atravessava um pequeno canal. Uma mulher com véu, acompanhada de duas crianças pequenas, passou por ele, lançando-lhe um olhar duro, como se soubesse o que ele tinha ido fazer na zona. Ele compreendeu o desprezo com que ela o esmiuçara. Por estranho paradoxo, ele, o Emir, se ressentia da reprovação de uma fiel, no momento em que acabara de se comportar dignamente. Poderia lhe dirigir algumas palavras em árabe para lhe mostrar que ela estava enganada, mas não disse nada, para quê? Provavelmente, ela tinha aquele olhar duro para todos os infiéis. Era espantoso o contraste entre a prostituta quase nua na vitrine e aquela mãe envolta em panos para se proteger do olhar dos homens, mas não seriam ambas, cada uma a seu modo, prisioneiras de regras feitas para o bel-prazer dos homens? O sexo para uma, Deus para a outra. Béchir via nisso uma síntese burlesca. As européias se chocavam mais com um véu do que com um fio dental, enquanto os fundamentalistas muçulmanos, cada vez mais numerosos, desenvolviam uma aversão contrária...

Desde o ano anterior, a tensão se intensificava nos Países Baixos sempre que se tratava de véu islâmico. A mídia tomou conta dos problemas de imigração desde o assassinato de um cineasta provocador, Théo van Gogh, por um extremista islâmico marroquino. A Holanda, país tolerante e aberto, experimentava, por sua vez, com atraso em relação aos outros países da Europa, a amargura da exacerbação dos comunitarismos. A extrema direita do Vlams Blok atiçava as brasas e se recuperava, e o aniversário da queda do nazismo já assistia ao reflorescer da odienta nostalgia da supremacia da raça branca.

Embora Béchir não gostasse dos judeus, também não apreciava os nazistas modernos e seus capangas. Sentira uma raiva monumental ao descobrir o retrato do Führer no quarto de um de seus primos mais novos que transbordava de admiração pelo líder nacional-socialista.

Aliás, não era um caso isolado. Boa parte do mundo árabe ainda admirava Hitler, certamente como ditador, mas também como chefe da luta contra o perigo judeu. Os *Protocolos dos Sábios de Sião*, panfleto fabricado integralmente pela Rússia tsarista sobre a existência de um complô judeu mundial, podia ser comprado em todos os *souks* do mundo árabe, de Marrakech ao Cairo, passando pela velha cidade de Teerã ou pelas lojas dos subúrbios de Jacarta.

Béchir, que viajava muito e tinha estudado história, achava aquela admiração grotesca e lamentável. A estratégia alemã tinha integrado os árabes como aliados durante a Segunda Guerra Mundial e se apoiado nos nacionalismos locais para lutar contra os ingleses.

O falecido Anouar-el-Sadat, o *raïs* do Egito, o mesmo que assinou a paz infame com os judeus, tinha sido um agente do serviço secreto alemão durante a guerra. Quanto ao grande mufti de Jerusalém, recebido com todas as honras por Hitler em Berlim, em 1941, abençoou as três divisões de SS muçulmanos: Handschar, Kama, Skandenberg. Um dos veteranos sírios SS de Kama, encontrado por ocasião de um jantar em Damasco, tinha por hábito parafrasear o mufti: "O crescente e a cruz gamada têm o mesmo inimigo, a estrela-de-davi."

Mas Béchir sabia que a ideologia nazista classificava nitidamente os muçulmanos como uma raça inferior, não muito acima, na escala da evolução, dos eslavos e dos latinos.

Tinha encontrado neonazistas europeus nos campos de treinamento na Síria, no Líbano e na Líbia. As mesmas cabeças raspadas que fingiam simpatizar com a causa palestina em confronto com o sionismo e que organizavam expedições punitivas assim que voltavam para casa, nas brumas nórdicas.

Béchir desviou os olhos da mulher com véu e deixou as redondezas do bairro da luz vermelha, dirigindo-se ao centro para comer num restaurante indonésio um farto Richstaeffel, sortimento de pequenas tigelas de especialidades exóticas, muito apreciadas na Holanda.

A campainha de uma bicicleta soou atrás dele, mal lhe dando tempo de pular para o lado para não ser derrubado por um homem hilário que pedalava a toda. Era preciso ter reflexos para sobreviver numa cidade holandesa: as faixas para bicicletas se parecem com calçadas, e os turistas vivem pulando para o acostamento quando surgem miríades de pequenas rainhas.

Diante da calçada onde Béchir tinha se refugiado, uma loja com as vidraças pintadas de violeta mostrava na vitrine um enorme cogumelo vermelho de plástico fluorescente. O matador sorriu de satisfação e entrou no que parecia ser a reconstituição de uma caverna, com uma falsa cascata de poliestireno expandido pintado na cor do granito. Os mostruários transbordavam de instrumentos bizarros, de origem colombiana ou saariana, apropriados para a descoberta de paraísos artificiais. Ao longo das paredes, centenas de saquinhos etiquetados contendo cogumelos secos ou sementes criavam uma atmosfera campestre, dando aos visitantes quase que a impressão de se encontrarem numa casa de comércio de grãos, espécie de loja de jardinagem para viciados.

No balcão, um jovem holandês com ares de comportado estudante de teologia dava a um casal de alemães conselhos de especialista sobre o cultivo em casa de cogumelos psicotrópicos. "Tudo depende do húmus", explicava ele com ar sentencioso aos dois ingênuos que tinham comprado uns vinte saquinhos de semente, o que dava para encher uma estufa.

Béchir, como bom conhecedor, escolheu um saquinho com cinco espécies de um cogumelo com pedículo delgado, de cor branca, encimado por um chapéu de aspecto fálico, o *Psylocybe semilanceolata*. Apalpou a textura das espécies e fez uma careta. Não era uma boa droga. Esperou que o vendedor acabasse de despachar os patos, em seguida chamou-o em inglês, perguntando se ele não tinha de melhor qualidade. O empregado contornou o balcão, sorrindo, e lhe mostrou outra vitrine com saquinhos de cores diferentes decorados com cabeças de duendes brincalhões. Béchir balançou a cabeça.

— De boa qualidade. Dinheiro não é problema.

O vendedor engoliu o sorriso inoxidável, foi para os fundos da loja e tirou uma caixa da geladeira. Dessa vez, não havia gnomos hilários no saquinho, apenas caixas de plástico de cores vivas, contendo cogumelos que se poderia pensar terem sido colhidos na véspera. Retirou quatro e os colocou delicadamente numa prancheta de alumínio escovado.

— O néctar dos deuses, cara, decolagem garantida por seis horas e sem aterrissagem sobre as rótulas, tudo de mansinho. Mas é preciso grana.

— Quanto?

O rapaz fez uma cara séria.

— Não tenho muito mais, e meus compradores vêm de longe para buscá-los. Além do que, isso não dá em qualquer lugar, essas jóias...

— Quanto?

— Trezentos euros, e ainda estou perdendo, cara.

— Está certo, guarde-os para mim na geladeira até amanhã. Passarei no fim da tarde para pegar.

O vendedor compreendeu que poderia ter pedido o dobro, mas não insistiu. Béchir pagou e saiu, cruzando na entrada com uma encantadora vovó de cabelos brancos, com um fox-terrier, que também vinha se abastecer.

País curioso, pensou o matador indo para a praça do Dam, diante do Palácio Real, onde a rainha nunca estava.

Voltou a pensar em Sol e em sua encenação macabra; provavelmente nunca ficaria sabendo a verdadeira história.

Quando estava saindo de Israel, as rádios e as televisões nacionais falavam do duplo assassinato no Instituto Arqueológico. Um pesquisador da universidade e um vigia em seu posto haviam sido selvagemente espancados. Só para impedir o roubo de uma peça arqueológica; era essa a tese que circulava.

A mídia, certamente, não conhecia o objeto do roubo, pois Marek não teve tempo de revelar a existência da pedra de Thebbah.

Explicavam apenas que o matador havia roubado uma peça das coleções guardadas no escritório do pesquisador. Béchir e seu mandante partilhavam o conhecimento do motivo do crime, mas apenas um deles conhecia a verdadeira significação da pedra de Thebbah.

18

*Paris,
Biblioteca François-Mitterrand*

 Marcas pediu outro café e cruzou as mãos sobre a mesa. Um pequeno grupo de estudantes tinha se instalado a duas mesas da sua, e olhavam Jade com insistente interesse. A Afegã continuou, baixando a voz:
 — Mataram-na para pôr as mãos na merda daqueles papéis que pertencem a seus companheiros maçons. Na véspera de sua morte, Sophie me explicou que tinha de levar os documentos para Jerusalém por conta do Grande Oriente, enfim, para uma pessoa que trabalhava com ela nos arquivos da obediência. Ela não falou sobre o conteúdo dos papéis, mas eles tinham, segundo ela, grande interesse histórico. Para maior segurança, eu então sugeri guardá-los no cofre da Embaixada.
 — Eles estão com a senhorita?
 — É claro. Trouxe-os comigo para Paris.
 Marcas ficou curioso; documentos maçônicos nas mãos daquela profana poderiam se tornar perigosos. Mas não quis demonstrar impaciência.
 — A senhorita os leu?
 Jade notou que despertara o interesse do colega, embora ele parecesse indiferente.

— Francamente, não sei de nada; é preciso ser historiador ou franco-maçom para compreender aquela confusão. Envolvem ritos, construção geométrica, referências à Bíblia. À primeira vista, deve datar do século XVIII ou do XIX.

— A senhorita tem de devolvê-los a seus legítimos proprietários; eles são os únicos que podem explicar por que alguém foi capaz de matar por causa desses documentos.

Jade o fuzilou com os olhos.

— Sei o que tenho de fazer, mas por ora constituem provas no âmbito de uma investigação sobre um assassinato que não existe. Eles serão devolvidos no momento oportuno.

— Por que então está me contando tudo isso?

A mulher passou as mãos nos cabelos, parecendo hesitar.

— O senhor ainda não sabe, mas vamos trabalhar juntos. Houve uma reunião no Ministério do Interior para fazer uma síntese do crime. O Quai d'Orsay me pôs oficialmente no caso, com o senhor.

Marcas tomou um gole do expresso quente, refletindo antes de responder.

— Supostamente, ainda tenho um mês de férias, com muitas atividades agradáveis em perspectiva, das quais não consta qualquer tipo de relação com a senhorita. Estou tristíssimo. Lamento a morte de sua amiga, mas está fora de questão eu me intrometer nesse caso.

Jade deu um sorriso zombeteiro.

— Mas o senhor não tem escolha. Parece que nas altas esferas um dos companheiros da luz deseja que o senhor colabore com a sua. Sem bancar a adivinha, posso prever uma convocação de seus superiores, dentro em breve.

— Obrigado pela informação.

— Eu só vim acertar as coisas. Se temos de trabalhar juntos, precisamos delimitar nosso relacionamento. Além do mais, vou precisar meter o nariz no seu mundo de fantoches de avental, o que não me entusiasma nem um pouco.

Marcas pousou a xícara de café. Aquela garota tinha um prazer danado em caçoar sistematicamente de seu engajamento maçônico. Estava gozando com a cara dele.

— Vou esperar receber essa tal ordem para me pronunciar. Mas tenho uma pergunta a lhe fazer.

— Qual?

— Por que odeia tanto os maçons?

O olhar de Jade se endureceu ainda mais. Ela ajeitou o mantô nos ombros e se levantou bruscamente.

— Outro dia eu lhe conto. Mas o senhor tem razão, não gosto do que representa e tenho certeza de que Sophie morreu por causa das tramóias de seus camaradinhas, adeptos tortuosos do Grande Arquiteto do Universo. A conversa acabou; vamos nos encontrar num ambiente mais oficial.

Diante do olhar perplexo de Marcas, a moça virou as costas e saiu, batendo a porta da cafeteria. O policial ficou atordoado com o caráter incisivo daquela moça, teimosa como uma mula. Estava fora de questão ser parceiro daquela autoritária. Ter as férias estragadas por uma mulher com um nome ridículo era simplesmente intolerável. Pagou os cafés, xingando por dentro; por que tinha aceitado o convite para ir à Embaixada? Além do mais, tinha de voar para Washington dali a uma semana para se encontrar com os membros da franco-maçonaria americana, no Georgetown Institute. Uma reunião prevista havia meses para troca de informações sobre as contribuições da iconografia alquímica nos rituais do século XVIII.

Empurrando a porta de saída da biblioteca, deu-se conta de que seus planos já não existiam. Um telefonema iria anulá-los.

19

*Paris,
Rue Cadet, 16,
sede do GODF,
meia-noite*

O templo número 11 se encontrava mergulhado em penumbra. A Oriente, ao pé dos três degraus que levavam ao lugar do venerável, ardiam apenas duas chamas verdes que projetavam reflexos fugazes sobre as paredes forradas com drapeados negros impressos com símbolos funerários. Na entrada do templo, exatamente diante do irmão cobridor, os dois vigilantes folheavam o ritual à luz vacilante das velas. Nas colunas, silenciosos, os irmãos esperavam que se iniciasse a sessão ao terceiro grau, ao grau de mestre.

A batida do malho ecoou a Oriente, logo seguida de duas vibrações iguais nas extremidades das colunas.

— Venerável mestre primeiro vigilante, qual é o primeiro dever de um vigilante na Câmara do Meio?

— Mui respeitável, é certificar-se de que o Templo está coberto.

— Venerável primeiro vigilante, mande que seja verificado pelo venerável mestre cobridor.

O irmão cobridor, sentado perto da entrada, com a espada na mão direita, levanta-se e verifica se a porta do templo está bem fechada.

— Mui respeitável, o Templo está coberto.

Na coluna do norte, sentado perto do irmão hospitaleiro, Patrick de Chefdebien, diretor-geral da multinacional de cosméticos Revelant, contemplava o Oriente.

Em poucos minutos, teria de se levantar, subir os três degraus e, no lugar tradicional do orador, ler sua conferência diante do público de irmãos, silencioso, mas atento.

— Meus irmãos, queiram se colocar à ordem do mestre durante a passagem do vigilante de sua coluna.

Um a um os irmãos se levantaram e fizeram o sinal de mestre diante da passagem do vigilante que atravessava o templo, levando o malho cruzado sobre o peito.

Com a mão em esquadro, Marc Jouhanneau, grande arquivista do Grande Oriente, se perguntava a quantas sessões de mestre ele já havia assistido. Mesmo que fosse dali a sessenta anos, talvez cem, talvez mais, ele ainda sentiria o mesmo fascínio pela cerimônia.

Mas, naquela noite, ele não conseguia se concentrar por causa da morte de Sophie Dawes, perturbado pelo assassinato de sua protegida. Sentia-se culpado por tê-la mandado para lá. Era responsável por sua morte. Quanto a Marek, o companheiro de seu pai, o destino também o tinha alcançado.

Jouhanneau se controlou e dirigiu a atenção para a caveira reproduzida no tecido negro. Um cenário impressionante; por toda parte, crânios de órbitas escuras se alternavam com tíbias cruzadas de um branco cintilante. Morte por todo lado.

Em todas as lojas do mundo, cada sessão de investidura do grau de mestre comemorava a morte de Hiram, o mestre dos maçons, assassinado por aqueles que queriam arrancar-lhe o segredo.

Jouhanneau sentia como que um eco longínquo, mais íntimo, que o levava sempre ao assassinato do pai, lá nos campos do inferno nazista.

— Venerável mestre primeiro vigilante, a que horas os mestres abrem seus trabalhos?

— Ao meio-dia, mui respeitável.

— Que horas são, venerável mestre segundo vigilante?

— É meio-dia, mui respeitável.

— Já que é a hora em que os mestres maçons costumam abrir seus trabalhos, convide os veneráveis mestres que decoram suas colunas a se juntarem a vocês e a mim para abrir os trabalhos na *Câmara do Meio* da Respeitável Loja *Orion*, no Oriente de Paris.

Jouhanneau passeou os olhos sobre os irmãos. Cada um era um especialista reconhecido da franco-maçonaria. Só se era aceito na *Orion* depois de muitos anos de pesquisas e, sobretudo, depois de se ter pronunciado a *prancha de entronização*. Uma temida apresentação oral com a qual o impetrante deveria convencer o conjunto dos irmãos.

Naquela noite, Chefdebien, embora alto dirigente da Revelant, teria de passar pelas provas.

— Venerável secretário, poderia fazer a leitura do *balaústre* dos últimos trabalhos?

Depois das fórmulas rituais e da lista de irmãos presentes por ocasião da última sessão, o secretário apresentou e resumiu as duas *pranchas* propostas. O *balaústre* foi aprovado pelos irmãos, e o venerável retomou a palavra:

— Meus irmãos, teremos nesta noite a leitura da prancha do venerável mestre Patrick de Chefdebien. Como vocês sabem, ele é sobrinho de nosso saudoso irmão Guy de Chefdebien, que *passou para o Oriente eterno* há um ano, e que foi uma das luzes de nossa oficina. Seu sobrinho e herdeiro recebeu a tocha maçônica e, nesta noite, é a sua vez de falar diante do *Orion* reunido.

— Venerável mestre grande experto, queira buscar nosso irmão em sua *coluna* e conduzi-lo ao *altar* do Orador.

Lentamente o grande experto circulou o *pavimento mosaico* coberto com o *tapete de loja*, até que sua caminhada ritual o levasse a Patrick chefdebien. Com uma das mãos à ordem, a outra segurando as folhas de sua *prancha*, Chefdebien por sua vez iniciou o mesmo percurso simbólico em torno do centro sagrado da loja.

Em seguida, subiu os três degraus do Oriente, deu o abraço fraterno no irmão orador e se sentou diante de um auditório de irmãos silenciosos e imóveis, as mãos enluvadas ritualmente pousadas abertas sobre as coxas.

Chefdebien limpou a garganta antes de começar.

— Mui respeitável em cátedra, mui respeitáveis sentados no Debhir, e vocês todos, meus veneráveis irmãos em seus graus e qualidades...

Jouhanneau ouvia em silêncio as palavras que ressoavam no templo. Sentia uma desconfiança instintiva daquele Chefdebien, irmão conhecido pela ambição e pelo gosto do poder.

O alegre chefe de empresa qüinquagenário, de cabelos grisalhos, sistematicamente objeto de artigos lisonjeiros sobre suas proezas na direção da Revelant e por sua política salarial generosa, com empregados habituados à semana de quatro dias. Tinha conquistado um verdadeiro império no mundo dos cosméticos, que não parava de se expandir pelo mundo, ao mesmo tempo que se colocava sempre à frente de ações humanitárias emblemáticas que ofereciam dele uma imagem entusiasta. O cheque de 20 milhões de euros entregue ao último Teleton e a doação de uma de suas luxuosas residências em Bolonha para uma associação de sem-teto conferiam-lhe uma aura de diretor de empresa cidadão a léguas da velharia do Movimento de Empresas da França (Medef).

Iniciado na maçonaria dez anos antes graças à ajuda do tio, Patrick de Chefdebien tinha rapidamente subido os graus, um pouco rápido demais para o gosto de Jouhanneau, e construído para si apoios sólidos no seio da obediência.

Seu carisma e sua inteligência fora do comum fascinavam alguns de seus irmãos, e agora diziam que ele daria um grão-mestre emblemático na hora em que a maçonaria vinha sendo continuamente exposta à execração pela mídia. Uma verdadeira vitrine.

Todavia, Jouhanneau continuava insensível ao charme do diretor-geral da Revelant, muito diferente do tio, que conhecera muito bem, um velho erudito respeitado e admirado muito além da loja Orion. Via nele apenas um arrivista mais inteligente do que os que pululavam nos recantos das lojas, mais perigoso também porque aureolado como um santo dos tempos modernos.

Jouhanneau se desligou completamente do discurso de Chefdebien. Tudo se misturava em sua cabeça, o que em si era um verdadeiro sinal de alarme. A morte absurda de Sophie o dominava mais uma vez. Lembrava-se das horas passadas no escritório, falando da tese dela... Ela era jovem e bonita.

Quanto a Marek, o velho companheiro, aquele que lhe revelara a verdade sobre a morte de seu pai, também caíra sob os golpes dos inimigos. Além disso, ainda havia os arquivos confiados a Sophie. A bem da verdade, a obediência os tinha recuperado. Mas ele não tinha ilusões: Darsan, provavelmente, fizera uma cópia.

A voz grave com entonações melódicas de Chefdebien enchia o templo:

— ...e basta observar o pavimento mosaico que se encontra em todas as lojas, essa alternância de casas negras e brancas, como num tabuleiro. Todos vocês caminharam em torno deste pavimento situado no centro da loja, delimitado pelos três grandes candelabros. Ele simboliza a união que reina entre nós, mas também, como sublinham os textos de nossos amigos ingleses, as *Emulations Lecture*, uma parábola sobre os dias vividos pelo homem sobre a Terra. Casas negras, casas brancas. A alternância de dias felizes e de caprichos do destino ou desventuras, a trama que faz uma vida plena e inteira. Contudo, este tabuleiro imemorial lembra, como vocês sabem, o Beaucéant, o estandarte dos cavaleiros do Templo. Ora, esse documento inédito, do qual lhes darei uma cópia, revela que os Templários...

Jouhanneau nem escutava mais as explicações de Chefdebien. Um dos membros de Orion, autor de um detalhado *Dicionário Ilustrado da Franco-maçonaria*, já havia apresentado uma prancha sobre o pavimento mosaico, baseando-se em textos tirados do Talmude, da curiosa Mishná de Shekalim e da Tosephta de Sotah, que tratava de uma pedra aplicada no *pavimento do templo*, e que teria ocultado o esconderijo da arca da aliança perdida. A mesma arca procurada no cinema pelo herói preferido de seu filho, Indiana Jones.

Quanto a provar o laço entre a franco-maçonaria e os Templários, era um exercício de estilo que não o divertia mais. Já fazia muito tempo que os contos e as lendas sobre os cavaleiros do Templo lhe pareciam de interesse menor, pelo menos do ponto de vista de sua busca.

Uma busca que se apoiava nos documentos entregues a Sophie, e nas pesquisas arqueológicas de Marek.

Lembrava-se ainda do telefonema do amigo de seu pai, anunciando-lhe que tinha descoberto a pedra de Thebbah.

Marc, é ela. Estou com ela nas mãos, você imagina? Gostaria que seu pai estivesse aqui também. Mande-me sua assistente para que possamos compa-

rar nossos dados. Com o que vocês encontraram nos arquivos e minha pedra, estamos chegando ao fim...

Para Marek, o fim se resumiu numa morte atroz. Seus inimigos também possuíam outros elementos do enigma. Um enigma que levava a um segredo preservado por milhares de anos. A guerra pela posse do segredo se reacendera, e não haveria trégua; a mensagem da Thulé, com a morte de Sophie, era clara.

Um segredo que só ele deveria descobrir sob pena de perder a razão. Um segredo que seu pai estava a ponto de descobrir quando os nazistas o executaram selvagemente em Dachau.

Ou, antes, aqueles que estiveram por detrás dos nazistas, e cuja sombra malfazeja ele sentia agora rondar as portas do templo.

20

Croácia,
castelo de Kvar, 10 quilômetros ao norte de Split

A barra de madeira vergava com o peso da perna. A mão escorregou ao longo da coxa e, em seguida, mais suavemente, na direção da batata da perna e, num último esforço, até o tornozelo. O suor brotava em pequenas gotas na face encostada no alto da perna. Um breve grito de dor soou quando as costas foram pressionadas para o centro da barra.

Hélène sentia a dor irradiar na perna e na bacia, mas continuava forçando os músculos, levando o estiramento até o ponto limite, o ponto sem retorno em que as articulações cedem e os ligamentos se rompem como papel.

O sofrimento engendra sonhos, dizia Aragon, um poeta francês que ela apreciava em especial, e justamente, quanto mais o sofrimento se intensificava, mais o pensamento se tornava claro, e os pensamentos se encaixavam com justeza.

O pé se esticou uma última vez. A tensão muscular declinou suave e imperceptivelmente à medida que o corpo abandonava a posição em esquadro na barra de dança.

Hélène utilizava vários métodos para criar o vazio na mente, mas nada valia a tortura provocada pelos alongamentos exacerbados que lhe davam, além de tudo, a maleabilidade indispensável para a sua profissão.

A sala de fitness do castelo estava quase deserta naquela hora avançada da noite. Além de Hélène, um guarda, suando em bicas no fulgurante aparelho de musculação da sala do primeiro andar.

Os convidados do castelo tinham direito de usar as luxuosas instalações de relaxamento, fitness, banho turco, jacuzzi, assim como a piscina olímpica aquecida e talhada diretamente na rocha da falésia que dominava a baía de Kvar.

A Ordem possuía moradias idênticas em Munique, Cannes, Londres, bem como em outras cinco cidades das Américas; a de Assunção, no Paraguai, oferecia até mesmo golfe e um rancho, e outras duas estavam sendo construídas na Ásia. Os membros as usavam como lugar de repouso e de reunião longe de olhares indiscretos. Kvar apresentava a vantagem de se situar à beira-mar, com uma vista magnífica sobre o Adriático, numa zona poupada do frenesi dos construtores.

O castelo, inteiramente restaurado em 1942 pelo governo da época, servira de anexo para a legação diplomática alemã. Continha, de fato, posto avançado da Ahnenerbe, sob controle exclusivo das SS durante toda a guerra.

Quando da liberação da Iugoslávia, foi transformado em palácio do povo sob Tito, um palácio então exclusivamente freqüentado pela guarda próxima do velho marechal.

Com a queda do comunismo, um consórcio de homens de negócio alemães e croatas comprou discretamente a propriedade para abrigar o Instituto de Pesquisas Culturais Adriáticas, um dos muitos retiros da Ordem.

A Ordem, nome escolhido pelos remanescentes da Ahnenerbe, todos eles veteranos da Thulé, para regenerar sua missão sagrada que não devia se extinguir com a queda da Alemanha.

Antes que Hitler fosse, existíamos. Depois de sua morte, existiremos.

Se alguém quisesse conhecer a verdadeira identidade dos proprietários do castelo, cairia numa sociedade imobiliária sediada em Zagreb, propriedade de uma fiduciária de Chipre, dependente, por sua vez, de três fundações de fachada localizadas no Liechtenstein. Um sistema em cascata igualmente utilizado por outras casas pelo mundo. Apenas um observador experiente teria notado que todas as moradias de luxo tinham em comum o fato de abrigar um instituto cultural cujo objetivo variava segundo a localização: estudo de pintura simbolista em Londres, da cultura operária em Munique ou, ainda, de instrumentos musicais pré-colombianos no Paraguai.

A construção neomedieval, ladeada por duas torres com seteiras, possuía 25 quartos, três grandes salas de reunião, um heliporto e um quebra-mar para receber navios de grande calado. Sem contar a de Assunção, Kvar era a casa mais ampla da Ordem; as outras ofereciam conforto similar, mas não eram maiores do que um pequeno solar particular.

Hélène se distendeu lentamente e sentiu um extraordinário bem-estar; as crispações tinham se evaporado das fibras musculares e uma leveza apaziguadora tomava conta de seu corpo. Ela pegou o telefone de parede preso à porta da sala e chamou a recepcionista, pedindo que reservasse, em seguida, uma sessão de massagem. Por sorte, o massagista estava disponível, numa salinha ao lado.

Hélène pegou uma toalha e contemplou o mar pela grande vidraça da sala de ginástica. As águas refletiam os raios da lua até o horizonte; três iates iluminados cruzavam o largo, e o fanal de um pequeno barco de pesca se afastava da costa. Um cenário noturno idílico que explicava a crescente atração dos turistas pela costa croata.

— Cansada?

Ela se virou e encontrou o pai no limiar da porta, contemplando-a. O homem de olhos de aço sorria.

— Um pouco. Vou deitar cedo esta noite. E você?

— Rotina... Espero que tenha êxito na próxima missão. Você sabe como Sol conta com você.

— Sim, não falharei dessa vez.

— Melhor assim. Vamos jantar daqui a 15 minutos, se você estiver disposta.

— Não, vou pedir que me façam uma massagem na cama.

— Boa-noite, minha filha. Você se parece cada vez mais com sua mãe; é incrível. Às vezes, quando olho para você, tenho a impressão de vê-la, viva.

— Boa-noite, pai.

O homem ficou pensativo, depois se virou e desapareceu tão depressa quanto tinha chegado.

A moça secou a testa e foi para as duchas a fim de eliminar qualquer vestígio de suor. Seus pais lhe haviam educado no culto estrito de uma higiene irrepreensível, não suportando a menor ofensa ao asseio, seguindo nisso os preceitos da Ordem.

Ela tinha sofrido bastante no período de treinamento de grupo de combate e guardava na memória os dias inteiros de sujeira e cansaço, chapinhando nos bosques úmidos da Croácia. Mas era por uma boa causa. Lá, ela tinha aprendido a arte de matar de mil maneiras, das mais rápidas às mais dolorosas. Um tempo em que seu nome não era nem Hélène nem nenhum outro da lista de falsos nomes usados durante suas missões, mas Joana, a filha perdida da guerra civil iugoslava.

Hoje, não era tanto o gosto de matar que a motivava, e sim o prazer da caçada e a sensação de dominar a caça. O pai, líder de um grupo político que se reclamava os Oustachi, colaboradores ferozes do nazismo durante a Segunda Guerra Mundial, a criara desde a mais tenra idade no culto de uma Croácia pura, livre dos sérvios, dos judeus, dos franco-maçons, dos bósnios e de todas as outras raças inferiores.

Depois da morte do marechal Tito, no momento da explosão da ex-Iugoslávia, o pai de Joana deixou a família e a aldeia ao lado de Osijek, perto da fronteira com a Sérvia, para comandar um grupo paramilitar especializado na caçada criminosa aos sérvios e aos bósnios.

Para Joana, tudo ruiu numa manhã de agosto. Três dias depois de seu 15º aniversário.

Tchechniks, Tchechniks, os sérvios estão chegando, os sérvios estão chegando... os gritos de pavor dos aldeões percorrem a aldeola como uma onda de terror. As janelas das casas se fecham brutalmente, as portas batem. Joana vê a mãe encher uma bolsa com roupas; manda que ela se vista, para as duas fugirem imediatamente. A mãe está aterrorizada. No momento em que vão cruzar a porta, três homens uniformizados surgem diante delas. Sérvios.

Elas gritam, mas os homens, com brutalidade, as obrigam a sair, arrastando-as para a praça da aldeia. Dez habitantes, todos homens, estão alinhados diante do muro dos correios. Ela reconhece Ivano, seu amigo de infância, que treme dos pés à cabeça. Os soldados se divertem e dão a impressão de sentir prazer diante dos olhares amedrontados. Um deles, que parece ser o chefe, avança até o meio da praça, põe as mãos na cintura e berra, olhando-os de cima a baixo:

"Pessoas daqui massacraram os habitantes de nossa aldeia; enforcaram nossos irmãos, violentaram nossas mulheres. Minha irmã de 12 anos foi assassinada. São cães covardes. O chefe é daqui; apontem-me a família dele, e eu serei generoso, não matarei todos vocês..." Silêncio completo. Joana sabe que o sérvio se refere a ela e à mãe.

O rosto do homem se fecha. Faz um sinal com a mão; o toldo de um caminhão se levanta, deixando ver a goela negra de uma metralhadora pesada. Joana quer abrir a boca e se denunciar, mas é tarde, a serpente de aço cospe seu veneno num estrépito ensurdecedor. A pedra branca dos correios se tinge de sangue vivo; os corpos são retalhados, farrapos de carne voam em todas as direções. Ivano, que só tinha 14 anos, não existe mais, foi reduzido a um monte supliciado pelo metal.

O oficial sérvio levanta a mão, parando a metralha. Joana ouve os gritos dos feridos. Sua mãe sai das fileiras e cospe no rosto do carrasco. Joana vai para perto dela para não deixá-la sozinha diante da morte.

O homem não diz nada; contempla-as com um olhar apagado, como se estivesse decepcionado. Saca lentamente o revólver e o cola na fronte da mãe, exatamente no alto do nariz. Ela parou de tremer. Grita que seu homem a vingará, e que ele é apenas um cão sérvio.

O tiro explode. Joana vê distintamente a parte de trás da cabeça voar em pedaços, enquanto o corpo cai de costas. Joana sente a garganta em fogo, mas engole a saliva. O oficial se vira para ela e pousa delicadamente o cano do revólver em sua têmpora. Ela nota que ele é jovem, não mais de 25 anos. Ele se inclina sobre ela. Ela sente o calor de seu hálito na orelha. "Não vou te matar; não sou como o porco do teu pai. Você vai viver e lhe dizer que eu o matarei com minhas próprias mãos. Diga sim com a cabeça se você compreendeu." Joana aquiesce, chorando.

O homem guarda o revólver no coldre. Acabou. Em apenas cinco minutos os sérvios deixam a aldeia. Joana cai de joelhos ao lado do cadáver da mãe e grita ao mesmo tempo de ódio e de dor.

Quando o pai volta, ela transmite a mensagem, sem piscar. Um ano depois, numa batida, o comando de caça ao qual ela pertence captura uma unidade sérvia. Ela reconhece o assassino de sua mãe. Seu pai organiza uma caçada ao homem, soltando-o numa aldeia em ruína, e oferece à filha a opera-

ção de caça. Ela levará uma hora para acabar com ele, depois de lhe ter metido duas balas nos joelhos e de tê-lo encarniçado com uma faca em cada ponto de seu corpo. Seus urros ressoam nas ruazinhas calcinadas da aldeia. Em seguida, calmamente, ela se vê sussurrando ao ouvido do supliciado: "Você me criou; graças a você nasci uma segunda vez. Obrigada por esse dom, o de conceder a morte." O homem morre com uma bala entre os olhos. Joana tem apenas 16 anos.

Alguns anos mais e ela conquista a reputação de matadora eficiente e impiedosa. Quando a guerra acabou, Joana não teve nenhuma dificuldade em passar para o assassínio de aluguel e todos os tipos de tráficos. As mulheres não existem de fato nesse segmento.

Quando a Croácia se tornou uma nação independente, seu pai se metamorfoseou num homem de negócios respeitável no setor do turismo internacional. Entretanto, ainda controlava secretamente movimentos nostálgicos dos Oustachi e fazia freqüentes viagens à Alemanha, por conta de seus negócios e da política. A Croácia mantinha laços estreitos com a Alemanha havia anos. Os alemães, aliás, financiaram por baixo dos panos a compra de armamento pesado, permitindo aos croatas resistir aos sérvios, mais poderosos.

O pai de Joana freqüentava os partidos de extrema direita europeus e apresentou a filha a alguns amigos alemães; entre eles, um pequeno grupo de gente poderosa e totalmente insuspeita. Iniciados que lhe revelaram o sentido político e sagrado de todas as coisas.

Assim se perpetuava a confraria da Ordem, guardiã da antiga Thulé, berço do mais puro arianismo. Joana compreendeu então por que havia sido escolhida pelo destino. A vingança e a violência não eram nada diante do sentimento de poder que lhe inoculavam.

Foi seu terceiro nascimento.

A água escaldante da ducha escorria-lhe sobre a pele, provocando sensações intensas, como se ela se fundisse com a onda líquida ardente. O calor distendia-lhe os músculos; sentia-se tomada por um torpor agradável que não queria que desaparecesse.

No exato momento em que sua vontade se diluía, quando se tornava quase impossível interromper o jato, ela girou a torneira para a posição da água fria. O frio intenso interrompeu de chofre o calor tranqüilizante; o corpo estremeceu sob o abraço gelado. Suas artérias e veias se coagularam com a queda da temperatura.

Ela desligou a torneira e foi novamente invadida por um arrepio de gozo. A ducha escocesa era uma das técnicas de que usava todos os dias para manter a forma e o espírito livre.

Enquanto se secava com uma toalha de lã áspera, Hélène relembrou lentamente a execução de Sophie Dawes. Só parou quando a mão chegou entre as coxas. Retirou-a rapidamente. Não devia. Tinha de se privar desse prazer enquanto não tivesse recuperado os documentos, enquanto não tivesse completado a missão.

Depois de seu meio fracasso, mandaram-na sair imediatamente de Roma e ir para Kvar a fim de receber novas ordens. Tinha pegado um avião de linha regular entre Roma e Zagreb, onde um carro foi apanhá-la, levando-a ao castelo. Na noite de sua chegada, transmitiram-lhe as últimas instruções. Tinha de voltar a Paris e agarrar a amiga de Sophie Dawes. Assim que tivesse chegado, lhe transmitiriam o endereço parisiense de sua nova presa.

E o modo de matá-la.

A croata já tinha optado por nova identidade e escolhido um dos passaportes postos à sua disposição pela Ordem. A partir dali se chamaria Marie-Anne. Hélène não existia mais.

A matadora não se lembrava mais do número exato de identidades assumidas no decorrer de suas missões, talvez dez, mas uma coisa curiosa aconteceu ao longo do tempo. Quando ela compunha um personagem diferente, acabava acrescentando à sua própria personalidade um fragmento da psicologia do anterior.

Uma tal colcha de retalhos que ela chegava a se perguntar se a mudança de identidade não seria um pretexto para apagar progressivamente a verdadeira Joana e substituí-la, em camadas sucessivas, por uma mulher universal.

Quando de uma passagem pela Croácia, ela consultou um psicanalista para não afundar definitivamente na esquizofrenia. O médico, velho amigo de seu pai, e perfeitamente a par de suas atividades, lhe aconselhou a não acumular as mudanças, sob pena de ver sua identidade se apagar definitivamente. Mas, naturalmente, Joana continuou a multiplicar seus avatares.

A moça enrolou a toalha em volta da cintura e entrou na minúscula sala onde se ouvia uma música de relaxamento levemente oriental. Desnudou-se e se estendeu de bruços. O massagista, um homem atlético de cabelos castanhos, esfregou nas mãos um óleo perfumado com essência de laranja; tudo concorria para tornar o ambiente caloroso e sereno.

— Bom-dia, senhorita.

— Bom-dia, Piotr.

— Uma massagem completa, como sempre?

— Será um prazer. É muito bom entregar-se a mãos experientes.

O homem passou as mãos no corpo de Marie-Anne, de cima a baixo, com firmeza bem profissional. No momento em que as mãos firmes massagearem abaixo das escápulas, Marie-Anne reviu o rosto suplicante de Sophie Dawes, quando ela lhe desferiu a terceira pancada. Esboçou um sorriso. Uma execução perfeita. Belo trabalho.

E em seguida... Pela primeira vez se perguntava se continuaria a ocupar por muito tempo mais a função de executora do trabalho sujo da Ordem, em regime integral. A vida lhe oferecia emoções extraordinárias, viagens para todo canto do mundo, mas às vezes ela se pegava sonhando com a vida em família. Não podia ter romances duradouros por causa das mudanças de identidade, e o mesmo acontecia com as amizades. Suas únicas relações estavam no interior da Ordem, e geralmente os homens que ali se encontravam eram limitados. Houve de fato aquele filho de lorde inglês que organizava com os amigos da aristocracia festas quentes, uma aventura agradável que tinha começado num baile com o tema "Indígenas e Colonos". Foi ela quem sugeriu a alguns participantes a idéia excitante de se fantasiarem de heróis do III Reich. Uma tentação à qual o tolo príncipe Harry não resistiu. Ela riu muito quando o caso foi parar na primeira página dos jornais britânicos escandalizando a opinião pública. A ligação deles não durou muito. Às vezes, quando estava sozinha num quarto de hotel, no outro lado do mundo, tendo por companhia apenas a televisão, invejava as pessoas comuns que habitualmente ela desprezava.

Sob a ação de mãos experientes, Marie-Anne começou a gemer.

21

Paris

No templo número 11 da rue Cadet, a sessão da loja *Orion* estava terminando. Pouco a pouco os irmãos se dirigiam ao *pórtico* para em seguida subirem à sala dos *ágapes*, no primeiro andar. No templo, o mestre-de-cerimônias, ajudado pelo grande experto, acabava de arrumar os adornos, enquanto os candelabros da cerimônia se apagavam um a um.

Apoiado no bar, na *sala úmida*, Patrick de Chefdebien recebia os cumprimentos de seus novos irmãos de *oficina*. Sua *prancha* sobre as pesquisas maçônicas de seu tio fora aprovada. O velho marquês sempre fora considerado um pouco místico, tendendo mais a imaginar do que a demonstrar teorias.

À luz da síntese do sobrinho, parecia que o velho sonhador tinha conseguido apresentar alguns elementos, até então místicos, indiretamente vinculados à Ordem dos Templários e aos franco-maçons.

Desde o surgimento da maçonaria simbólica, no século XVIII, muitos maçons, e não dos menores, tinham reivindicado a filiação com os cavaleiros da cruz pátea. Essa herança dava lugar a uma enorme quantidade de estudos, de livros eruditos, mas nenhuma prova formal validada por pesquisas históricas incontestáveis que permitissem certezas. No entanto, existiam coincidências perturbadoras.

Os maçons obreiros, originalmente edificadores, tinham estabelecido laços estreitos com os Templários, grandes construtores de castelos e igrejas cuja arquitetura simbólica parecia dissimular muitos ensinamentos ocultos.

Além disso, as duas organizações, ambas de origem cristã, tinham sofrido perseguições da Igreja Católica. Como se os sucessores de São Pedro quisessem derrubar para sempre um ensinamento esotérico que escapava a seu controle.

Sentado numa poltrona de couro, Marc Jouhanneau meditava sobre a prancha que acabara de ouvir. Patrick de Chefdebien foi sentar-se a seu lado.

— Meditando, meu irmão?

— Sua prancha me dá o que pensar.

— Na verdade, apenas resumi as últimas pesquisas de meu tio. O mérito não é meu. Gostaria de me aprofundar, mas minha companhia, a Revelant, me toma muito tempo, você pode imaginar.

— Sim, mas fico contente porque suas responsabilidades profanas mesmo assim dão espaço para que você se dedique à maçonaria.

Chefdebien não pôde deixar de sorrir.

— Talvez haja mais relação entre a Revelant e a maçonaria do que você pensa.

Um ruído de cadeiras se ouviu. Os irmãos tomavam lugar para a refeição. Jouhanneau estendeu a mão e se levantou. Nunca participava dos ágapes. Muito agitados para ele. É verdade que, em torno da mesa, as discussões se animavam sobre a prancha apresentada na sessão e sobre o laço que unia, para além dos séculos, duas organizações iniciáticas. Os franco-maçons *especulativos*, cuja origem remontava à época das Luzes, e a Ordem do Templo, dissolvida pela força sob Filipe, o Belo.

Na verdade, todo o trabalho apresentado por Chefdebien tratava do uso feito pelos franco-maçons sob o Diretório, depois sob o Império, de artigos medievais recuperados na grande pilhagem revolucionária dos monastérios. Naquela época conturbada, em que as lojas eram proibidas, alguns irmãos tinham discretamente se apropriado de numerosos textos antigos, provenientes dos bens da Igreja e da aristocracia.

Bibliotecas inteiras, que por vezes datavam da Idade Média, foram desmontadas em leilão, em proveito de eruditos que se encontravam, com a volta da paz civil, na origem de novos ritos em loja.

O que as pesquisas de Chefdebien demonstravam era que algumas crônicas religiosas da época dos Templários, ou minutas de processos da Inquisição, tinham inspirado diretamente alguns maçons na elaboração de seus rituais. Encontravam-se aí os vestígios de costumes, ritos originários da cavalaria, tomados diretamente dos testemunhos medievais.

À mesa, Patrick saboreava o sucesso. Ser recebido com honras na loja *Orion* aproximava-o do tio, de quem era o único herdeiro. Uma herança moral, sobretudo. O velho marquês, com seu castelo arruinado na Dordogna e suas coleções de velhos papéis, não tinha nenhum peso diante do jovem e petulante presidente da Revelant.

— Sua prancha foi notável, meu irmão — disse um irmão calvo, sentando-se na sala dos ágapes. — E você fala quase tão bem quanto escreve.

Chefdebien agradeceu com uma inclinação ao novo colega, um farmacêutico especializado em pesquisa botânica que por pouco perdera o Nobel nos anos 80. Este baixou o tom da voz.

— Os Templários sempre provocaram muitas fantasias em muitas pessoas. Você acredita que um dia se possa esclarecer de todo o que eles eram realmente?

— Honestamente, não faço idéia, mas se meus modestos trabalhos puderem desfazer parte do mistério, ficarei encantado.

O pesquisador examinou-o com malícia.

— Esqueçamos os caros cavaleiros da cruz pátea e suas lendas. Fale-me de suas pesquisas, não as esotéricas, mas as da sua firma. Um de meus colegas da faculdade disse-me que a Revelant está procurando biólogos de alto nível.

Chefdebien desconfiou que seus trabalhos sobre a Ordem do Templo tinham sido apenas um pretexto. Os ágapes serviam também para falar de negócios.

— Gostaria muito de lhe contar, mas é melhor conversar sobre isso em outra ocasião, num jantar, por exemplo.

Chefdebien sabia que era um teste para sondá-lo a fim de determinar se ele era do tipo que misturava negócios e atividades maçônicas. O biólogo não tinha nenhum motivo razoável para buscar emprego com ele. Orion mantinha uma reputação intacta e não admitia a mistura de gêneros, ao contrário de outras lojas. Tinha dado a resposta mais diplomática possível. O outro não insistiu.

Patrick de Chefdebien não daria nenhum passo em falso. Durante sua palestra, observara que Jouhanneau parecia preocupado, quase indiferente à apresentação de seus trabalhos.

Amsterdã

Béchir não gostava da impaciência. Ela o enfraquecia. Tornava-o até mesmo impotente. Nu sob as cobertas, esperava com desespero uma ereção que não vinha. Desde que a mulher o tinha deixado sozinho para se despir no banheiro, todo o seu corpo era um arrepio só. O desejo o paralisava. Nunca desejara tanto uma mulher. A tal ponto que seu sexo não lhe obedecia mais. Béchir sentia crescer a ignomínia da vergonha.

Ele a encontrara no bar do hotel quando estava bebendo um último trago antes de subir para o quarto. Bonita, casada com o dono de uma sociedade de corretagem de diamantes da África do Sul, estava em Amsterdã para negociar algumas pedras. Uma mulher de negócios segura de si que, assim como ele, queria se conceder um momento de prazer antes de retomar o trabalho.

E eis que na hora da verdade, nada... Não ser nem capaz de obsequiar uma européia. Béchir levantou-se precipitadamente. Não tinha outra saída. Precisava de um estimulante. Imediatamente. E ele conhecia um. Particularmente poderoso.

Abriu uma caixinha e pegou uma espécie de bola marrom que engoliu com sofreguidão. Precisava apenas de um quarto de hora para que a substância fizesse efeito. Uma mistura preparada por um amigo italiano à base de haxixe e cogumelos conhecidos por suas propriedades afrodisíacas.

Na Puglia, a cada outono, os camponeses de algumas aldeias isoladas iam colher cogumelos considerados alucinógenos. Falava-se em orgias, loucura, alucinações. Dizia-se até que os mais pobres esperavam diante das casas para recolher a urina dos abastados, a fim de também conhecer a embriaguez dos deuses. Contavam também os acidentes, os dramas, quando o efeito da droga passava. Inicialmente, os vômitos, em seguida, uma diarréia pútrida e, por fim, um sofrimento psicológico intolerável, o de ter sido expulso do Paraíso. Uma verdadeira queda no desespero.

Usando um *body* negro decotado que realçava suas formas generosas, a mulher entrou no quarto e avançou lentamente até a cama. Para que o palestino pudesse observar bem seu corpo, imaginar todos os encantos venenosos, as cavidades secretas, os recantos indecentes. O que fazia um homem enlouquecer. Aliás, os olhos de Béchir estavam estranhamente fixos. Ele estendeu a mão para uma caixa de plástico entreaberta.

— Você quer?

Ela se aproximou.

— O que é?

— Uma mistura de cogumelos que têm a forma de pênis. Na Índia, dizem que eles são a força fecundante.

— Não preciso disso — sussurrou a mulher, sentando-se na beira da cama. — Ah, os homens e o culto fálico; é ao mesmo tempo ridículo e encantador.

— Não sabe o que está perdendo!

— Você tomou?

— Toca meu sexo que você vai saber.

Béchir se calou. Nunca vira semelhante indecência. Ele se lembrou de um concerto de piano a que assistira quando criança. E das mãos da mulher, mãos longas, finas, que tocavam as teclas até fazê-las gemer.

A mistura começava a produzir efeito, mais rapidamente do que o previsto.

22

Paris

Um sopro suave acariciava as folhas dos plátanos, pelo menos daqueles que tinham conseguido escapar da fúria destruidora dos jardineiros da cidade de Paris. Marcas se lembrava de sua infância, as ruas sombreadas a perder de vista por árvores ternas e familiares. O bairro do mercado Saint-Pierre mergulhava numa letargia profunda.

Os primeiros raios de sol coloriam de malva algumas nuvens que pesavam por sobre a capital. As ruas desertas das encostas de Montmartre ainda se encontravam sob o domínio das trevas, que logo se dissipariam. O astro cintilante se levantava preguiçosamente ao longe, a leste, além da periferia; talvez do lado de Estrasburgo, ou de Metz. Na direção do Oriente.

Marcas contemplou o horizonte, maravilhado com os jogos de cores em movimento no céu, e se lembrou de um colega policial americano, um irmão que conheceu durante uma conferência internacional sobre a nova criminalidade em Washington. Dissertando sobre as diferenças de rito entre suas respectivas obediências, o americano, um tira de Arlington, lhe explicara que, no momento da iniciação dos postulantes, o venerável pronuncia uma frase solene do rito escocês: "O sol preside o dia, a lua, a noite, e o mestre governa e dirige a loja."

Sensível às estreitas relações entre o simbolismo maçônico e seu ambiente cotidiano, Marcas sentia prazer na beleza das alegorias e das parábolas que davam, às vezes, um sentido exato e raro de acontecimentos absolutamente banais como o nascer do sol. Assim, em loja, o Oriente fica a leste, onde o sol se levanta. Todos os dias a luz se espalha desde o leste assim como a abertura dos trabalhos no templo começa acendendo-se um candelabro posicionado a Oriente.

A emoção que sentia com o nascer do sol permanecia inalterada e, por vezes, ele se perguntava se um dos elementos da felicidade não residiria na contemplação e na compreensão de coisas simples. Nada a ver com uma interpretação new age ou mágica; para ele se tratava, antes, de uma espécie de geometria sagrada, de um balé matemático no qual, plagiando o poeta, os sons e os odores se correspondem.

Infelizmente, daquela vez os odores não se harmonizavam com a beleza do céu, mas poluíam o momento de prazer. Marcas evitou bem a tempo três dejetos de cães na calçada. Sete horas da manhã, a hora fatal em que os melhores amigos do homem aliviam as tripas diante dos olhos cúmplices dos donos, em que o cheiro dos excrementos exala intensamente. Cruzou com um homem idoso, de rosto astucioso, arrastando atrás de si um cão minúsculo de focinho igualmente rabugento.

Marcas apressou o passo. Na verdade, não sentia nenhuma saudade do passado, quando os plátanos abundavam, porque Paris era suja da mesma forma, e as paredes dos edifícios haussmanianos eram cobertas de crosta negra. Na época, a manutenção não era obrigatória. Quanto aos parisienses, sempre foram uns mais grosseiros que os outros.

Virou no cruzamento da rue André-del-Sarte, atravancada por barreiras de segurança postas ao longo da calçada. Um tipo usando um boné laranja, com um cigarro na boca, colava cartazes nas portas dos edifícios. Marcas parou para ler um deles. Tratava-se sempre de um anúncio de filmagem, solicitando que os moradores tirassem seus carros para dar lugar aos caminhões da produção.

A extremidade da rue del-Sarte possuía a particularidade de cruzar a escada parisiense querida dos cineastas quando desejavam gravar na película um ambiente típico. Os degraus acompanhavam o parque da colina, subindo até a place Bonnard e ao Sacré-Cœur. Verdadeiro cartão-postal.

Gravamos aqui a cena de um filme de aventura com Jude Law e Sharon Stone; obrigado por liberar a rua por um dia. Assinado: Universal Studios.

Quantos filmes tinham sido feitos ali? Centenas, provavelmente. Os moradores do bairro ficaram blasés de tanto ver de dois em dois meses os grandes caminhões de filmagem atravancarem a rua. Uma associação chegou mesmo a se formar para reclamar com a Prefeitura do XVIII distrito e tentar impedir os grosseirões. Perda de tempo.

Marcas subiu os degraus com entusiasmo, inspirando a doçura do ar. A praça estava vazia. Apenas o café Botak encontrava-se aberto, já tendo instalado as duas espreguiçadeiras que seriam tomadas de assalto pelos turistas e moradores a partir das 11 horas. Fez um sinal para a garçonete e pediu sua droga matinal, composta de um chocolate quente, bem servido, muito cacau misturado em leite desnatado. Ele ouviu um pigarro conhecido.

Um varredor de colete verde, o uniforme dos lixeiros da cidade, fazia a coleta habitual de detritos largados durante a noite pelas hordas de turistas que invadiam o bairro. Latas de soda, garrafas de plástico de todas as cores, embalagens coloridas, cacos de vidro de garrafas de álcool barato, o de praxe.

Marcas morava no bairro há vinte anos e conhecia todas as particularidades, como a colina construída sobre antigas pedreiras onde, segundo dizem, Cuvier, o naturalista, tinha descoberto fósseis de dinossauro.

O policial não tinha pressa em saborear o chocolate. A manhã seria difícil com a reunião prevista no ministério. Jade — ele ainda não conseguia se acostumar com o nome —, Jade, portanto, tinha acertado. De fato, ele tinha recebido um chamado de seu superior imediato para informá-lo de que suas férias seriam interrompidas para que ele pudesse investigar informalmente o crime na Embaixada. Ele não sabia se ficava contente com isso, pois a única razão válida para que participasse da investigação se prendia à natureza particular do crime.

Estranhamente, só o fato de rever Jade o alegrou, embora soubesse que iriam brigar.

*Croácia,
castelo de Kvar*

Por que era sempre necessário que os homens considerassem a beleza elemento decisivo na descrição de uma mulher? Marie-Anne suspirou, pousando a ficha que os serviços de Hiram lhe tinham fornecido sobre Jade Zewinski. Uma biografia descrevendo de modo exaustivo o percurso da moça. Mais uma vez, a capacidade de reação da Ordem tinha de ser elogiada.

O autor da ficha, um homem, naturalmente, permitiu-se alguns comentários sobre o físico de seu alvo.

Atitude esportiva e sedutora, rosto agradável, mas firme...

Que machismo. Ela jamais encontraria o mesmo tipo de descrição nos homens. Seu penúltimo alvo, um intermediário comprador de armas, de origem dinamarquesa, beirando a obesidade, era de fato repugnante e, mesmo assim, sua ficha não indicara nada de particular. Como se o corpo dos homens fosse apenas um detalhe.

A Ordem possuía simpatizantes bem situados em muitas administrações mundo afora, e embora a compartimentalização fosse obrigatória, ela estava persuadida de que os dados sobre Jade só podiam vir de uma fonte francesa. As informações incluíam endereço pessoal, o serviço ao qual a moça estava ligada, assim como o número de seu celular.

A missão de Marie-Anne consistia em recuperar os papéis que lhe tinham escapado em Roma, sem, no momento, tocar em um só fio de cabelo da moça. Não podiam se indispor com o governo francês, matando um de seus funcionários, mas, se por motivo de ordem superior, a obtenção dos documentos exigisse eliminação física, então...

Marie-Anne acendeu um cigarro e deixou o olhar passear pela baía iluminada. Considerava Sol com um respeito mesclado de desconfiança. Ele fazia parte do punhado de homens que estavam na origem da renovação da sociedade Thulé e era um dos últimos sobreviventes de outra época. Em torno dele havia uma aura de mistério, mesmo no seio das instâncias da Ordem.

Um dos enigmas vinha do pseudônimo do velho, Sol, como em latim ou espanhol. Dez anos antes, ela o vira, com os próprios olhos, abater a sangue-frio dez prisioneiros bósnios durante a guerra suja e olhar os cadáveres como se fossem carne estragada.

Sol mudava de moradia todos os meses, montando quartel nas casas da Ordem, preferindo, desde alguns anos, as que ficavam em países temperados como a Croácia.

O castelo de Kvar possuía, ainda, a particularidade de ser um dos centros espirituais da Ordem, junto com o de Assunção. Todos os anos, no solstício de verão, por volta de 21 de junho, a grande reunião litúrgica acontecia em Kvar, alternada com Assunção. Por essa época, as criptas monumentais, construídas para acolher as grandes cerimônias, eram abertas para que os fiéis comungassem.

Naquele ano, dali a um mês e meio, o solstício seria festejado em Kvar, e Sol prometera uma festa inesquecível em todos os sentidos.

Ele não era propriamente o mestre da Ordem, mas, antes, seu conselheiro especial junto a um diretório renovado periodicamente. O diretório se reunira no castelo havia dois dias, e corria o boato de que um dos membros experimentara os encantos da virgem da capela, um achado de seu pai, mas que parecia vir da inspiração cruel de Sol. Sua autoridade nunca era discutida. Marie-Anne, que pretendia conhecer lendas célticas, comparava-o a Merlin, porque ele era um poço de saber em matéria de esoterismo e oferecia a membros escolhidos cursos de alto nível.

Depois de uma missão bem-sucedida nos Estados Unidos, a título de recompensa, ela teve a honra de assistir a um curso que tratava da influência do paganismo na mística cristã. Um discurso brilhante que levava o auditório ao paroxismo da exaltação.

Mas Sol também era um homem de ação e, apesar da idade, tinha prazer em treinar em campo, ao lado de seus homens, como na Croácia durante a guerra.

Antes de deixar o castelo de Kvar e tomar um rumo desconhecido, Sol lhe recomendara ter cuidado e explicou que ela iria conquistar, se obtivesse êxito na missão, a chave do segredo que provocaria uma reviravolta no futuro da Ordem e, provavelmente, na raça eleita. A sua, naturalmente, não a raça usurpadora. Aliás, ele lhe confidenciara que um dos membros daquela raça maldita se deixara matar em Jerusalém, na mesma hora em que Sophie Dawes em Roma, e nas mesmas condições. Um dia ele lhe explicaria o motivo daquele ritual.

Ela não fez perguntas.

Marie-Anne caía de sono. Apagou a lâmpada de cabeceira. A partida do castelo estava prevista para as seis horas, a bordo de um helicóptero da Ordem que devia deixá-la no aeroporto de Zagreb; de lá, ela pegaria o avião para Paris. O quarto no hotel já estava reservado, e sua identidade registrada. Ela pensou em Zewinski e imaginou que teria prazer em enfrentá-la fisicamente, tanto o desafio a excitava. Gostava, acima de tudo, de lutar com uma mulher, e freqüentemente cuidava do físico praticando judô, disciplina na qual era excelente, com membros da equipe nacional da Croácia. Jade lhe parecia uma adversária à altura. A morte de Sophie tinha sido uma formalidade, ao passo que sua amiga dava a impressão de ser muito mais tenaz. Contanto que as circunstâncias da missão implicassem a exigência de eliminá-la. Dormiu imediatamente, o espírito e o corpo esvaziados. Outra presa.

HEKKAL

— Por que você se tornou maçom?
— Por causa da letra G.
— O que ela significa?
— Geometria.
— Por que Geometria?
— Porque é a raiz e o fundamento de todas as artes e da ciência.

Catecismo maçônico de 1740

23

Holanda

O Thalys rodava em baixa velocidade através do triste e cinzento campo batavo mergulhado na chuva. Paisagens que lembravam tanto a Bélgica, que Béchir logo atravessaria, quanto o norte da França. Confortavelmente instalado na poltrona de primeira classe, ele contemplava a extensão infinita dos campos de batata próximos à via férrea. Que contraste com as terras áridas da Palestina com a qual seus irmãos lutavam todo o tempo para delas tirar a magra subsistência. Nada a ver com as terras confiscadas pelos judeus e transformadas em campos férteis ao custo de milhões de dólares americanos. Se ao menos os outros países árabes tivessem mostrado a mesma solidariedade, a Palestina seria um novo Éden.

Os holandeses lutavam com o mar para recuperar terras continuamente encharcadas com a água do céu; os palestinos lutavam contra a falta crônica de sorte. Alá fez brotar o ouro negro, mas não na Palestina.

Béchir desviou os olhos da paisagem para se concentrar nos vizinhos, três judeus ortodoxos, de cafetã preto, chapéu preto e *peyot*. Diamantários de tez muito pálida e cabelos claros como freqüentemente se encontram entre os judeus holandeses. O Emir saboreou a ambigüidade da situação: se eles soubessem quem ele era, fugiriam imediatamente. Só faltava essa. O destino se mostrava, às vezes, brincalhão. Ele lhes sorriu ironicamente e ao mesmo tempo deu-se o trabalho de trocar algumas palavras com eles sobre o tempo chuvoso e a melhora da comida no Thalys. Seu leve sotaque italiano fazia com que o achassem afável e simpático. Durante a refeição, os judeus observaram que ele poderia passar por um deles com um quipá na cabeça. O Emir respondeu que era uma grande honra para ele e prometeu passar na loja de diamantes que tinham em Anvers, na próxima vez que fosse àquela cidade.

Faltavam ainda duas horas para chegar à Gare du Nord. Béchir levantou-se para desentorpecer as pernas e tomar um café no bar do trem. Pegou a sacola de couro que continha a pedra de Thebbah e atravessou o vagão, serpenteando entre as fileiras de lugares da primeira classe, ocupados basicamente por homens de negócios que iam e vinham entre Amsterdã, Bruxelas e Paris. Privilegiados, reconhecíveis pelo corte severo e escuro das roupas, pelos computadores portáteis sempre ligados e pelos jornais financeiros postos sobre a mesinha. Um universo normatizado, regido por códigos rigorosos, insuportável para Béchir, para quem a existência sobre a Terra só se justificava em função de surtos de adrenalina.

O palestino estava chegando ao segundo vagão quando um arrepio lhe correu de alto a baixo das costas. Alguma coisa estava errada. Um ínfimo sinal de alarme ressoava em sua cabeça, um mecanismo de alerta que se ligava automaticamente quando um perigo surgia em volta dele.

Empurrou a porta do toalete para se isolar e se concentrar na procura da informação fugidia que provavelmente alertara seu sistema de defesa. Deixou escorrer um filete de água fria nas mãos e refrescou o rosto. Provocar o vazio, permitir que o inconsciente aflorasse, rejeitar a razão, técnica ensinada por um velho sufi sírio durante um de seus treinamentos.

Um minuto se passou; em seguida, estabeleceu-se a conexão no circuito complexo de neurônios. O homem de olhos claros, de camisa cinza-pérola, sentado na penúltima fileira da direita. O mesmo que ele tinha visto bebendo uma cerveja no bar ao lado do seu hotel. Embora ele nunca o tivesse olhado de frente, seu cérebro o registrara inconscientemente e, nas duas vezes, o homem parecia absorto na leitura de uma revista. Qual era a probabilidade de aquele tipo se achar no mesmo trem que ele? Béchir não gostava das coincidências, o que lhe havia salvado a vida várias vezes.

Não tinha cem por cento de certeza, mas o cara o seguia. Decidiu não pegar o sentido inverso — o perseguidor iria ficar com a pulga atrás da orelha — e seguiu para o vagão-restaurante. Para quem trabalhava? Provavelmente, para o Mossad ou o Shin Beth, para os quais Béchir era um alvo privilegiado. Provavelmente eles o localizaram no posto da fronteira da Jordânia, e seguiram a pista. O lourinho do trem não tinha cara de judeu, mas Béchir conhecia suficientemente os hábitos de recrutamento do serviço secreto israelense que adorava os agentes louros de olhos azuis utilizados para eliminar ex-nazistas descobertos na América do Sul.

Béchir não podia deixar o perseguidor atrás de si; tinha de se livrar dele rapidamente, no trem — um pouco delicado, tendo em vista a falta de espaço — ou na França, antes de chegar ao hotel Westminster. Se seu cliente soubesse que tinha sido seguido, ele estaria arriscando a pele. Esperou bem uns 15 minutos no vagão-restaurante, depois voltou ao seu lugar, refazendo o caminho em sentido contrário.

Quando chegou perto, deu uma olhadela no louro que dormia com os fones do discman nas orelhas. Um sono aparentemente tranqüilo. Exceto por um detalhe: ele mexeu com o pé no momento em que Béchir passou por ele. Um movimento quase imperceptível, mas que confirmou a primeira percepção do palestino, que consultou o relógio despreocupadamente. Restava-lhe pouco menos de duas horas até Paris. O trem estava chegando a Bruxelas. Ele voltou para perto dos judeus, sentados no seu compartimento, e se ajeitou na poltrona depois de ter fechado a porta.

Os três compadres o receberam com simplicidade, e continuaram conversando num holandês mesclado de ídiche.

Nunca o farejador trabalhava sozinho; outros comparsas o esperavam discretamente na Gare du Nord. É o que ele faria no lugar deles. A partir daquele momento seria quase impossível escapar-lhes. Única opção: descer em Bruxelas e tentar despistar o perseguidor. Em seguida, ainda teria tempo de chegar a Paris por outros meios que não o Thalys. Mas isso significava a perda de pelo menos a metade do dia.

O trem atravessava o subúrbio da capital belga e chegaria à estação em cinco minutos. Tomou uma decisão. Béchir agarrou maquinalmente a pasta e começou a se levantar bem devagar. De repente, ele viu o judeu sentado à sua direita colocar um papel em cima da mesinha, com uma palavra escrita em maiúsculas pretas.

Uma palavra de três letras que ele ficara conhecendo há pouco: SOL.

24

Paris

Jade saiu do gabinete do juiz Darsan reanimada por causa da entrevista que acabara de ter. Finalmente um alto funcionário do Estado que não tergiversava e que assumia todas as responsabilidades. Ele compreendia perfeitamente a sua dor e lhe entregara a chefia da investigação, o que queria dizer que Marcas se tornava seu subordinado. O papel dele se limitaria a trazer esclarecimentos sobre a questão maçônica — caso o assassinato se ligasse de fato àquele universo — e, eventualmente, facilitar contatos com a polícia, se isso se justificasse.

"Eu não sou maçom, se isso a tranqüiliza, senhorita; não pressionarei sua investigação", acrescentara ele olhando-a longa e diretamente nos olhos.

A Afegã teria carta branca durante um mês, um escritório seria posto à sua disposição no XVIIº arrondissement, e um assistente do Grupo de Intervenção da Gendarmaria Nacional (GIGN), participante de missões especiais, lhe seria designado. Um ex-membro da célula de escutas telefônicas do Elysée, um homem seguro, habituado a operações "por fora".

Ela encontrou Marcas e fez sinal para que ele, por sua vez, entrasse no gabinete do juiz. *"Ao locutório, comissário."* O sorriso brilhante que ela mostrava não tranqüilizou Marcas, que via naquilo uma espécie de ameaça latente. Fechou a porta atrás de si e sentou-se, obedecendo ao convite do juiz, que brincava com uma régua de ferro entre os dedos.

— Comissário, vou ser direto. Esse caso deve ser rapidamente resolvido, e com toda a discrição. O assassinato em uma de nossas Embaixadas traz basicamente dois problemas. O primeiro, e o mais importante a nosso ver, resume-se a uma falha maior na segurança de nossas representações diplomáticas. Para o Quai e para o Elysée, demonstra que qualquer um pode entrar numa Embaixada como a de Roma e passear à vontade. Isso não deve acontecer de novo. Por esse motivo, a oficial Jade Zewinski comandará a investigação. Tanto quanto eu, o senhor compreende que, já que se trata de um caso de segurança diplomática, ela é a primeira interessada.

Darsan buscou nos olhos de Marcas uma reação, mas o policial continuou impassível.

— E o segundo problema?

— Acontece que a vítima trabalhava para o Grande Oriente, e uma das hipóteses se baseia numa eliminação que se relaciona com o pertencimento dela à sua obediência.

Darsan tomou o cuidado de separar todas as sílabas da última palavra antes de continuar:

— É aí que o senhor entra. Se ouso dizer, o senhor exerce dupla função: policial e maçom, o que, cá entre nós, está se tornando cada vez mais comum ultimamente. Existem pelo menos cinco no andar do gabinete do ministro, e outros tantos em cada serviço. Isso não me incomoda particularmente, desde que não interfira no encaminhamento dos casos correntes. Está me acompanhando, comissário?

Marcas sabia onde o juiz queria chegar.

— Não, senhor. E depois, guardadas as devidas proporções, somos menos numerosos do que os da Grande Loja Nacional francesa neste Ministério...

Darsan contraiu os lábios, reduzindo a boca a uma fenda.

— Não banque o esperto, Marcas. Espero do senhor uma investigação leal; deve me pôr a par de tudo antes de ser fiel a seu engajamento de maçom. Sua obediência, decerto, vai realizar paralelamente sua própria investigação; não quero confusão de gêneros.

Marcas percebeu a ameaça mal dissimulada. O juiz deixou que um longo silêncio se instalasse para, em seguida, continuar, num tom mais afável:

— O senhor está sob as ordens da oficial Zewinski, mas se trata de uma subordinação formal. Na prática, vai colaborar com ela, aconselhando-a.

Darsan deu um sorriso bajulador. Marcas observou que o juiz podia mudar muito rapidamente de expressão e alternar ameaça e manifestações de amizade em poucos minutos.

— Cá entre nós, comissário, esqueçamos por um instante essa história de maçonaria. Nós dois fazemos parte da polícia nacional. A senhorita Zewinski vem da polícia nacional, certamente um corpo de elite, mas, bem... ela é militar, disciplinada, porém não exatamente adepta da sutileza e da nuance. O senhor tem qualidades complementares que farão maravilhas com esse cachorro louco, não ouso dizer essa cachorra louca porque não soa bem aos ouvidos.

— E não tem o mesmo sentido.

Darsan sorriu. Marcas não gostava do humor de mau gosto, mas se submeteu ao jogo.

— Perfeito, vejo que nos compreendemos muito bem. O senhor relatará pessoalmente suas atividades. Vou lhe dar o número de meu celular e o de meu assistente. Acompanho-o. A senhorita Zewinski vai pô-lo a par dos meios postos à sua disposição. Até breve, espero.

Em menos de um minuto Marcas voltou ao ponto de partida, uma antecâmara. Jade esperava-o, comportada, folheando displicentemente uma revista da polícia nacional.

— Caro colega, somos esperados no novo escritório. Alguma objeção em ir no meu carro?

— Por que não? Teremos mesmo de nos suportar durante esse mês de pesadelo. Além disso, vai lhe fazer um bem imenso, servir de motorista a um... maninho.

Jade deu um muxoxo.

— Transportei talibãs fedendo a sujeira, capturados em Cabul; não vai ser muito diferente. Desde que o senhor não suje os assentos...

— Isso promete — resmungou o policial.

Desceram rapidamente os degraus da grande escada e entraram num pequeno MG verde-metálico que saiu a toda. O GPS informava que havia um engarrafamento no bairro Saint-Augustin. O carro deu meia-volta para pegar a avenue des Champs-Elysées, na altura de Clemenceau.

— Vamos fumar o cachimbo da paz, Marcas. Sinceramente, quero encontrar o assassino de Sophie. Vamos conversar enquanto dirijo. Corremos o risco de topar com o engarrafamento em alguns minutos.

— O que quer que diga?

— Fale-me da maçonaria, não para me convencer de entrar para ela, mas para me dar as linhas gerais. Por exemplo, o que é que vocês fazem nas assembléias?

Antoine deu uma risada.

— É impossível explicar! Tudo está no ritual!

— Invente outra!

— Sabe, é muito menos misterioso do que se pensa. Em algumas lojas, debatem-se grandes temas sociais, educação, imigração, parece um clube de reflexão. Em outras, os irmãos estudam símbolos. Por exemplo, há duas semanas, ouvi uma prancha, uma palestra em nosso jargão, sobre a cor azul. Foi muito interessante.

A Afegã o olhou com desdém.

— A cor azul... E por que vocês não se chamam os franco-salsicheiros ou os franco-padeiros?

Ela mudou de marcha de repente; o motor reclamou. Marcas ficou nauseado e engoliu. Por onde começar, pensou ele; era impossível resumir a história da maçonaria em 15 minutos.

— Vou tentar simplificar. Temos de voltar ao ano de 1717, mais precisamente à noite de 24 de junho, num albergue situado no coração de Londres, *A Gansa e a Grelha*. Ali, uma pequena assembléia, composta de aristocratas, homens da lei e sábios, decidiu criar a Grande Loja de Londres. Aqueles homens, embora originários de diferentes horizontes, decidiram adotar o vocabulário e a filosofia herdada dos companheiros construtores medievais. Esses artesãos se encontram na origem das catedrais que, na Terra, simbolizavam a expressão mais acabada da representação divina. Donde a analogia: construir o homem como se constrói uma catedral atraía espíritos esclarecidos, insatisfeitos com o obscurantismo da religião dominante. E depois, maçom — pedreiro — queria também dizer arquiteto e apaixonado por geometria, uma ciência sagrada desde os egípcios.

— Na época, eles já tinham a mania do segredo?

— Sim, desde a Idade Média as corporações de pedreiros utilizavam sinais de reconhecimento e senhas que, posteriormente, foram retomadas pelos franco-maçons. O segredo servia também de proteção contra pessoas que os viam com maus olhos, o poder ou a religião dominante. Aliás, entre os fundadores da loja, havia membros da Royal Society, um grupo estranho, envolvido com pesquisa esotérica, estudo da alquimia e da cabala de origem judaica. Práticas que cheiravam a enxofre.

Jade buzinou furiosamente para que circulasse um ônibus de turistas alemães que bloqueava a passagem para a avenue Franklin Roosevelt, presidente dos Estados Unidos e maçom, como a maioria dos pais da independência americana. Ela xingou o motorista do ônibus.

— Desculpe-me, eu o interrompi, mas deviam proibir ônibus de turismo nas horas de rush.

Marcas não sabia se ela estava caçoando dele. Continuou:

— Quatro anos depois, em 1721, um certo reverendo Anderson redigiu o texto fundador da maçonaria, as *Constituições* de Anderson, revelando a tradição lendária de suas origens com base numa mistura sabiamente dosada de arquivos secretos e de narrativas oficiais. E aí se chega à noite dos tempos.

— Continue, tenho a impressão de que isso vai esquentar.

— Segundo Anderson, a origem da maçonaria se encontra no Oriente, nos tempos bíblicos, durante o qual grandes figuras, como Caim, Enoque e Abraão, teriam mantido um ensinamento secreto baseado no que comumente se chama de geometria, entendida como uma filosofia da iluminação. Um ensinamento transmitido do Egito, utilizado e aprofundado pelo famoso Euclides e mantido pelos judeus, guiados por Moisés, quando do Êxodo para a Terra Prometida.

— Um verdadeiro circuito turístico!

— Salomão encomenda a construção de seu templo aos iniciados naquela ciência, em particular Hiram, ou Adoniram, arquiteto-chefe e lendário pai fundador da maçonaria. A torre de Babel, os jardins suspensos da Babilônia, as fulgurações geniais dos grandes sábios, Pitágoras, Tales,

Arquimedes, as audácias do pai da arquitetura antiga, o romano Vitrúvio, tudo estaria ligado ao ensinamento maçônico que fecundou as mentes e as histórias.

— Foi provado pelos historiadores?

— Não, as *Constituições* de Anderson se apóiam em elementos míticos demais para provar essa narrativa de fundação.

— Mas por que não apresentam provas? Assim é muito simples. Eu também posso inventar que sou descendente de Cleópatra ou da rainha de Sabá.

— Exatamente, e tudo isso é objeto de inúmeros trabalhos nas lojas do mundo todo. Sempre segundo as *Constituições* de Anderson, a cadeia de transmissão do saber quase foi quebrada duas vezes. A primeira, durante a invasão do Império Romano pelas tribos germânicas, godos e vândalos. A segunda, pelos discípulos de Maomé, quando invadiram a Europa. Carlos Martelo também aparece, sempre de acordo com o texto, como aquele que salva a tradição maçônica da destruição.

— O mesmo que derrotou os árabes em Poitiers?

— Sim. Aliás, é triste observar que nossos adversários da extrema direita também o tomaram como personagem fundador de sua própria mitologia nacionalista. Voltando ao assunto, a tradição, depois de ter se expandido na França, na época das catedrais, tomou o caminho da Escócia e da Inglaterra, contudo de um modo mais secreto, que perdurou até 1717, ano da criação oficial. O círculo se fecha.

— O senhor vai fazer um resuminho para mim, naturalmente.

O pequeno MG se meteu por entre duas caminhonetes, rodou uns 50 metros e foi parar num sinal vermelho, na altura da rue de Washington, cidade-guia dos Estados Unidos, construída conforme uma arquitetura puramente maçônica. O sol da primavera, de luz chamejante, continuava sua longa descida rumo ao oeste; em pouco tempo chegaria ao eixo do Arco do Triunfo.

Nos dois lados da avenida, um fluxo ininterrupto de pedestres escoava pelas calçadas, atravessando nas faixas sem se preocupar com a cor dos sinais coloridos. No meio dessa maré humana, uma longa serpente de carrocerias de automóveis se alongava até o alto da Etoile. O engarrafamento parisiense em todo o seu esplendor. Jade acendeu um cigarro, soprou uma longa baforada e interpelou o colega:

— E a França nisso tudo? Como o seu clube de ingleses contaminou nosso país? Perdão, como beneficiou a França com suas luzes?

— Na época, o reino inglês se despedaçava numa guerra civil e religiosa que opunha a dinastia dos Stuart, católicos, aos protestantes da casa de Hanover. Deposto, o rei Jaime II, Stuart, se exila na França, em Saint Germain-en-Laye com seus seguidores, agora chamados jacobitas. São eles que fundam, em 1726, a primeira loja francesa em Paris, no bairro de Saint-Germain-des-Prés, numa sala nos fundos de um restaurante inglês da rue des Boucheries.*

— Eu não estava tão enganada assim. Vocês poderiam se chamar os franco-açougueiros...

— Muito engraçado... Estava oficialmente criada a Grande Loja de França, mas logo ela seria motivo de luta pela supremacia entre jacobitas e hanoverianos. São todos aristocratas, presos aos seus privilégios, mas também muito respeitosos da religião. Assim, os jacobitas se submeteram até mesmo à proteção do papa da época, antes de desaparecerem para sempre com o impedimento definitivo da volta dos Stuart ao trono da Inglaterra.

O MG avançou 2 metros, mas parecia que nada poderia romper o estojo de compressão da circulação.

— Mas então por que os franco-maçons são responsáveis pela Revolução Francesa, se todos saíram da nobreza?

— Existe também uma lenda tenaz. Digamos que, a partir do primeiro terço do século XVIII, a maçonaria se enraíza de fato entre nós. O duque de Antin é nomeado primeiro grão-mestre francês em 1738; a Ordem se implanta em toda a França, integrando o que se poderia chamar de elite da época: nobres liberais, musicistas, comerciantes, militares, eclesiásticos iluminados. A eclosão das lojas na província caminha junto com a emergência de correntes divergentes, tal como num partido político.

— E de onde vem o nome Grande Oriente?

Embora negasse, Marcas adorava responder às perguntas de profanos sobre a história de sua ordem. Gostava de mergulhar no passado rico em acontecimentos, em particular no século XVIII, fermento da civilização das Luzes e da razão, quando o absolutismo vacilou pela primeira vez na França.

---

* *Boucherie* significa açougue em francês. (N. da E.)

— Surgiu durante uma dessas guerras pela supremacia, em 1773. Alguns irmãos se separaram e fundaram uma Grande Loja de França, efêmera, que logo foi extinta.

— Agora compreendo melhor por que vocês passam o tempo soltando os cachorros pra cima dos maninhos das diferentes obediências, do GO, da GLNF, da GLF e de todos os outros grandes G que eu não conheço. As disputas internas vêm de longe.

— É verdade, e eu sou o primeiro a lamentar isso. E é também por isso que o mito da grande conspiração maçônica não se sustenta nem um segundo, salvo, talvez, na mente dos teóricos do grande complô. Nunca existiu um grão-mestre supremo ou um Vaticano que ditasse as ordens a todas as lojas.

Um carro buzinou atrás do MG, forçando-o a avançar. Muito absorvida na conversa, Jade não tinha visto que a fila recomeçava a andar. Perdeu o sinal verde.

— E a Revolução, foram vocês?

Marcas, por sua vez, acendeu um cigarro e sorriu.

— Sim e não. Na época, apenas as classes relativamente abastadas freqüentavam as lojas na França e no resto da Europa. Quanto aos que vinham do Terceiro Estado, eram recrutados entre os funcionários reais, artistas, escritores ou, ainda, a pequena burguesia. Contavam-se de 25 a 30 mil maçons em toda a França antes de 1789, e não eram, na verdade, revolucionários sedentos de sangue e de decapitação.

O MG chegou à place Charles-de-Gaulle quando o sol estava exatamente no vão do Arco do Triunfo. Marcas sentiu que suas explicações interessavam a Jade. Nunca tinham passado tanto tempo sem brigar. Marcas continuou:

— Quando os deputados votaram a morte de Luís XVI, os maçons se dividiram quase que em partes iguais entre o sim e o não. Revolucionários puros e duros eram fundamentalmente hostis à maçonaria, já que esta nunca havia defendido o extremismo. Mas é também verdade que as idéias de igualdade social foram fortemente encorajadas em lojas durante o período pré-revolucionário. Daí a imputar o Terror aos maçons é uma fantasia longamente cultivada pela Igreja e pela aristocracia, assim como pela direita nacionalista. Precisava-se de um bode expiatório.

— Está de brincadeira. Sempre me ensinaram que Danton, Saint-Just e Robespierre eram maçons. Vocês sempre vêm com uns carinhas simpáticos como Montesquieu, Mozart e Voltaire, mas escondem as feras.

— Ainda é um enigma incômodo, mas a história está recheada de homens desgarrados. Tem-se que condenar a Igreja para todo o sempre por causa da Santa Inquisição ou da fogueira de Torquemada?

— Hum...

A moça ligou a seta para entrar na avenue Hoche. Marcas continuou:

— Sabe que estamos passando por uma praça construída em homenagem ao imperador Napoleão, que hoje se chama Charles-de-Gaulle, mas que está carregada de alusões maçônicas?

— Isso não me espanta mais do que saber que é uma confusão total dirigir aqui. Os carros chegam de todos os sentidos, é uma confusão — lançou Jade, ocupada em não se deixar atrapalhar por uma 4 x 4 que queria lhe roubar a preferência.

— O Arco do Triunfo, que celebra as vitórias do Império, foi construído por um arquiteto maçom. Olhe o frontão e verá alguns símbolos de nossa ordem. As avenidas que desembocam na praça têm o nome dos generais do Império; de um total de 26, 18 eram maçons. Quanto aos baixos-relevos, são na maioria transparentes para um iniciado: é o caso da "Marselhesa", ou da "Apoteose de 1810".

— E há muitos outros exemplos desse tipo?

— Ah, sim. Se a senhorita quiser dar uma volta pelas galerias cobertas Vivianne e Colbert, encontrará um montão de mãos esculpidas, ou uma colméia, um de nossos símbolos.

Jade acelerou raivosamente, cortou a preferência de uma moto, arriscando-se a derrubá-la; em seguida, pegou pela avenue Hoche até a altura da entrada do parc Monceau. Marcas continuou falando:

— Ah, o parc Monceau! Se você passear pela aléia sul, vai descobrir uma pequena pirâmide construída por um irmão e, exatamente depois...

— Chega, já entendi, não diga mais nada. A aula acabou. Minha cabeça vai explodir de tanto se empanturrar com sua ciência infusa.

O carro virou na rue Courcelles, depois embicou para a rue Daru, onde parou diante da pequena porta cinza de um estacionamento. Jade acionou o botão de entrada e o carro se enfiou numa rampa que desembocava num estacionamento deserto, com quatro vagas livres delimitadas por listras pintadas de amarelo desbotado.

— Siga-me, temos de trabalhar.

Marcas demorou para sair do pequeno conversível. Não queria obedecer de imediato às ordens dela; questão de princípio.

— Tenho o que é preciso para estimulá-lo, comissário.

— Ah, é? O quê? — perguntou ele arrastando a voz.

Jade esperou, só para prolongar o prazer. Decididamente, ela gostava de debochar. O melhor era aproveitar; ela mandava, mas não era preciso ser tão evidente. Conhecia bastante os homens por tê-los comandado em quantidade suficiente; essas coisinhas frágeis sentiam-se ofendidas assim que uma mulher lhes dava uma ordem de modo categórico. Jade deixou que ele molengasse e entrou no elevador. No momento em que ela apertou o botão do terceiro andar, quando ele ainda estava a 5 metros, lançou:

— Pensei que o senhor quisesse ver os documentos dos arquivos de Sophie. Tenho uma cópia completa lá em cima, no escritório.

Marcas segurou um palavrão e se apressou.

25

Bruxelas

O trem estava agora imóvel, na plataforma. Os três judeus olhavam fixamente para Béchir com uma espécie de condescendência, como se ele fosse um garotinho pego em falta. A porta do compartimento tinha sido fechada, as cortinas foram puxadas, e o palestino se achava sozinho diante de inimigos em potencial. Como é que aqueles três chassidianos tinham conseguido o nome de código de seu cliente?

O palestino refletia rapidamente. Se eles tivessem sido mandados por Sol, por que eram judeus? Caso pertencessem ao serviço israelense, tinham interceptado o nome de Sol. Nesse caso, pegariam a pedra de Thebbah, depois o liquidariam logo. Mas por que se vestir como judeus ortodoxos, tão identificáveis quanto um imame em pleno sermão?

A única coisa de que ele tinha certeza é que nunca se sentira tão vulnerável. Aquela pedra atraía desgraça; ele sabia desde o início.

O mais velho rompeu o silêncio:

— Beatriz?

Béchir fez como se não entendesse.

— Sim, árabe... Beatriz é teu código de identificação, não?

— Não estou entendendo...

— Basta. Estamos aqui para resolver teus problemas. Então, você vai obedecer direitinho. Fica sentado e comportado até Paris. Nós vamos cuidar da tua segurança.

Béchir não gostou do tom de intimidade usado pelo velho judeu.

— Quem são vocês? Mossad? Shin Bet?

Os três homens se olharam em silêncio e caíram na gargalhada. O mais velho continuou com uma voz quase afável:

— Será que temos cara de judeus, amigo?

O palestino o olhou de cima a baixo. Aqueles caras eram loucos.

— Parem de me gozar; eu fiz uma pergunta.

O mais novo parou de rir e atacou:

— Basta! A gente se divertiu bastante com você, mas temos trabalho. Hans, mostra pra ele.

O que estava mais perto da porta do compartimento deu uma olhadela no corredor, depois se virou para Béchir. Tirou o chapéu, passou a mão pelos cabelos e soltou uma rede quase invisível que segurava os falsos *peyots*. Com a outra mão descolou delicadamente a barba que lhe cobria o rosto. Em menos de um minuto passou por uma metamorfose que revelou um homem glabro, de rosto liso. Comum, até, não fosse o olhar duro e penetrante.

Falsos judeus. Béchir deu um suspiro de alívio. Pelo menos não estava nas mãos de seus inimigos. Um dos três continuou:

— Você vê, meu amigo, não precisa se preocupar; fomos mandados por Sol. Quando você o avisou de que iria se atrasar, imediatamente ele nos preveniu da sua chegada a Amsterdã. Somos encarregados da sua segurança, ou melhor, do que você carrega, embora não saibamos o que há na sacola.

— Não preciso da ajuda de vocês, sou um profissional.

O mais novo deu-lhe um tapinha na mão, dirigindo-se aos outros dois:

— O problema com os árabes é que eles são muito arrogantes, e no fim se deixam enrabar por todo mundo. Não me espanta que os judeus estejam arrasando com eles há décadas.

Depois, virando-se para Béchir, apertou-lhe o pulso.

— Escuta aqui: você deixou que dois profissionais o seguissem desde sua chegada a Amsterdã; um deles está no trem, e não é um amigo da causa palestina, se você entende o que eu quero dizer. Muito provavelmente, é um dos agentes israelenses que te acompanham desde a Jordânia. Vamos tratar dele; foi por isso que vestimos esse disfarce de merda. Se você soubesse como temos horror a parecer com judeus, você nem pode imaginar...

O que estava sentado diante de Béchir acrescentou:

— Quinze minutos antes da chegada do trem na Gare du Nord vamos te livrar do tipo que está no teu calcanhar, e você poderá ir tranqüilamente para teu encontro. Foi mesmo muito boa a tua encenação com a puta na vitrine do bairro da luz vermelha...

— Eu vou encontrar vocês em Paris?

Hans recolocava com cuidado a barba postiça e os cabelos enroscados.

— Não. Nossa missão acaba aqui; voltamos no próximo Thalys, com uma aparência mais... civilizada.

Os outros dois caíram outra vez na risada. Hans interrompeu-os:

— Agora, vamos tirar nas cartas qual de nós três vai liquidar o verdadeiro judeu e ajudar nosso amigo árabe oprimido, aqui presente.

O palestino crispou as mãos no joelho: os três homens eram racistas fanáticos. O modo como pronunciavam as palavras "judeu" e "árabe" deixaram-no estupidificado de raiva. Ele que fazia os inimigos tremerem, que tinha matado tantos homens pelo mundo afora, era obrigado a suportar aqueles porcos imundos. Quando tivesse terminado a missão e embolsado o dinheiro do contrato, tinha de se vingar daquela humilhação.

Mas o que o inquietava profundamente era que ele não tinha percebido nada, os três homens o tinham passado pra trás. Uma coisa impensável, sinal de que seus sentidos estavam se embotando. É verdade que ele tinha acertado no caso do cara sentado no outro vagão, mas ele não tinha reparado nada na outra equipe que o seguia desde Amsterdã. Um erro imperdoável.

Os três jogadores tinham esquecido completamente dele e jogavam baralho como se nada tivesse acontecido, soltando exclamações em holandês.

Uma hora e meia depois, passavam pelos campos da Oise. O trem logo chegaria à Gare du Nord. Os três homens pousaram as cartas e se levantaram como se obedecessem a uma ordem silenciosa.

Um deles, o que tinha ganhado a partida, tirou de um estojo preto um anel de sinete em prata cinzelada, ornado no centro com uma fina ponta de diamante. Do mesmo estojo, o homem tirou um frasco com conta-gotas. Pingou uma gota minúscula na ponta do diamante e, em seguida, girou o anel no dedo.

A porta do compartimento foi puxada, e eles passaram para o corredor sem dirigir um só olhar para Béchir, como se ele nunca tivesse existido.

Exatamente antes de sumir de vista, o mais velho se virou para ele.

— Quando chegarmos ao destino, não saia; faça de modo a ser o último a descer do trem. Não queremos que você perca o espetáculo.

Quando a porta foi fechada, o palestino ficou sozinho, mergulhado em pensamentos cada um mais mórbido que o outro.

Os três chassidianos caminhavam lentamente ao longo do vão central, provocando olhares blasés dos viajantes, habitués da linha. Apenas um pequeno grupo de japoneses deu risinhos ao vê-los passar, adernando ao balanço do trem. Quando chegaram ao segundo vagão, os dois primeiros perderam de repente o equilíbrio, valsaram por alguns segundos, e o mais corpulento quase desabou sobre um dos viajantes que estava ouvindo um *discman*.

O chassidiano se agarrou no braço do viajante e estendeu-se em desculpas. O viajante sorriu e balançou a cabeça em sinal de compreensão. O trio continuou e foi para os vagões dianteiros. A cena durou menos de um minuto.

O Thalys chegou exatamente à 16h53 na Gare du Nord. Béchir desceu à plataforma dez minutos depois. Quase foi derrubado por dois bombeiros e um homem de jaleco branco que corriam, carregando uma padiola. Quando chegou à metade do comboio, viu distintamente através de uma janela o homem louro agitando-se como um demente. Gesticulava, dominado por convulsões, e uma espuma branca circundava seus lábios.

Ele urrava palavras incompreensíveis, a tal ponto que seus gritos eram ouvidos em toda a plataforma. Outros viajantes se agruparam ao lado de Béchir, apreciando o espetáculo. Os bombeiros, o enfermeiro, bem como o condutor do trem, tentavam agarrar o doido, mas ele parecia estar possuído de uma força sobre-humana.

Seus olhos injetados de sangue se fixaram em Béchir que, instintivamente, recuou, embora a vidraça do trem os separasse. O homem se atirou com espantosa violência contra a janela, lançando um grito estridente, como se quisesse agarrar o palestino.

Ao bater na barra de metal que protegia a vidraça, seu rosto se coloriu com o sangue negro que pingava no chão. Os espectadores deram um grito de nojo. O condutor abaixou então a cortina para isolar o infeliz cujo corpo desabou ao longo da janela.

Béchir se afastou antes que a cortina tivesse ocultado inteiramente o interior do vagão, perguntando-se que tipo de veneno de ação retardada tinha sido utilizado pelos matadores.

Arrepiou-se ao pensar que também ele poderia ter direito a uma injeção mortal assim que tivesse completado a missão. Na Palestina, encontraria imediatamente refúgio seguro, mas em Paris operava em território hostil, sem nenhum contato que lhe viesse em socorro.

Correu pela plataforma e subiu a primeira escada rolante à direita, para ir ao guarda-volumes. Um guarda inspecionou sua mala para obedecer ao Plano Vigipirate reativado a cada duas semanas. Béchir escolheu um armário e ali depositou a maleta, tendo o cuidado de retirar a sacola contendo a pedra de Thebbah. Deixou na maleta os documentos, uma espécie de seguro de vida, caso seu cliente quisesse se livrar dele quando entregasse a pedra. Anotou mentalmente o número do escaninho — sua memória nunca o tinha deixado na mão — e, em seguida, dirigiu-se ao metrô. Não gostava do bairro da Gare du Nord; era sempre preciso esperar horas para pegar um táxi que, de qualquer modo, levaria o mesmo tempo para deixá-lo na avenue Montaigne, onde seria o encontro. Observou atentamente as imediações, verificando se não tinha sido seguido; não foi o caso.

Pela primeira vez em muito tempo Béchir experimentou a terrível sensação que gostava de infligir em suas vítimas: medo.

26

*Paris,
Jardim de Luxemburgo*

O pombo beliscava as migalhas de pão com uma voracidade espantosa, como se não tivesse comido nada há dias. Ousou aproximar-se do pé de Marc Jouhanneau, na expectativa de catar novas migalhas. Quando estava prestes a tocar com o bico o sapato de Jouhanneau, ouviu-se um estampido bem atrás da cadeira de metal pintada de verde. Assustado, o pássaro voou num piscar de olhos, refugiando-se no ramo de um carvalho.

Também surpreso, Jouhanneau virou a cabeça e viu um garotinho que o olhava com ar de troça, segurando o saco plástico arrebentado que tinha servido para provocar a pequena explosão. Ele arregalou os olhos franzindo as sobrancelhas, para repreendê-lo, mas a criança saiu correndo sem querer saber de mais nada.

Jouhanneau voltou à posição inicial: bem sentado na cadeira de metal enferrujado, com os pés apoiados no assento ao lado. Se bastasse assumir uma pose ameaçadora para afastar os perigos que se apresentavam, como tudo seria simples! Mas os inimigos que rondavam não se deixariam intimidar tão facilmente quanto o guri.

Jouhanneau tirou do bolso do paletó uma caderneta com a capa de couro preto gasta pelo tempo. Um dos diários íntimos de seu pai, dos quais quase nunca se separava, especialmente quando a vida lhe mandava outra provação. Aquela estava datada de 1940-1941. Uma caderneta inacabada, interrompida em 30 de outubro de 1941, na véspera de sua captura pelos alemães para uma viagem sem volta.

Henri a guardava como uma preciosidade, quase como um talismã. Foi por causa daquela caderneta e de algumas outras, datadas de anos anteriores, dadas por sua mãe no dia de seus 18 anos, havia muito tempo, que ele tinha tomado a decisão de entrar para a maçonaria. Mas era a dos anos 40 que ele valorizava mais. Consultava-a com ternura e respeito todas as vezes que tinha de tomar uma decisão importante, ou quando se sentia desanimado. Como se pedisse conselho ao pai desaparecido havia mais de sessenta anos e que ele não conhecera.

Abriu-a na primeira página.

14 de junho de 1940
Os alemães desfilam ao som da fanfarra nos Champs-Elysées. Quem poderia acreditar que tal coisa fosse possível?... Eles são exatamente como os que encontrei em Nuremberg em 36: arrogantes, bárbaros, imbuídos de superioridade vitoriosa. E quantos da sociedade Thulé existem nessa parada! Muito poucos, sem dúvida, pois esses não desfilam em plena luz. Já estão em ação, trazendo consigo a noite.

Almoço com Bascan no Petit Richet. O ambiente era lúgubre, e dois homens um pouco embriagados gritaram que a França merecia a derrota, que os judeus e os franco-maçons iriam a partir de agora andar na linha. Não dissemos nada; de que adiantaria? Sem coragem de passar pelo hospital para ver os doentes. Discursos no rádio.

O marechal Pétain é a partir de agora nosso único apoio. Que ele proteja a França das hordas de Hitler e daqueles que o manipulam.

15 de junho de 1940
O venerável Bertier veio esta manhã bem cedo, por volta das sete horas. Estava apavorado: os alemães desembarcaram ontem na rue Cadet e, agora a entrada do GO está selada. Ninguém mais tem acesso a ele. Bertier me informa que praticamente todos os nossos arquivos ficaram lá dentro. Não tivemos tempo de retirá-los. A derrota nos deixou atordoados. É uma catástrofe sem precedente para a Ordem. A Grande Loja de França também foi pilhada.

30 de junho de 1940

Os alemães começaram a levar nossos arquivos; um de nossos irmãos, ainda atuante, conseguiu se informar. É uma unidade especial, subordinada à Gestapo, a Geheime Feldpolizei, que executa a transferência... O chefe de polícia de Paris, o I∴ Langeron, o I∴ Nicolle, diretor da polícia judiciária, assim como o I∴ Roche, da brigada especial da PJ, só podem intervir para avisar nossos irmãos. Eles estão cada vez mais pessimistas quanto ao futuro.

20 de agosto de 1940

Hoje o marechal Pétain dissolveu oficialmente todas as grandes obediências, cinco dias depois de ter promulgado a lei sobre a dissolução das sociedades secretas. Assim, os temores de nossos irmãos da loja dos Companheiros Ardentes eram fundados. Eu não queria acreditar. O marechal nos qualificou como organização perigosa. Um velho odiento e senil, eis aí quem a França acaba de ser obrigada a desposar... Mas, sem dúvida, isso é apenas o começo de uma longa noite para as luzes do Oriente. A nova lei impõe o envio de formulários a todos os funcionários para que eles declarem seu pertencimento à maçonaria.

30 de outubro de 1940

Há um mês "não sou mais considerado" médico hospitalar. Aconselharam-me a pedir licença... de longa duração. Durante todo esse tempo, profunda depressão. Sinto-me perdido. Não consegui escrever nada. Dizem que algumas lojas estão se recompondo clandestinamente. Eu nem tenho essa coragem...

Os alemães deram ordem para que todos os judeus fossem recenseados nos comissariados, sob pena de processo. Os I∴ policiais reclamam de fazer esse trabalho indigno e ficham de qualquer jeito, mas, lamentavelmente, a maioria de nossos colegas dá provas de zelo. Que vergonha para todos nós. Coitado do meu país!

2 de novembro de 1940

Fui esta manhã ao Petit-Palais ver com meus próprios olhos a já célebre "exposição maçônica". Tive de ficar na fila durante vinte minutos para poder entrar, de tal forma a multidão se comprimia para descobrir nossas "práticas". Aposentados, adolescentes, mulheres bem vestidas, trabalhadores *endomingados, toda a França real, tão cara ao senhor Maurras, se apresentou para visitar um zôo. Um zôo maçônico. E todas aquelas boas pessoas estavam sorridentes. Aqueles sorrisos me enojaram. Os organizadores afixaram na entrada dois enormes cartazes informativos nos quais nos acusam de termos "arruinado, pilhado a nação". Somos responsáveis por uma "comédia grotesca, mentirosa, desonesta". Estou doente de raiva. Na exposição tudo é revelado: eles reconstituíram uma loja com um esqueleto deitado no chão. Uma palhaçada repugnante. Num canto, sozinho, o busto de uma Marianne, roubada de uma de nossas lojas, na qual penduraram um cartaz infamante intitulado "a confissão".*

Ver meus compatriotas assistirem àquele espetáculo gelou meu coração mais do que cruzar com soldados alemães. Depois, no momento em que me sentia mais abatido, meu olhar caiu sobre um esquadro e um compasso atirados ali, naturalmente depois de terem sido roubados de uma loja. O nosso crucifixo! De repente, meu coração se encheu de orgulho, e eu recuperei a coragem. Não posso explicar, mas a luz jorrou mais uma vez. Quando saí, a esperança brotava de novo em mim. Um dia, aquelas pessoas que montaram o miserável espetáculo de feira, os que criaram essas leis iníquas, terão de pagar a sua ofensa à verdadeira luz.

21 de dezembro de 1940

As trevas invadem o mundo, mas a luz é eterna. Já reconstituímos uma dezena de triângulos na Île-de-France no lugar de nossas lojas. Que felicidade, meus irmãos! Refeição com Dumesnil de Grammont, que pertence a uma rede de resistência maçônica chamada Patriam Recuperare. *Ele me apresentou a um irmão de olhar determinado, chamado Jean Moulin. Demo-nos o abraço ritual antes de nos separar. O combate será longo e difícil.*

Sabemos um pouco mais sobre o sistema de repressão instalado por nossos inimigos franceses e alemães. Os partidários de Pétain criaram nada menos que três serviços para nos fichar e estudar nossos despojos. O das Sociedades Secretas, tendo como chefe um tal de Bernard Fay, responsável pela Biblioteca Nacional, monarquista convicto, erudito de salão, mas que nos odeia há muito tempo. Ele teve a audácia de instalar os escritórios na rue Cadet, em nossa sede, e se debruça sobre os poucos arquivos que os alemães não levaram. Em seguida, o Serviço das Associações Dissolvidas, dirigido por um comissário de polícia de Paris; ele e seus esbirros autorizaram a devassa nas casas de nossos irmãos, quando bem lhes apraz. Por fim, o Serviço de Pesquisas, cuja direção foi centralizada em Vichy e que está diretamente subordinada ao círculo de Pétain. Eles se interessam especialmente pelas atividades políticas. Segundo vários I∴ bem informados, embora essas entidades disputem entre si, as duas primeiras estão certamente sob o controle estrito dos alemães. São estes, de fato, os mais perigosos, mas as informações sobre eles continuam vagas. A única coisa certa é que também eles instalaram o quartel-general de luta antimaçônica na sede do Grande Oriente, num andar diferente do dos franceses.

21 de março de 1941
Todas as vezes que ligo o rádio na BBC, a luz ressurge. Vários de nossos irmãos, que se juntaram a Londres e a De Gaulle, são responsáveis pela emissão Os franceses falam aos franceses. *Os profanos não sabem que os primeiros acordes sonoros da abertura tirada da 5ª do I∴ Beethoven são os sinais que nos falam diretamente ao coração. Mal sabem eles que com freqüência, na rádio de Londres, nossos irmãos difundem as passagens mais simbólicas da* Flauta Mágica, *ópera maçônica de nosso I∴ Mozart.*
Para além dos mares, a cadeia de união se reconstitui!

28 de junho de 1941
Pétain e seu regime reacionário lançaram novo recenseamento dos judeus na França, desta vez na zona sul. Parece que lhes pedem que declarem todos os seus bens.

11 de agosto de 1941
Os alemães continuam ganhando terreno na Rússia; parecem invencíveis. Pétain publicou uma nova lei proibindo aos antigos dignitários e aos maçons, assim como aos judeus, o acesso aos cargos de funcionários. O irmão Desrocher, que trabalha no Journal Official, *alertou nossos amigos; dizem que vão publicar no JO os nomes de nossos irmãos. Será possível? Vi hoje de manhã um novo cartaz caricatural representando bons franceses na lavoura assaltados por lobos que representam judeus e maçons. Tenho medo de que meus compatriotas engulam essas mentiras atrozes. A razão desapareceu. Foram os nazistas que inocularam esse veneno, ou nós o tínhamos esquecido, e ele teria sido reativado ao contato com eles? Eis que os franceses, vindos de misturas*

múltiplas no decorrer da história, se recusam a reconhecer como iguais alguns dos seus.

Que tolice incrível no plano científico! Contudo, sabemos de onde vem essa teoria, e acho engraçado não tê-la levado a sério quando conheci seus divulgadores há dez anos na Alemanha. Que Thulé seja para sempre maldita pelo que fez. E mesmo aquele asno de capacete do Pétain pediu uma arianização de todas as empresas. Uma arianização? Mas eles já olharam para a cara do Führer deles?

21 de setembro de 1941

As primeiras listas de nomes foram publicadas no JO e, evidentemente, em todos os jornalecos a soldo de nossos inimigos. Estou esperando que o meu apareça. Não tenho medo, mas, ao mesmo tempo, isso me angustia por causa de minha mulher e de meu filho. Contatos com nossos irmãos da loja A Clemente Amizade. Estão previstos encontros uma vez por mês. Os alemães prenderam três I∴ nossos dos quais não temos notícias. Um amigo de nossa rede conseguiu informações sobre nossos perseguidores alemães. Oficialmente, um tenente da contra-espionagem baseado na rue Cadet comanda as atividades antimaçônicas na França e relata diretamente a Berlim. Aparentemente, outro serviço nazista que não conseguimos identificar continua pilhando nossos arquivos e agora faz incursões, na zona não ocupada, em algumas lojas nossas. Eles procuram especialmente documentos de cunho esotérico.

23 de outubro de 1941

Pronto, meu nome já foi publicado com outros anteontem num jornal colaboracionista. Professor Henri Jouhanneau, venerável do Grande Oriente. Tenho a impressão de que todos leram essa lista, que fui jogado às feras como um criminoso. Nossa zeladora fez uma alusão em voz alta diante de um vizinho, quando me ouviu descer a escada, gritando que "os maninhos não mandavam mais". Ela também atacou o velho casal Zylberstein, do quarto andar, insultando-os quando passaram porque ela era uma "ariana de raiz". Tenho mais sorte do que eles, que são de fato perseguidos de todos os lados.

Eu, que sou tolerante por natureza, sinto impulsos de ódio. Esse veneno tão apreciado por nossos inimigos.

25 de outubro de 1941
Encontraram o venerável Poulain morto, assassinado em seu apartamento. Foi morto com golpes de maça, em três movimentos: no ombro, na nuca e na fronte. Uma paródia da morte de Hiram. Poulain era um de nossos irmãos mais eruditos em matéria de esoterismo maçônico. Tinha 72 anos e não era ameaça para ninguém. O I∴ Briand foi encarregado da investigação por ordem direta da Gestapo. A coincidência era muito grande. Isso significa apenas uma coisa: os da Thulé estão aqui. Eles nos informam disso entregando a investigação a um de nossos irmãos. Eles sempre nos vigiaram, nos detestaram. Agora, eles nos matam.

28 de outubro de 1941
Hoje de manhã bem cedo três policiais franceses vieram me procurar para me levar para um interrogatório. Meu filho acordou chorando, minha mulher desmaiou ao me ver partir. Tomara que ela agüente. Levaram-me para a rue Cadet. O cinismo deles não tem limites! Achava que estava entrando no antro do mal, no entanto tive apenas a impressão de entrar num vasto serviço administrativo dirigido por burocratas conscienciosos. Como se o mal tivesse se tornado banal. Assim, é em nossa própria casa que eles nos ficham meticulosamente... Ao fim de três horas de espera, dois alemães em trajes civis me convocaram para me interrogar sobre arquivos de nossa ordem. O primeiro, bastante limitado, parecia um policial unicamente preocupado com questões políticas. Ele queria saber se eu tinha trabalhado numa operação de cadastramento de simpatizantes franceses da causa alemã antes da guerra. Eu quase ri, mas me contive. Depois ele foi embora e me deixou sozinho com o outro, mais cortês, com postura de oficial e um francês impecável. Rapidamente me interrogou sobre o meu grau na maçonaria e meu interesse por esoterismo. Seus conhecimentos nesse campo me impressionaram, e eu compreendi, embora ele não tenha deixado transparecer nada, que era um membro da Thulé.
Nossos piores inimigos! Ele me explicou que trabalhava para uma instituição cultural alemã, a Ahnenerbe, encarregada de estudar a história secreta das civilizações. Ele recrutava seus pesquisadores, eruditos, certamente não judeus, oferecendo-lhes trabalhar na Alemanha com documentos de arquivos inéditos descobertos nos países ocupados da Europa. Eu lhe disse que pretendia retomar logo minhas atividades no hospital e que, por-

tanto, não poderia ir. Ele me perguntou sobre a natureza de minhas pesquisas e, sacudindo a cabeça, explicou-me que a Ahnenerbe também possuía um departamento médico encarregado de experiências muito úteis para a humanidade.

Ele fez meu sangue gelar quando declarou que não punha judeus e maçons no mesmo saco. Num caso, tratava-se de uma raça à parte, no outro, apenas uma escolha filosófica pervertida.

Depois, para minha grande surpresa, deixou-me ir, pedindo-me porém que eu não saísse de Paris. Aquele homem me provocou uma enorme repulsa; ele só pode ser da Thulé.

30 de outubro de 1941

Agora eu sei, eles me vigiam dia e noite. Há dois dias não saio do meu apartamento. Não posso mais manter contato com meus irmãos do comitê de resistência. Paro o traçado desta caderneta para deixá-la com um amigo dedicado. Espero reavê-la em tempos menos incertos. Tenho medo. O que vai acontecer com minha mulher e meu filho, se eles me raptarem ou assassinarem?

Jouhanneau fechou a caderneta depois de lido o último parágrafo redigido pelo pai. Sua mãe lhe contara que os alemães vieram prendê-lo a 1º de novembro de 1941, e que ela nunca mais o vira. Ficaram sabendo, depois de algum tempo, de sua morte em Dachau, dois dias antes da liberação do campo. Mais tarde, na idade adulta, um velho companheiro de deportação, um israelense chamado Marek, também maçom, descobriu o paradeiro de sua família, quando passou por Paris.

Insistiu em vê-lo, contar-lhe o horror e lembrar longamente a natureza dos trabalhos desenvolvidos por seu pai sob a coerção dos nazistas. Antes de morrer, Jouhanneau mal teve tempo de falar. Uma confissão que Marek, envelhecendo, não tinha mais força de carregar sozinho.

Jouhanneau esticou as pernas dormentes na cadeira. Ele também estava envelhecendo. Tinha feito de tudo para esquecer as confidências de Marek. Há destinos muito pesados quando jamais se conheceu o pai... E depois, quando a mãe morreu, ao contemplar aquela pequena mulher raquítica no caixão, ele fizera uma promessa...

Desde então sua vida tomou novo rumo, nada mais poderia ser como antes. Foi a sua vez de assumir uma missão: concluir a obra do pai. Marek nada escondeu sobre o modo como o pai tinha sido assassinado, ele também morreu da mesma forma que Hiram, e eis que, no limiar do terceiro milênio, os inimigos seculares recomeçavam a atacar.

Durante anos ele tentou encontrar o rastro deles, pelo menos dos documentos e dos raros testemunhos remanescentes da sociedade secreta oficialmente dada como desaparecida com a queda do nazismo.

A sociedade Thulé. A inimiga implacável.

E que agora estava de posse da pedra de Thebbah, o que a aproximava perigosamente do segredo.

Ela tinha sobrevivido à queda da Alemanha nazista e estendia seus tentáculos na sombra. À custa de perseverança, Jouhanneau conseguira convencer um punhado de irmãos, todos de altos graus, alguns deles pertencentes a outras obediências que não o Grande Oriente, a constituir uma fraterna vigilância.

O céu por sobre o parque de Luxemburgo se estriava de farrapos de nuvens; o sol descia lentamente para oeste. Era tempo de voltar e se encaminhar à rue Cadet para o encontro com o comissário Marcas. Levantou-se e esticou os braços entorpecidos por ter ficado tanto tempo sentado. Gritos de crianças ressoavam em volta dele. Dirigiu-se para a estação da Rede Expressa Regional (RER), na entrada do parque, perguntando-se o que sentiria se visse seu nome nos jornais, tendo como único título de glória o fato de ser maçom.

Decididamente desagradável. Não que ele tivesse vergonha de seu pertencimento, mas continuava certo de que isso provocaria reações hostis.

Tinha lido em algum lugar, num livro ou artigo, que algumas pessoas exigiam insistentemente uma lei de declaração de pertencimento à maçonaria. Certamente, não no espírito de Vichy, os motivos eram mais nobres, já que a maçonaria não tinha nada a esconder. Não. Simplesmente porque seus membros não davam mostras de transparência: eles se recusavam a se prestar à comédia moderna, a desnudar-se diante das câmeras e da mídia... E Jouhanneau, talvez muito marcado pela história do pai, achava esse debate indecente. Uma verdadeira ofensa à liberdade individual.

Dez anos antes, na Inglaterra, um deputado trabalhista tinha criado uma comissão de inquérito parlamentar sobre a influência da maçonaria na administração inglesa. Tinha imaginado que todos os juízes e policiais deveriam se registrar e revelar sua filiação. Também nesse caso, os motivos se apoiavam na constatação real de desvios e conflitos de interesses que, em certos casos criminais, tinham atrapalhado o bom andamento das investigações. Logo o debate se inflamou, e o efetivo de maçons minguou: de 700 mil irmãos nos anos 80, eles passaram a 260 mil. Uma verdadeira hemorragia. Um medo verdadeiro. Em nome da demagogia.

Mas, por outro lado, ele compreendia a preocupação dos profanos, em razão dos muitos casos duvidosos trazidos à luz pela ação de maus irmãos. Nada de novo sob o sol do Oriente. Antes da guerra, o escândalo do homem de negócios Stavisky provocara uma onda de indignação contra a maçonaria, da qual alguns membros haviam mergulhado naquela história suja.

Pensativo, Jouhanneau desceu as escadas da estação de metrô e se concentrou na ameaça que crescia.

Haveria um meio de não se submeter passivamente à ofensiva do grupo Thulé? O que fazer contra gente que, como o diabo, pretende não existir?

Ele não acreditava nem por um segundo na investigação iniciada por aquele Darsan do Ministério do Interior, que quase tinha caçoado dele. Era certo que poderia ter recorrido a alguns irmãos no Ministério para fazer pressão, mas a tática teria sido por demais grosseira e, sobretudo, muito evidente. Teria que esperar mais e, talvez, utilizar esse Marcas de quem não sabia grande coisa a não ser que seus trabalhos sobre a história da Ordem gozavam de uma reputação favorável. Talvez um futuro membro para Orion?

Daqui até lá, Jouhanneau deveria, por todos os meios, fazer dele um aliado para isolar Darsan, estar pronto para se servir do sentimento fraterno, o que normalmente lhe repugnava. Mas, desta vez, o interesse era vital.

27

Paris

Sentada no escritório, a Afegã prolongava o prazer. Diante dela, Marcas se calava. É preciso que se diga que o lugar tinha como perturbá-lo. O juiz Darsan possuía um senso de ironia, ou mesmo de cinismo.

Ao sair do elevador, Antoine bem que notara a respiração asmática da máquina, as paredes cuja pintura se desprendia em placas inteiras. Sem contar o patamar, o tapete desfiado. O imóvel parecia datar de outro século. Por toda parte um cheiro de mofo que se acentuava à medida que se chegava aos andares superiores.

Assim que entrou na saleta pegada ao escritório, Marcas compreendeu. Por todo lado um bricabraque insano. Fotos de identidade, crânios desarticulados, instrumentos de medida e, na parede, um cartaz afixado: a caricatura de um diabo com dedos aduncos, estendendo suas garras sobre o globo, com uma só palavra que se repetia: *Juden*.

Numa pequena poltrona esburacada, o pior o esperava. Ali estavam largados faixas de veneráveis, pedras talhadas e quebradas, sóis e luas de papelão acabando de apodrecer. Um cenário de opereta ruim numa ditadura da Europa Central. Ele fechou a porta como se abaixasse a tampa de um caixão úmido em decomposição.

Jade descruzou lentamente as longas pernas como um gato que brinca com a própria sombra.

— Impressionante, não é? Nada mudou.

— Mas eu pensei que tudo...

— Que tudo tinha sido destruído? Não!

— É repugnante!

— Sabe, os funcionários do Ministério da Defesa são gente conscienciosa. Quando a Ocupação terminou, eles recuperaram o imóvel que pertencia à Gestapo. Este lugar não tem nenhuma existência legal e serve de escritório muito prático para montar operações especiais que, elas também, nunca existiram. Quanto a todo esse bricabraque, nunca se sabe, sempre pode voltar a ser útil.

— Isso é impossível!

— Claro que sim, são relíquias da famosa *Exposição antimaçônica* de 1941. Eu verifiquei.

— Mas como puderam guardar essas...

— Ouvi dizer que puxaram a orelha do general De Gaulle por ter autorizado novamente as sociedades maçônicas. Além disso, os comunistas eram poderosos naquela época, e até hoje não gostam de vocês. De fato, o imóvel possui alguns armários cheios de más lembranças. Um dia eu lhe mostrarei o do segundo andar: contém um bom e velho instrumento de choque e uma banheira inventada pela Gestapo francesa da rue Lauriston, muito engenhosa, munida de uma cadeira de balanço. Pode ser que alguns de seus chapas maninhos tenham tomado um banho nela.

Marcas deu um sorriso de criança perdida que perturbou Zewinski.

— Desculpe-me. Eu não deveria. Fui indecente. Asseguro que, tanto quanto o senhor, eu não suporto esses...

— Chega!

Mas Jade tinha pegado o embalo. A pressão depois da morte de Sophie se tornara muito forte.

— Não, me escute o senhor! Já estou cheia dessa guerra estúpida entre nós. Tenho que vingar uma amiga...

— E eu, uma irmã — interrompeu-a Marcas.

— Eu sei. Estou cansada. Não durmo mais. Sophie era...

— Os anos da inocência?

O rosto da Afegã empalideceu sob a maquilagem.

— Nunca me fale de antes...
— Antes de quê?
Jade levantou-se precipitadamente.
— Perdemos o fio. Quer os documentos? Pegue-os. E, por piedade, não olhe para as minhas pernas. Todos os homens fazem isso *comigo*.

Antoine não respondeu e assentou-se à escrivaninha. Não sabia por que seu coração batia tanto.

Sobre a mesa de marroquim, Zewinski espalhou as fotocópias. Umas cinqüenta folhas onde se viam, misturadas, assinaturas, selos e diagramas... Simples papéis para um profano, mas um tesouro para ele. Também para outros que não tinham hesitado em assassinar Sophie para pôr a mão neles. A Afegã notou um fulgor de excitação brilhando nos olhos do policial e acrescentou:

— Não é só isso. Sophie fez anotações a respeito desses documentos. Eu... eu não os passei aos meus superiores. Veja. É para o senhor.

O comissário devia estar com cara de espanto, pois sua interlocutora sacudia nervosamente a mão para que ele pegasse as folhas.

— Foi a última coisa que Sophie escreveu. Mas vou deixá-lo ler sozinho. Vou fumar um cigarro no corredor.

Enquanto ela atravessava o cômodo, Marcas não pôde deixar de contemplá-la, desorientado por tanta complexidade numa mulher. Sólida como uma rocha, exercendo uma profissão rude, sem concessão, e ao mesmo tempo deixando aflorar uma sensibilidade para os detalhes, como o olhar dos homens para as suas pernas. No último instante, ele se deu conta de que as olhava novamente.

— Desculpe-me. Eu não queria, mesmo...
A Afegã também sorriu, sem jeito.
— Não se desculpe. Afinal, tenho de me habituar ao seu olhar; além disso, o senhor é mais afável do que os talibãs que encontrei em Cabul.

Ela sorriu. Marcas se acomodou no assento, esperando esquecer os fantasmas de pesadelos vagando na sala ao lado, e se concentrou nos papéis que tinha sob os olhos.

Sophie Dawes era uma boa arquivista. Marcas estava agora convencido. Cada documento identificado, numerado e descrito com precisão: datação, assinatura, temática...

Nada tinha escapado à análise sistemática da irmã Dawes. Tinha se esforçado com paixão para desenvolver todas as pesquisas, seguir todas as pistas, esgotar cada hipótese. Uma paixão pessoal ou a do orientador da tese, Marc Jouhanneau, que também tinha acesso aos arquivos do Grande Oriente? E, sobretudo, por que ele a tinha mandado para Jerusalém?

De qualquer modo, podia-se compreender o seu interesse comum precisamente por aqueles documentos. De fato, o testemunho daqueles arquivos só foi inventariado pelos soviéticos, não pelos alemães. Como se viessem de outra fonte que não as nazistas, ou então porque estes não quisessem integrá-los em seu levantamento oficial. Foi, sem dúvida, essa anomalia que intrigara a arquivista, motivando suas pesquisas.

De saída, contudo, tratava-se apenas de peças banais. Os arquivos de uma loja de província, perto de Châteauroux, no período de 1801-1802. Pranchas, notas sobre arquitetura, correspondência interna... Todos os documentos eram praticamente assinados pela mesma mão, Adolphe du Breuil, venerável da mui respeitável loja *Os Amigos Redescobertos da Perfeita União*.

Sophie Dawes tinha realizado um estudo comparativo do nome da loja sem nada descobrir de original. Desde o início do Império, as lojas foram continuamente criadas ou recriadas com nomes relacionados às virtudes da amizade fraterna: um modo de esquecer as aflições da Revolução e celebrar a época e o novo regime.

Quanto ao venerável, Alphonse du Breuil, era o arquétipo do maçom de seu tempo. Iniciado antes da Revolução, tesoureiro de sua loja. É encontrado desde 1793 no Exército da República, no Reno. Mais tarde, participa da campanha da Itália, de 1796, quando é promovido a tenente, depois de um ferimento na perna. Em 1799, faz parte da expedição ao Egito, como adido militar junto ao corpo de cientistas que Bonaparte leva consigo. Reaparece na França, no final de 1800, pede dispensa do Exército, na patente de capitão, e compra bens nacionais em Brenne, perto da cidade do Blanc. Em 1801, apóia o Consulado vitalício, em auxílio a Bonaparte.

E, desde a proclamação do Império, cria uma nova loja para a qual solicita uma patente ao Grande Oriente de França, única autoridade maçônica oficial desde maio de 1799.

E é aí que as coisas subitamente se complicam. Sophie tinha transcrito toda a correspondência trocada entre Alphonse du Breuil e os responsáveis pelo Grande Oriente de França, encarregados de constituir e verificar a regularização das lojas, e o mínimo que se pode dizer é que a correspondência rapidamente se transformou num diálogo de surdos.

Desde as primeiras cartas, Du Breuil quer impor seus próprios rituais e criar seu templo em sua propriedade particular, em Plaincourault. Se esta última exigência parece razoável, em contrapartida os planos arquitetônicos do templo imaginado devem ter surpreendido o Grande Oriente. Associando esboços, Du Breuil queria um templo em forma de parafuso, pelo menos foi essa a primeira comparação que veio à mente de Marcas. Um longo retângulo coroado por um Oriente cujo semicírculo ultrapassava em muito os lados. Ou, então, uma espécie de guarda-chuva, pensou Antoine.

Numa carta posterior, depois que, sem dúvida, o GO manifestou algumas reservas, Du Breuil afirmou que o modelo do templo lhe havia sido diretamente inspirado pelos edifícios religiosos antigos que descobrira no Egito. À margem, Sophie Dawes acrescentara: *Incoerente*.

Em outras cartas, Du Breuil não faz mais alusão a seu templo, senão apenas uma vez, para explicar que o centro da loja, no lugar do pavimento mosaico, deveria incluir *"um fosso no qual se verá um arbusto com raízes nuas. Símbolo essencial, pois é pela vida que nasce inicialmente sob a terra que se pode atingir os sete céus"*! Em seguida, só se refere ao ritual.

De acordo com o recenseamento de Dawes, não há, porém, nenhum vestígio do ritual completo imaginado por Du Breuil. Um ritual que, contudo, existira, já que várias cartas, remetidas pelo Grande Oriente, a ele se referem. Em particular, quando um oficial da obediência se espanta diante da importância que Du Breuil conferia à bebida amarga. Esse cálice amargo que se dá a beber ao futuro iniciado tem apenas a utilidade de prevenir o neófito de que o verdadeiro caminho maçônico é um caminho difícil. Quanto ao resto, é uma etapa simplesmente simbólica.

Não para Du Breuil, que via na bebida amarga o elemento-chave do mistério maçônico, como pode confirmar o rascunho inacabado de uma de suas pranchas:

"*... o cálice que oferecemos ao candidato é a porta que abre para a verdadeira vida. Ela é o caminho. Hoje, nossos rituais estão pervertidos, imitamos a iniciação, mas não a vivemos mais. As viagens que fazemos o neófito realizar são apenas o pálido reflexo das verdadeiras iniciações que abrem as portas de chifre e marfim...*"

"*As portas de chifre e marfim*"! Se Antoine estava bem lembrado, tratava-se de uma citação de Homero, retomada por Virgílio: cada uma das duas portas deveria se abrir para o além. Mas não se sabia qual delas dava para o Paraíso, ou para o Inferno. Marcas pousou as folhas sobre o marroquim. Imaginava a cara dos profanos soviéticos enquanto traduziam esses documentos. Um delírio decadente burguês matizado de misticismo reacionário. Que interesse havia em perder tempo com macaquices religiosas?

A volta de Jade ao escritório sobressaltou-o.

— Então?

— Sua amiga fez um bom trabalho de análise. Mas, na minha opinião, inútil.

— Como assim?

Zewinski parecia decepcionada.

Antoine lançou um olhar petulante sobre o maço de fotocópias.

— São apenas elucubrações esotéricas sem interesse! Um irmão que sonha regenerar a maçonaria, em insuflar-lhe sangue novo e original... Já houve vários como ele... é nosso lado messiânico.

— Não compreendo.

— São papéis de um oficial do Império. Um veterano da expedição ao Egito com Bonaparte. Quando voltou, tentou instalar uma nova loja e um novo ritual que ele dizia inspirado na verdadeira tradição egípcia.

— Mas qual é a relação com a maçonaria?

— Nenhuma, sem dúvida. Mas, na volta do Egito, dezenas deles criaram ritos egípcios. Os *Sofisianos,* o *Rito Oriental,* os *Amigos do Deserto...* E muito mais. Naquela época, uma verdadeira onda de egiptomania varreu os cenáculos culturais na França, e também a maçonaria.

— Mas tudo isso desapareceu?

— Não, ainda existe uma maçonaria egípcia, a de *Menfis Misraim,* que ainda inicia. Mas no início do Império era moda. Nada sério. Na verdade penso que sua amiga não morreu por causa de seus papéis. Não têm valor.

Jade hesitou.

— Não era o que ela pensava quando a vi em Roma. E, depois, por que essa viagem a Jerusalém às expensas de sua obediência?

— Tenho de me encontrar com Jouhanneau, seu orientador, daqui a pouco. Vou perguntar a ele. Tem certeza de que não esqueceu nada quando trouxe os papéis? E que Sophie não acrescentou nada de especial quando falou com você sobre eles?

A Afegã folheava os papéis espalhados com o olhar perdido.

— Não, está tudo aqui. Achei que o senhor iria descobrir uma idéia genial, tipo fórmula secreta, decodificável apenas pelos maçons, e que eu não teria compreendido. E o velho iluminado, não tem nada de particular? Du Breuil. Um bonito nome bem nosso, não é como Zewinski. Pertence à nobreza?

— Não, um simples burguês enriquecido com a Revolução. Comprou umas terras em...

Marcas folheou, por sua vez, as fotocópias. Suas mãos roçaram as de Zewinski.

— ... em Plaincourault, perto de Châteauroux.

Jade retirou bruscamente as mãos.

— Está brincando?

— Mas o que é?

— Esse nome!

A respiração da Afegã se acelerou.

— Quando pus os papéis no meu cofre, com a codificação eletrônica da Embaixada, Sophie me perguntou se o código de abertura poderia ser mudado só por uma noite. Caçoei de sua paranóia, mas ela parecia tão angustiada com a idéia de que outra pessoa além de nós pudesse ter acesso a ele que eu a autorizei a fazê-lo. Ela escolheu um nome...

— Não me diga que...

— Sim, é exatamente o nome dessa aldeia. Eu então lhe respondi que o código de acesso ao cofre deveria ter 15 letras. Sophie ficou fascinada!

Marcas franziu as sobrancelhas; alguma coisa não estava colando. Pegou novamente o papel escrito pelo maçom Du Breuil e contou as letras, uma por uma. Balançou a cabeça, aborrecido.

— Deve haver algum erro, *Plaincourault* só tem 13 letras!

Zewinski o observou, séria, pegou uma caneta e escreveu num pedaço de papel o nome da aldeia.

— Quando Sophie compôs o código, foi assim que ela escreveu o nome: P l a i n *T* c o u r *R* a u l t. Acrescentando duas letras, T e R. Ela disse que era a grafia original.

— Mas que grafia?

Jade começou a balbuciar:

— A dos cavaleiros da Ordem do Templo. Os Templários.

Antoine deu um risinho.

— Bingo! Olha eles aí de novo. Estava demorando!

Depois ficou pensativo. Jade o observava com interesse.

— Tem algo errado?

— Alguma coisa me perturba nesse manuscrito.

— O quê?

— Olhe este trecho: *Somente o ritual da sombra levará o iniciado à luz.*

Os olhos do comissário passeavam pelo vazio.

— Não gosto dessa expressão: *ritual da sombra*. Isso lembra algo mórbido.

28

*Paris,
avenue Montaigne*

O hall do hotel era um burburinho de vozes em surdina, um bando de fotógrafos esperava há muito mais de uma hora pela chegada de Monica Bellucci para a apresentação de seu novo longa-metragem. Excepcionalmente, a entrada do Plaza Athénée estava sendo filtrada por três agentes da segurança que tinham dificuldade em conter a multidão de fãs avisados desde a véspera da chegada da estrela. Béchir grunhiu quando percebeu a horda que impedia a passagem e tentou abrir caminho com dificuldade.

Quando chegou diante de um dos agentes, explicou que tinha um encontro profissional no bar; como sua aparência não era a de um fã, deixaram-no passar.

No Plaza Athénée, peça a JB Tuzet as chaves do Daimler. A mensagem eletrônica de Sol era no mínimo enigmática. Béchir se enfiou entre os fotógrafos para se dirigir à recepção e perguntar o nome de seu contato, mas no momento em que chegava ao balcão identificou-o instantaneamente. Um cartaz na entrada do bar anunciava um recital de JB Tuzet, um crooner francês que interpretava com Manuela, *uma cantora convidada*, sucessos de Sinatra, Dean Martin e outros *lovers* da época. Um crooner como contato, por que não?

O espetáculo começaria dali a meia hora. Ele perguntou à recepcionista onde estava o cantor. A moça, uma loura graciosa, sorriu, mostrando-lhe um homem de cabelos castanhos, apoiado ao bar, em companhia de uma mestiça espetacular, de cabelos penteados para trás. Béchir agradeceu e foi direto para o cantor charmoso, com pressa de entregar aquela maldita pedra e depois desaparecer de circulação. Tinha na cabeça o rosto devastado do cara no trem, quando desmoronou; ele não queria acabar daquele jeito.

Os dois cantores ensaiavam um dueto diante do bar. A moça segurava com as duas mãos uma taça de champanhe, como se fosse um microfone; tinha uma voz modulada.

> *Gone my lover's dream*
> *Lovely summer's dream*
> *Gone and left me here*
> *To weep my tears into the stream...*

O crooner a olhava com os olhos brilhantes. Ele continuou *a capella* frente à mulher de vestido de cetim preto, o olhar perdido ao longe, *Willow Weep For Me*, um sucesso cantado nos anos 50.

> *Sad as I can be*
> *Hear me willow and weep for me...*

JB Tuzet soltou as vocalizações sem esforço, um copo de Bourbon na mão esquerda, a mão da moça na outra. Ele posava na medida, só um pouquinho artificial. Béchir não iria esperar pelo fim da canção.

— Lamento interromper os arrulhos, senhor Tuzet, mas precisamos conversar...

O cantor se virou, aborrecido, com uma careta de desdém, e o olhou dos pés à cabeça.

— Meu chapa, ainda não dei minha virada, vai ver se estou na esquina.

Voltou a cabeça para a moça.

— Lamento, Manuela, as pessoas hoje em dia são indelicadas, eu...
Béchir o cortou, a voz mais ameaçadora:
— As chaves do teu Daimler, Tuzet.

A expressão do crooner mudou instantaneamente, passando do desprezo ao sorriso cintilante.

— Você tinha de ter falado antes. Não fique nervoso. Manuela, desculpe-nos um momentinho, meu anjo, já volto.

O crooner, sempre sorrindo, arrastou-o para a saída do bar, e depois até a porta de um elevador ao lado da recepção. Deixou passar um casal de alemães que esperava a vez e, em seguida, se imobilizou, apertando-lhe o alto do braço. O sorriso tinha desaparecido.

— Caramba! Você deveria ter chegado ontem; fiquei plantado aqui a noite toda depois da minha apresentação.

Béchir soltou o braço e respondeu secamente:

— Não tenho de lhe dar explicações. Toma o pacote, fiz a minha parte.

O palestino ia entregar o pacote, mas o cantor rapidamente o impediu.

— Não, aqui, não. Pegue as chaves do meu Daimler; está no estacionamento do hotel, bem ao lado do elevador de carga. Ponha o pacote no porta-malas e deixe as chaves na recepção quando for embora. A gente cuida do resto.

Um sinal de alarme soou na cabeça de Béchir. Aquele arranjo não lhe agradava; não gostava de estacionamentos, mesmo nos hotéis de luxo. Ele preferia localizá-los com antecedência. Já tinha apagado dois sujeitos num estacionamento, lugar ideal para eliminar alguém com toda a discrição. De qualquer modo, mesmo que fosse paranóia, não podia se permitir outro erro de distração como no trem. Desde que tinha chegado a Paris, vivia na obsessão de um passo em falso mortal.

— Lamento, JB, mas não desço até a tua garagem. Pega o pacote e bico fechado. Você entra daqui a 15 minutos; não deixa o público esperando.

— Mas eu não posso... As ordens são expressas.

— Estou me lixando pras tuas ordens; fiz meu trabalho.

E sem esperar resposta, Béchir pôs na mão dele o saco plástico contendo a pedra de Thebbah, como se se livrasse de um saco de lixo. Girou nos calcanhares e deixou o crooner plantado lá, com o olhar negro, a sacola pendendo do braço. Béchir só tinha um pensamento: sair do hotel e desaparecer.

Certamente o cantor não era o único empregado de Sol. Se três matadores podiam ser convocados em Amsterdã, deveria haver outros em Paris, ou mesmo no hotel. Ele não tinha dúvidas. O fato de ter sido seguido por um desconhecido representava um fator de risco inaceitável para Sol. De qualquer modo, em seu lugar, Béchir agiria da mesma forma.

Deu uma olhada na direção do elevador: um homem com aparência de carregador tinha se aproximado de Tuzet e o olhava fixamente, com hostilidade. Estava usando o mesmo anel que o falso judeu do trem.

Béchir apressou o passo; precisava sair daquele vespeiro, e rápido! Uma única pressão daquele anel e ele estaria agonizando num hotel de luxo, sem que ninguém jamais soubesse o que lhe tinha acontecido. Bastava simplesmente agarrá-lo por alguns segundos e a coisa estava feita. Morrer com baba na boca no Plaza Athénée, que belo fim!

Virou-se para a entrada. Um homem diferente, de terno cinza, postado ao lado da entrada, caminhava agora em sua direção, trocando olhares com os outros dois.

Béchir tinha caído na armadilha.

De repente, ouviu-se na frente do hotel o deslocamento da multidão: urros histéricos explodiam na entrada. Os fotógrafos, que até então se mantinham calmos, precipitaram-se para a porta com uma rapidez assombrosa, atropelando todo mundo na passagem.

Monica, Monica, Monica.

Delírio. A ardente italiana apareceu, seguida de dois guarda-costas e três assistentes, com o celular grudado na orelha. O capanga de terno cinza foi pego de surpresa e empurrado por um dos guarda-costas da estrela. Béchir aproveitou e correu para a entrada, derrubou uma garota da corte da atriz e espirrou do lado de fora. Tinha pouco tempo; agradeceu mentalmente à estupenda boneca italiana.

Os agentes da segurança o tinham deixado passar, mas ele se encontrava diante de um bando de fãs gritadores, agitando em massa as câmeras fotográficas. Uma muralha humana. Virou-se; os dois molossos ainda estavam dentro do hotel, tentando alcançá-lo. Ele só tinha um minuto de vantagem. Nada mais.

Inspirou profundamente e avançou para a multidão como um touro atacando numa arena. Deu um soco na barriga de um rapaz que vociferava na primeira fila e que murchou como um balão. Béchir, brutalmente, aplicou cotoveladas para todos os lados, pisando os fãs cujos gritos de dor se perdiam nas aclamações histéricas. Em menos de vinte segundos ele atravessou o rebanho. Mas a partida ainda não estava terminada, os outros seguiriam o mesmo trajeto.

Atravessou correndo a avenue Montaigne e se colou no vão de uma porta de garagem separada por dois postes, e com um recuo suficientemente grande para escondê-lo de seus perseguidores. Estes acabavam de se livrar da multidão e olhavam em todas as direções, tentando identificar Béchir. O que estava de terno cinza olhou em sua direção, mas não o viu.

Béchir respirou. Mais dez segundos e eles o teriam descoberto. Agora, iria esperar antes de desaparecer discretamente.

De repente, uma luz fulgurante inundou o portal. Seu coração deu um salto; estava completamente exposto. Uma voz ressoou pelo interfone situado a 10 centímetros de sua cabeça.

— Senhor, o senhor é residente ou visitante?

Béchir compreendeu o que estava acontecendo quando viu a pequena câmera acima da porta do prédio. Um sinal infravermelho tinha detectado sua presença e prevenido o guarda da residência. Um sistema cada vez mais difundido nos edifícios de luxo, para evitar ataques-surpresa.

A voz ficou mais séria.

— Se o senhor não tem nenhum motivo válido para ficar diante da residência, deve ir embora, do contrário, avisaremos a polícia.

— Não estou fazendo nada de mal; espero amigos que vêm ao meu encontro.

— O senhor vai esperá-los na calçada. Isto aqui é uma propriedade privada. Último aviso.

Antes que pudesse responder, ele viu do outro lado da avenida um de seus perseguidores apontar o dedo em sua direção. Tarde demais.

Correu ao longo das lojas de moda em direção aos Champs-Elysées, onde a multidão era mais densa. O sentido inverso, na direção da ponte d'Alma, era menos freqüentado naquela hora, e ele perderia um tempo precioso atravessando o fluxo dos carros.

Estava sem fôlego. Naquele ritmo, suas pernas se cansariam rapidamente, e os homens de Sol o alcançariam. A garganta se contraiu, a saliva ficou mais ácida, as veias do pescoço bateram furiosamente como se o diâmetro delas não fosse suficiente para levar o sangue sob pressão. Seus anos de treinamento tinham se evaporado, seu corpo não suportava mais aquele esforço, por demais violento.

Os nomes de prestígio desfilavam sob seus olhos: Cerruti, Chanel, Prada; ele quase abalroou um grupo de moças que pareciam ser aprendizes de modelos. Tinha ainda de percorrer 300 metros antes de chegar ao fim dos Champs-Elysées, na altura do carrossel Marcel-Dassault.

Seus dois perseguidores, mais bem treinados, tinham atravessado a rua e se encontravam apenas a uns 50 metros de Béchir. Estavam ganhando terreno imperceptivelmente.

O palestino decidiu mudar de calçada e atravessou a avenue Montaigne, num sinal, no momento exato em que ficou verde. Ganhou um pouco de distância, pois os dois homens não puderam atravessar logo, tendo de esperar uns 15 segundos para passar.

Béchir chegou diante da entrada do restaurante Avenue, onde se amontoavam as top models, atrizes e freqüentadores dos palcos da televisão. Bifurcou na esquina do restaurante e subiu pela rue François I, precipitando-se à direita, na rue Marignan, que desemboca novamente nos Champs-Elysées. Sua única esperança era pegar um táxi, mas logo abandonou essa idéia. O tráfego estava totalmente paralisado.

Os homens recomeçavam a ganhar terreno, reduzindo a distância a mais ou menos 20 metros. Depois de um minuto que lhe pareceu uma eternidade, ele finalmente chegou à grande artéria central.

Bandos de turistas circulavam pela calçada, mas também muitas famílias abastadas do Oriente Médio, originárias dos países do Golfo, que tinham comprado centenas de apartamentos, ou até mesmo imóveis inteiros, naquela região. Béchir esbarrou em três homens de negócios que olhavam cobiçosos para uma moça em trajes sumários num cartaz do Ponk, uma das boates de strip-tease do bairro. Sem parar, Béchir viu de relance um anúncio e compreendeu que Alá lhe tinha mandado um sinal para salvá-lo e despistar seus perseguidores que agora estavam próximos.

Béchir conhecia bem o Ponk e sua disposição interna. Quando foi inaugurado, em 1999, ele estava passando várias semanas em Paris e se encontrava com uma russa, Irina, que engordava os fins de mês praticando o strip-tease erótico naquela boate.

Strip-tease de classe para clientes chiques não tem nada a ver com o que acontecia para os lados de Pigalle. Ele ia vê-la às vezes quando de passagem e adorava transar nos salões privados da boate. Uma prática proibida pela direção. Béchir lembrava-se de que um dos pequenos salões tinha uma saída de emergência.

O ideal, pelo menos em teoria, para confundir os matadores de Sol.

Era a única saída.

Monica Belucci lhe havia dado um tempo no hotel, uma stripper poderia lhe oferecer a libertação.

Nos Champs, na altura do sinal, os motores dos carros roncavam; os motoristas tinham visto o bonequinho de sinalização para pedestres passar do verde ao vermelho; a calçada voltava a ser uma terra hostil para tudo o que não rodava.

A fila dos veículos que desciam da Étoile para a Concorde se moveu. Béchir avançou para a ilha central a meio caminho da calçada oposta. Era igual à manobra anterior, mas apresentava um risco maior. Os Champs eram três vezes mais largos que a avenue Montaigne; isso representava três filas de carros em cada sentido e um risco três vezes maior de ser atropelado, tanto mais que os motoristas parisienses não davam folga aos pedestres e muito menos na maior avenida do país.

Uma moto parou a 30 centímetros dele, um ônibus que tinha dado a partida deu uma freada brusca e um concerto de buzinas se desencadeou para maldizer Béchir, que chegou são e salvo à metade do caminho, protegido pela estreita faixa reservada aos pedestres, apertada entre as duas filas de carros.

Um lugar muito apreciado pelos turistas, que se postavam ali para serem fotografados na linha do Arco do Triunfo. Béchir inspirou longamente, segurando as costelas. Viu os dois perseguidores na calçada da qual saíra, quase exatamente onde se encontrava 30 segundos antes, protegido deles pela onda de carros que rodavam a toda velocidade.

O mais gordo o encarava sorrindo e lhe deu um adeusinho, como se ele fosse um amigo perdido de vista há muito tempo. O outro, de cara amarrada, tentava pôr o pé na rua, mas voltava, contrariado, diante da alta velocidade dos carros.

Béchir virou as costas e calculou o tempo que levaria para chegar ao Ponk, situado no fim da rue de Ponthieu, no máximo a três ou quatro minutos, não mais. Mas ele não podia esperar que o sinal ficasse vermelho, pois os dois homens fariam exatamente o mesmo. Béchir esperou o sinal ficar amarelo, momento em que os motoristas reduziam ou aceleravam para passar. Béchir rezou para não ter que enfrentar a segunda situação, pois seria colhido violentamente, e sua carreira se interromperia na hora.

Não tinha escolha, porém.

Diante dele, os letreiros luminosos das lojas brilhavam na noite, os anúncios de cinema prometiam aventuras aos espectadores impacientes e ele lutava para sobreviver. Sempre acreditara que o destino o apanharia na Palestina, ou pelo menos num país do Oriente Médio; nunca teria pensado em arriscar a pele nos Champs-Elysées.

O verde desapareceu, o laranja surgiu. Essa era a hora.

Béchir se atirou no meio dos carros que tentavam avançar alguns metros. Bateu com o joelho na porta de um conversível cinza metálico; uma dor fulgurante se irradiou pelo corpo, mas ele continuou correndo.

Uma moto deu uma guinada para se desviar dele e derrapou, chocando-se com uma caminhonete de entrega estacionada em fila dupla. As buzinas soaram com mais força, mas ele já estava na calçada. Atrás dele, os dois homens continuaram na corrida louca, mas com atraso.

Béchir coleou entre os pedestres e pegou a rue do Colisée a toda. Corria pelo meio da rua; a calçada era muito pequena, e a multidão, muito densa. Ao final de 200 metros, ele virou na esquina da rue de Ponthieu, seguido a 50 metros pelos homens de Sol, que tinham recuperado o terreno.

O pulso se acelerou, os músculos das pernas queimavam como se seu sangue vomitasse ácido nas veias. Só faltavam 10 metros para a entrada da boate. De repente, ele parou de correr.

Não podia se apresentar aos leões-de-chácara como se estivesse rompendo a linha de chegada de uma maratona; não teria nenhuma chance de entrar, tanto mais que o controle era seletivo. É claro que os freqüentadores das boates de striptease manifestavam alguma impaciência para entrar nos lugares, mas ninguém chegava correndo.

Secou o suor com um velho lenço de papel solto no bolso e se apresentou na entrada com passo seguro. Seus perseguidores acabavam de desembocar na rue de Ponthieu e, quando o descobriram na frente da boate, também diminuíram o passo. Um negro de cabeça raspada, paletó cruzado e gravata, sorriu para ele e deixou-o passar, desejando-lhe uma boa noitada.

Béchir agradeceu novamente a Alá por ter tido a presença de espírito de vestir o terno Cerruti para o encontro no Plaza. Vestido como estava em Amsterdã, teria sido barrado, sem sombra de dúvida.

O coração batia-lhe descompassado, ainda obedecendo à corrida, e ele tinha dificuldade em retomar o ritmo de respiração normal. Os pulmões tentavam se adaptar à mudança e o cérebro parecia a ponto de explodir sob o efeito da pressão sangüínea.

Desceu o lance de escada que levava a um longo corredor estreito forrado com tecido vermelho. Uma fileira de pequenos spots incrustados no chão guiava o cliente até a sala central da boate. Ele apertou levemente o passo para não se deixar apanhar e pediu uma sala particular, rezando para que a que ele queria estivesse livre. Às oito da noite tinha todas as chances; era cedo, e a casa ainda não estaria cheia.

Perdeu as ilusões quando entrou na sala. O lugar estava superlotado de homens de terno e gravata, em companhia de algumas mulheres de tailleur, sentados diante de mesas que cercavam a plataforma de vidro transparente onde duas barras fixas de metal iam até o teto. Lotado numa quinta-feira, meio de semana... Compreendeu por que, ao dar com uma pilha de panfletos em cima de uma mesa à entrada. *Todas as quintas, festa After Work, 15 euros a entrada.* Normalmente, o preço da entrada era 10 euros mais caro.

Dirigiu-se ao bar. Um trecho de música sampleada pelo DJ Dav, que por acaso era também o patrão do lugar, saía por um monte de alto-falantes escondidos nas paredes.

Duas louras usando vestido de noite malva e preto desciam a escada que levava à plataforma, remexendo-se sutilmente ao ritmo da música. Outras profissionais de todos os tipos — pretas, morenas, ruivas — despiam-se com certa graça diante das mesas dos clientes.

Béchir lembrou que Irina lhe dissera que, no início, para os franceses que não tinham o hábito das *Table Dances*, uma especialidade importada de Miami, o fato de se encontrar a alguns centímetros de pares de seios e de nádegas, sem poder tocá-los, provocava uma frustração quase insuportável.

Béchir descobriu três pesos pesados de terno escuro, de pé, ao longo das paredes, munidos de receptores discretos, prontos a intervir caso qualquer cliente se permitisse familiaridades com as mulheres. Foi um deles que os surpreendeu, ele e Irina, enquanto ele a acariciava numa sala.

As ordens eram estritas, tanto mais que alguns tiras tinham se fingido de clientes audaciosos para verificar se a boate não era fachada para prostituição de alto nível. Algumas colegas de Irina faziam extras com freqüentadores que as tinham descoberto, mas, de modo geral, a maioria respeitava as regras. Elas eram pagas na proporção do número de stripteases feitos na mesa ou nas salas.

Recebiam a metade dos 40 euros que custava um show particular de cinco minutos. As mais procuradas faziam entre 200 e 300 euros por noite. Na verdade, muito menos que uma *escort-girl* — três vezes menos —, mas, calculado por mês, era o salário mais que razoável de um executivo de grande empresa.

As strippers não eram pagas em euros, mas em notas impressas pela casa, que os clientes compravam de uma recepcionista.

Uma sofisticada morena alta, num vestido colante preto, aproximou-se dele com um largo sorriso. Uma italiana, provavelmente, vagamente parecida com uma atriz cujo nome ele não lembrava mais.

— Boa-noite, eu sou Alexandra. Você quer uma mesa ou simplesmente ficar no bar?

Perdido, Béchir pensou que fosse uma das strippers; aquela moça, que poderia fazer parte da trupe, era, na verdade, a recepcionista. Um erro compreensível. Quando não estavam alternadamente na plataforma, as strippers passeavam entre as mesas para oferecer seus serviços, no mais das vezes de vestido glamoroso.

— Eu queria uma sala privada. Mais precisamente a que fica à direita do balcão.

— Lamento, mas já está ocupada, e acho que mais dois clientes estão à espera.

De repente, Béchir viu os dois capangas, que acabavam de aparecer no salão. Eles ainda não o tinham visto, mas era apenas uma questão de segundos. Tirou do bolso uma nota de 100 euros, que passou à mão da recepcionista, e apontou para uma mulher.

— Me arranja a sala e aquela morena que se parece com a Angelina Jolie. Além disso, os dois grandalhões que acabam de entrar foram mandados por um concorrente. Se eu fosse você, avisaria a gerência.

A morena alta o olhou, surpresa, mas guardou a nota.

— Espere a sala ser liberada, não posso interromper a apresentação do strip, mas o senhor entrará antes dos outros clientes. Pegue o tíquete. Eu volto logo.

Tudo podia acontecer agora, pensou Béchir. Os sujeitos o tinham encontrado e se aproximavam lentamente. Um deles mexia no anel. Não havia mais dúvida, Sol o tinha condenado à morte, bastava um encontrão e ele estava acabado. Colou-se instintivamente à parede. Os tipos caminhavam em linha reta, pisando no tapete rosa de pele de leopardo; estavam a apenas 5 metros. Era só contornar a mesa de clientes hilários e eles viriam para cima dele. O mais gordo tinha uma cicatriz sob o olho e transpirava muito; o outro o seguia, saltitando.

Béchir viu o anel de prata virado no dedo de salsicha do homem gordo cujos olhos pareciam fixos nele.

Lançou uma olhadela desesperada para a sala atrás da cortina de contas de vidro, ainda ocupada. Sua respiração se acelerou novamente; ele estava encurralado.

Os caras estavam a 2 metros; o jogo estava acabando. Seu mecanismo de alerta desmoronava. Morrer numa boate de striptease era para Béchir uma surpreendente ironia. Os ulemás afirmavam que o paraíso cheio de virgens estava reservado apenas aos verdadeiros combatentes da fé. Morreria no meio de magníficas mulheres semivestidas e despertaria depois da morte no reino das huris que satisfariam a todos os seus desejos... se Maomé não tivesse mentido.

No momento em que o gordo estava chegando diante dele, um armário se interpôs entre eles. Béchir nem via mais o salão: as costas do gorila preenchiam inteiramente seu campo de visão. Ele mal percebia a nuca raspada a 10 centímetros acima de seus olhos.

A recepcionista tinha mesmo avisado a gerência, e três seguranças cercavam os homens de Sol, pedindo-lhes gentil, mas firmemente, que saíssem da boate.

Vendo que um enfrentamento seria impossível, os dois matadores bateram em retirada. O gordo sorriu e fez um sinal para Béchir, mostrando o relógio e apontando para a entrada. A mensagem era clara: eles o esperavam na saída.

A recepcionista veio ao encontro de Béchir.

— Está tudo acertado, sua sala está pronta, e Marjorie o espera. Está com os tíquetes? Obrigada por nos ter avisado. Os intrusos foram expulsos, e a casa lhe oferece uma taça de champanhe.

— Obrigado. Só uma última pergunta: você é italiana?

A moça sorriu.

— Não, venho de Tel-Aviv. Boa-noite.

O palestino deu uma gargalhada. Tinha sido salvo por uma judia. Decididamente, o destino era zombeteiro.

— Você vem de um belo país, shalom.

Béchir comprou os ingressos e entrou na saleta que lhe provocava excelentes recordações com Irina. Imediatamente, percebeu o pequeno sinal luminoso acima da porta de emergência. O clone de Angelina Jolie esperava tranqüilamente por ele, pronto para começar o show. Ele lhe entregou os bilhetes. Ela começou a tirar uma das alças do vestido de lamê. Ele aguardou, contemplando o seio pesado e generoso que aparecia, depois, deu um passo para o lado.

— Minha bela, continue a se despir e não se preocupe comigo. Estou só de passagem. Não é vontade que me falta, mas estou com pressa.

Diante do olhar perplexo da moça, ele empurrou a pesada porta que se fechou automaticamente por trás dele e se encontrou num corredor escuro, atravancado de caixotes de garrafas. À medida que avançava, a música ficava mais fraca. Ele não sabia onde o corredor desembocava, mas forçosamente chegaria a uma saída ao ar livre. Levando-se em conta a posição, as entranhas da casa deviam levar à galeria situada nos Champs-Elysées. Saboreou o momento de liberdade. Mais uma vez, tinha escapado da morte; as huris esperariam por outro encontro. Quanto aos dois cretinos, ficariam mofando até o fechamento ou, na pior das hipóteses, mandariam um cúmplice para a boate, mas até lá ele estaria muito longe.

Ficou na dúvida se deveria tomar um táxi para a Gare du Nord, a fim de discretamente recuperar sua bagagem, mas seria uma escolha perigosa. Poderiam perfeitamente tê-lo visto passar no depósito, assim que chegara. Poderia também reservar um quarto de hotel para passar a noite em Paris, mas não se sentia mais em segurança.

Optou por outra solução. A maleta, azar! Ele a recuperaria em outra ocasião. Só dava tempo de correr até outra estação parisiense e pegar o trem noturno para qualquer grande cidade de província.

Alá era grande e misericordioso com seus servidores.

Béchir atravessou a galeria deserta, com o coração mais leve. As janelas das lojas estavam fechadas. Os Champs ficavam apenas a uns 50 metros. Atravessou a passos rápidos o corredor do centro comercial.

No momento em que dava uma olhada num terno Hugo Boss, exposto na vitrine, sua cabeça explodiu de dor.

Béchir arriou no chão; percebia vagamente um rosto inclinado sobre ele. Uma voz de homem disse:

— Você achou mesmo que escaparia de nós?

Mergulhou na escuridão. Seria efeito do choque? Em seu delírio, viu acima de si a pedra escura de Thebbah. Acima de si, como se ela estivesse prestes a esmagá-lo.

29

*Grande Oriente de França,
rue Cadet*

No templo, enquanto o mestre-de-cerimônias apagava as velas, Marcas dobrava cuidadosamente a faixa de secretário. No pórtico, pequenos grupos discutiam em voz baixa. Mais abaixo, na sala dos ágapes, o barulho de copos se misturava às volutas azuladas dos primeiros cigarros.

— Diga-me, Antoine, é você o encarregado da investigação sobre a jovem irmã morta em Roma?

Marcas lançou um olhar surpreso para o homem que a seu lado arrumava o malhete de venerável numa maleta de couro escuro. Era a primeira vez que o venerável o interpelava a respeito de seu trabalho de policial. Sobretudo sobre uma investigação considerada informal.

— Não se pode esconder nada de você!

— Está sozinho no caso?

Antoine disfarçou uma careta. Decididamente, os profanos tinham razão em pensar que os franco-maçons ficavam sabendo de tudo, antes de todos.

— Deram-me um companheiro. Bem, uma companheira. Você está a par?

O venerável sorriu. Ele dirigia a fraternidade da polícia judiciária há dez anos.

— Ouvi falar de uma sapata que tem por você um amor infinito, mas não sei mais nada sobre ela. Em compensação, posso lhe dizer quem é o juiz Darsan, encarregado pelo Ministério do Interior, que vai acompanhar o caso. Não exatamente um de nossos amigos.

— O que isso quer dizer?

— Ele tem fama de reacionário. Mas, na verdade, eu diria antes que ele é um anarquista.

O riso do comissário ressoou na sala.

— Reacionário e anarquista? Você está brincando!

— Não sei de nada, mas ouço. Antoine, não é por isso que lhe falo sobre esse caso. Daqui a pouco, na sala úmida, vou apresentá-lo a um de nossos irmãos. Ele veio só para vê-lo. E como é bem situado...

— Se é um *intelectualóide...* — começou Marcas.

— Pior do que isso, ele é o arquivista oficial de nossa obediência, Marc Jouhanneau.

— Você está caçoando? Vou me encontrar com ele oficialmente amanhã! O que é que ele está fazendo aqui?

— Com certeza, ele prefere o ambiente discreto das lojas. O que quer que seja, vai falar *sob o malhete*. Você sabe o que isso significa. Então, prepare-se para oferecer o sorriso mais fraterno; você o ouvirá com atenção e, amanhã, eu passo na sua casa.

Enquanto descia a escada para a sala úmida, Marcas preparava-se para se encontrar com o grande arquivista. Essa função não existia propriamente no Grande Oriente, mas, há alguns anos, um número crescente de irmãos recobrou o interesse por tudo o que dizia respeito à memória da ordem.

As pesquisas se multiplicavam, inúmeras lojas de província encarregavam um dos seus de recuperar a história da oficina. O grande arquivista tornara-se um irmão indispensável e um homem inalcançável. O homem que o esperava.

Depois das apresentações de praxe e do abraço ritual, Marcas sentou-se perto do grande arquivista. Um homem sorridente, franzino, de idade indefinida. Usava smoking e gravata-borboleta preta.

— O que você achou da prancha desta noite, irmão? O assunto não é do tipo que lhe agrade, não é mesmo? — disse Antoine.

O sorriso do arquivista se fechou.

— É verdade, raramente me interesso por política. Muito menos por mudança política. Mas a situação é tal... a subida dos extremos, a corrupção política, a miséria social... que...

— Que é preciso agir? — perguntou Marcas.

— Daí a exigir uma VIª República como fez o orador que apresentou a prancha esta noite... — disse, preocupado, o arquivista.

— O que fazer, além disso? — suspirou Marcas. — As pessoas não votam mais, a intolerância gangrena a sociedade, o dinheiro reina em toda parte!

— Sem dúvida, mas não foi por isso que vim vê-lo, *meu irmão*.

Diante da insistência nas últimas palavras, Marcas logo se calou.

— Quero falar de Sophie Dawes.

Prudentemente, Marcas ficou em silêncio.

— Diga-me — Jouhanneau abaixou a voz —, você leu o relatório da autópsia?

— Eu até vi o cadáver.

— Você sabe o que isso significa?

— Sim, que um desgraçado talvez tenha matado uma de nossas irmãs de modo ritual. Exatamente como na lenda de Hiram, espancado até a morte por três maus companheiros.

— *Um o atingiu no ombro.*

— *O outro, na nuca.*

— *E o último, na fronte.* Mas não é só isso. Você sabe que mesmo não havendo investigação oficial sobre a morte de Sophie Dawes, é um juiz, Darsan, que acompanha o caso.

— Eu me encontrei com ele.

— Eu também. Esse juiz é uma verdadeira fuinha. Ele também notou os ferimentos. E encontrou um crime semelhante. Em Israel.

— Quando?

— Há três dias. Um arqueólogo, especialista em epigrafia. Estudava fragmentos de textos antigos encontrados durante escavações. E era também um irmão. Um verdadeiro irmão.

— Seria talvez uma coincidência?

O olhar de Jouhanneau se escureceu.

— Ele foi morto na mesma noite que Sophie Dawes. E depois... Era com ele que ela iria se encontrar em Jerusalém.

A lista de irmãos mortos de acordo com o ritual de Hiram aumentava.

— Ouça-me, meu irmão — continuou Marcas gravemente —, se você quiser que eu encontre o assassino de nossa irmã, precisa me dizer exatamente que tipo de trabalho ela fazia para nós.

— Classificava os arquivos que voltaram de Moscou. Os soviéticos sobrepuseram o sistema de triagem deles ao dos nazis. Cada dossiê é, portanto, duplamente detalhado. Como nossa irmã lia alemão tão bem quanto russo, verificava se alguns documentos não tinham desaparecido entre um e outro arquivamento.

— Um trabalho de rotina?

— Sim, só que ela descobriu uma diferença entre os dois arrolamentos. Parece que alguns documentos desapareceram antes mesmo que os soviéticos tivessem se apossado deles.

O comissário franziu as sobrancelhas.

— E então?

— Nós encontramos um lote de arquivos, não catalogados, de propósito ou não, pelos alemães. Arquivos inéditos. E foi por isso que ela foi morta.

Um murmúrio escapou da boca de Marcas:

— Você tem certeza de que nossa irmã só encontrou essa diferença entre os dois inventários? Simples peças de arquivos? E se ela encontrou outra coisa, com quem teria falado?

O rosto de Jouhanneau se crispou.

— Ela não tinha muitos amigos... A não ser aquela mulher policial...

— Jade Zewinski?

— Sim, ela era... muito ligada a Sophie. Aliás, até deixou os documentos com ela. Foi assim que os recuperamos.

— Eu sei, eu os vi. Zewinski ficou com uma cópia.

Em volta deles, os irmãos davam início ao ágape, comentando a prancha apresentada em loja. De súbito, uma dúvida passou pela mente de Marcas.

— E você, qual era seu relacionamento com Sophie?

Um sorriso cansado se esboçou no rosto de Jouhanneau.

— Olhe pra mim!

Antoine mordeu os lábios antes de reagir.

— Mas por que vocês se interessaram pelo lote de arquivos? São banais. Só vi neles delírio de um irmão excessivamente interessado no Egito. Cheguei mesmo a pensar ter lido entre as linhas a sombra dos Templários. Como se isso não bastasse para complicar as coisas.

— Eles não são banais!

O tom de Marcas se elevou bruscamente.

— Você não acredita nessas histórias de Templários, não é? Aliás, não se mata por isso!

— Mata-se por um segredo. Um segredo que o Templo talvez tenha possuído.

— Bobagens!

Jouhanneau levantou a voz:

— Você não sabe o bastante para julgar!

Alguns irmãos interromperam a conversa. O grande arquivista continuou, em tom mais baixo:

— Sophie tinha feito uma anotação a esse respeito. Infelizmente não a encontrei no que Darsan me devolveu.

Instintivamente, Marcas levou a mão ao bolso do paletó, mas tinha trocado de terno para ir à loja. A nota manuscrita que Jade tinha lhe dado ficara em casa.

— Esclareça-me.

Jouhanneau suspirou. Agora teria de continuar.

— Você leu os arquivos?

— Com atenção, esteja certo.

— Não duvido. Então você notou que o irmão Du Breuil tinha comprado terras numa pequena aldeia de Indre, chamada Plaincourault, não foi?

— De fato, vi esse nome.

— Lá existe uma capela construída pelos Templários. A prova está ali.

O comissário bancou o ingênuo.

— Não entendo nada. A prova de quê?

Na ponta da mesa, o venerável fazia tinir sua faca sobre um copo. Era o momento dos brindes. Jouhanneau fez uma careta.

— Du Breuil evoca um ritual da sombra, e essa prova de fato desaparecida. Meu fígado envelhece mais rápido que eu. Eu devo entrar.

Marcas deu-lhe o braço.

— Que prova?

— Vá a Plaincourault e entenderá.

E se levantou.

— Plaincourault — repetiu Marcas como num sonho, enquanto Jouhanneau punha diante dele um cartão impresso com o símbolo do Grande Oriente.

— Acrescentei meu número particular.

E, inclinando-se para o abraço ritual, disse ainda, num murmúrio:

— E não esqueça: eles estão em toda parte.

— O que você quer dizer com "eles"?

— Aqueles que mataram Sophie e todos os outros. Uma organização estruturada que nos persegue há muito tempo e quer se apossar de um segredo que nos pertence.

Marcas aproximou-se dele.

— Quem são eles?

— Você logo saberá. Antes da guerra, eram chamados de Thulé, mas desde então mudaram de nome. A assinatura deles, entretanto, continua a mesma. Eles executam usando o mesmo método e querem que se saiba.

O rosto do comissário se congelou. Hesitou, e em seguida falou:

— Escute, fiz uma pesquisa na loja-mãe de nossos irmãos italianos. Lá houve assassinatos semelhantes em 1934 e 1944. Mas na França?

Jouhanneau olhou-o, sério.

— Eu também iniciei essa pesquisa há muito tempo. Meu pai foi assassinado em Dachau, da mesma horrível maneira. Ele tinha encontrado o Mal.

O sexto crime, pensou Marcas, vendo o grande arquivista afastar-se.

Quando chegou do lado de fora, Jouhanneau sentiu-se velho. Aquele Marcas nunca conseguiria. Necessitava de um apoio poderoso.

E um homem poderia oferecê-lo a ele.

Digitou no celular o número de Chefdebien. Iria lhe propor um encontro para o dia seguinte, se o diretor da empresa estivesse disponível. Um pacto com o diabo. Chefdebien exigiria uma contrapartida como, por exemplo, seu apoio para chegar ao grau de grão-mestre. Esse pensamento irritou Jouhanneau, mas o perigo que Thulé representava era mortal.

30

Chevreuse

Um gosto de poeira amarga enchia a boca de Béchir como se ele tivesse mastigado terra. Suas glândulas salivares tentavam lutar contra aquele gosto desagradável, mas era inútil.

Levantou-se em sobressalto.

O cômodo estava escuro, um cheiro de mofo misturado a um odor rançoso flutuava no ar. Ele estava numa espécie de adega, cheia de caixotes e de escaninhos para garrafas de vinho meio desconjuntados. A cabeça lhe doía. Uma das mãos estava amarrada a um par de algemas preso a uma barra de ferro na parede. Passou a mão livre atrás da orelha e apalpou um grande calombo dolorido próximo da têmpora.

O frio e a umidade dominavam a cela.

Tentou levantar-se, mas os músculos das pernas recusaram-se a funcionar e, de qualquer modo, a mão aprisionada só lhe deixaria uns 10 centímetros de margem de manobra.

O corpo arriou no colchão de lona marrom no qual seus raptores o tinham abandonado. Tudo começava a vir à tona, em sentido contrário. A surra na galeria comercial, a boate de striptease, a corrida dos dois gorilas, o crooner no hotel...

Tinha se deixado apanhar como um iniciante.

O sangue voltava a circular aos poucos, primeiro nos pés, depois nos tornozelos e nas coxas, mas ele ainda tinha a impressão de estar com as pernas presas num estojo. O gosto amargo desaparecia gradualmente, e no cômodo, as trevas se dissipavam. As pupilas se habituavam à escuridão, e ele adivinhava, apenas a um metro do leito de seu infortúnio, uma grade que bloqueava o local no qual estava preso.

Tentou novamente levantar-se e sentiu uma dor aguda nos tornozelos. Viu que as pernas estavam enroladas até a altura dos joelhos com cabos de aço cuja ponta encontrava-se presa a uma velha argola fixada na parede pegajosa. Tinham lhe tirado os sapatos e as meias, deixando-o com os pés descalços.

Béchir não insistiu. O mecanismo era engenhoso; quanto mais puxasse a armadilha, mais o estojo se apertaria, com risco de lhe cortar a circulação. Contudo, ele não sentia nenhum medo. Sua profissão o havia habituado ao perigo, e seu espírito estava treinado para a angústia inerente a esse tipo de situação. Quando era iniciante, nos anos 80, tinha sido raptado no Líbano por uma facção dissidente do Hezbollah que o manteve encarcerado por três meses, em condições semelhantes. Uma experiência que o endureceu.

Olhou em volta na esperança de descobrir um objeto que pudesse servir para ele se soltar, mas só viu alguns cacos de garrafas espalhados no chão de terra da adega. Nada de útil. Retomou a posição horizontal no colchão.

Béchir não conseguia compreender por que Sol não tinha mandado que o liqüidassem no trem, em vez de esperar que ele entregasse a pedra no hotel. Os três falsos judeus poderiam tê-lo eliminado com o anel envenenado e ido embora com a pedra, deixando-o agonizar, babando como o coitado do trem. Por que esperá-lo no Plaza, se desconfiavam dele?

Provavelmente, logo teria as respostas para essas perguntas; não valia a pena se torturar em vão.

Um ruído de passos ressoava por detrás da grade. Béchir se levantou.

Dois homens entraram em seu campo de visão, mas ele não conseguia distinguir seus rostos. Ouviu-se o rangido da chave na fechadura e a grade se abriu lentamente. Um dos homens ligou um interruptor roído pela umidade e a luz brotou de uma lâmpada que pendia do teto. Béchir piscou os olhos para se habituar ao jorro de luz.

Um dos homens o olhou sorridente, quase calorosamente. De porte médio, por volta dos 60 anos, o rosto um tanto rechonchudo, cortado por um bigode grisalho de tipo gaulês que caía sobre os cantos da boca, o homem usava um avental de lona apertado em volta do corpo. Uma aparência de travesso, cujos traços avermelhados e a gordura traíam um fraco pelos prazeres da mesa.

Béchir reconheceu o segundo homem: um dos que o tinham perseguido.

O homem de bigode simpático aproximou-se dele com um largo sorriso.

— Bom-dia, eu sou o jardineiro. Qual é a sua flor preferida?

Béchir arregalou os olhos. Pensou não ter compreendido bem e replicou:

— Quem é você? Desamarre-me imediatamente e avise Sol que quero falar com ele.

O velhote jovial sentou-se na ponta do colchão, dando tapinhas nas pernas amarradas de Béchir.

— Acalme-se, jovem amigo. Você não respondeu à minha pergunta. Qual é a sua flor preferida?

Béchir se perguntou se não estava tratando com um louco, a tal ponto a pergunta lhe parecia completamente deslocada naquele lugar sórdido. Levantou a voz:

— Quero lá saber de tuas flores, vovô! Vai chamar teu patrão.

O homem de bigode contemplou-o com tristeza, como se decepcionado com a resposta.

Tirou uma podadeira do bolso do avental, soltou o pequeno anel de segurança, o que fez com que a mola de descompressão se esticasse e as mandíbulas do instrumento se abrissem.

Sempre sorrindo, agarrou o pé esquerdo de Béchir e inseriu um dedo entre as lâminas da podadeira. O palestino se aprumou num átimo.

— Espere, o que você quer?

O farsante balançou a cabeça.

— Mas eu não menti pra você. Não é mesmo?

Béchir tinha a impressão de estar num asilo; o homem dizia coisas absurdas.

— Mentiu sobre o quê? Não estou entendendo nada...

Mal havia pronunciado o final da frase e Béchir urrava de dor. A podadeira entrou em ação brutalmente, cortando o dedinho do pé. O toco de carne caiu no chão enquanto um jato de sangue esguichava, manchando o avental do torturador.

— Eu lhe disse, sou o jardineiro. E um bom jardineiro deve utilizar bem seus instrumentos. Bom, não vamos passar a noite nisso. Vou lhe fazer de novo a pergunta, meu rapaz. Qual é a sua flor preferida?

Béchir se debatia para escapar dos ligamentos de aço, mas isso só fez com que eles se apertassem mais.

— Você é maluco... Eu... A rosa...

O jardineiro coçou a cabeça como se avaliasse o alcance da resposta do palestino; depois, coçou a cabeça.

— Resposta errada, meu amigo. É a tulipa.

Com um golpe preciso ele seccionou o dedo seguinte. Béchir urrou como um demente e quase desmaiou. O segundo homem se colocou ao lado de sua cabeça e o esbofeteou com toda a força. Béchir engoliu em seco. O medo estava nele, corroía-o como um ácido escaldante, ainda mais forte que a dor.

— Eu lhe suplico, pare, direi tudo o que vocês quiserem.

O jardineiro se levantou e guardou a podadeira no bolso do avental. Pegou um cachimbo no outro bolso e cuidadosamente o encheu, enquanto o sangue de Béchir escorria para o chão num jato intermitente.

— Por favor, vou perder todo o sangue; pare a hemorragia. Por favor...

Um cheiro de tabaco caramelizado se espalhou pelo pequeno quarto, afastando os maus odores. O homem deu algumas baforadas, olhando para o vazio.

— Eu sou o jardineiro. Eu lhe disse, não?

Béchir sentia o sangue lhe escapar, enfraquecendo a cada segundo. Os nervos do pé urravam, mas, acima de tudo, ele se dava conta de que perdia a razão, incapaz de estabelecer um diálogo coerente com seu carrasco. Não podia aborrecê-lo. Tinha de amansá-lo.

— Sim... eu sei... é uma bonita profissão.

O rosto do torturador se iluminou.

— É verdade. Você não está dizendo isso só para me agradar? Estou muito contente. Hoje em dia não se tem mais consideração ou respeito pelos ofícios manuais.

Béchir sentiu que ia desmaiar; talvez tivesse perdido pelo menos um litro de sangue. A hemoglobina se espalhava em veios finos sobre uma superfície de terra cada vez mais extensa.

O assistente, em silêncio, lhe deu duas bofetadas. O jardineiro sentou-se no colchão e pegou de novo a podadeira, colocando-a ao seu lado.

— Não, não! — gritou Béchir.

— Ora, ora! Acalme-se. Vamos fazer um bom curativo e parar a hemorragia — disse ele, fazendo aparecer um rolo de gaze, algodão e elásticos cirúrgicos.

Seu auxiliar enrolou as faixas em volta da ponta do pé torturado, com aplicação. O sangue parou de escorrer.

— Agora, tenho bastante terra para as minhas pequenas protegidas. A propósito, você é portador de aids ou de algum vírus do mesmo tipo? Minhas flores não o suportariam.

— Eu... Eu não compreendo.

O jardineiro se levantou, recolheu a pá e o saco plástico que tinha levado. Com habilidade, transferiu toda a terra embebida de sangue para o saco.

— Veja você: um amigo meu, biólogo, me explicou que o sangue poderia ser um excelente adubo para o crescimento de algumas flores. Há alguns anos venho tentando verificar essa teoria. E, em resumo, estou contente.

Béchir se retesou. Isso queria dizer que aquele doido colhia sangue humano como adubo. Quantos coitados ele deve ter torturado!

— Na verdade, eu te apresentei uma adivinhação sobre sua flor só de brincadeira. Qualquer que fosse sua resposta, eu lhe teria cortado os dedos. Sempre faço isso para tornar as coisas poéticas. Veja o que vai acontecer agora: você vai descansar um pouco, enquanto eu cuido das minhas rosas. Depois eu voltarei.

Béchir não ousava fazer perguntas com medo de aborrecê-lo e ter outro dedo cortado. O jardineiro deu-lhe um tapinha no pé, com afeto.

— Ainda lhe restam 18 dedos, aproveite bem.

Os dois homens saíram e fecharam a grade. Béchir gritou novamente:

— Por piedade, o que vocês querem?

O jardineiro o observou como se olha uma criança que não compreende o que lhe dizem.

— Os outros, eu não sei, mas eu, eu tenho uma centena de rosas para alimentar.

O homem se afastou num passo tranqüilo, mas voltou de repente para perto da grade.

— Não fui honesto.

Béchir ouvia a voz do jardineiro como num sonho.

— Eu não corto apenas dedos. Mas guardo o melhor para o fim.

Béchir urrou.

Nos andares superiores do solar, ninguém podia ouvir a longa súplica do palestino. O isolamento acústico das paredes e a calma circundante, tudo concorria para uma atmosfera de silêncio acolchoado. O pequeno castelo de Plessis-Boussac, aninhado num vale encantador ao sul de Paris, abrigava a sede da Associação Francesa de Estudo de Jardins Minimalistas. Os poucos curiosos e apaixonados por botânica que ligavam para o número de telefone da associação caíam sistematicamente numa secretária eletrônica, que informava da desativação temporária. Aqueles que se aventuravam até as grades podiam ver os ocupantes do castelo jardinando ou cuidando das culturas nos campos das imediações. A pequena equipe de voluntários da associação encomendava regularmente suas provisões aos comerciantes da aldeia vizinha e não deixava de organizar, todos os anos, um dia de portas abertas para mostrar a grandiosa estufa contígua ao castelo, famosa por suas plantas exóticas e sua magnífica coleção de roseiras.

O presidente da associação, especialista em rosas, gozava da reputação de ser um bon-vivant e nunca deixava de fazer doações às senhoras da Cruz Vermelha da aldeia. Todos na região o apelidavam de jardineiro, o que lhe dava um grande prazer. De origem sul-africana, tinha se instalado na região no fim dos anos 80, depois da compra do castelo por investidores de diferentes países europeus, amantes da natureza. De tempos em tempos, alguns deles vinham fazer um pequeno retiro naquele atraente recanto da natureza ainda preservado do ranço da poluição.

O solar servia de parada para os dirigentes da Ordem e alguns de seus membros em trânsito para outros países. Era uma das casas de importância secundária da Ordem espalhadas pelo mundo.

No primeiro andar, na torre inteiramente remodelada, encontrava-se o quarto de honra dos convidados. Um grande cômodo mobiliado em estilo Império, com leito de baldaquim e uma suntuosa escrivaninha em madeira esculpida.

Sobre a pasta colocada em cima da escrivaninha, sobre uma armação de veludo vermelho, destacava-se a pedra escura de Thebbah. O contraste das duas cores acentuava ainda mais o negror da rocha.

Sol contemplava a pedra com respeito. Finalmente, ela lhe pertencia, e isso representava o início de uma nova vida. Acariciou-a longamente, passando os dedos pelos caracteres hebraicos, velhos de muitos milênios, deslizando a mão para sopesá-la. Apesar de seu aspecto mineral, ela parecia vibrar com uma vida desconhecida. Sol ficou como que hipnotizado por ela.

Rompeu o encanto e se olhou no pequeno espelho ao lado da escrivaninha. Com mais de 84 anos, o vigor físico declinava, mas suas faculdades intelectuais ainda permaneciam intactas. Quanto lhe restava de vida nesta Terra? Cinco, dez anos no máximo, e mesmo assim... Porém, o curso do destino mudaria; o texto da pedra e os documentos que guardava havia anos finalmente o conduziriam à porta que se abria para um universo desconhecido.

Passou a mão pelos cabelos e ajeitou o colarinho da camisa. Um tremor surdo ressoou nas entranhas do castelo: o barulho do trator que acabavam de levar para fora. Uma lembrança aflorou, muito distante, em outro país, numa outra vida.

Sol se viu no espelho e fechou os olhos. Não era mais o velho de cabelos brancos que tinha diante de si, mas o vivo SS, o *Obersturmbannführer* François Le Guermand. O jovem idealista que acabara de passar sua última noite no bunker de Hitler e partia numa missão que iria mudar o curso de sua vida. Aqueles maravilhosos anos 40, quando o sangue corria em suas veias, carregando a juventude e o poder, a incerteza do futuro e o gosto pelo perigo. Uma onda de nostalgia o invadiu.

Durante os anos de exílio na América do Sul e em outros países acolhedores, ele tinha observado a evolução da sociedade moderna, mas nunca pudera encontrar a excitação experimentada naqueles anos de ferro e fogo, quando seu país de adoção, a Alemanha, esteve a dois dedos de construir o império mais poderoso que a Terra jamais conhecera.

A palavra dedo levou-o a considerações mais prosaicas. O matador palestino que ele tinha contratado deveria certamente ter passado pelas mãos, ou melhor, pelas mandíbulas da podadeira. Pessoalmente, desprezava a tortura, mas reconhecia sua eficácia, e o número aperfeiçoado pelo jardineiro sempre produzia efeito, mesmo nos mais duros. O absurdo de seu comportamento, mistura de violência e conversa sem pé nem cabeça, desorientava suas vítimas e as mergulhava num estado de submissão extraordinária.

Um dia, ele lhe havia mostrado sua coleção de dedos e outros apêndices conservados em potes com formol. Uns vinte, arrumados no fundo de um armário, cada um deles contendo os restos de um de seus supliciados. E ele ainda não tinha trazido os que havia colecionado na África do Sul, quando exercera a profissão de conselheiro militar, cheios de dedos de negros, a ponto de não se saber o que fazer com eles.

Cada vez que passava por ele, Sol tentava não demonstrar a repugnância que lhe provocava o jardineiro, cuja reputação de especialista em tortura na Ordem não precisava mais ser provada. Alguns, menos poetas, tinham-no apelidado de podadeira, por causa de seu gosto pronunciado por esse instrumento e por sua habilidade em podar roseiras e dedos.

Sol segurou novamente a pedra de Thebbah e inspirou longamente, como se quisesse entrar em comunicação com sua alma milenar. Satisfeito, recolocou-a delicadamente sobre a armação escarlate e se levantou devagar.

Partiria dali a dois dias para voltar à Croácia, mas antes precisava conversar com Joana, que não demoraria a chegar. Faltava uma peça no quebra-cabeça, e eram os maçons que a tinham em seu poder.

Ele os odiava. Seus companheiros de armas SS no seio da sociedade Thulé lhe revelaram a extensão do poder maléfico daquela seita tentacular. Depois da guerra, a rede Thulé o tinha salvado mais uma vez, antes de lhe dar uma nova identidade e pô-lo em segurança, inicialmente na Argentina, em seguida no Paraguai. François Le Guermand, como muitos veteranos nazistas, concedeu-se uma nova vida.

Casara-se novamente e construíra a vida como diretor de empresa de componentes eletrônicos, pertencente a um membro da Ordem. Ficou adormecido e foi despertado, no final dos anos 50, para coordenar, no interior da Ordem, a célula de vigilância contra a maçonaria. Progressivamente, sua função ganhou importância a ponto de assumir um lugar central no seio da Ordem. Ele, o francesinho, tornou-se o conselheiro da ordem de inspiração germânica.

No decorrer dos decênios, ele havia observado a surpreendente evolução da sociedade, a Guerra Fria, os foguetes até a Lua, as perturbações conseqüentes da queda do comunismo, as incríveis invenções...

Essa segunda vida passou como um sonho, como se a primeira jamais tivesse existido. E agora, tendo chegado ao fim do caminho, ele iria enfim completar o que considerava importante, no mais profundo do ser.

A ele, Le Guermand, foi confiada a missão de novamente roubar-lhes o segredo último. A semente do mundo. Uma busca que chegava ao fim.

31

Paris

Errou. Jade ajustou novamente a pistola Glock para mirar o alvo, afastou os pés para equilibrar o peso do corpo e prendeu a respiração. O dedo apertou o gatilho. A bala saiu do cano a mais ou menos 100 quilômetros por hora e furou o alto do braço da silhueta negra pintada na cartolina. Errou. Tinha mirado o cotovelo.

Sessão terminada. Lamentável. Dos vinte tiros, acertou apenas 12. Jade estava perdendo o jeito. O rosto atormentado de Sophie continuava gravado em sua mente. E o pior é que ela não acreditava nem por um segundo na sorte de encontrar a assassina de sua amiga. Como identificar aquela matadora, já que ela estava em Paris e o crime acontecera em Roma? Pousou a arma e o protetor de ouvido no pequeno balcão do boxe e fez sinal para o plantonista do clube de tiro, avisando-o de que tinha terminado.

Encontrou um de seus ex-amantes de passagem pelo clube, que operava dentro do COS (Comando de Operações Especiais).

— Jade, como vai?
— Bem, estou voltando de Roma, e você?
— Shhh, é segredo de Estado.

— Pretensioso! No ano passado, vi na televisão o que aconteceu na Costa do Marfim. Disseram-me que, na época, você estava lá. Não teria sido você quem fez os dois aviões Sukhoi da aviação marfinense caírem de nariz na pista do aeroporto de Abdijan?

— Não sei do que você está falando, querida.

— Sim! Exatamente antes, os marfinenses haviam bombardeado uma de nossas bases e matado nove soldados da Força Licorne.

— Francamente...

— Azar o seu! Eu teria contado quem eliminou, num bordel de Budapeste, os mercenários bielo-russos que pilotavam os aviões.

— Nada, não direi nada, mesmo sob juramento.

— Vai para o inferno! Mas me dê um telefonema se ficar algum tempo em Paris.

— Eu prometo. Tchau!

Jade ficou olhando enquanto ele se dirigia ao stand de tiro. Invejava-o. Sentia uma falta terrível das missões especiais e, quanto mais refletia, mais se perguntava se tinha agido certo em aceitar aquela missão policial. De imediato, parecia uma boa idéia, mas sabia que a necessidade de vingança não justificava que ela a adotasse. Desde o retorno a Paris, sentia-se como que desenraizada; contudo, tinha voltado ao encantador apartamento da rue Brancion, que emprestara a uma de suas amigas, historiadora, enquanto residisse em Roma. Christine, sua amiga, instalou-se na casa do namorado da hora, durante a permanência temporária de Jade em Paris.

Mas a Afegã não conseguia encontrar-se na capital: anos demais indo de lá para cá. Ao fim do terceiro dia em Paris, ela navegara entre o escritório sinistro da rue Daru e seu apartamento, que agora lhe parecia extremamente acanhado. Em Roma, ela vivia num de 500 metros quadrados, com vista para o Coliseu...

Jade saiu do clube de tiro e entrou no carro. A chuva começou a cair; não poderia mais andar com a capota abaixada. O dia começava mal, e ela percebeu que seu mau humor estava também relacionado a Marcas. Quando ele estava perto, ela tinha vontade de esbofeteá-lo, assim, só por prazer. Seu ar de superioridade, suas aulas de história sentenciosas sobre os maninhos irritavam-na prodigiosamente. Mas, quando ele estava longe, ela se pegava pensando nele. Tinha consultado sua ficha, como ele também devia ter feito, e descoberto que era divorciado, vivia sozinho e tinha aparentemente uma só paixão, seu trabalho, a história da ordem maçônica.

Nada com que fantasiar. Fisicamente, ele era agradável, mas não do tipo de fazer as mulheres se virarem na rua. Ela tinha curiosidade em saber como ele era por debaixo das roupas. Seu porte esbelto esconderia um corpo gracioso ou delicadamente musculoso? Quase que conversa de homem... Ela avaliava os homens com impertinência e sem tabu, talvez de tanto conviver com eles o dia inteiro em seu trabalho.

Em princípio, sua condição de franco-maçom teria feito com que fugisse correndo dele. Aliás, essa tinha sido sua primeira reação.

Lembrava-se daquele dia horrível, quando fez 17 anos.

Tinha matado aula para voltar para casa e ouvir um novo disco do Cure, comprado escondido. Sua mãe, médica, tinha viajado para ir a um congresso, e seu pai passava os dias na empresa de produtos químicos.

O dia promete ser magnífico; um sol esplêndido ilumina os bosques. Ela abre sem fazer barulho a porta da grande casa silenciosa e corre para o quarto, certa de estar sozinha. De repente, ouve um ruído no fim do corredor, no quarto dos pais. Fica paralisada. Se seu pai a vir, ela corre o risco de levar um sabão. Xinga a si mesma por não ter verificado se o carro estava na garagem. Não sabe o que fazer. Se ele a vir, vai cortar a saída do fim de semana para a Normandia com os amigos.

E se não fosse o pai, mas ladrões? Ela entra em pânico, corre para o quarto e se esconde na cama. Jade nunca foi muito corajosa. Passos ressoam no corredor e na escada que leva ao cômodo que seu pai usa como escritório. Uma só pessoa. Ela se encolhe sob as cobertas e reza para que seja ele. Acima de sua cabeça, os passos ressoam novamente. É o pai. Ela reconhece sua maneira de andar, por tê-lo freqüentemente ouvido à noite. Mas, por outro lado, não está totalmente certa. Espera que ele logo vá embora. Nesse momento, as coisas não vão bem para ele. Os oficiais de justiça já passaram duas vezes na casa, e ela surpreendeu uma conversa dos pais em que se tratava de fechar a empresa.

Jade espera há vinte minutos. De repente, um tiro ressoa acima de sua cabeça. Ela pula da cama e sobe os degraus da escada de quatro em quatro, empurra a porta do escritório com toda a força e descobre o horror.

Paul Zewinski está caído na poltrona de couro gasto, a cabeça inclinada, os olhos abertos; uma poça de sangue se alarga no chão. Ela grita e foge da casa. Corre para longe através do bosque, e desaba. Se ela tivesse saído da cama, teria podido salvá-lo. Mas ela é medrosa.

Um ano depois ela saberia pelo tabelião da família que um complô tinha sido armado por um concorrente e um juiz do tribunal de comércio para liquidar a empresa e recuperar seus despojos a baixo custo. O tabelião acrescentou com ar de entendido que os dois responsáveis pela morte de seu pai eram franco-maçons. Ela não sabia o que isso significava, mas a nova palavra lhe soava como um insulto. Não podia tirar da cabeça que sua própria covardia e aqueles maçons tinham sido as verdadeiras causas do suicídio do pai. Embora tivesse conseguido vencer o medo, engajando-se numa profissão de alto risco, ainda tinha contas a ajustar com os maçons.

A chuva parou quando ela entrou no bulevar perimetral na altura da porta de Bagnolet. Tinha pouco tempo para se encontrar com a amiga Christine para almoçar e passar depois pelo escritório, embora só de pensar em pôr os pés naquele lugar sinistro a deixasse deprimida.

Quando deixou Marcas, depois do exame da cópia dos arquivos de Sophie, tinha prometido a si mesma saber um pouco mais sobre os Templários citados pela amiga. Sobretudo, não queria perguntar ao policial, encantado em demonstrar cultura. Jade tinha pesquisado na Internet a palavra Templário, obtendo como primeiro resultado 12 mil páginas, o que desencorajaria os mais temerários. Aliás, o pouco que tinha visto não a motivava a ler mais. Histórias de tesouros escondidos, segredos perdidos desde Jesus Cristo, conspirações milenaristas que persistem em sociedades secretas incontáveis dentre as quais... a franco-maçonaria. Jade desistiu diante da impossibilidade de discernir o falso do verdadeiro. Apenas Christine, especialista em história, que trabalhou como consultora em programas de história na televisão e no rádio, poderia ajudá-la. Viva, loura, fotogênica, Christine de Nief descendia de uma família que vivera algum tempo no Egito e cujas raízes se mesclavam a várias culturas.

Se, comprovadamente, tinha o pensamento aberto graças à influência da mãe, uma mulher culta e refinada, nem por isso deixava de ter o rigor forjado pelos estudos. A erudita ideal para lhe fornecer uma visão do Templo, sem cair nos delírios habituais.

Jade chegou ao restaurante da moda, na porte d'Auteuil, que arrebanhava a juventude dourada do bairro, com isso aproveitando para salgar a conta. Foi Christine quem escolhera o lugar. Entre outras manias meio irritantes, ela adorava os lugares em que seria vista forçosamente.

A Afegã deixou as chaves do MG com o manobrista e entrou direto no restaurante lotado. Contornou a fila de espera e viu Christine conversando com um homem moreno sentado à mesa ao lado, cujo rosto não lhe era desconhecido. Sua amiga largou o colega e a chamou, gesticulando.

— Querida, que prazer. De onde você está vindo?

— Estive *atirando* a manhã toda. Divino!

Olharam-se durante alguns segundos e caíram na risada.

— Estou vendo que o humor não melhorou. Mas é assim que a gente gosta de você.

Jade inclinou-se para a amiga e sussurrou:

— E quem é o bonitão aí do lado? Já o vi em algum lugar, não?

Christine fez uma cara séria.

— Você não reconheceu Olivier Leandri, apresentador em ascensão? Um ex meu, aliás. Se você quiser, te apresento a ele. Um cara legal.

Jade sorriu.

— Não, quero uma coisa completamente diferente. Que você me fale dos Templários.

A amiga ficou desconcertada.

— Desde quando você se interessa por história?

— Vou te explicar. Vamos primeiro escolher o prato.

O garçom anotou o pedido enquanto as duas moças tomavam como aperitivo uma taça de champanhe.

— O que você quer saber exatamente?

— As grandes linhas e alguns detalhes em particular.

Jade explicou rapidamente o que tinha acontecido em Roma, e a importância dos arquivos maçônicos. Christine lhe pintou então um quadro completo dos Templários. Ao longo dos séculos, a ordem tinha assumido um poder gigantesco em toda a Europa, quadriculada por centenas de comunidades, e servia de banco para reis e rainhas. Duzentos anos depois, em 1312, houve a queda brutal. Diante do insistente pedido de Felipe, o Belo, o papa Clemente acabou interditando a ordem, desencadeando assim uma perseguição sangrenta. Com suas comunidades requisitadas, seus bens embargados, seus cavaleiros presos e torturados, a ordem do Templo desapareceu para sempre da história. Certamente, esse fim trágico provocou as mais loucas hipóteses, que se tornaram um filão inesgotável para os inúmeros amadores de mistério e esoterismo barato.

— Respondi à pergunta? — lançou Christine, engolindo uma fatia fina de *magret* de pato.

— Sim. Qual é a relação entre os Templários e os franco-maçons?

— Do ponto de vista histórico, nenhuma. Nenhum especialista sério, quero dizer, reconhecido por seus pares, conseguiu encontrar ligação entre os dois. Os maçons, pelo menos alguns deles, estão certos do contrário. De fato, entra-se aí num universo paralelo em que o estudo dos símbolos e dos rituais precede a pesquisa histórica clássica.

— Todas essas histórias de tesouro e de segredo... Nada disso teria fundamento...

— Eu não disse isso. Digo apenas que nenhuma prova foi apresentada.

Jade parecia decepcionada.

— Ouça, por causa da minha investigação, preciso ir a uma antiga capela no centro da França. Se eu encontrar alguma coisa lá, você me ajuda? É muito importante.

— Se você quiser, mas tenho de passar três dias em Jerusalém para a gravação de um documentário sobre Saulo de Tarso.

— Saulo de quê?

— São Paulo, ora!

As duas amigas se despediram com um beijo. Antes de deixá-la, Christine mudou de opinião:

— Sabe, o mistério dos Templários... Ainda não foram esclarecidos todos os aspectos obscuros. Quem sabe, talvez ainda haja uma explicação?

No momento em que Jade mandou trazer o MG até a porta do restaurante, seu celular vibrou no bolso. Ela atendeu.

— Antoine falando.

— Não conheço nenhum Antoine, lamento.

— Antoine Marcas. Está lembrada?

Jade sorriu; ela não achava que ele tivesse cara de Antoine.

— Desculpe, Marcas, mas eu não o identifiquei apenas pelo primeiro nome. Um dia, talvez. Que é?

— Encontrei-me com Jouhanneau; talvez a gente tenha uma pista interessante sobre os mandantes de sua matadora, mas vamos ter de conseguir os fichários especiais da Interpol e da antiterrorismo. Vamos passar no escritório. Darsan deu um jeito de autorizar uma conexão temporária. Encontro por volta das 17 horas. Está bom para a senhorita?

— Perfeitamente. Eu gostaria... Eu gostaria de lhe...

— Sim? Ande logo, tenho de desligar.

— Nada, eu quase fui gentil.

O silêncio durou alguns segundos.

— Preste atenção. Desse jeito, daqui a pouco vai logo me pedir para ser iniciada...

Jade percebeu a ironia ácida. Mudou de tom e assumiu uma voz ríspida.

— Prefiro morrer. Vá para o inferno!

Ela desligou e decidiu se distrair. A tentação de fazer compras tomou conta dela. Todo o seu guarda-roupa de primavera estava nos armários do apartamento de Roma. Só tinha trazido o estritamente necessário quando veio para Paris. Um pouco de futilidade não lhe faria mal.

Acelerou e tomou a direção do bairro Saint-Germain.

Chevreuse

O pé lhe doía atrozmente. Ninguém lhe dera um analgésico, e a dor irradiava em cada fibra de seu corpo. Pela primeira vez em sua vida de matador ele tinha chorado como um menino amedrontado. Temia a volta do louco com a podadeira. Eles não podiam torturá-lo sem nada exigir em troca. Afinal, ele havia realizado a missão até o fim.

Ruídos de passos na escada. Béchir empalidece ao ver chegar o carrasco. O homem de bigode abre a grade e, como da primeira vez, senta-se.

— Sou o jardineiro.

Béchir tentou sorrir, procurando amansá-lo; aquele cara era um sádico a quem o medo excitava.

— Eu sei; meu avô também era, e ele adorava flores.

O homem o encarou, parecendo interessado.

— É mesmo? Espero que ele lhe tenha passado o amor pelas flores.

— Sim... O que é que você vai fazer comigo?

— Não sei. Estou encarregado de lhe transmitir agradecimentos e desculpas.

Béchir começou a recuperar a confiança. Provavelmente, era Sol. Eles se enganaram, foi isso. Respirou profundamente. Um brilho de esperança surgiu.

— Sol?

O homem exibia um ar jovial. Como conseguia ser simpático!

— Não. Minhas flores. Gostaram muito de sua participação no desenvolvimento delas. Fizeram questão de que eu lhe agradecesse. As desculpas são pelo que vai acontecer agora.

Um jato de bile subiu à garganta de Béchir. Sabia que iria vomitar. As pupilas se dilataram, a respiração se acelerou.

— Você não vai...

— Eu nunca lhe menti, meu jovem amigo, sobre minha função. Sou um jardineiro, e um jardineiro poda.

Tirou do bolso o instrumento de tortura e o posicionou no dedo grande.

— Qual é a sua flor preferida?

Béchir gritou de pavor.

A uns 50 metros, num jardim do solar, Sol caminhava em companhia de Joana/Marie-Anne, na estufa, entre extraordinárias plantas. Um verdadeiro paraíso tropical composto de variedades de palmeiras exuberantes, miríades de flores de todas as cores, especialmente de rosas suntuosas. Sol pegou uma podadeira largada lá e cortou uma, oferecendo-a à matadora.

— Obrigada, prefiro que este instrumento esteja nas suas mãos do que nas do jardineiro. Suponho que ele esteja em ação.

Sol respirava o perfume que um conjunto de cinco rosas escarlates exalava.

— Sim. Uma necessidade cruel.

— Por que o torturam assim?

O velho tomou-lhe a mão e conduziu-a para o canto das espécies raras. Um vapor úmido impregnava a estufa.

— Preciso saber se ele não pegou, além da pedra de Thebbah, documentos ou notas pertencentes ao velho judeu do Instituto Hebraico. E, especialmente, se ele falou sobre essa história com alguém. Esse senhor, supostamente um profissional, deixou-se seguir como um iniciante pelo serviço secreto israelense, desde sua passagem pela fronteira da Jordânia. Felizmente nós o pusemos sob vigilância assim que chegou ao aeroporto de Amsterdã.

— Por que ele estava sendo seguido? Os judeus estão a par de seu interesse pela pedra de Thebbah?

— Não. Ele foi identificado por acaso, por um fisionomista, na fronteira, e seguido por um agente. Ele é um ativista palestino muito procurado. Os judeus queriam seguir e identificar sua rede até a Europa.

Marie-Anne brincava com sua rosa, tirando-lhe uma a uma as pétalas e jogando-as no chão.

— Como é que você sabe de tudo isso?

— Minha cara criança, nós raptamos o agente que o seguia no Thalys, quando ele chegou à Gare du Nord. Dois falsos enfermeiros foram apanhá-lo. O coitado do homem estava com uma crise fulminante de epilepsia.

— Suponho que nosso amigo, o jardineiro, tratou de fazê-lo falar.

Sol tocou o queixo da moça num gesto afável.

— Não se pode esconder nada de você. Lamentavelmente, nosso amigo das plantas não gosta muito de judeus. Temo que ele lhe tenha, como dizer, circuncidado todas as extremidades além da conta. Sendo assim, com o caso do palestino, as coisas se equilibram. Não poderão nos censurar por preconceito no conflito israelense-palestino.

Ele soltou um risinho que mais parecia uma chacota. Marie-Anne rezou para jamais cair em suas mãos.

Saíram da estufa e entraram no castelo pelo grande portal. Um vento leve soprava desde o início da manhã, trazendo um frescor bem-vindo depois do ambiente abafado da estufa. Seus passos faziam ranger o cascalho da pequena aléia que levava à entrada principal. À esquerda, a uns 30 metros da estufa, bem ao lado dos campos da propriedade, uma escavadeira revolvia a terra lentamente. O condutor fez um pequeno sinal amigável enquanto acionava as alavancas. Sol agitou febrilmente a mão e inspirou o ar fresco.

— Você sabe o que aquela máquina faz, minha cara?

— Não.

— Ela cava um bonito buraco para nosso amigo palestino, quando ele não for mais deste mundo. Pedi para que o corpo seja posicionado na direção de Meca. Por respeito.

— Um pedido que o dignifica. Quando eu executava os bósnios, punha uma cabeça de porco na vala comum.

— Está errado. Conheci alguns camaradas bósnios na Waffen SS; eram magníficos combatentes.

Ele parou.

— Agora, falemos da sua missão. Você vai apanhar a moça da Embaixada de Roma e trazê-la aqui. Já perdemos muito tempo. Um de nossos homens revistou o apartamento dela em sua ausência e não encontrou nada. Não podemos revistar seu escritório no Ministério. O tempo urge. Preciso daqueles papéis para terminar o que comecei.

— E depois?

— Ela receberá a visita do jardineiro.

— Questão de ordem profissional. Contaram-me qual é o método de seu botânico. Por que é que ele não faz as perguntas antes de usar a podadeira? É um sádico?

Sol olhou-a pensativamente.

— Sádico... talvez, mas não é a razão principal. Ele apenas utiliza uma técnica de tortura inventada pelos chineses, retomada pela Gestapo e plebiscitada em todas as ditaduras da América do Sul. Os profissionais dessa disciplina observaram que a irrupção do irracional perturbava o comportamento da vítima. O fato de sofrer sem razão lógica produz um medo muito mais eficaz do que o jogo de perguntas e respostas. Você viu o filme *Maratona da Morte*?

— Sim, em que Laurence Olivier faz o papel de um velho dentista nazi que tortura Dustin Hoffman.

— Exatamente. Laurence Olivier chega com seus instrumentos dentários e examina a boca de Hoffman, preso no assento, repetindo-lhe seguidamente: "Não tem perigo"; depois, sem motivo, fura-lhe um dente. Pois bem, nosso amigo opera do mesmo modo, mas com a podadeira. De modo geral, ele corta cinco ou seis dedos antes de fazer as perguntas. Tudo depende de seu humor.

Marie-Anne olhou o velho afastar-se. Antes que ele desaparecesse, ela o interpelou:

— Por que eu tive de matar a garota em Roma a golpes de bengala?

Ele lhe mandou um beijo e virou as costas sem responder.

32

Paris

Jade tinha desligado na cara de Marcas. Decididamente, não havia química entre ele e a moça; contudo, o último enfrentamento o perturbara menos do que de hábito. De repente, ela tinha deixado passar algo de quase afetuoso quando quis se mostrar amável ao telefone. Mas a ponta de ironia de Marcas havia rompido o impulso. Antoine suspirou. Ele tentaria se redimir da próxima vez, tanto mais que os dois teriam de ir a Indre, à capela de Plaincourault, e que o trajeto de carro iria durar pelo menos quatro horas. Teria, aliás, de reservar dois quartos no hotel. Dois quartos... Um pensamento erótico logo germinou no espírito de Marcas; Jade era sedutora...

A campainha da porta soou. Marcas pousou o celular no divã, expulsou Jade do pensamento e abriu a porta para o convidado.

Todas as vezes que Marcas recebia seu amigo venerável, tinha de fazer um real esforço de memória para se lembrar de seu nome. *Anselme* não é comum, especialmente para um venerável do Grande Oriente. Parecia nome de abade, uma referência quase que engraçada para uma obediência agnóstica.

Tanto mais que Anselme, jornalista numa rede de televisão pública, tinha uma dicção de bispo.

A cada apresentação em loja, imaginava-se ouvir um padre no púlpito, incitando suas ovelhas à tolerância e à fraternidade. Alguns irmãos sorriem, ainda mais que Anselme era um anticlerical patenteado; outros cruzavam as mãos em sinal de unção, mas todos o respeitavam. A começar por Antoine, que, por detrás da aparência rebelde, sempre ouvia com atenção as palavras que caíam do *Oriente*.

No apartamento de Marcas, o vestíbulo dava para uma pequena sala onde se via uma estante bojuda, herança de família. Era, aliás, o único vestígio de velharia num apartamento definitivamente contemporâneo, onde havia, penduradas nas paredes, duas grandes telas de Erró, que borrifavam a sala com cores vivas.

— *Doce?* Francamente, não é a palavra que eu esperava, nem o retrato que você vem fazendo dela — retorquiu Anselme, tomando um gole de seu aperitivo, um vinho branco suave. — Uma moça que aceita ser chamada de Afegã e que banca a durona em Embaixadas... Modelo curioso. Não, estou surpreso. Muito surpreso.

Anselme pronunciava sempre a palavra *surpreso* apertando os lábios. E Marcas só conhecia esse defeito nele. Era melhor assim, pois eram necessárias qualidades especiais para ser venerável, uma função muito cobiçada, na qual tantos outros falhavam. Nessa atividade, Anselme realizava um milagre duas vezes por mês: fazer com que homens, muitas vezes opostos em tudo na vida profana, vivessem e trabalhassem em fraternidade... Uma espécie de sacerdócio.

— Não sei. No último instante ela teve uma palavra *doce*, é só. Como se tivesse deixado cair alguma coisa.

— E daí? — surpreendeu-se Anselme, sedutor impenitente apesar de três pensões alimentícias.

— Daí que eu não sei — suspirou Marcas.

— Você está solteiro há muito tempo, meu velho — diagnosticou o venerável. — Na verdade, nunca se recuperou do danado desse divórcio. Pode acreditar...

— Ela pareceu vulnerável, pelo menos uma vez.

Anselme o olhou, penalizado.

— Então, você está mal arranjado! Chega. Basta dessa amazona. Fale-me sobre a conversa com nosso irmão Jouhanneau.

Marcas lhe repetiu todas as palavras ditas, até a última.

— Então, ele lhe falou dos Templários.

— Sim, ele acredita que existe mesmo um segredo. E parecia muito sério.

Fez-se um silêncio durante o qual só se ouvia o tilintar dos cubos de gelo. O comissário continuou:

— O que é que você sabe sobre esse Jouhanneau? Você o conhece?

— De nome, apenas. É um acadêmico, especialista na história das religiões. É também filho de Henri Jouhanneau. Um neurologista célebre nos anos 30.

— Estou sabendo. Foi mandado para Dachau, acho.

— Sim, aprisionado pelos alemães em 1941.

— Por que motivo?

— Os nazistas precisavam de especialistas em neurologia. Enviaram-no para desenvolver pesquisas num campo, por conta da Luftwaffe, a aviação alemã.

— Qual a relação com a especialidade desse Jouhanneau? — perguntou Marcas.

— Os alemães buscavam novos meios de reanimação para seus pilotos abatidos sobre o canal da Mancha. De acordo com os sobreviventes, foram na verdade os SS que comandaram as operações. Quanto às cobaias, eram apanhadas nos campos de concentração próximos. Em seguida, era só jogá-las na água gelada e depois tentar reanimá-las. Jouhanneau não quis se prestar a esses excessos e foi morto em Dachau, exatamente antes da liberação do campo.

— Que ele repouse em paz no Oriente eterno — acrescentou sentenciosamente Marcas.

— Sim, que repouse... Contudo, essa trágica morte ainda preocupa o filho. A tal ponto que iniciou uma investigação sobre o pai.

— E então?

— De fato, em 1943, Jouhanneau foi transferido do campo de pesquisa da Luftwaffe para outro campo, controlado diretamente pela Ahnenerbe. O castelo de Weweslburg, a sede "cultural" desses doentes. Parece que ali se estudava o funcionamento do psiquismo, em particular os diferentes níveis de estados de consciência.

— Você está bem informado, eu acho!

— Jouhanneau apresentou uma prancha bibliográfica sobre o pai, por ocasião de uma sessão fúnebre dedicada aos irmãos deportados. Eu estava presente.

— E então, esse castelo?

— Ao que parece, os médicos SS estudavam os mecanismos cerebrais. E tinham uma baita dianteira sobre os conhecimentos da época. Em particular porque recrutaram uma equipe interdisciplinar. De acordo com as investigações de Jouhanneau, havia até mesmo psicanalistas. Quando se sabe o que Hitler pensava de Freud!

O venerável se calou. Marcas lembrou-se de ter visto em Roma um livro de Freud dedicado, com muitos elogios, a Mussolini. As relações do pai da psicanálise com os ditadores europeus tinham sido muito ambíguas. Anselme continuou:

— Minha opinião é muito mais direta: os nazis eram loucos, e suas experiências delirantes não levavam a nada.

Dessa vez Anselme se animou e perdeu um pouco de sua reserva eclesiástica. Prova de que o assunto o interessava particularmente.

— Por exemplo, nos campos da morte, o doutor Mengele manipulava os olhos de suas cobaias com injeções e produtos químicos para torná-los azuis. Delírio. De forma diferente, um tal de doutor Horbigger declarava da cátedra da Universidade de Munique que a Terra era oca, tendo no centro um sol e continentes. Não apenas essa teoria era oficialmente aceita, mas ainda os SS enviaram uma expedição ao pólo Norte em 1937 para encontrar a entrada de grutas, de modo a sustentar essa tese aberrante. E te poupo das pesquisas sobre astrologia, o Graal, as técnicas de meditação tibetanas... Poderíamos falar disso a noite inteira!

Marcas deu tempo para que o amigo se acalmasse. Sabia que Anselme professava um racionalismo puro e duro e não gostava do que girava em torno do esoterismo. Para ele, os rituais maçônicos dependiam de uma disciplina interior e de uma filosofia social. Sua visão da maçonaria era, aliás, partilhada por muitos irmãos, e no Grande Oriente mais do que em outras obediências. Irmãos que não acreditavam em nenhum deus e só se reconheciam na filiação maçônica leiga e republicana. Anselme tinha sido iniciado na loja Augusta Amizade de Condom, no Gers, um baluarte do anticlericalismo radical socialista. Sempre a 21 de fevereiro, aniversário da decapitação de Luís XVI, ali se comia, durante os ágapes, uma cabeça de vitela, e todas as Sextas-feiras Santas havia costeleta de boi à vontade nos pratos.

Esse é um dos inúmeros paradoxos da maçonaria, na qual coexistem, sob o título de irmãos, devoradores de padre agnósticos, defensores da laicidade, mas também cristãos convictos e judeus praticantes.

Marcas conhecia outro irmão, também jornalista, trabalhando na rede privada concorrente, que era membro da GLNF, Grande Loja Nacional Francesa. Especialista nas horas vagas em simbolismo alquímico, votando com a direita e indo regularmente à missa, era o oposto de Anselme. E nunca Marcas os teria posto juntos à mesma mesa: eles se estripariam ao fim de dez minutos. E, no entanto, os dois eram maçons... Tudo os opunha, mas eram irmãos.

Outras oposições existiam também no interior do Grande Oriente, talvez de modo menos acentuado, mas os enfrentamentos eram igualmente virulentos. A última eleição do grão-mestre do GO, numa grande sala do Estade de France, tinha sido palco de lutas intensas em que todos os concorrentes se defrontavam. Muitos profanos ainda acreditavam que tudo se acertava por via de um caminho hierárquico, tendo à frente um grão-mestre, ditando sua lei às lojas, como uma espécie de ditador oculto, e se enganavam redondamente. As lojas viviam suas vidas e escolhiam suas atividades como bem entendessem. Talvez a expressão grão-mestre contribuísse para isso, com seu lado pomposo, pois, no pensamento popular, quem diz mestre, diz escravo.

Quando Marcas surfava na Internet e ia para o blog, completo e atualizado sobre tudo o que se referia à maçonaria, sempre dava uma olhada na seção "antimaçonaria", que arrolava os últimos achados dos sites adeptos do grande complô maçônico mundial. Um valor seguro que nunca deixava de oferecer matéria, um filão inesgotável. O último site que surgiu provinha do Canadá e explicava que o legionário romano que atravessara o flanco de Jesus na cruz era o verdadeiro ancestral dos maçons, e que ele fundara uma ordem secreta para destruir o cristianismo. O problema com esses sites é que, entre informações verdadeiras, soltavam um monte de absurdos. Enquanto seu amigo Anselme jogava todas as críticas no mesmo saco, Marcas era menos dogmático e sabia que certas verdades oficiais tinham também seu lado sombrio. O problema era saber discernir o falso do verdadeiro.

Anselme acabou de beber, levantou-se e continuou:

— Enfim, tudo isso tem pouco a ver com o atual Jouhanneau. E, veja você, sei mais sobre o pai do que sobre ele. Bem, e se fôssemos almoçar? Vamos de carro para a margem esquerda.

O comissário costumava freqüentar a rue da Ancienne-Comédie. Um restaurante catalão com fachada de livraria, com cartazes e brochuras, diante da qual os turistas não paravam. Um bom ponto, na opinião de Marcas.

— Você fez bem em prever o almoço — afirmou Anselme, sentando-se. — Além do mais, não conheço este lugar. E, no entanto, o bairro me é familiar.

Eles se sentaram a uma mesa minúscula de madeira clara, cujo tampo era inteiramente coberto por uma toalha de papel impresso, celebrando a história e os méritos da região autônoma da Catalunha.

— E sobre os Templários, o que é que Jouhanneau pôde encontrar? — perguntou Marcas.

Anselme não demonstrava pressa em responder.

— Você vem sempre aqui?

— Às vezes. As tapas são excelentes. Sobretudo o chouriço preto. Você deveria experimentar.

— *A Casa da Catalunha* — leu Anselme, escandindo as sílabas do letreiro às avessas na vitrine. — Eu nunca lhe perguntei, mas teu pai era catalão?

Marcas respondeu franzindo a testa.

— Não, mas ele viveu muitos anos em Barcelona. Voltemos aos Templários.

Anselme agora estudava a garrafeira de vinhos que ocupava quase toda uma parede. Nos alvéolos triangulares, construídos com cal e telhas inclinadas, empilhavam-se garrafas com reflexos escuros.

— Que vinhos são produzidos na Catalunha?

Marcas se impacientou.

— Não te aborrece o fato de que o grande arquivista da obediência tenha vindo pessoalmente me falar sobre um mistério insignificante, esse de seus Templários?

Anselme fazia durar a expectativa.

— Olhe pela janela, à direita. Está vendo a fachada de madeira do restaurante em frente?

— Vejo antes turistas japoneses fazendo fila.

— Ah, sim — suspirou Anselme —, grandeza e decadência de um lugar ilustre. O Procope já existia no século XVIII. Um dos primeiros lugares em que se pôde degustar café, a não ser que se preferisse chocolate, *mas não muito*, como se dizia no tempo de Voltaire, *porque isso esquenta*. Ou seja, na língua refinada daquela época, aquilo despertava os desejos íntimos.

— Se é para me falar comparativamente das virtudes do café e do chocolate no Século das Luzes...

A garçonete, uma catalã de seios invisíveis e rosto anguloso, trouxe os pratos.

— Os cabelos puxados para trás não a ajudam — observou Anselme —, tampouco os saltos evasês, ridículos! Mas falemos seriamente. O que quero dizer é que você não ganhará nada metendo-se nessa história. Jouhanneau é obcecado pelas histórias do passado. Mistura tudo. Daqui a pouco vai lhe dizer que foram os neonazistas que mataram a moça.

Marcas ficou em silêncio, enquanto cortava cuidadosamente os pedaços de seu bacalhau com mel.

— Por exemplo, olhe para o Procope. Era ali que se reunia a elite intelectual dos franco-maçons antes da Revolução, para filosofar. Hoje, é apenas uma armadilha para turistas. Entretanto, nós estamos aqui, você e eu, a dois passos, discutindo os mesmos problemas, mais de dois séculos depois. É isso o que conta. Você, tanto quanto Jouhanneau, está mergulhado demais no passado da Ordem. Vocês só vêem sombras.

— Você exagera!

— Os indivíduos estão apenas de passagem! O que conta é a cadeia, *aquela que nos une para além do tempo e do espaço*! E essa cadeia se reproduz todos os séculos. É preciso aceitar transmitir o elo. É o futuro que reconstruímos, não as ruínas do passado.

— Estou te achando muito lírico — ironizou Marcas. — Apesar de tudo, você vai me ajudar, ou não?

— Instruindo-o sobre a Ordem do Templo?

Anselme olhava agora para a sobremesa, um creme aromatizado, com uma espécie de fatalismo.

— Ouça, assisti à última sessão de Orion. Teu amigo Jouhanneau estava lá, e também um outro irmão, apresentando uma prancha, Chefdebien. Você conhece?

Marcas teve um movimento de surpresa.

— O chefão? Os cosméticos Revelant?

— Ele mesmo. Falou com brilhantismo em loja, justamente sobre a questão dos Templários. E, pelo menos uma vez, uma prancha racional que tratava de fatos precisos. Sem fantasias esotéricas.

— Quer dizer...

— Quer dizer que as influências dos Templários em nossos rituais provêm simplesmente de empréstimos efetuados no início do século XIX por eruditos que tiveram acesso a arquivos pilhados durante a Revolução. Pequeno-burgueses emergentes que gostariam de estabelecer em loja usos cavalheirescos. Queriam criar para si mesmos uma genealogia aristocrática. Vaidade, sempre a vaidade!

— Isso não me adianta de nada — suspirou Marcas.

— Ah, sim. Isso acaba com o mito! — replicou Anselme olhando para a garçonete.

Antoine se levantou.

— Você não toma um café?

— Não, acho que já vou.

— Então, eu vou ficar mais um pouquinho. Jamais conheci uma catalã.

Marcas caminhou lentamente para a porta.

— Antoine!

— Sim?

— A Afegã... É um bonito apelido!

33

Paris

O terninho Prada provocava-a com insolência por detrás da vitrine. Jade lutava furiosamente para não entrar na loja e experimentar a roupa, a tal ponto o desejo de se apropriar dela a torturava.

Com o celular desligado, longe daquele Marcas insuportável que ela tinha de encontrar um pouco mais tarde, decidiu se conceder aquele pequeno prazer.

Os que a tinham apelidado de Afegã estavam longe de imaginar que, durante os anos passados na Embaixada em Cabul, ela tinha sofrido com a falta de lojas e desenvolvido um desejo insaciável por compras. Assim que voltou a Paris, prometeu a si mesma renovar o guarda-roupa.

Era bom andar novamente na capital. Paris logo a estimulava. Tinha optado pelo bairro Saint-Germain, embora os preços estivessem entre os mais altos da capital, mas o prazer de bater perna entre o Odéon e a place Saint-Sulpice a empolgava e, além disso, a seleção de roupas continuava incomparável. Entrou na luxuosa loja da rue do Dragon e pediu para experimentar o tailleur da vitrine.

As saias, os vestidos e as calças da coleção ficavam em escaninhos e pendiam de cabides de madeira clara. O conjunto oferecia uma impressão minimalista, quase austera, muito em moda naquela estação.

Esse despojamento era, em geral, acompanhado de preços extravagantes. Na parede, quadros de faia exibiam fotos que deveriam exalar uma serenidade estudada, templo budista em preto-e-branco, rosto de mulher oriental marcado de placidez distinta. A arquitetura interior chegava à superficialidade de pendurar acima de cada compartimento de roupas uma tabuleta em madeira envelhecida ilustrada com sentenças caligrafadas em tinta preta: *O mundo permanece uma aldeia global; Tua vida ainda é o dom de cada dia; O material se compõe de ilusões perpétuas...* No ano anterior, a decoração tendia ao indiano kitsch, com jeito de Bollywood.

Uma vendedora macérrima, com cara de desdém, indicou a Jade um canto da loja. A cabine de provas era pequena, mal dando para a pessoa se virar, certamente desproporcional ao prestígio da loja.

Ela se despiu e enfiou a roupa nova, enquanto outra cliente se instalava na cabine vizinha. Jade saiu do reduto e se contemplou no único espelho da loja, que lhe devolveu a imagem de uma mulher afetada no costume preto debruado de branco. De repente, ela parecia ter cinco anos a mais. Péssima idéia. Lamentando, deu uma olhada nas araras, mas, tomada pela decepção, ficava muito difícil se interessar por outra roupa. Era aquela, não outra. Nada lhe agradava. Decidiu vestir-se de novo e continuar a olhar vitrines.

No momento em que voltava para a cabine, uma mulher morena, que saía de outra, deu-lhe um esbarrão. Sentiu como que uma picada no braço quando a moça quase caiu de costas, agarrando-a com as unhas. Unhas laqueadas de preto, quase pontiagudas: a nova moda. A moça se desculpou, levantando-se. Uma das vendedoras tentou ajudá-la, sem muita vontade, como se fosse inconveniente cair num templo de refinamento. Jade sorriu. Era mais perigoso fazer compras do que manter a segurança da Embaixada em Cabul.

Jade se vestiu e decidiu ir ao carré Saint-Germain para satisfazer sua vontade de comprar. Quando saiu da loja sem ter adquirido um artigo sequer, a vendedora, despeitada, não lhe deu nem um cumprimento. Jade sabia que estava em Paris. O sol brilhava forte, mal encoberto por nuvens que campeavam preguiçosamente acima da capital. Às três horas da tarde, as ruas se enchiam com uma densa multidão, mistura de turistas e parisienses em festa.

Ela não conseguia formar uma opinião clara sobre Marcas. O homem a irritava e interessava; curiosa mistura de presunção e mistério que a perturbava. Lúcida, ela percebia que sua análise tinha o valor das emoções de uma heroína de romance barato.

Aquelas histórias de assassinatos esotéricos de franco-maçons deixavam-na perplexa, mas aquele meio parecia-lhe tão opaco que o pior não poderia ser descartado. A confiança ficaria de fora da investigação deles. Marcas nadava como um peixe dentro d'água naquelas redes ocultas. Mesmo que ela pusesse em ação suas conexões na Direção de Vigilância do Território (DST) e nas RG, ela nunca teria certeza de que as informações não vazariam. Alguns contatos seus poderiam ser irmãos, sem que ela soubesse.

A paranóia a espreitava, mas como não ser paranóica, ainda que essa paranóia só tivesse um décimo da influência atribuída aos franco-maçons? As ordens, porém, eram claras: tinha de cooperar com Marcas na investigação. Curiosamente, em sua lembrança, o rosto de Sophie se ocultava num claro-escuro como se seu assassinato tivesse sido apenas um sonho. No entanto, seu corpo martirizado jazia num túmulo frio do subúrbio parisiense; essa era a realidade. Ela nunca deveria ter se metido com os franco-maçons. Era um segundo motivo sério para desprezar aqueles sacanas.

Mas era preciso colaborar... Aliás, tinha de telefonar para Marcas no final da tarde, confirmando o encontro.

Andara apenas uns 10 metros na calçada quando sentiu a cabeça girar. Atravessou a rua, mas seus sentidos começaram a se embotar, a calçada em frente parecia se estirar até o infinito, como o horizonte. Avançou pela rua como uma sonâmbula, a respiração se tornava difícil, os globos oculares giravam com dificuldade nas órbitas.

Entrou em pânico. Manter o controle do corpo era uma necessidade vital em sua profissão, e a menor alteração dos sentidos soava como um sinal de alarme. Tentou pôr em prática os conselhos repetidos pelos instrutores durante os meses de treinamento intensivo. Recuperar a respiração, esvaziar a mente, afastar as pulsões de medo.

Uma única vez ela quase cedera ao pânico, quando mergulhara no porto de Havre, numa simulação de ataque-comando submarino a um cargueiro russo. Na hora de colocar a falsa mina magnética sob o casco, o regulador de mergulho se desajustou, o ar não chegava mais aos pulmões.

Um pesadelo mortal com a sensação de perda de consciência em câmera lenta, insensivelmente, mas com a atroz certeza da saída inelutável. Felizmente, o instrutor a salvara por pouco do afogamento, mas agora, em pleno Quartier Latin, ninguém lhe estendia a mão.

Os músculos das pernas se esclerosavam lentamente, os braços se enrijeciam, a mente se apavorava de novo, como nas águas negras e viscosas do porto normando. Os esforços para manter o controle fracassavam. Ela iria desmoronar sem que ninguém levantasse um dedo.

No momento em que desabou no asfalto, sentiu que a seguravam pelo braço. Uma ajuda miraculosa. Alguém vira seu mal-estar e se atirara para não deixá-la cair no meio de uma multidão egoísta. Ela, que tinha vivido os piores momentos no Afeganistão, naquele país apodrecido em meio aos piores crápulas, ali estava, tão vulnerável quanto uma velhinha.

A boca se endurecia como depois de uma anestesia no dentista, e as pernas bambeavam a cada passo.

— Não se preocupe, senhorita, eu a estou segurando.

Era a voz de uma mulher simpática, amigável. Jade precisava absolutamente recuperar os sentidos. Percebeu as mesas de um café a uns 10 metros adiante.

— Deixe-me sentar, é só estresse.

A pressão sob as axilas ficou mais forte, enquanto ela quase caía na calçada. Não conseguia distinguir os traços de seu anjo da guarda, sentia apenas um perfume adocicado que a envolvia. Uma fragrância suave e agradável que não lhe era desconhecida. O pânico de Jade diminuiu, sentiu-se de novo em segurança.

A voz se fez mais branda.

— Foi mesmo uma sorte, eu estava bem atrás quando você estava atravessando.

Os carros buzinavam violentamente para fazer com que as duas mulheres, que impediam a circulação, se movessem. Um motorista de táxi gesticulava raivosamente atrás do volante. Jade se deixou levar, passando o braço pelo ombro de sua salvadora. Meu Deus, que sorte, como no porto do Havre, a salvação chega no último segundo. Precisava anotar o endereço da mulher para agradecer-lhe. Era tão raro, nos dias de hoje. Quando ela contasse aquele incidente aos amigos, ninguém acreditaria. Ela, a Afegã, desmaiar bem no meio de Paris. Era uma piada.

Um homem jovem, com uma fina barba em colar, alcançou-as. Aproximou-se, oferecendo ajuda.

— Você quer uma ajuda? Sua amiga parece não se sentir bem...

Jade quis responder, mas a outra moça foi mais rápida.

— Não, não é nada, ela é diabética. Tenho de lhe dar uma injeção de insulina, depois melhora. Estacionei bem perto. Obrigada pela ajuda.

Em seguida, dirigindo-se a ela:

— Anda, Jade, mais um esforço.

A cabeça da Afegã era um turbilhão. Aquela desconhecida não era sua amiga, e como é que sabia seu nome? E de onde tinha tirado a história de diabetes? Quis falar, mas nenhum som saiu-lhe da boca.

Uma onda de terror percorreu-lhe o corpo. Ela estava mais vulnerável que uma criança. Viu o rapaz se afastar enquanto a levavam em sentido contrário. O café também se afastava; quis estender o braço para agarrar uma cadeira que já estava fora do alcance.

— Me... Me larga. Quero voltar...

Seu corpo não respondia mais; compreendeu que tinha sido drogada. O perfume insistente impregnava suas narinas duras como papelão.

Ela entendeu. O mesmo perfume da cliente da cabine de provas, a que tinha esbarrado nela. A injeção no braço, um grande clássico.

— Não se preocupe, Jade. Está tudo bem, vou levá-la para um lugar onde poderá descansar. E, depois, temos muito a conversar.

— Eu... Eu não conheço você... Me deixa.

Os transeuntes a encaravam com hostilidade, como se ela tivesse bebido demais. A porta de um carro preto abriu-se como num sonho, e ela foi posta, como uma criancinha, no banco de trás. Estava totalmente paralisada, sem poder distinguir formas ou cores. Tudo se apagava numa bruma cinzenta.

A voz sensual ressoou docemente em sua cabeça:

— Fique tranqüila, Jade. A droga vai levá-la ao país dos sonhos. E, cá entre nós, você fez muito bem em não comprar aquele tailleur, não lhe caiu bem.

Ela percebeu que a beijavam na testa e sentiu a onda de pânico no corpo imobilizado. E a fragrância que a invadia até a náusea.

— *Dorme bem. Esqueci de me apresentar. Eu me chamo Marie-Anne. Sou tua nova amiga e espero que a gente se entenda. Durante o pouco tempo que te resta de vida.*

A Afegã caiu num sono de chumbo.

DEBBHIR

Enviei minha alma ao invisível
Para desvendar os mistérios do eterno
E numa noite de volta
Ela me disse que eu mesmo sou
O céu e o inferno.

    Omar Khayyam, poeta. *Os Rubaiyat*

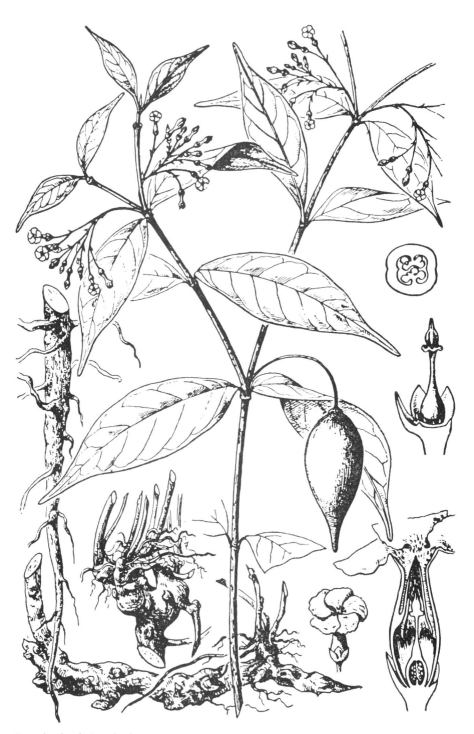

Prancha botânica da iboga.

34

Chevreuse

Morte. Rápida, imediata, para acabar de uma vez por todas com aquele sofrimento intolerável que roía a carne e a alma. A terceira sessão com o jardineiro foi a mais terrível. O torturador atacou todos os dedos da mão, começando pela falange de cima, decuplicando a dor. Toda a mão esquerda era uma chaga viva coberta com uma bandagem improvisada, providenciada pelo próprio jardineiro, que fingia dar mostras de real compaixão.

E, depois, Sol apareceu. Ele não o imaginava assim, um velho de cabelos brancos, grande, de porte ainda ereto apesar da idade. Ele queria saber se Béchir encontrara documentos junto com a pedra de Thebbah e, em caso afirmativo, o lugar onde os guardara.

Esgotado, a carne em frangalhos, o palestino estava pronto a confessar tudo o que quisessem, desde que o suplício terminasse. Deu o número do escaninho da Gare du Nord onde estava a maleta, esperando a indulgência do raptor. Inútil. Sol lhe prometeu que o jardineiro não viria mais importuná-lo, mas sua vida terminaria naquela adega.

Todavia, se ele manifestasse sua última vontade antes de morrer, seria com prazer que tentaria satisfazê-la. Béchir pediu um sedativo para diminuir a dor lancinante, e que lhe trouxessem uma infusão do cogumelo alucinógeno trazido de Amsterdã, escondido no fundo falso da maleta. Administraram-lhe um leve derivado de morfina, que não chegava a acalmar seu sofrimento.

Algumas horas, ou minutos, depois — ele tinha perdido a noção do tempo —, Sol voltou à cela com uma xícara cheia de um líquido fervente que Béchir tomou até a última gota.

— Mate-me exatamente daqui a três horas. A esta altura estarei inteiramente sob o efeito dos cogumelos.

Acrescentou, ofegante:

— Desgraçado, eu realizei a missão.

Sol acariciou seus cabelos molhados de suor.

— Você foi seguido pelos judeus, o risco era grande demais. Não há nada de pessoal, tenho muita admiração pela causa palestina.

— Pare com essa babaquice! Você é um puto de um nazista!

Sol se levantou sem responder. A cabeça de Béchir caiu sobre o colchão. Uma última pergunta o atormentava:

— Por que é que eu tive de matar o cara de Jerusalém com três golpes?

Sol se virou e sorriu-lhe.

— A explicação é muito longa. Digamos que a vítima pertencia a uma associação inimiga de longa data do meu grupo. Era uma espécie de cartão de visitas destinado a eles. Sou obrigado a deixá-lo. Se isto pode lhe servir de consolo, uma mulher estará a seu lado quando chegar a hora da libertação. Ela vai ficar numa cela ao lado. Que ela possa lhe trazer um pouco de conforto. Desejo que você alcance rapidamente seu paraíso, para que goze de todos os prazeres com as virgens celestes prometidas por Maomé. Na minha religião, infelizmente, não temos o benefício desse tipo de acolhida.

Béchir viu que ele se aproximava da porta. A cabeça já estava girando, o cogumelo começava a fazer efeito. Logo seu cérebro iria desabar num universo paralelo. Deu-se conta de que vivia os últimos segundos de consciência lúcida neste mundo e gritou:

— Mas que religião?

O eco da voz do velho ressoou na adega:

— A do mais forte.

Paris

Marcas releu atentamente a cópia dos arquivos do Grande Oriente que Jade lhe havia entregado. Ou o manuscrito de Du Breuil era apenas um tecido de disparates ou havia algo de sensato ali, e a alusão aos Templários poderia ser reveladora. Em todo caso, haviam assassinado Sophie em Roma por causa daqueles papéis.

A obsessão de Du Breuil dizia respeito à criação de um novo templo para abrigar um ritual original, pretensamente importado do Egito. A retirada do pavimento mosaico para substituí-lo por um arbusto de raízes nuas... e ainda a alusão à bebida amarga que se dá a cada novo iniciado na maçonaria, em todas as lojas do mundo. O ritual da sombra... Para aceder diretamente ao Grande Arquiteto do Universo.

Essa ambição contradizia formalmente o ensinamento maçônico pelo qual a construção do templo interior — o conhecimento da harmonia universal — se dá passo a passo. Tal diferença não o surpreendera à primeira leitura, mas a anomalia se gravara em sua mente, ressurgindo mais tarde.

A doutrina fundamental da maçonaria repousa na aprendizagem progressiva dos símbolos e dos rituais. O novo iniciado passa a aprendiz, depois a companheiro, em seguida a mestre, e isso é só o começo, se se levar em consideração os graus praticados por certas lojas. A paciência e a humildade constituem os pilares essenciais para alcançar a um estado de conhecimento mais elevado. Du Breuil dava a entender que seu ritual permitia chegar a um estado de consciência universal.

Uma linha direta com Deus.

Uma verdadeira blasfêmia para a maçonaria, se essa palavra tivesse um sentido nesse universo.

Marcas pousou os papéis e massageou a nuca. Jouhanneau lhe havia sugerido uma ida à capela templária de Plaincourault, como se uma mensagem os esperasse lá. Ele e Zewinski.

Marcas consultou o relógio. Quinze minutos de atraso. Ela não era assim... Além disso, havia também a questão da ortografia de Plaincourault. Treze ou 15 letras? Consultou novamente o relógio. Como será que ela estaria vestida desta vez: calça, saia?

Suspirou. Era melhor pensar em coisas sérias. Tanto mais que ele percebia que sua investigação inicial para elucidar o assassinato de Sophie Dawes estava se transformando numa espécie de busca iniciática. Além da identidade dos matadores, havia o enigma dos arquivos, que agora o obsedava.

E ainda havia os assassinatos repetidos no tempo, calcados na morte de Hiram. Ele tinha de passar de qualquer jeito pela sede da obediência para apanhar um dossiê a respeito, semelhante ao de Roma. Se por acaso outros crimes "com três golpes" tivessem sido arrolados na França, então a dúvida, se é que ainda existisse, não seria mais permitida. Uma conspiração para abater os maçons atravessava o século. Com que finalidade? Ele o ignorava, mas o inimigo invisível perdurava no tempo.

Consultou de novo o relógio. Desta vez Jade se esquecera dele. Mais de meia hora de atraso! Discou o número no celular, mas caiu na caixa postal. Deixou-lhe uma mensagem num tom seco, pedindo-lhe que telefonasse.

Ela começava a irritá-lo, e, no entanto, ele sabia que lhe cabia dar o primeiro passo. Jade manifestava contra a maçonaria uma hostilidade que ultrapassava a simples desconfiança habitual a um profano. Ele tinha de descobrir a causa.

Chevreuse

Foi o cheiro que a despertou aos poucos. Um cheiro pesado, enjoativo, que impregnava o cômodo em seus mínimos recantos. Ela conhecia aquele odor de morte. O fato voltou-lhe imediatamente à memória: num hospital em Cabul, duas mulheres doentes, com gangrena, que os talibãs se recusaram a tratar, e que apodreciam ali. Jade protegia dois médicos de uma ONG que secretamente levavam remédios para as enfermeiras do hospital dirigido por um estudante de teologia talibã, para quem o sofrimento era um dom de Deus.

Jade emergiu lentamente do torpor, a cabeça como que num torno. Palavras em árabe ressoavam em sua cabeça — ela falava essa língua —, mas não sabia quem as pronunciava. Não estava mais em Cabul. Aliás, ela estava fazendo compras em Paris, em Saint-Germain, quando...

Percebeu um lamento recitado em árabe, um longo gemido entrecortado de soluços. A Afegã traduzia corretamente cada palavra, mas o conjunto, posto em seqüência, continuava incompreensível.

— Bwiti, eu subo na pedra... minhas unhas rasgam a carne maldita... Bwiti... o céu está vermelho de sangue, o olho me olha. Tenho de ir embora.

Era alguém que falava a seu lado. Trechos de frases incoerentes. Ela tentou se levantar, mas suas pernas estavam presas ao chão.

— Eu o vejo... é maravilhoso, mas a pedra me segura... Vá embora, você é o demônio...

O homem soltou um grito.

— Você é o demônio... Você me tenta... Maldito... Nada existe fora do Todo-Poderoso.

Virando a cabeça para a direita, Jade viu, a 1 metro apenas, um homem, também prisioneiro, que gesticulava loucamente como se estivesse possuído. Apesar da escuridão, ela viu que uma das mãos e o pé direito estavam enrolados em curativos sanguinolentos. Compreendeu de onde vinha o cheiro infecto que a despertara. O infeliz que gemia estava com gangrena. Se não fosse tratado, morreria. Os antibióticos não fazem efeito depois de certo estágio. Ela se apavorou e gritou a plenos pulmões:

— Tem alguém aí? Venham logo. Venham, um homem está morrendo.

Parou quando compreendeu que isso de nada adiantaria. Era um comportamento ridículo; aquelas pessoas que a haviam raptado com certeza sabiam do estado do pobre sujeito. Certamente, eram os responsáveis por aquilo.

Sentiu um início de pânico tomar conta de si, mas conseguiu se controlar. Provavelmente, seus raptores não queriam matá-la, do contrário não estaria ali. Olhou em volta. Uma espécie de adega fechada por uma grade. Nenhuma outra saída.

— Bwiti... a raiz do céu... o olho também ficou negro, correm lágrimas de sangue... É magnífico... Eu me transformo numa lágrima...

Jade se virou para Béchir.

— Quem é você? Pode me ouvir?

O rosto do homem virou-se para ela, molhado de suor, os olhos revirados, a boca cheia de baba.

— Sou aquele que é... o abismo...

Felizmente o sujeito estava amarrado; ela poderia ter ficado à mercê daquele demente. Era o único ponto positivo da situação, pensou Jade.

O homem monologava sem parar, mas suas palavras se tornavam cada vez menos perceptíveis. Babava na camisa, e a parte de cima da calça se manchava com um círculo úmido.

Ela virou a cabeça e tentou recordar as circunstâncias de seu seqüestro em Saint-Germain; trabalho de profissional. O lance da droga, o rapto em plena Paris diante de centenas de transeuntes. A moça que dera aquele golpe deveria estar mancomunada com os assassinos de sua amiga Sophie. De repente, ela entendeu que sua raptora e a matadora de Roma poderiam ser uma única pessoa, e sua raiva ressurgiu, ofuscando tudo.

À sua direita, o homem prosseguiu no monólogo.

— A pedra é minha escada! Eu, o impuro de Deus!

O cheiro se tornava insuportável. Ele não iria longe. Ela precisava aproveitar, rápido.

— Quem é teu Deus?

— O Altíssimo... o Velado. Ninguém conhece sua verdadeira palavra.

— E você?

— Eu vi a face de ouro do Santíssimo, quando ele insuflou sua alma na pedra. Ele falou... no interior da linguagem dos homens. E a palavra sagrada é o destino deles.

— Que homens?

Um riso demente estalou na sala.

— Os ímpios desenterraram a pedra e semearam a destruição. Deus gravou, no hálito das palavras, aquele que os reduzirá à escravidão!

— Mas que ímpios?

— Os filhos de Sião que não reconheceram o Verdadeiro Deus. Hoje a pedra vai falar. Ela vai pronunciar a palavra sagrada. Bwiti. Bwiti. Bwiti.

Ela quase deu um pulo quando se virou para a grade. Um homem de bigode a olhava fixamente, um cachimbo na boca, a mão no avental. Ele acenou amigavelmente e sorriu. Ela respondeu com um riso de escárnio.

— Aquele homem está morrendo de dor, vocês não estão vendo?

Um segundo homem, parecendo mais ameaçador, se aproximou do outro, e a examinou também. O primeiro abriu a porta da grade, e ambos entraram.

— É verdade. E nós vamos acalmá-lo imediatamente. Hans!

O cérbero de cabeça raspada tirou do casaco uma pistola escura e encostou na têmpora de Béchir.

A detonação ressoou com estrondo na adega.

Um gêiser de sangue e carne misturados esguichou na parede divisória.

— Não!

Jade gritou. A lembrança de seu pai surgiu de repente. A cabeça apoiada na poltrona, a poça de sangue no chão. O pesadelo recomeçava. Uma bala na cabeça.

Só que, desta vez, ela não era mais uma menina, e o medo não a paralisava. Apenas a raiva a habitava. Uma raiva fria, gelada como uma fonte obscura. Uma fonte que jamais se esgotaria.

— Porcos!

O homem de bigode foi se sentar ao lado de Jade e acariciou-lhe a coxa com um ar estranho. Balançou a cabeça, pousou o cachimbo no chão e lhe disse com ar malicioso:

— Sou o jardineiro. Qual é a sua flor preferida?

35

Paris,
île Saint-Louis

O restaurante, cuja fachada conservava ainda o revestimento de madeira do século passado, situava-se entre o cais d'Anjou e a rue Poulletier. A clientela era quase que exclusivamente composta de antiquários e de galeristas de idade avançada, atraídos pela decoração *Belle Epoque* do lugar. A cozinha não apresentava novidade, mas a adega era bem provida. Na sala, com a luz sempre velada, foram dispostos reservados com o fim de preservar a discrição das conversas. Esse cenário confortável exalava algo de íntimo e privilegiado que seduzia os freqüentadores. Pelo menos era a impressão que se queria oferecer.

Assim, o gerente ficou surpreso ao ver um homem na casa dos 30 anos, usando um conjunto de corrida, passar pela porta e se imobilizar à entrada. Varreu com o olhar a sala, como que à procura de uma sombra dissimulada na escuridão.

— O senhor deseja uma mesa?

— Não, um amigo já fez a reserva. Deve ter chegado, obrigado.

E passou por entre as cadeiras até chegar ao fundo do restaurante.

Exatamente onde o gerente acabara de instalar um cliente que tinha insistido em ficar com a mesa mais discreta possível.

— Você tem bom gosto, meu irmão. Este restaurante é magnífico. Infelizmente creio não estar vestido de acordo — disse o recém-chegado, sentando-se numa banqueta de couro gasto.

— Não se preocupe com isto, Patrick — tranqüilizou-o Marc Jouhanneau.

O garçom adiantou-se; eles tomaram um aperitivo.

— Meu falecido tio, que você conheceu muito bem, tinha valores muito conservadores em relação às roupas. Um pouco fora de moda, para o meu gosto. Especialmente em contradição absoluta com a evolução dos costumes de nossa época. Apesar de tudo, um dos privilégios da verdadeira nobreza, como dizem, é a capacidade de contradição. Assim, posso dirigir uma sociedade de cosméticos, decididamente voltada para o futuro, e ser um maçom que defende os valores mais tradicionais.

— Foi exatamente por isso que o iniciamos em Orion. O que você achou dos novos irmãos?

— Fascinantes.

— Vi você conversando com nosso irmão biólogo. Vocês criaram laços, digamos, profanos?

Chefdebien sorriu. A partida acabava de começar.

— Não há segredo. Esse irmão, ou melhor, seus pesquisadores estão adiantados no estudo dos biótopos na América do Sul. Sem entrar em detalhes, eles possuem uma experiência em biologia vegetal que poderia interessar à Revelant.

— Quer dizer...

— O mercado dos cosméticos está em pleno desenvolvimento. Existem enormes possibilidades no campo do conhecimento vegetal.

Jouhanneau, que consultava o menu, pousou-o sobre a mesa.

— É um campo que, por alguns motivos, digamos, familiares, não me é completamente estranho.

— Teu pai? — insinuou Chefdebien.

— Meu pai, sim. Você é bem informado!

— Sei apenas que ele era um neurologista renomado.

— Herdei dele o gosto pelas ciências exatas. E a biologia sempre me fascinou.

— Eu te imaginava mais interessado em filosofia e espiritualidade. Um historiador das religiões como você.

Jouhanneau fez o pedido antes de responder.

— Sou o que Gérard de Nerval chamava de um velho *iluminado*. Quer dizer, um homem convencido de que tem de descobrir uma verdade. E essa verdade é a da maçonaria. Há anos, como teu tio, aliás, eu busco nossa memória coletiva. Uma memória lacunar cujos fragmentos estão, muitas vezes, dispersos. Aliás, no momento atual, não existe nenhum estudo sério, completo, científico, que esclareça nossas raízes...

— ... logo, nosso presente — acrescentou Chefdebien.

— Sim. Além disso, em dois séculos, desde sua criação oficial, a franco-maçonaria tornou-se no mundo todo uma das forças mais ouvidas, mais temidas, às vezes. No entanto, nada parece justificar semelhante fenômeno social. Por que a franco-maçonaria, por exemplo, atravessa as idades; por que sobrevive a todas as revoluções e ditaduras? É a pergunta que me faço. Não sou o único, verdade seja dita.

— E a resposta?

— O segredo! O famoso segredo que ninguém descobriu e do qual nós, os maçons, seríamos os depositários, sem o saber. Um segredo que muitos acreditam existir e que alimenta todas as fantasias...

— E existe um segredo?

As entonações da voz deixavam transparecer uma leve ironia. O garçom preparou a mesa.

— Um segredo? Certamente! Mas todo verdadeiro maçom o partilha. Pratica-o sem compreendê-lo, vive-o sem poder explicá-lo. Cada um de nós, desde a iniciação, sabe que foi transformado. Uma nova dimensão o habita e o trabalha, modifica-o, transforma-o. Como a pedra bruta sob o cinzel do artesão, que pouco a pouco se torna uma pedra angular. O segredo é a prática do ritual.

— O que você diz é verdade...

— Alguns pensam que existe também um outro segredo. Uma verdade material. Teu tio procurou muito por ela.

O grande arquivista contemplou o copo de vinho onde dançava um reflexo carmim.

O garçom trouxe as carnes com todo o cerimonial esperado de um estabelecimento célebre, no coração da velha Paris.

O grande arquivista continuou:

— Um segredo perdido, mas provavelmente reencontrado. Sem dúvida, pelos Templários. Pelo menos em parte. Você sabia que seu tio também se interessava por essas questões?

Chefdebien fez um gesto de impotência.

— Meu tio se apaixonava por tudo. Especialmente pelos Templários. Não veja nisso nenhuma crítica pessoal, mas, cá entre nós, a busca do segredo misturada aos nossos caros Templários é um pouco de fantasia... Espero que não vá me dizer que você também procura o filho de Jesus ou o Graal...

Marc Jouhanneau olhou-o com insistência.

— Sem ironia fácil. Sou como você. Deixo os Templários e seus grandes mistérios para os profanos ávidos de segredos ocultos. Em contrapartida, estou certo de que eles se apoderaram de uma informação secreta. Preciso analisar tudo isso, afastando-me durante algum tempo.

— Por que não passa alguns dias no castelo de meu tio, na Dordogna? Você estará sozinho e o ambiente é dos mais tranqüilos.

Jouhanneau observou o interlocutor, e levou um tempo refletindo.

— Aceito a sugestão.

— Muito bem... Então, entre em contato com o tabelião, doutor Catarel, em Sarlat; ele está encarregado do testamento. Vou informá-lo. Ele lhe dará as chaves.

O grande arquivista pousou os talheres.

— Agradeço-lhe a colaboração. Você sabe que não esqueço nada. Mas não é só isso.

Pouco a pouco o restaurante se enchera. Um ruído das conversas passava em ondas pela sala, como a espuma das coisas, pelo menos para Jouhanneau.

— Como você sabe, meu pai morreu no exílio. Em seus últimos dias, um irmão foi seu companheiro de infortúnio. Um irmão judeu. Um irmão que não se esqueceu de nada.

— Deve ter sido terrível!

— Mais do que você imagina. Os nazistas recrutaram meu pai por coerção para que ele colaborasse nas experiências ditas científicas. A partir do momento em que não precisaram mais dele, transferiram-no para Dachau. Ali, nos primeiros dias de cativeiro, ele contou tudo para o outro detento, Marek. Disse que existia uma sociedade secreta racista,

Thulé, e seu testa-de-ferro, a sociedade Ahnenerbe, que desenvolvia pesquisas por conta própria, dentro do regime nazista. Essa confraria, muito influente na SS, constituía um poder no interior do poder. Meu pai trabalhava com experiências ligadas a esse segredo.

— Qual? Os nazistas desenvolveram um monte de experimentações horríveis e delirantes.

— Procuravam uma substância recebida dos deuses. Mas, como toda porta que se abre para o infinito, ela poderia tanto levar ao paraíso quanto ao inferno. Essa substância teria sido parte integrante de um ritual maçônico perdido, o ritual da sombra.

Chefdebien soltou os talheres.

— Não estou mais compreendendo.

— Imagine uma droga celeste que te pusesse em comunicação direta com a origem e o poder da vida. O que nós, maçons, chamamos de Grande Arquiteto do Universo. E imagine o que os nazistas teriam podido fazer com isso! Para eles, seria o soma, cultuado na Índia védica e ariana.

— Mas que loucura! — exclamou Chefdebien. — Acreditar num segredo perdido há milênios e que seria... uma espécie de ecstasy potencial...

— Potencial ao infinito.

— Não, seria loucura.

— Loucura? Você não pode compreender. Meu pai morreu por causa desse segredo.

Patrick afastou o prato.

— Eu só vendo cosméticos.

— Pois bem, eu posso te oferecer coisa melhor!

Enquanto cortava o queijo, Jouhanneau continuou:

— Esse irmão judeu, Marek, sobre quem acabei de te falar, dedicou a vida a essa busca. Ele era arqueólogo em Israel e, no mês passado, encontrou uma pedra gravada, a pedra de Thebbah, que se referia a uma substância semelhante à procurada pelos nazistas na época. Ele foi assassinado, e a pedra, roubada pelos descendentes de nossos inimigos.

— Quem? Os da Thulé?

O rosto de Jouhanneau se fechou.

— Sim, a besta continua aqui, escondida, e acaba de atacar. Nós e eles... desenvolvemos uma corrida de morte para encontrar essa infusão.

— Nós, quem?

— Alguns de Orion. Essa busca não diz respeito apenas ao GO; o grão-mestre cairia das nuvens se ouvisse falar de nossas pesquisas.

Chefdebien olhou em torno, e pôs a mão no ombro de Jouhanneau.

— Muito bem, vamos resumir antes que eu fique com uma enxaqueca. Trata-se de um segredo antigo. Uma espécie de filtro, uma infusão que os homens conheceram e perderam. O célebre soma dos antigos. A bebida que nos torna semelhantes aos deuses!

O grande arquivista sorriu.

— Perfeitamente. Desde tempos imemoriais sabemos que algumas plantas, quer dizer, algumas moléculas, têm um efeito revelador sobre a alma humana.

— E você conhece as plantas que compõem essa infusão?

— Uma delas foi identificada; a segunda se encontra, sem dúvida, numa capela templária no centro da França, graças a um ritual descoberto por um irmão do século XVIII; a terceira está gravada na pedra de Thebbah. Acontece que falta a dosagem exata desses três ingredientes. O manuscrito de um arquivo faz referência à existência desses elementos, mas só nomeia um deles. O pessoal da Thulé já conhece a natureza de dois dos componentes. O primeiro que conseguir tudo poderá fabricar, teoricamente, uma infusão incomparável que dará acesso a novas portas da percepção, para parafrasear Aldous Huxley.

Os dois homens terminavam a sobremesa. Em silêncio. Jouhanneau parecia cansado. Tinha falado muito. Quanto a Chefdebien, habituado a sínteses rápidas, analisava as informações que seu anfitrião acabara de lhe dar.

— Muito bem, diga-me que substância você descobriu.

— Ela é citada num documento dos arquivos que os russos nos devolveram. Esse documento era uma cópia do original perdido, certamente uma reprodução feita por um burocrata alemão. Na época, acontecia sempre de se fazer cópias dos documentos roubados e considerados importantes. Em resumo, uma de nossas arquivistas, Sophie Dawes, descobriu essa cópia. O original deve ter ficado com a Thulé. Portanto, nós todos temos o mesmo elemento.

Os cafés fumegavam sobre a mesa. Ninguém tocara neles.

— Qual?

— Você já ouviu falar na doença dos ardentes? O fogo de Santo Antônio?

— Não.

— Em 1039, aconteceu a primeira epidemia de fogo sagrado no Dauphiné. Centenas de camponeses ficaram quase loucos, atormentados por alucinações insuportáveis.

— E a origem dessa epidemia?

— O *Claviceps paspali* ou *Claviceps purpurea*. Um minúsculo cogumelo que cresce no trigo. Mais conhecido pelo nome de esporo de centeio. Em 1921, foram isolados os princípios alucinógenos desse cogumelo parasita, da família dos alcalóides. Alguns são muito poderosos. Nos Mistérios de Elêusis, na Grécia, oferecidos a Perséfone, a deusa dos Infernos é sempre representada com um feixe de trigo nas mãos.

— E o segundo?

— Depois de ter descoberto os primeiros arquivos que citavam o esporo de centeio como elemento do ritual perdido, Sophie Dawes me alertou, e redirecionamos nossa pesquisa. Falei a respeito com Marek, que, imediatamente, fez a aproximação com o que meu pai lhe havia contado sobre suas experiências com os nazis. Um mês depois, Sophie descobriu em outra caixa de arquivos o manuscrito de Du Breuil, e, quase que ao mesmo tempo, Marek encontrou a pedra de Thebbah. Sophie foi visitar a capela de Plaincourault onde ela achava que poderia encontrar a segunda planta, antes de voar para Roma. Nunca mais a revi.

Chefdebien parecia atordoado. Jouhanneau prosseguiu:

— Quanto ao terceiro componente, descoberto por Marek, está nas mãos de nossos inimigos.

— O arqueólogo assassinado... — murmurou Patrick.

— Exatamente — concordou o grande arquivista. — Precisamos descobrir a pedra e, conseqüentemente, o pessoal da Thulé. Para isso também preciso da tua ajuda e dos recursos da tua sociedade. Quando tivermos as três plantas do soma, será necessário produzi-lo. Para bebê-lo...

— E a relação com o ritual da sombra?

— O soma faz parte desse ritual misterioso.

Jouhanneau se dirigiu para Notre-Dame depois de ter acenado mais um adeus para o lépido diretor-geral da Revelant. Jouhanneau queria ir para Sarlat à tarde. Chefdebien telefonou para seu piloto, mandando que o Falcon da sociedade estivesse pronto para decolar no final do dia.

Apesar do sol primaveril, o ar na beira do Sena ainda estava fresco. Chefdebien levantou a gola do casaco. Quando chegasse ao escritório, convocaria o chefe de pesquisas para que um laboratório fosse posto à disposição de Jouhanneau.

Chefdebien só via vantagens nessa colaboração. Não acreditava nem por um momento nas propriedades divinas da infusão tomada durante o famoso ritual. Além disso, Jouhanneau lhe parecia um pouco febril demais em sua busca, como se fosse um caso pessoal. O ritual da sombra lhe subia à cabeça. Às vezes, alguns irmãos perdiam as estribeiras, e Jouhanneau, evidentemente, apresentava um comportamento obsessivo. No entanto, talvez sem querer, os antigos tivessem descoberto uma poção com atributos medicamentosos ou psicotrópicos. O mercado de antidepressivos estava em plena expansão, e havia tempo que a Revelant queria entrar no terreno farmacêutico.

Mas o outro motivo de satisfação, o mais importante a seus olhos, residia na dívida moral contraída por Jouhanneau. O oficial de Orion possuía grande influência na casa e seria obrigado a ajudá-lo no objetivo que perseguia há anos: tornar-se o futuro grão-mestre do Grande Oriente.

36

Chevreuse

— Quem é você?
— Eu lhe disse, sou o jardineiro.

O bigodudo tinha realmente o *physique du rôle*. Jade se ergueu no colchão e observou que ele remexia no bolso do avental.

— Por que estou aqui?
— Não sei. Só quero saber qual é a sua flor preferida.
— Detesto flores. Lamento.

O homem tirou do bolso uma pequena podadeira e a balançou diante dos olhos dela.

— Impossível, todos gostam de flores, especialmente as mulheres. Vou ter de lhe ensinar boas maneiras.

Aplicou o utensílio de jardinagem sobre seu dedo grande. Jade compreendeu então a finalidade dos curativos em volta da mão e do pé do morto que jazia a seu lado. Ela não estremeceu. O treinamento para suportar torturas mentais e físicas voltou-lhe à memória. Por ocasião de um estágio no campo fechado de treinamento da DGSE, perto de Orleans, um de seus instrutores apresentou diferentes formas de tortura praticadas no mundo. Privação de sentidos, uso de drogas, utilização de eletricidade e diversos instrumentos de todo tipo, mas, fundamentalmente, o que se destacava como o método mais eficaz ainda era a aplicação da violência repetida num indivíduo. Posto em prática no Chile, sob Pinochet, e na Argentina, pela polícia do general Videla, com a colaboração ativa de especialistas da CIA, esse método havia sido comprovado.

O fato de assistir à execução de um árabe era apenas a introdução ao procedimento, uma preparação psicológica para o que lhe estava destinado. Mas ela não iria revelar seu medo àquele babaca; se ele se dispunha a retalhá-la, melhor seria roubar-lhe esse prazer. Ela sabia que o sofrimento seria atroz, além do suportável, mas pensou em Sophie e concentrou todo o ódio no carrasco.

— Antes que você comece o trabalho de jardineiro, gostaria de lhe fazer uma pergunta.

O homem interrompeu o movimento, desnorteado.

— Hum... sim.

— Parece que os torturadores do seu tipo são, com freqüência, impotentes. Li um estudo a respeito. Eles gozam com a dor das vítimas, mas não têm tesão. É o seu caso?

O bigodudo empalideceu e fez um sinal para o assistente.

— Hans, saia! Vou começar um debate de idéias com a senhorita e podar seus argumentos. Acho que seus gritos vão ultrapassar o suportável.

Ele a observou, mordendo os lábios.

— Uma mulher que não gosta de flores e que põe em dúvida minha virilidade... Pelo menos desta vez vou inovar, e começar pelas orelhas.

A podadeira se aproximou da cabeça de Jade, que não se debateu. Ela sabia que seu carrasco esperava a primeira expressão de medo em seu rosto para começar a função. Com o rosto fechado, cortado por um sorriso irônico, ela invertia a relação de força.

As lâminas de metal se entreabriram e deslizaram em torno de sua orelha direita, quase que delicadamente, como uma carícia. Uma carícia de sofrimento. Jade fechou os olhos e apertou os punhos como lhe haviam ensinado, para concentrar toda a força muscular.

O homem se inclinou sobre ela. Ela podia sentir seu hálito ácido, misturado a um cheiro amargo de fumo de cachimbo.

— Você vai suplicar para eu parar daqui a cinco minutos, e eu não farei nada.

De repente, a voz de uma mulher ressoou na adega:

— Chega, jardineiro. Deixa-a em paz.

O homem ergueu o pescoço e virou a cabeça para a grade. Seu rosto se transformou numa máscara de raiva.

— Como ousa me interromper agora? Tenho ordens precisas.

A moça apareceu por detrás das barras da grade e levantou a voz:

— As minhas são mais importantes. Sol quer que a gente a leve para cima, e que eu cuide dela pessoalmente. Execução. E leva esse gorila, o Hans, com você.

— Não se fala assim comigo, mocinha. Sabe quem eu sou dentro da organização?

— Sim, e me lixo. Quer que eu conte a Sol sobre tua indisciplina?

O bigodudo guardou a podadeira e se levantou de má vontade.

— Só tenho tua palavra, mas está bem... Além disso, é só um adiamento. Nunca experimentei sangue de mulher para alimentar minhas pequenas protegidas. Voltarei logo — disse ele a Jade, sorrindo.

Ele abriu a grade e saiu com o capanga. Marie-Anne se aproximou da Afegã e, por sua vez, sentou-se no colchão.

— Foi por pouco. Você fica me devendo. É assim que se diz na tua língua.

Jade a contemplou com desprezo.

— Não espere nenhuma gratidão de minha parte, eu sei quem você é. Você matou minha amiga em Roma.

— Sim. Muito fácil para o meu gosto. Em compensação, você parece um alvo muito mais interessante. Nós duas temos muito o que conversar, mas antes sou obrigada a tomar algumas precauções.

Marie-Anne tirou de um saquinho de couro um anel de prata encimado por uma ponta e inseriu-o no dedo indicador. Antes que Jade pudesse se mexer, a matadora pressionou o anel em seu pé descalço; uma gota de sangue brotou no lugar da picada.

— Você teve sorte, Jade. Nesta adega, são litros de sangue que habitualmente escorrem pelo chão. Isso vai fazer você dormir uns 15 minutinhos, só o tempo de te levar para cima.

A Afegã sentiu a cabeça girar de novo, como quando foi raptada. Quis falar, mas já havia perdido a consciência.

Paris
Grande Oriente

Centenas de caixas repousavam sobre estantes de metal cinza, numa grande sala no sexto andar do prédio do GO. Cada caixa estava identificada com uma etiqueta coberta de inscrições em alfabeto cirílico na cor preta, e muitas delas traziam ainda a marca de selos rompidos recentemente.

Marcas passou a mão sobre as caixas envelhecidas que tinham percorrido milhares de quilômetros pela Europa. Paris... Berlim... Moscou e novamente Paris. Foi um périplo incrível o daqueles manuscritos, memória recuperada de uma ordem secular.

O policial voltou à entrada da sala dos arquivos onde estava o conservador, um homem de uns 40 anos, barba grisalha e sobrancelhas grossas.

— Que emoção contemplar estes arquivos quando se conhece a história deles. Obrigado por ter me deixado dar uma olhada. Quanto tempo é preciso para explorar esta mina de informações?

No final da tarde, Marcas, vendo que Jade não chegava, decidiu dar um pulo na rue Cadet para saber se existiam outros manuscritos da coleção Du Breuil e também se tinham guardado testemunhos de assassinatos inexplicáveis de irmãos, segundo o ritual da morte de Hiram. Chamou o conservador que, por sorte, deveria passar parte da noite examinando os arquivos russos.

— Anos, provavelmente. Por sorte os russos nos facilitaram a tarefa. Todas as referências que você vê nas caixas são classificações precisas que se reportam a um inventário exaustivo. Note que, a partir de 1953, funcionários, todos francófonos, passaram meses e meses estudando folha por folha nossos documentos, sem provavelmente compreender-lhes o alcance. Ou talvez só o que fizeram foi traduzir um trabalho já realizado pelos alemães...

— O que procuravam?

— O império soviético resvalava pela longa vertente da Guerra Fria. Eles tinham de procurar documentos políticos e, sobretudo, compreender como as lojas se organizavam, ou, então, se nós tínhamos nossa própria rede de espionagem. Os comunistas não gostavam muito de nós...

Marcas balançou a cabeça, concordando.

— Eles não eram os únicos. Os nazistas, os fascistas, os comunistas, os nacionalistas, os católicos reacionários, os monarquistas, os nacionalistas de toda espécie. Era preciso ter couro duro para declarar o engajamento.

— É, não se pode agradar a todos, mas estes arquivos têm, sobretudo, um interesse histórico comovente, assim como o documento que estou estudando. Tome.

O conservador entregou a Marcas uma folha amarelada pelo tempo, coberta por uma fina escrita fora de moda, quase caligrafada, e que começava por estas palavras:

Quadro dos novos oficiais da R:. Loja das IX Irmãs.
Citação da prancha a ser traçada no 20º dia do 3º mês do ano:. L:. 1779.
Venerável — Ir.: Dr. Franklin.

Marcas exclamou:

— A lista nominal dos membros da loja de Benjamin Franklin! É inestimável!

O conservador sorriu.

— Esta nota tem mais de cem anos, isso dá o que pensar. Mas o que posso fazer por você?

O policial falou brevemente sobre o assassinato de Sophie Dawes, do conteúdo dos arquivos que ela tinha analisado e das descobertas dos velhos crimes na Itália. Pensativo, o conservador coçou a barba.

— Dawes levou tudo, e não sobrou nada do dossiê de Du Breuil. Cá entre nós, eu fiquei furioso com ela por ter levado os originais com as bênçãos de Jouhanneau. Felizmente eles foram devolvidos! Quanto aos crimes de que você fala, aconselho-o a olhar no livro de catalogação das caixas dos arquivos russos. Elas estão listadas em índices precisos que correspondem às etiquetas das caixas. O alfabeto é russo, mas os algarismos são iguais aos nossos. Quando você tiver encontrado o que procura, me chame, estarei na sala ao lado.

Marcas sentou-se numa pequena caixa encostada na parede e pegou o arquivo grande do catálogo, de lona amarela. Consultou o relógio:

dez horas da noite. Voltou a pensar em Jade e tentou mais uma vez entrar em contato com ela pelo celular. Talvez ela tivesse tido um impedimento de última hora; afinal, eles não eram casados, ela não tinha contas a lhe prestar. Ele também não iria avisar o juiz Darsan. Esperaria até o dia seguinte, caso não tivesse mais notícias.

Abriu o livro do índice e leu os diferentes títulos de referência. Um verdadeiro bazar. Borderô de pagamento de loja do ano de 1830, pranchas de 1925, atas de reuniões de 1799... Pacientemente, ele decifrou as referências.

Uma hora depois, quando os olhos começavam a se avermelhar e os músculos a se enrijecer, ele topou com uma curiosa notinha.

Memória do I∴ André Baricof, da loja Grenelle Estrelada, sobre os maçons perseguidos ao longo da história. Datação 1938. Série 122, subseção 12789.

Marcas levantou-se e deu uma olhada no escritório do conservador, ocupado diante de uma pilha de documentos em mau estado. Ele levantou a cabeça e lhe devolveu o sorriso.

Dez minutos depois, Antoine tinha diante dos olhos uma grande caixa abarrotada na mesa de consulta. Rompeu a fita usada como selo e retirou a tampa atacada pela umidade. Dentro, pastas de papel fino continham maços de manuscritos e tabelas cheias de algarismos. Marcas passou em revista as pastas, uma a uma, e finalmente encontrou a que lhe interessava.

Pousou a grande caixa no chão, ao lado da escrivaninha, e abriu o dossiê de Baricof, que continha uma dezena de páginas. Fora um jornalista membro do GO, que trabalhava para um jornal de grande circulação, quem tinha recenseado, de maneira um tanto mórbida, as mortes violentas de maçons ao longo da história. Marcas leu rapidamente o texto. Na oitava página, seu coração deu um pulo. Um parágrafo de umas trinta linhas:

...É curioso constatar que existe um antigo rumor entre alguns de nossos irmãos mais velhos a respeito de crimes idênticos ao de Hiram. Os primeiros aconteceram na Alemanha, em meados do século XVIII, na Westfália. Doze irmãos alemães de uma loja foram encontrados mortos numa clareira com os

estigmas da morte de Hiram — ombro deslocado, vértebras cervicais fraturadas e crânio despedaçado. Um irmão, oficial graduado da polícia, que conduzia a investigação, descobriu que os assassinos faziam parte de uma inquietante confraria, a Santa Vehme, criada por juízes e militares para castigar os inimigos da cristandade. A investigação foi arquivada pelas autoridades, e os culpados nunca foram processados. O irmão policial enviou um relatório às lojas, para alertá-las.

Encontrei mais dois assassinatos similares, ainda na Alemanha, exatamente depois da guerra. Os primeiros aconteceram em Munique, depois do fracasso da revolução espartacista, quando os extremistas comunistas quase tomaram o poder na Baviera, em 1919. As represálias da corporação franca Oberland, milícia de extrema direita dirigida em segredo por uma confraria racista chamada Thulé, foram impiedosas, e entre centenas de opositores executados encontraram-se vários maçons massacrados segundo o mesmo ritual. Chama a atenção o fato de que os irmãos não faziam parte dos revolucionários. Encontra-se também vestígio de outro assassinato, dessa vez em Berlim: um venerável da loja Goethe, abandonado na calçada com as mesmas marcas de golpes. Seria interessante saber se os nazistas continuaram com esse tipo de prática, mas desde a interdição das lojas e da abertura dos campos de detenção não temos mais contatos por lá.

O texto passava em seguida a considerações filosóficas sobre as relações tensas com os regimes fascistas. Marcas fazia anotações na caderneta iniciada em Roma. Tinha, finalmente, uma pista séria: não estava mais lidando com coincidências. Tudo partia da Alemanha e se perpetuava ao longo dos séculos numa paródia sangrenta da morte da figura mais respeitável da maçonaria: Hiram.

37

Chevreuse

Sem dúvida, um aristocrata do fim do século XVIII tinha imaginado o cenário ainda intacto daquele quarto onde tudo lembrava prazer. Nos últimos anos do reino de Luís XV, a nobreza libertina criara um estilo, inteiramente dedicado aos gozos do amor físico, um cenário de sonho, o das *pequenas casas*.

Nos castelos isolados de Paris e de Versalhes, nos vales de encanto bucólico, tinham mandado construir essas casas de prazer onde se reuniam os devassos da época. Longe da ostentação da corte, dos salões mundanos ou filosóficos da capital, uma nova arte de viver tinha nascido.

Um momento de prazer efêmero que a Revolução varrera com sangue e esquecimento. Muitas dessas *pequenas casas* desapareceram, levadas pelo vento da História e da pressão imobiliária. Restavam, discretamente preservadas, apenas algumas moradias, com seu encanto ultrapassado, testemunhas silenciosas dos divertimentos de uma época que conheceu a liberdade dos corpos e a independência do espírito.

As janelas à francesa davam para o parque. Os postigos tinham sido retirados. Longas persianas, cujas lâminas deixavam passar os finos raios de sol, transformavam o piso encerado num espelho cintilante. As amantes dos séculos passados deveriam ter tido seus tornozelos de alabastro delicadamente acariciados por aquele jogo de luz. Acima da lareira de mármore veiado, um espelho de Veneza espionava todo o quarto. Nas poltronas de contorno sensualmente arredondado, roupas femininas repousavam em desordem. Um fino sapato de salto quadrado terminou sua andança ao pé de uma escrivaninha de mogno, o outro escorregou para debaixo da cama. Uma écharpe de linho branco coroava um busto de gesso de sorriso cúmplice.

Ao fundo da peça, lençóis abriam-se para a profundeza escura de uma alcova. Encimado por um baldaquim de madeira escura, um leito mantinha prisioneira uma mulher adormecida, cujas roupas rasgadas deixavam à mostra a carne branca.

Sentada num sofá, Marie-Anne, o olhar ardente, contemplava a mulher que iria matar.

Durante todos aqueles anos em que vivera habitada apenas pelo desejo de vingança, a croata nunca tinha tido tempo de pensar em sua vida amorosa. Conhecera homens, tivera encontros fugidios, mas nunca seu desejo tinha despertado. Continuava uma parceira impecável, sem dúvida apreciada, mas desesperadamente ausente.

Matar é, antes de tudo, esperar. Às vezes, esperar por dias que a presa saia da toca. Esperar em carros, corredores, beiras de estrada. Esperar na chuva e no vento. Marie-Anne ignorava como seus irmãos na arte da morte passavam o tempo de vigia, mas ela tinha encontrado uma solução.

Enquanto as horas passavam, ela se imaginava num cenário distante. Lembrança, sem dúvida, de uma imagem vista quando criança. Era sempre um quarto, mergulhado na semi-escuridão, onde ela criava à vontade um mobiliário refinado. Tudo respirava prazer. Num canto mais escuro, havia um leito. Sempre um leito desfeito em que os odores de volúpia se misturavam aos eflúvios de um corpo desconhecido. Era sempre o momento em que Marie-Anne parava. Quando o desejo se tornava uma ardência.

Uma única vez, sozinha, ela transgredira sua própria regra. E, naquele leito imaginário, ela tinha visto se desenhar, como num sonho maldito, o corpo de outra mulher...

Desde então, ela se restringia a uma disciplina mental que bania qualquer fantasma. Até o dia de hoje, quando entrara naquele quarto.

Lá fora, o parque estava tranqüilo. Àquela hora, os empregados do castelo tinham terminado o serviço. Marie-Anne lançou um olhar pela fenda de um postigo. O vasto gramado estava deserto. Apenas uma estátua de olhar de mármore velava no silêncio. A grama terminava no limite do bosque de carvalhos que avançava até o muro que rodeia a propriedade. Ninguém viria perturbá-las.

A croata se virou para o leito. Jade se movera. Um simples movimento de cabeça. Em que mundo sombrio ela teria mergulhado? Sob as axilas, que os braços presos ofereciam ao olhar, Marie-Anne via se formar uma leve camada de suor. Nunca contemplara algo tão erótico.

Tinha de se controlar. Recuperar o fio da missão.

Marie-Anne detestava a fraqueza. Sua própria fraqueza. No entanto, havia cedido. Levara Jade para seu quarto. A Afegã dormia profundamente. Ali ela a despira e amarrara com fios elétricos à cabeceira da cama. E agora esperava que sua vítima despertasse.

Marie-Anne também gostava de sua fraqueza. Contemplava uma caixa de plástico opaco sobre a escrivaninha de mogno. Dentro, ainda úmidos, dois cogumelos de haste flexível, chapéu pregueado. O árabe só tinha consumido pequena parte deles. Fora ela que, a mando de Sol, tinha preparado a infusão que Béchir tomara. Uma bebida com propriedades alucinógenas para se preparar para a grande passagem. E restavam dois cogumelos... o bastante para enfrentar suas próprias fraquezas, para realizar suas próprias fantasias.

Jade gemeu suavemente. Sentia frio. As mãos pareciam dormentes. Uma dor lancinante subia-lhe pelas pernas. Quis mover-se. Nada.

— É inútil — disse uma voz com inflexão lenta.

Tinha de abrir os olhos.

— Uma verdadeira Bela Adormecida — continuou a voz —, só que não adianta esperar pelo Príncipe Encantado. Ele não virá.

Diante da Afegã se postava a jovem matadora. Os olhos fixos. Vidrados.

— Ele não virá mais. Então...

A desconhecida levantou-se.

— Não me obrigue a te torturar. Pense no teu corpo.

Lentamente, ela se aproximou.

— Um corpo tão bonito. Você deve ter tido muitos prazeres...

Agora ela estava em cima da cama.

— Tua amiga também era bonita. Eu a beijei antes de matá-la.

Jade quase urrou.

— Só que você, você está nua...

— O que é que você quer?

Marie-Anne se sentou na cama. Os cabelos louros se enroscaram na dobra do corpo de Jade.

— Eu? Tantas coisas! Primeiro...

O corpo da Afegã se retesou por inteiro.

— A boneca está com medo? Preferiria teu tira?

— Como você sabe?

— Francamente, você me decepciona. Com um tira? Poderia ser com... como é mesmo? Sophie?

— Filha-da-puta!

— Como você quiser, querida! De qualquer modo, você vai morrer. Então, não tenha cerimônia. Puta? Quem sabe? Eu poderia ser amada.

Jade teve uma idéia.

— Não, o tira não. Não faz meu tipo.

A voz ficou mais surda:

— Não?

— Não.

— Você preferia a amiguinha?

— Adivinha!

A cabeleira loura se tornou mais acariciante.

— E se eu não gostar de adivinhações?

— Minhas mãos... Sophie gostava de minhas mãos.

Marie-Anne se levantou cambaleando.

— Tuas mãos... Tuas mãos. Você me toma por uma idiota?

Ela riu e jogou os sapatos para o outro lado do quarto.

— E mesmo assim vou te provar o contrário.

— Então prova!

Na escrivaninha, entre os livros, um cortador de papel.

— Uma das mãos. Uma só. E se fizer um movimento em falso, um só...

A croata encostou o cortador de papel na garganta dela.

— ... eu te sangro!

Jade pensou em Marcas. Sem razão. Um outro rosto poderia ter surgido. Por que não o do pai? Ou o de um homem que a tivesse amado? Por que ele? Ele não tinha nada. Um fracassado. Um verdadeiro fracassado. De repente, ela se lembrou de uma aula de francês na escola. Tinham falado longamente de um texto de Proust. *Um amor de Swann*. Um amor impossível entre um homem culto e uma cortesã. Um amor pelo qual Swann tinha sacrificado tudo. Uma paixão por *"uma mulher que nem fazia meu tipo"*.

Jade se lembrava dessa última frase. Não sabia se a citava corretamente, mas a verdade ficara. Uma verdade que lhe dava medo, que havia feito com que multiplicasse o número de amantes efêmeros. Figuras da mídia ou brilhantes intelectuais, mas nunca um homem que ela tivesse amado. E naquele momento, perto da morte, ela pensava num tipo com um nome ridículo, Antoine.

Marie-Anne tinha acabado de cortar as amarras de sua mão direita. Ela agarrou o punho da prisioneira.

— Agora, me dá prazer.

Sarlat, Dordogna

O doutor Catarel era um hábil tabelião. Era visto todos os fins de semana caminhando pelo campo circundante, vestido como excursionista, a máquina fotográfica digital pendurada no ombro. Aos clientes, que às vezes passavam por ele, explicava sua paixão pela arquitetura local e logo falava sem parar a respeito de um muro com beiral ou de um telhado caído.

Correspondente assíduo da *Sociedade de Estudos Históricos do Perigord*, publicava regularmente um artigo enlevado sobre uma porta de entrada carcomida ou então denunciava os malefícios do modernismo em arquitetura. Pouco a pouco, construiu a reputação de fino conhecedor, o que lhe valeu uma vasta clientela. Reputação que também levava qualquer nova agência imobiliária instalada na região a encerrar num prazo sempre muito curto suas atividades. Pois as pitorescas fotos do doutor Catarel não alimentavam apenas as revistas regionais, mas circulavam também entre os amantes de velhas pedras: no mais das vezes, gente rica que sempre se interessava por uma bela casa do doutor, ou um solar tradicional a ser restaurado.

Mesmo assim, o doutor Catarel era um homem discreto. Descendente de várias gerações de tabeliães, ele conhecia a profissão e era uma das fortunas da região. Uma experiência profunda nunca lhe faltou.

Assim, quando o jovem Chefdebien — como era chamado na terra para não ser confundido com o tio — lhe pedira para receber um de seus amigos, Marc Jouhanneau, o tabelião estava pronto a ser todo atenção. Tanto mais que o diretor-geral da Revelant tinha explicado que o amigo iria se instalar no castelo.

Jouhanneau pegou no aeroporto do Bourget o jato particular da Revelant, posto à sua disposição por Chefdebien, aterrissando em Bergerac, onde um carro da delegação comercial de Bordeaux tinha ido buscá-lo. Brincando, o patrão da Revelant tinha dito que o que estava fazendo era uso indevido do patrimônio de sua companhia, e que um juiz poderia pô-lo na cadeia por isso. Jouhanneau lhe respondeu no mesmo tom irônico que a justiça era recheada de irmãos compreensivos.

O doutor Catarel ofereceu ao visitante uma poltrona inglesa de couro marcada pelo tempo. Único luxo de um gabinete de decoração austera. Um gabinete de província.

— Obrigado por me receber tão tarde, doutor, mas acabei de chegar de Paris. De avião.

Jouhanneau propositalmente sublinhou esse detalhe.

As sobrancelhas do tabelião se arquearam levemente.

— Não sabia que havia uma linha direta a esta hora...

— Vim num avião particular. Mas falemos do castelo. O senhor, de algum modo, é o guardião.

— Pode-se dizer que sim. Durante a sucessão, ele foi lacrado, e o herdeiro, que depositou em mim sua confiança, pediu-me para fazer um inventário. E que também me encarregasse da manutenção necessária...

— Uma confiança que o honra...

As sobrancelhas do tabelião levantaram-se mais um pouco.

— Eu era muito próximo do falecido marquês de Chefdebien. Uma amizade de longa data. Um erudito excepcional.

— Eu também conheci bem nosso amigo. Sua curiosidade intelectual era insaciável.

— E de uma profundidade... Aquele homem se interessava por tudo.

— E o castelo?

O tabelião franziu os lábios.

— Uma maravilha arquitetônica, mas temo que o senhor ache o conforto... como direi... um pouco rudimentar.

— Uma austeridade, não tenho dúvida, favorável à reflexão. O marquês meditou e trabalhou muito ali?

— Certamente. Certamente. Um lugar daqueles, carregado de história, é uma fonte de inspiração...

Jouhanneau o interrompeu:

— Tenho pressa em ver por mim mesmo.

— O senhor não se decepcionará, estou certo disso. O castelo está preparado para recebê-lo. Quanto às chaves, estão à sua inteira e imediata disposição, senhor Jouhanneau. Meu auxiliar de cartório vai trazê-las agora mesmo. Mas permita-me oferecer-lhe antes um refresco. Um licor de nozes, especialidade local.

Jouhanneau balançou a cabeça.

— Será um prazer.

O doutor Catarel trouxe pessoalmente os copos.

— Espero que durante sua estada o senhor visite nossa bela região. O senhor sabe que ela tem uma rica história.

— O que o senhor me aconselha, doutor?

— Primeiramente, a pré-história. Foi aqui que a arte nasceu, caro senhor. Lascaux, um dos expoentes da pintura!

— Pensei que a gruta estivesse fechada ao público.

— Uma reprodução foi criada nas proximidades. Um trabalho notável.

— E a gruta original?

— Só é aberta excepcionalmente. Pesquisadores, autoridades. As pinturas parietais não suportam o gás carbônico. A respiração dos visitantes quase destruiu esse sítio único.

O grande arquivista esboçou um sorriso. Conhecera irmãos, em Cordes, no Tarn, que instalaram o templo numa gruta. Não eram fantasiosos, mas irmãos apaixonados que ali realizavam o ritual como convinha. É verdade que depois de alguns trabalhos recentes os especialistas consideravam as grutas pré-históricas lugares de iniciação. Falava-se em charlatanismo, em cerimônias rituais...

— Além disso, os castelos, senhor Jouhanneau, os castelos! Temos puras maravilhas! Aliás, o castelo de Beune, que o senhor vai conhecer, é um modelo do gênero.

— Era o castelo da família dos Chefdebien?

O tabelião hesitou.

— Quer dizer...

— No entanto, eu acreditava...

— O falecido marquês sustentava que, de fato, o castelo fizera parte dos bens da família, mas...

— O senhor é apaixonado por história, não é, doutor?

— Confesso, é meu fraco.

— E, então, esse castelo...

— Nunca pertenceu aos Chefdebien. O marquês o comprou quando ele estava em ruínas e o restaurou em parte.

Jouhanneau, em silêncio, bebericava o licor de nozes. O doutor retomou.

— Não sei o que o atual marquês pretende fazer...

— Eu também não, mas ele é um homem muito ocupado.

— De fato, Revelant!

As sobrancelhas do tabelião estavam novamente arqueadas.

— Tanto mais que uma construção dessas exige cuidados permanentes. Um castelo que data do século XII, imagine! Hectares de telhados. Só na parte restaurada. Sem contar todas as dependências. O senhor sabe, era um *castrum*. Casas nobres, uma capela...

— E uma rica história?

— Excepcional!

O grande arquivista pousou o copo.

— Seria abusar muito de seu tempo perguntar se...

Os olhos do tabelião brilharam.

— Absolutamente! O senhor gostaria de repetir nosso licor regional?

— Com prazer, é delicioso.

A respeito do castelo de Beune, o tabelião foi inesgotável. Quando Jouhanneau se retirou, já eram 11 horas da noite. Ele atravessou a cidade velha e seu setor tombado para chegar ao carro, estacionado no cinturão periférico. Os turistas já eram numerosos. É verdade que Sarlat oferecia um patrimônio arquitetônico excepcional. Pode-se pensar que se está numa cidade do Renascimento. Algumas ruelas permaneciam as mesmas havia séculos. As fachadas de pedra ocre ofereciam um cenário contínuo de mansões particulares milagrosamente conservadas. As portas com altos frontões se sucediam, enquanto as janelas de colunetas disputavam entre si qual teria as esculturas mais refinadas.

Mas os vestígios medievais eram também numerosos. A começar pelo cemitério, onde se encontravam ainda túmulos com pedras planas, ornadas com a cruz pátea do Templo. E, encimando a igreja, a célebre lanterna dos mortos. Uma estreita torre cônica, sem outra abertura senão uma porta de entrada, e cujo mistério apaixonava os eruditos locais.

Falava-se de um monumento comemorativo, de uma sepultura coletiva e até de uma loja de maçons obreiros, os mesmos que teriam construído a igreja abacial. Verdade histórica ou não, Sarlat contava com muitas lojas maçônicas. Quase todas as obediências estavam representadas. Uma densidade de irmãos quase desconhecida em outros lugares.

Jouhanneau subiu pela rue Montaigne na direção do bulevar externo. No bolso, apertava um molho de pesadas chaves de ferro fundido.

38

Chevreuse

— Mas para começar... me chama de Joana.
— Que encanto! E de onde viemos?
— Croácia... Um país encantador... também...

Jade recuperava a consciência e tentava avaliar as chances de se livrar daquele inferno. Com uma das mãos amarrada, e os pés atados, a relação de forças tendia em favor da matadora. A Afegã não tinha nenhuma vontade de se submeter aos caprichos daquela maluca, mas não vislumbrava uma saída, especialmente com uma faca na garganta.

— Estou esperando...

A voz da moça ficava mais rouca, e Jade sentiu a pressão da faca aumentar. Tinha a impressão de estar participando de um filme B, com um pervertido por detrás do espelho filmando a cena. Uma idéia brotou. As palavras de seu companheiro de infortúnio.

— Estou sabendo sobre Bwiti.

Joana relaxou moderadamente a pressão.

— Bwi... o quê?
— Bwiti. Tenho de falar com teu chefe.
— Meu chefe?

Joana riu.

— Sim, teu patrão. Diga a ele que estou pronta a dizer tudo e muito mais sobre os franco-maçons. Eles levam a dianteira em relação a vocês.

Enquanto ela desviava a atenção de Joana, sua mão encontrou um dos sapatos de salto-agulha que a agressora deixara em cima da cama. Lentamente, centímetro a centímetro, ela aproximou o sapato do corpo. A faca estava encostada em sua garganta, mas o gume fazia menos pressão. Joana debruçou-se sobre Jade.

— Quero tua mão.

O salto de ponta quadrada metálica descreveu um arco perfeito e bateu na cabeça da croata, que caiu ao lado da cama. A matadora deu um grito animal de dor, desabando no chão. Por sorte, a faca passou apenas de raspão no pescoço de Jade, que sentiu a mordida de um pequeno corte.

A Afegã agarrou a lâmina e cortou os laços que a mantinham na cama. Ainda não se livrara; a casa estava, provavelmente, cheia de amigos do jardineiro e da matadora. Esta se encontrava encolhida no tapete do quarto, em posição fetal. A Afegã não conseguiu matá-la a sangue-frio. Passou a mão na base de seu pescoço e pressionou fortemente a carótida para interromper a irrigação do cérebro e prolongar o estado de inconsciência. Aproveitou para amarrá-la e amordaçá-la com seus próprios laços.

Jade tinha recuperado todos os reflexos graças ao treinamento; estava alerta, sob o efeito da adrenalina. Atravessou o quarto e olhou pela janela; o parque estava deserto àquela hora da noite. Por sorte, o cômodo onde estava trancada ficava no primeiro andar.

Contornou a cama e abriu suavemente a porta do quarto; ruídos e música ressoavam do fundo do longo corredor que levava ao quarto. Arriscado demais. Tinha de encontrar uma solução rapidamente; a qualquer momento alguém poderia aparecer. Preferiu tentar uma saída pela janela.

Revistou a bolsa de Joana, que estava sobre a mesa, e retirou os documentos de identidade, falsos, sem dúvida, e o celular, importante para descobrir as ligações anteriores. Vestiu-se logo e foi ao banheiro refrescar o rosto. O reflexo que viu no espelho a desesperou: estava com uma cara de dar medo. Os cabelos colados lhe davam um ar de louca fugida de um hospício.

Não tinha mais tempo para se arrumar. Atravessou novamente o quarto, pegou a faca e movimentou-a diante dos olhos. Seria tão fácil...

Ninguém a censuraria... o que significam os princípios morais diante de pessoas que torturam e assassinam sem o menor remorso? Aproximou a lâmina do ventre de Joana com um sorriso mau; apenas alguns centímetros e aquela coisa passaria desta para melhor.

Já havia matado em serviço, mas nunca um adversário impotente. O rosto de Sophie dançava diante de seus olhos, seu sorriso, sua alegria de viver... Um pouco mais de ódio e a vingança se completaria...

De repente, sentou-se. Nada de se tornar uma máquina de matar; seus princípios voltaram a dominar, mas uma frustração se instalava em sua mente. Ela não podia escapar impune. Precisava deixar-lhe uma lembrança.

Jade olhou em torno de si e pegou uma escultura de pedra, que estava num aparador, representando uma espécie de coluna estilizada. Avaliou-a — o pilar deveria ter pelo menos uns 5 quilos — e voltou para perto da matadora. Jade levantou a escultura acima da cabeça e, com gesto brusco, assentou-a no punho direito da croata.

Joana despertou sob o efeito do choque e berrou por detrás da mordaça; os olhos se encheram de lágrimas, o corpo se contorceu. Jade pulou sobre ela e a imobilizou com as coxas.

— Eu também tenho meu lado negro. Não sou uma menina boazinha. Você ficará aleijada para sempre. E ainda não acabou.

Imobilizou o punho quebrado com uma das mãos e, com a outra, bateu com a estátua nos dedos. Metodicamente, com uma precisão mecânica. A moça soltou um som abafado; seu olhar brilhava com um ódio intenso.

— Pronto, nunca mais você vai poder usá-la. Os ossos e a cartilagem estão em migalhas. Para seu governo, é uma técnica ensinada por meus instrutores que, por sua vez, a aprenderam com um oficial congolês. Uma maneira de castigar os ladrões.

Antes de se levantar, Jade esbofeteou o rosto amordaçado.

— Isso é só para te humilhar; e me faz bem. O problema com a gente, garotas, é que nos educaram para refrear os impulsos... Mas, de vez em quando, é bom se soltar. Adeus, puta!

A Afegã verificou se os nós estavam apertados. A matadora não poderia escapar. Satisfeita, aproximou-se da janela e subiu no parapeito. O parque estava silencioso, como a noite. Agarrou-se à cornija e em menos de um minuto aterrissou agilmente no saibro. Dois homens, provavelmente armados, caminhavam ao longo da grade e barravam a passagem.

Jade se esgueirou ao longo da estufa e rastejou por uns 100 metros rente às vidraças. Quando chegou do outro lado, levantou a cabeça e viu o jardineiro regando fícus gigantes. Poderia ser uma ilusão, mas ele parecia estar falando com eles como se fossem seres humanos. Jade se lembrou do pobre sujeito morto sob tortura, e sua raiva cresceu. Poderia deslizar até ele e matá-lo, mas não tinha tempo, precisava fugir e alertar as autoridades. Marcas e Darsan.

O jardineiro interrompeu a rega e virou a cabeça para o lugar em que Jade se encontrava. O coração dela pulou. Ele olhou rapidamente na sua direção, como se tivesse ouvido algum barulho, e em seguida retomou a atividade. A moça suspirou de alívio. Esgueirou-se para os fundos do castelo e desapareceu no bosque.

Paris

O táxi o esperava diante da entrada da rue Cadet. Marcas entrou no carro e desabou no assento de trás; eram quase duas horas da manhã e ele só tinha um desejo: mergulhar na cama macia. Em dez minutos, no máximo, ele estaria em seu apartamento. O celular vibrou dentro do bolso. A tela indicava: número desconhecido. Ele atendeu. Uma voz de mulher o interpelou:

— Marcas, venha me buscar imediatamente. Estou em Dampierre.

— Está me gozando! Estou feito um cretino esperando, deixo duas mensagens na sua caixa postal e tudo o que a senhorita faz é assobiar para eu lhe servir de motorista...

— Pára! Fui raptada durante o dia pelos assassinos de Sophie. Eles vão vir atrás de mim. Venha logo! Deixei uma mensagem para Darsan, mas talvez ele esteja dormindo. Felizmente sabia de cor o número de vocês dois. A aldeia onde estou está deserta. Não posso correr o risco de chamar um táxi, eles podem escutar os rádios.

O tom de pavor na voz não deixava dúvida sobre a urgência da situação. O policial pensou. Do IXº arrondissement de Paris até Dampierre levava pelo menos uma hora de carro. Tempo demais.

— Jade, estou indo. Mas, para ganhar tempo, vou antes chamar um colega que não mora longe daí. Com um pouco de sorte ele poderá alcançá-la antes de mim. Volto a ligar.

— Não. Estou com o celular da matadora, não sei o número. Sou eu que...

Ela desligou. Marcas pegou a agenda e procurou um nome. O irmão Villanueva, chef de cozinha premiado e dono do castelo-albergue La Licorne, uma das melhores mesas de hotel da região de Rambouillet. Marcas lhe fizera um favor um ano antes, conseguindo o dossiê confidencial e completo de negociantes demoníacos que desejavam participar de seu negócio, evitando-lhe assim muitas dificuldades. Os investidores indelicados adoravam as pequenas empresas francesas para lavagem de dinheiro.

Ele digitou o número. Uma voz sonolenta respondeu:

— Pronto...

— Marcas falando.

— Quem é?

— Teu irmão Marcas.

— Que gozação! Sou filho único!

Marcas lembrou que Villanueva era um pouco surdo. Lançou o nome da loja onde se conheceram.

— *A Estrela Chamejante!*

Uma alegre exclamação ressoou:

— Meu irmão comissário! Não te reconheci. A que devo a honra, numa hora tão tardia?

— É muito sério: uma das minhas amigas corre perigo. É preciso buscá-la em Dampierre e colocá-la em segurança. Você pode me fazer este favor?

— É claro! Estarei em Dampierre em 15 minutos, o mais tardar.

— Perfeito, eu me encontro com você. Vou passar para ela o número do teu celular para que você possa ir ao seu encontro. Obrigado, mais uma vez.

Um riso sonoro explodiu no aparelho.

— Adoro histórias policiais.

Marcas se recostou no assento de couro. Informou o motorista sobre a mudança de rumo.

— Você pode pagar? — resmungou o taxista. — A esta hora vai custar 100 euros. Não aceito cheque.

O policial enfiou a carteira tricolor debaixo do nariz do motorista, que abaixou o tom.

— Desculpe-me, mas quem vai pagar a corrida?

Marcas suspirou.

— Encontre um caixa eletrônico.

O celular tocou de novo. Jade.

— E então?

— Um irmão vai te buscar daqui a 15 minutos, e eu me encontro com vocês dois no hotel dele. Memorize o número do celular dele para que você possa orientá-lo.

— Marcas?

— Sim.

— Você me tratou por tu.

— Bota isso na conta da emoção.

Chevreuse

O jardineiro contemplava com desprezo a moça amarrada no chão. Por causa de sua incompetência, tinha posto a Ordem em perigo. Seus homens vasculharam a propriedade de cima a baixo, inutilmente. A prisioneira devia ter corrido pelo bosque, e as chances de apanhá-la eram mínimas. Ele só tinha três homens para vigiar o castelo, número insuficiente para organizar uma batida. Levando-se em conta a hora tardia, a urgência era outra. A Ordem deveria apagar qualquer marca de sua passagem na casa, antes que as autoridades mandassem a polícia revistar a propriedade.

Todos os responsáveis pelas casas da Ordem no mundo conheciam o procedimento de evacuação a ser ativado em caso de extrema urgência. Duas vezes por ano, o pessoal era obrigado a simular uma evacuação rápida, numa marcação de tempo exata. Fase um: guardar os documentos num cofre e provocar um incêndio. Sempre bujões de gás para dar a impressão de incêndio acidental. Fase dois: pôr nos quartos do castelo seis cadáveres, normalmente guardados em congeladores. Papéis falsos metidos nos bolsos completam o disfarce. Fase três: realizar a evacuação a bordo de furgões estacionados numa garagem instalada do outro lado do parque. No último exercício, sua equipe tinha esvaziado o lugar em 25 minutos.

O jardineiro libertou Joana.

— A cadela me arrebentou a mão. Me dá morfina!

O homem não se mexeu. Se dependesse dele, ele a teria executado com uma bala na cabeça. Era o procedimento habitual para se livrar dos incompetentes. E, naquele caso, ela era a culpada da destruição de uma casa da Ordem e, pior, pela identificação de alguns de seus membros, ele inclusive. Infelizmente a croata era protegida de Sol e filha de um dos membros do diretório. Vale dizer, intocável. Uma filhinha de papai.

— Está certo, vou mandar Hans com a seringa. Saída em 15 minutos, no máximo. Fique sabendo que farei um relatório sobre seu erro. Por sua causa a Ordem vai perder uma base preciosa, e eu, as minhas queridinhas.

Joana, exasperada, ouvia o jardineiro discursar; a dor perfurando sua mão direita.

— Suas queridinhas?

— Minhas plantas de amor. Elas vão morrer no incêndio; nunca mais vou me recuperar, sou muito sensível.

Joana soltou uma risadinha, olhando para o teto do quarto.

— Que tarado! Ele corta as pessoas em pedaços com uma podadeira e derrama lágrimas por causa da merda das flores...

O jardineiro a olhou com desprezo e saiu do quarto, dizendo:

— Quinze minutos, nada mais, o incêndio vai começar logo.

Joana se arrastou para a cama. O jardineiro não a pouparia em seu relatório. Ela sabia que seus erros não lhe seriam perdoados, e que sua mutilação a impediria de exercer novamente o único trabalho que sabia fazer: matar. Não esperava nenhuma piedade da Ordem: *A piedade é o orgulho dos fracos*, a expressão favorita de Sol. Sua única chance de salvação seria o amor de seu pai.

39

Região de Rambouillet,
propriedade de La Licorne

Havia muito tempo que Marcas não dormia num hotel chique. Além disso, dormir não era o verbo adequado. Ele tinha passado o fim da noite fumando e refletindo. Se se podia chamar aquilo de refletir.

A mente dividida entre as informações que tinha de pôr em ordem e a mulher que dormia no quarto ao lado, com punhos e tornozelos intumescidos.

Mas agora ele sabia o nome do elemento inscrito na pedra de Thebbah. Quem seria o pobre sujeito? Eles nunca ficariam sabendo, mas foi graças a ele que uma peça do quebra-cabeça tinha sido posta no lugar.

BV'ITTI.

Marcas conhecia a palavra. Tinha lido em algum lugar, ou seria a lembrança de uma prancha lida em loja? Desceu pé ante pé ao pequeno salão do hotel, deserto àquela hora tardia, e ligou o computador conectado à Internet, com livre acesso aos clientes.

Levou uma boa meia hora para encontrar o artigo dedicado a Bwiti numa página sobre um culto... africano. Pesquisadores etnólogos do Centro Nacional de Pesquisa Científica (CNRS) tinham estudado os ritos iniciáticos associados a essa planta, praticados no Gabão, numa pequena aldeia perdida na floresta, feudo de uma tribo, os Mitsogho.

A iniciação Bwiti. Bwiti, a alma do mundo, o conhecimento do que está além, a verdade escondida.

Para ver Bwiti é necessário tomar uma infusão preparada com as raízes de uma planta sagrada, a iboga, e realizar um ritual de iniciação específico.

A substância química sagrada: a ibogaína.

Jouhanneau ficaria encantado. Conheceria o segundo elemento.

Enquanto lia o artigo, sentiu de repente um arrepio. Leu duas vezes seguidas o trecho, a tal ponto a coincidência era perturbadora.

Em primeiro lugar, há semelhanças marcantes entre a iniciação ao Bwiti e os ritos de iniciação maçônicos. O resultado final é o mesmo, o conhecimento do mistério do além, que os maçons chamam de sublime segredo [...]. Porém, o mais impressionante no ritual maçônico são os três toques com o malhete, que lembram o assassinato de Hiram, o arquiteto do Templo de Salomão, por três companheiros a quem ele recusara a revelação do sublime segredo. A única diferença entre os maçons e os adeptos do Bwiti é que estes têm a certeza de conhecer o segredo.

Os pesquisadores observaram que, por ocasião da iniciação ao Bwiti, *"a cabeça do candidato recebe três golpes com um martelo para que seu espírito seja libertado".*

Marcas estava surpreso com a coincidência.

As idéias se atropelavam em sua cabeça; como é que o culto do Bwiti se encontrava numa pedra milenar? Provavelmente, viera do Egito, por intermédio de mercadores egípcios que tiveram contato com tribos africanas, ou, talvez, da Etiópia, que realizava expedições no mais profundo interior da África.

Sua imaginação se inflamava: a rainha de Sabá, rainha da Etiópia, conquista do grande rei Salomão, talvez tenha oferecido essas plantas aos hebreus.

Ele dormiu, esgotado. Pela manhã, tinha os olhos avermelhados, o rosto pálido e fundo. Uma verdadeira cara de dom Juan depois de uma noite de amor. Se Anselme o visse...

Jade ainda dormia. Antoine esticou os braços e foi para a janela. A aurora afastava os últimos fiapos da noite; ele só tinha dormido três horas. Precisava de café. Já tivera manhãs mais serenas.

Pensou novamente na Thulé, a ordem pervertida. Poder raptar um militar tão experimentado quanto Jade em plena Paris o deixava estupefato; e chegar a drogar e torturar por um segredo fantasmagórico... Gente da mesma laia deve ter matado e assassinado seus irmãos no passado, em outras plagas. Precisava telefonar para Jouhanneau imediatamente.

Castelo de Beune, Dordogna

O grande arquivista desligou o despertador e foi se sentar num sofá do quarto. Ao passar diante de uma janela gótica, contemplou a noite que chegava ao fim. Seis horas da manhã; tudo estava bem calmo. Na véspera, à noite, ele subira à plataforma do torreão. O vale de Beune estendia-se a seus pés. Um riacho serpenteava através dos prados. Ouvia-se o coaxar das primeiras rãs. E por toda parte, bosques até o infinito.

As chaves do castelo repousavam sobre a escrivaninha.

Os velhos Chefdebien provavelmente se apoiaram muitas vezes naquele parapeito, contemplando a paisagem e a estrela do pastor que subia lentamente por detrás das colinas. Quantos homens, sentinelas do absoluto, meditaram assim durante séculos? Mas o caráter de Jouhanneau não vibrava no mesmo diapasão da nostalgia. Adormecera logo depois de ter voltado do escritório do tabelião e acabava de acordar bem-disposto. O celular tocou.

— É Marcas.

Apesar dos acontecimentos, o comissário fez um relatório preciso: Zewinski raptada, seqüestrada em companhia de um desconhecido em delírio, a fuga e a acolhida num hotel mantido por um irmão.

Comunicou que descobrira a planta de Bwiti. Também não se esqueceu de mencionar o exame dos arquivos do GO. Os assassinatos na Alemanha, que lembravam a morte de Hiram...

Jouhanneau sentiu que a exaltação crescia dentro dele. Estavam em pé de igualdade com a Thulé. Faltavam o último elemento e a dosagem.

— Vá para Plaincourault. Lembre-se dos arquivos descobertos por Sophie. Daquele maçom do século XVIII, o Du Breuil, que queria criar um novo ritual.

Curiosamente, Marcas tinha o espírito lúcido. A retidão se impunha.

— Ao reler os textos dele, descobri que o nomeou ritual da sombra.

— O ritual da sombra... Poético e inquietante. E uma das chaves desse ritual está no afresco. Vocês dois devem ir para Plaincourault o mais cedo possível.

— Por quê?

— Sophie Dawes passou por lá antes de ir para Roma. Ela deixou uma mensagem, comunicando-me a descoberta de um afresco extraordinário na capela, mas sem dar mais detalhes. Eu pretendia ir até lá no dia em que fiquei sabendo de sua morte. Vá hoje.

— Vai ser difícil, eu mal dormi e não garanto que Jade possa...

A voz de Jouhanneau ficou mais dura:

— Não é hora de se lamentar. O que está em jogo é muito importante. Na capela, o afresco contém uma representação do pecado original. O episódio bíblico da tentação de Eva. Telefone-me quando tiver chegado lá. No afresco está oculto o elemento que nos falta e talvez um código, uma fórmula de que precisamos absolutamente.

Jouhanneau desligou.

Esporo de centeio. O fogo de Santo Antônio.

Iboga. A árvore africana do conhecimento.

Só faltava um elemento, e a fórmula.

Jouhanneau se lembrava dos textos de Du Breuil, o veterano da campanha do Egito, cujos projetos para um templo, assombrosos para a época, colocavam em primeiro plano, no centro da loja, *um arbusto de raízes nuas...*

Sem contar o que Marek tinha descoberto na pedra. A proibição absoluta de recuperar uma substância que *fomenta o espírito até a profecia...*

O perigo era evidente. Uma dosagem errada e as conseqüências seriam terríveis. O inferno ou o paraíso.

Jouhanneau consultou o relógio. Deixou uma mensagem para Chefdebien, pedindo que seus biólogos sintetizassem os dois primeiros componentes.

Ibogaína para a iboga e ácido lisérgico para o esporo de centeio.

Com um pouco de sorte, à tarde, Marcas lhe transmitiria o nome da terceira planta...

Jouhanneau ainda olhava o dia nascer. Os da Thulé também rondavam, invisíveis, esperando se apossar do segredo. Todos estavam perto do objetivo. Pela primeira vez em anos, ele tinha esperança. Seu pai seria vingado, e a busca logo terminaria.

40

Auto-estrada A20

A gordura escorria da batata frita malcozida, junto com uma salsicha de cor indefinida, dentro da barqueta de plástico transparente. Um dedo de ketchup vermelho vivo introduzia uma nota incongruente de cor naquela porção de alimento que Jade contemplava com nojo evidente.

— Isso se come?

Marcas deu uma olhada pelo retrovisor e saiu da fila para ultrapassar um trailer holandês que se arrastava na pista da direita. Uma menina apoiou o polegar no nariz e balançou os dedos, mostrando-lhe a língua quando emparelharam. Jade compôs uma careta mais horrorosa como resposta, o que fez com que a menina berrasse de medo. Os pais holandeses encararam a Afegã severamente. Marcas acelerou, deixando para trás o trailer familiar; duas fritas engorduradas caíram na calça de Jade. Dois pequenos círculos amarelos se formaram imediatamente.

— Presta atenção, acabo de me sujar com a sua *junk food* para obeso.

Marcas sorriu sem deixar de olhar para a estrada.

— Mande a conta para Darsan! Ele ficará encantado!

— Não poderia ter comprado outra coisa sem ser esta imundície?

Ela sacudiu uma batata que se curvava lamentavelmente.

— Não apenas esta coisa é um insulto à gastronomia em geral, mas também à imagem característica da batata frita. Sem falar dessa coisa mole que supostamente representa uma salsicha. Além do mais, fede.

— Não havia mais nada no posto. Nem sanduíches, nem saladas, nada... Como a senhorita estava dormindo, não quis perturbá-la. Só falta uma horinha para chegarmos ao nosso destino; comeremos então alguma coisa.

A moça guardou a comida no saco de papel, pousou tudo no banco de trás e se aconchegou em seu lugar. A paisagem desfilava; depois de ultrapassadas as florestas de Sologne, os campos da Beauce, de uma monotonia sem fim, pareciam seguros. Ela guardara a imagem exata de seus raptores, o torturador e sua podadeira, a matadora completamente arrebentada...

Depois do telefonema deles, Darsan enviara pela manhã uma equipe especial para prender os membros da Ordem, mas só encontraram um monte de ruínas fumegantes. Os bombeiros tinham passado antes, chamados com urgência. As chamas do incêndio tinham assustado as aldeias das imediações. Os seis cadáveres dos ocupantes foram encontrados carbonizados, e toda a vizinhança lamentava sinceramente o trágico desaparecimento dos membros da Associação Francesa de Estudos de Jardins Minimalistas, especialmente do tão gentil jardineiro holandês.

Jade não reagiu quando ficou sabendo, por Darsan, do acidente. Ele queria convocá-los imediatamente para um *debriefing*, mas, a conselho de Marcas, ela explicou que tinham saído atrás de uma nova pista, e estariam de volta no dia seguinte. Jade pensou naquele grupo de loucos que a tinham seqüestrado, soltos por aí. Gente para quem a vida humana não representava nada, somente um campo de experimentação para suas mentes pervertidas por uma doutrina absurda.

Por causa de sua profissão, Jade conhecia a dureza e a falta de compaixão de alguns representantes da espécie humana. Execuções sumárias, atentados, matanças por vingança. Na sua idade, ela pensava ter conhecimento da questão, contudo... De fato, uma única vez na vida tinha presenciado uma crueldade semelhante, no feudo do general afegão Dorstom, chefe de um clã montanhês. Esse "senhor da guerra", como se fazia chamar, organizava sessões de tortura coletivas, destinadas a consolidar sua autoridade sobre as populações ainda mal dominadas. A técnica era simples e eficaz: utilizava um carro de assalto com um ou vários prisioneiros amarrados pelos tornozelos. À medida que o tanque avançava lentamente, os infelizes eram triturados. Inicialmente os pés, em seguida as pernas, o ventre... até o rosto, que o carro explodia como um fruto bem maduro. O general mandava então que um membro da família limpasse as ranhuras dos pneus e recolhesse os restos de carne afundados no chão do acampamento. Ela quase tinha vomitado ao ver o filme clandestino passado por um dissidente do clã. Por ocasião das negociações secretas em 2002, depois da chegada dos americanos ao Afeganistão, o general, adversário histórico dos talibãs, reinventou uma conduta e se tornou personagem político irretocável. E sem remorsos, nem ironia, ele se vangloriava por toda parte de que seus métodos tão pessoais eram um modelo de eficácia para instilar o medo no coração de seus inimigos. Seu olhar de iluminado parecia com o dos raptores de Jade. A mesma loucura sem limite.

E dizer que hoje esse general Dorstom gozava da benevolência e da consideração das democracias ocidentais, bem satisfeitas por deixar que aquele feroz cão de guarda pudesse sujar as mãos no lugar delas.

Todas essas lembranças a aborreciam. E talvez mais ainda o fato de ter se aproximado tanto de Antoine nas últimas horas.

— O senhor não acha que essa nossa história de arquivos e Templários está completamente deslocada?

— Deslocada?

— Sim, procurar um segredo de milhares de anos, que tem todas as possibilidades de jamais ter existido, enquanto no mundo milhões de pessoas morrem de fome, vivem sob ditaduras ou sofrem de doenças.

Marcas estava boquiaberto.

— E nós vamos tranqüilamente para o campo, resolver esse jogo de pista esotérica. Se meu rapto e o assassinato de Sophie não tivessem acontecido, eu acharia isso de um total ridículo.

O comissário acendeu um cigarro. Tempo para reagir.

— Certamente que não! A senhorita confunde idéias que não são comparáveis. Quando se decide ser responsável pela segurança da Embaixada em Roma, o trabalho não consiste em cuidar dos pequenos congoleses num dispensário, ou dar uma ajudinha na Tailândia para os sobreviventes do tsunami.

— É claro, mas eu trabalhava com a realidade. Com o senhor, tenho a impressão de correr atrás de uma quimera, do vento, do fantasma... Tipo Indiana Jones à procura do Graal.

Marcas soprou a fumaça dentro do carro.

— Ao passo que se estivéssemos procurando a pista da matadora de sua amiga, do modo clássico, com revólveres e policiais, no contexto de uma bela operação comando, bem programada, aí, sim, seria concreto, eficaz?

— O senhor me tirou as palavras da boca.

— Ninguém a obriga a estar aqui. Da estação de Châteauroux, em duas horas e meia a senhorita estará em Paris.

O rosto de Antoine tinha agora um ar teimoso.

— Desculpe-me, mas não aprecio mistérios esotéricos. Eu nem li o Código Sei-lá-o-quê e não compreendo o interesse das pessoas por essas histórias. Jesus e seu filho desconhecido, os Templários, astrologia, curandeiros... são contos de fada para adultos. Quanto aos enigmas maçônicos, nem se precisa falar... A seita do Templo Solar estava ligadona nessas imbecilidades todas, e veja no que deu...

— Não seja primária. É fácil entrar para uma seita e difícil sair dela; no nosso caso, é o contrário. Uma parte considerável dos irmãos do Grande Oriente não gosta do esoterismo e pensa como a senhorita a respeito desses assuntos. Outras obediências são mais inclinadas ao estudo simbólico, e isso não tem nada a ver com magia ou elucubrações sobrenaturais. Pouco importa! Existe uma virtude que chamamos de tolerância, e cada um tem a liberdade de acreditar no que quiser.

— Não quando se trata de obscurantismo!

O policial sentiu de novo a exasperação dominá-lo.

— Se a senhorita soubesse até que ponto a maçonaria lutou contra o obscurantismo ao longo dos séculos! A senhorita freqüentou a escola?

— Sim, mas não vejo a relação...

— A relação? A escola gratuita de Jules Ferry, aberta a todos, sem distinção de nascimento, é de inspiração maçônica. Os deputados que votaram a lei, os inspiradores de cada linha, eram todos maninhos, como a senhorita diz. Eu poderia dizer mais. As primeiras sociedades mútuas de ajuda aos operários doentes foram criadas pelos maçons. A Lei Veil sobre o aborto, no início dos anos 70? Inspirada e defendida do princípio ao fim por maçons... Pense nas moças que eram submetidas a uma carnificina com agulhas de tricô! E, por favor, não me fale de obscurantismo!

— Ah! Tá...

— Tá... como a senhorita diz. Se assistisse, por exemplo, às sessões da loja Dever e Fraternidade, veria que seus membros estudam o ano todo, do meio-dia à meia-noite, os problemas da sociedade e não gostam absolutamente de esoterismo. No entanto, são cem por cento maçons.

Jade viu que ele se inflamava. Pelo menos daquela vez ele estava deixando cair a máscara de tira certinho e de intelectual pomposo. Gostava mais dele assim. Contudo, ela decidiu acuá-lo um pouco mais.

— Concordo sobre a tendência social, mas, curiosamente, não se encontram muitos operários ou secretários em suas lojas. Em compensação, médicos, patrões, políticos, aí sim, bingo! O que importam as gerações e os regimes em vigor? Vocês estão sempre do lado do poder. Existem lojas "Aqui temos uma boa sopa"?

As mãos de Marcas se crisparam no volante. Aquela moça queria enfurecê-lo. Ela não o perdoava por ter precisado dele. Não podia cair em sua armadilha.

— Talvez a senhorita tenha razão no que se refere ao desequilíbrio das classes sociais, mas dizer que estamos sempre do lado do mais forte é um absurdo. Já se perguntou por que todos os totalitarismos do mundo sistematicamente proibiram a maçonaria?

— Hum! Hitler e Mussolini. De todo modo, eles proibiam qualquer grupo constituído: sindicatos, partidos, organizações católicas...

— Acrescente, à direita, Pétain; Franco na Espanha, Salazar em Portugal; à esquerda, todos os líderes da revolução nos países comunistas, e por toda parte um montão de "grandes democratas", farinha do mesmo saco. Sem contar os líderes autoritários dos países árabes. E, *curiosamente*, retomando sua expressão, a maioria de seus oponentes vinha do nosso lado.

— Bravo pela propaganda! Mas o senhor se esquece dos ditadores africanos, dos grandes escroques, dos juízes que...

Marcas freou de repente e foi para o acostamento. Pega de surpresa, Jade se agarrou ao cinto de segurança. Ele se virou para ela.

— Chega. Vamos esclarecer as coisas. Eu não sou o porta-voz da maçonaria, e, como em todos os grupos, existem safados por todos os lados. Nem mais nem menos. Não faço proselitismo com a senhorita, então pare de me encher!

Jade sorriu. Tinha ganhado o primeiro round. Além disso, ele ficava quase sedutor quando se irritava.

— Sugiro que dê a partida, é muito perigoso ficar no acostamento.

— Não, não vou dar a partida antes que a senhorita me explique o verdadeiro motivo de sua animosidade.

O interior do automóvel estava submerso no barulho dos carros e dos caminhões que passavam pela auto-estrada. A moça estava ficando constrangida.

— Estou esperando.

Jade suspirou e contou o suicídio do pai e a pressão de três homens, todos maçons, para que ele vendesse a empresa, que eles então recuperariam a baixo custo. Ao final de 15 minutos, ela terminou a história e se refugiou no mutismo. Lágrimas escorriam-lhe pela face. Marcas ficou pensativo. O pai e a amiga de infância. Dois próximos, mortos violentamente. Por razões diferentes, mas ambas ligadas a uma proximidade com os irmãos. Isso poderia justificar muitas coisas. Deu a partida suavemente. Aos poucos, o carro ganhou velocidade, depois entrou na fila de veículos. Ele ouviu a voz de Jade, branca e seca:

— Não fale mais até que tenhamos chegado.

Croácia
Castelo de Kvar

Sentados no banco, cinco homens e duas mulheres contemplavam a baía rochosa, absortos em seus pensamentos, à espera da chegada de Sol. Alguns deles ainda se lembravam do suplício do companheiro em conseqüência do abraço mortal da virgem da capela, a alguns metros dali.

Duas vezes por ano, o diretório da Ordem se reunia ao ar livre, numa das casas da Ordem, para tomar decisões importantes sobre a conduta das operações. Uma tradição solidamente estabelecida desde a criação de seu ancestral, o grupo Thulé, herdada do fundador, o barão Von Sebottendorff, que gostava de dizer que a natureza dava ao homem o gosto da transcendência.

Um dos cinco homens, com uma fina armação dourada no nariz, tomou a palavra:

— Sol entrará em contato conosco daqui a pouco, por telefone. No momento ele está na França. O melhor é começar a acertar os assuntos pendentes. Ele nos participará os avanços da operação Hiram. Sejam breves. Primeiramente, o nervo da guerra. Com você, Heimdall.

Cada membro do diretório possuía um nome iniciático tirado do panteão nórdico. Heimdall, advogado associado de um dos maiores gabinetes da City, pegou uma pequena folha.

— Os investimentos da Ordem se elevaram a aproximadamente 500 milhões de euros, sobretudo graças ao nosso fundo de pensão de Miami e ao consórcio de desenvolvimento baseado em Hong Kong. A queda dos mercados freou a progressão de nossa carteira, mas a compra das siderúrgicas Paxton compensou as perdas. Peço a autorização do diretório para comprar participação numa sociedade... israelense.

Os seis membros da Ordem soltaram um murmúrio de desaprovação. O homem sorriu.

— Sei que temos princípios deontológicos fortes; nunca dinheiro numa sociedade judaica ou dirigida por um judeu, mas neste caso preciso, trata-se justamente de comprar para revender, no máximo, um mês depois... A mais-valia é mais do que cômoda.

O homem de olhos azul-cobalto por detrás dos óculos dourados, o que tinha tomado a palavra em primeiro lugar, interrompeu-o:

— Fora de questão. Alguma outra coisa? Não? Sua vez, Freya.

Uma loura de cabelos de fios retos, célebre médica sueca cujos trabalhos sobre clonagem quase a levaram a arrebatar o Nobel dois anos antes, cruzou os braços.

— Pouca coisa. Todas as tentativas para prolongar a viabilidade de um clone humano resultaram negativas; não vejo saída antes de dois anos. As pseudovitórias expostas pela mídia falharam. Nossa incubadora de Assunção transborda de embriões inacabados. Proponho vendê-los no mercado paralelo para pesquisa de medicamentos.

Os outros membros concordaram. O chefe apontou o dedo para um deles, um homem de grande estatura.

— Sua vez, Thor.

— Aproximadamente vinte representantes de grupos políticos europeus do Oeste e do Leste, próximos de nossas idéias, acompanharam sessões de formação e instrução conforme nossas recomendações. Evidentemente, sem que eles tivessem conhecimento do objetivo principal que buscamos. Lembro a vocês que neste ano de comemoração dos sessenta anos da queda do Reich a ordem é não usar a cartada da provocação. A palavra de ordem é tirar partido da preocupação social e pôr em evidência o caráter progressista de nossas idéias. O desemprego atinge toda a Europa e as democracias são incapazes de impedir esse avanço.

— É só?

— Não. Temos problemas com nossos amigos do White Power, nos Estados Unidos. Os representantes da Klu Klux Klan querem assumir a chefia da organização. Eles se opõem ao movimento do Cristo da raça ariana, mais próximo de nós. Sugiro uma doação complementar para os últimos.

Outra mulher, uma sexagenária de olhar penetrante, interveio:

— Não. Por que continuamos a pagar a esses retardados que ficam badalando pelas ruas com uma cruz gamada no braço e que servem para repelir nossa causa? Que droga! Está fazendo vinte anos que decidimos esquecer a suástica e todos os símbolos que lembram o nazismo! Esses retardados nunca tomarão o poder. Vamos deixar que eles gozem diante do retrato de Hitler! Nossos mais eficientes representantes nos países europeus apostam no populismo e na xenofobia. Sobretudo, rejeitam qualquer assimilação com esse período da história!

O homem de finos óculos, Loki — deus da astúcia —, balançou a cabeça.

— Você tem razão. Vamos cortar-lhes o crédito. Contudo, Thor irá aos Estados Unidos para fazer contatos e avaliar a reciclagem de elementos mais evoluídos. Não esqueçamos, porém, que o símbolo de nossa Ordem é a cruz gamada arredondada, encimada por um punhal. Ela existia quando Hitler ainda era um vagabundo que vendia quadros nos mercados, e continua viva. Prossigamos as avaliações. Sua vez, Balder.

Um homem corpulento, de olhar duro, tomou a palavra:

— Lamento anunciar que nossa casa em Chevreuse, perto de Paris, foi incendiada e evacuada.

Os outros membros do diretório o olharam, espantados.

— O jardineiro, um de nossos mais notáveis companheiros sul-africanos, me telefonou hoje pela manhã para me dar a notícia. Ele desencadeou o procedimento de urgência em razão de faltas graves cometidas por um de nossos membros. Aparentemente, tem ligação com a operação Hiram, que teria dado errado. Sol estava lá ontem. Ele poderá, suponho, nos dizer mais. Toda a equipe foi se recolher em Londres, com exceção da moça, que se juntou a Sol em sua mansão parisiense.

O homem que era chamado de Loki percebeu uma sombra na voz de Balder. Ele sabia que a moça era sua filha. E conhecia o castigo previsto nos estatutos da Ordem: a morte.

Região de Brenne

O carro preto corria pela região dos mil lagos. Depois de ter passado por Mezières-en-Brenne, tomou a D17 por 3 quilômetros, depois a D44 na direção da casa do Parque Natural, onde se encontravam as chaves da capela. Estradas quase que em linha reta, ladeadas por espelhos-d'água; mais de 10 mil hectares de terras imersas em toda a região. Marcas conhecia bem aquele canto por ter namorado durante algum tempo uma irmã do Direito Humano, diretora do departamento de Monumentos Históricos, e que possuía uma casa de campo no parque. Telefonou para ela e conseguiu autorização para visitar a capela, sem guia.

Parou o carro no estacionamento quase cheio da casa do parque, um centro de desenvolvimento ao mesmo tempo turístico e natural. Saíram do carro, doloridos por causa de três horas de estrada. O sol ainda faiscava diante do grande lago, grupos de turistas armados de máquinas fotográficas munidas de zoom agitavam-se por todos os lados. Jade pegou a bolsa e contornou o carro.

— São paparazzi? Estão esperando alguma artista aqui?

Marcas sorriu.

— Aqui as artistas são as gaivinas, o sisão, o pato selvagem ou ainda o abetouro.

— Abetouro seria um bom apelido para o senhor. Arrogante, e com a cabeça em sonhos esotéricos. Chega de brincadeira; são nomes...

— ... de pássaros que se encontram em profusão em algumas estações do ano. Estamos no meio de uma reserva natural, um paraíso para as aves. Os aficionados vêm de toda a Europa para fotografá-los.

Caminharam até a entrada da casa. As crianças corriam de um lado para outro. Marcas sentiu uma fisgada no coração quando quase esbarrou num garotinho que tinha o mesmo jeito de seu filho. Entraram num prédio onde havia uma loja e um restaurante. Marcas apontou para Jade uma mesa ao lado de uma grande lareira, na extremidade da sala.

— Acomode-se ali e peça carpas fritas, a especialidade local, e também uma garrafa de cidra orgânica. Enquanto isso, vou buscar as chaves.

Jade sentou-se e pediu o prato indicado por Marcas. Massageou as costas. E dizer que na véspera ela estava sob seqüestro e ameaçada de morte.

Duas mesas adiante, dois homens de uns 40 anos conversavam ao redor de um mapa geográfico. Fotógrafos profissionais que trocavam informações para uma viagem à Colômbia. Um deles, usando brinco, explicava que era preciso reservar dinheiro para as propinas, de modo a poderem fotografar nas aldeias indígenas. O segundo, um louro grisalho, de olhar malicioso, ouvia-o, segurando um grande copo de cerveja e, de vez em quando, olhando para Jade.

Marcas chegou andando rápido, com o molho de chaves na mão. Antes de se sentar, cumprimentou os homens e trocou algumas palavras com eles.

— Eu sempre os encontrava quando vinha aqui. São grandes viajantes. Passam o tempo saracoteando pelo mundo, mas continuam morando aqui entre uma viagem e outra. O primeiro se chama Christian, especialista em fotos de paisagens. Imagens incríveis. Quanto a Nicolas, é um dos melhores fotógrafos de animais do mundo. Aliás, ele me perguntou se você ficaria por aqui.

Jade o olhou, consternada.

— Não, obrigada! Quando mais depressa eu voltar para Paris, melhor.

A garçonete trouxe dois pratos de carpas fritas e uma garrafa. Marcas esperou que ela se afastasse e abaixou a voz:

— Agora vou lhe dizer o que vamos realmente procurar naquela capela de Plaincourault.

41

Região de Brenne

Um gigantesco bando de estorninhos planava acima do lago do mar Vermelho, o maior de toda a região. Milhares de pássaros se reagrupavam praticamente à mesma hora, todos os dias, para encontrar abrigo para a noite nas altas árvores. O balé durava uns 20 minutos; em seguida, ao comando de algum batedor, o bando se dispersava como que por encanto, e as aves desciam em massa para se dar o merecido descanso.

O sol, verdadeiro mestre dessa dança crepuscular, desaparecia a oeste; a noite se apossava da região dos mil lagos. Os turistas também tinham voado para seus abrigos; toda marca de presença humana se desvanecia, com exceção dos moradores das raras casas construídas naquela imensidão aquática.

O carro rodava na noite para sudeste, na direção do Blanc, e mais adiante, para a aldeia de Mérigny, nas terras onde ficava a capela.

Jade pensava nas explicações dadas por Marcas. Segundo ele e um tal de Jouhanneau, chefão no Grande Oriente, o segredo dos manuscritos de Sophie estava naquela capela perdida no meio do nada e, mais exatamente, num afresco da Idade Média. Ali se encontrava a chave.

Pegou no porta-luvas o pequeno folheto turístico da capela, que conseguira na casa do parque. Segundo os autores, Plaincourault tinha sido construída no século XII e pertencia à Ordem dos Cavaleiros Hospitalares de São João de Jerusalém que, séculos depois, se tornaria a famosa Ordem de Malta. Na época, uma grande comendadoria da Ordem cercava o prédio religioso somente acessível aos cavaleiros, pelo menos até o século XIV. Jade interrompeu a leitura.

— Não compreendo. Sophie me disse que era uma capela templária. Ora, aqui está escrito que ela pertence aos Hospitalares.

— Exato. Eu também me fiz essa pergunta, mas o manuscrito de Du Breuil dá a explicação. No século XIII, dois dignitários do Templo passaram para os Hospitalares — hoje em dia seriam chamados de desertores — e se tornaram os comendadores permanentes na região. Du Breuil tinha encontrado nos arquivos do Blanc atos da época que confirmam o acontecimento. Foram, sem dúvida, esses dois comendadores que deram início à realização dos afrescos da abside. Eu acrescentaria que as relações entre os Templários e os Hospitalares foram freqüentemente ambíguas. Às vezes, em guerra declarada na Terra Santa, acontecia de fazerem alianças na Europa. No momento da queda do Templo, em 1307, inúmeros cavaleiros encontraram refúgio entre os Hospitalares.

— E são os afrescos que nos interessam?

— Para nada lhe esconder.

Jade continuou a leitura. Durante a Revolução, os bens de Plaincourault, assim como os de todas as ordens religiosas, foram confiscados pelo Estado e vendidos a burgueses. A capela se tornou um celeiro de feno e se arruinou com o tempo. Em janeiro de 1944, um enigmático funcionário de Vichy, que trabalhava nos Monumentos Históricos, decidiu classificar a capela como patrimônio nacional. O edifício permaneceu fechado, corroído pelo tempo, açoitado pelos ventos e pela chuva, durante mais de cinqüenta anos. Até 1997, quando o Parque Natural de Brenne, o Departamento, a Região e o Estado financiaram a restauração daquele vestígio decrépito, sob a égide dos Monumentos Históricos. Três anos de restauração minuciosa realizada por especialistas devolveram o lustro à capela perdida. Os afrescos das diferentes épocas recuperaram o brilho de outrora.

Chegaram depois de meia hora. Marcas se enganara duas vezes de direção até que encontrou o lugar exato. A capela mergulhada na escuridão se situava no fim de uma curva, num promontório, ao lado de um campo e de uma grande fazenda. Estacionaram o carro num pequeno caminho lamacento que cercava a construção.

Tudo estava deserto; os faróis do carro fizeram com que dois coelhos fugissem; um cão latia.

— Chegamos.

Marcas saiu do carro e, sem esperar por Jade, correu para a entrada. A impaciência o corroía desde que tinham partido, no início da tarde. Pegou a grande chave de metal e a inseriu na fechadura, que funcionou perfeitamente.

— Espere por mim.

Ele mal ouviu a voz da moça. Pressionou o interruptor que lhe tinha sido indicado, mas nada aconteceu. Pegou no bolso uma lanterna e dirigiu o facho para o fundo da capela, e varreu o interior da construção.

Marcas e Jade avançaram lentamente ao longo dos bancos, hipnotizados pela beleza daquelas pinturas sobreviventes de séculos passados, testemunhas mudas de uma época longínqua, quando a cristandade reinava soberana e impregnava os espíritos, desde os mais humildes até os mais poderosos.

À direita, Santo Elói aureolado trabalha uma ferradura a golpes de martelo, sob o olhar admirado de dois companheiros. Mais adiante, anjos velam outros santos com o rosto apagado. À esquerda, na altura da terceira fileira de bancos, todo um bestiário surge da Idade Média. Dois leopardos, um deles portando uma coroa, se enfrentam com as garras à mostra.

O facho da lanterna faz aparecer aqui e ali uma rica palheta de cores, ocre, amarelo e vermelho, cinzas nuançados com toques azulados, verde-alabastro...

— Ah, Marcas, olha esta aqui.

Na parede, no alto, uma raposa hilária tocava um instrumento medieval, uma viola, talvez, para uma galinha e seus pintinhos. Bem ao lado, como num processo de leitura de história em quadrinhos, a raposa degolava a ave.

Jade falou com voz maliciosa:

— Resolvi o enigma. A raposa simboliza o homem que seduz a mulher para alcançar o objetivo, ou seja, papar uma carne fresca. Esses cavaleiros hospitalares tinham muito humor e clarividência para a época...

Marcas deu um risinho.

— Não, mas é uma idéia. O afresco que nos interessa está lá no fundo, perto do altar.

Deram alguns passos, passaram por uma pequena grade negra que marcava a entrada da abside. A luz da lanterna iluminou o teto e os afrescos, criando jogos de sombras que davam a ilusão de que os personagens se moviam. Jade pegou a lanterna com gesto brusco.

— Deixe-me encontrar o que está pegando...

À primeira vista, nada saltava aos olhos. No alto da abside, um Cristo Pantocrátor, de inspiração bizantina, erguia o dedo direito para o céu, cercado do tetrágono tradicional, as quatro representações alegóricas dos evangelistas: o leão de São Marcos, a águia de São João, o touro de São Lucas, o homem de São Mateus.

Dos lados, grandes afrescos de aproximadamente 2 metros por 2 representavam quatro cenas da Bíblia recortadas por três vitrais.

— O que temos aqui? Vejamos se ainda me lembro do catecismo. Aqui uma crucificação, lá uma Virgem com o Menino, o julgamento das almas e, por fim, à extrema direita... Adão e Eva rodeando uma... Caramba! Está vendo o que eu estou vendo? Um...

Marcas deixou que Jade terminasse a frase e pronunciasse a palavra mágica.

Croácia
Castelo de Kvar

O vento soprava suavemente desde o anoitecer; a meteorologia anunciava o início de mau tempo sobre o Adriático e todos os barcos tinham voltado aos portos da região. Relâmpagos apareciam ao longe, em pleno mar, seguidos do ronco do trovão.

Sozinho, sentado num banco no alto do promontório, o homem de óculos finos parecia fascinado pelo espetáculo dos elementos desencadeados. Com o celular grudado ao ouvido, ele falava com seu mestre: Sol.

— Bom presságio. Thor bate o martelo na bigorna da terra. Os membros do diretório não estão satisfeitos com sua explicação sobre a operação Hiram. Com exceção, talvez, de Freya. Eles o respeitam e jamais ousariam pôr em dúvida sua palavra, mas...

— Mas o quê?

— Pertencem a outra geração. Partilham nossas idéias políticas, gostam do poder que a organização lhes confere, mas são céticos quanto ao objetivo final. Consideram que a operação Hiram não leva a nada. Uma casa da Ordem destruída.

Loki levantou-se e se apoiou num dos pilares em ruína que ladeavam o banco. A tempestade se aproximava. A voz de Sol rugia.

— Contudo eles passaram pela iniciação e sabem que o espiritual ainda é o mais importante. Se a missão Hiram tiver sucesso, estaremos no limiar de uma nova era. A volta da antiga Thulé... Eles não compreendem isso?

— Na teoria, sim, mas quando se diz que o meio de se comunicar com o plano divino foi encontrado, é muito abstrato para eles. Heimdall me perguntou se você tinha ficado gagá.

Sol estava se irritando?

— Eles vão ver se eu sou apenas um velho maluco! Quando penso o que seus ancestrais ofereceram à Ordem. O diretório ficou covarde e só pensa nos privilégios. Nenhum deles poderia ser aceito na Waffen SS como eu fui. Eles perderam o gosto do sangue. Cometi um erro ao lhes dar poder. É preciso renovar o diretório, e só você pode levar essa tarefa a bom termo. Estou muito concentrado na operação Hiram, mas quando tudo tiver terminado, lançaremos uma nova noite...

— Uma noite?

Loki via a tempestade se aproximar, as nuvens escuras e maciças avançando sobre a costa. Sol falava com um eco metálico.

— Uma noite das longas facas. Não tão importante em número quanto a conduzida pelo Führer para se livrar de sua tropa de choque, mas com a mesma energia. Tua virgem de ferro vai se regalar com novos abraços. Na verdade, tua filha está perto de mim. Ela te manda um abraço.

E desligou.

Plaincourault

— Um grande cogumelo!

O policial concordou.

— Um magnífico *Amanita muscaria*, também chamado de muscarina mata-moscas.

Jade e Antoine se aproximaram do afresco para ver melhor os detalhes da estranha pintura.

Adão e Eva nus, de frente, as mãos escondendo o sexo. No meio, como para melhor indicar que estão separados, um longo cogumelo com cinco hastes, cada uma delas com chapéu arredondado.

Uma serpente se enrosca em torno do caule central, em três voltas, e inclina a cabeça afilada para Eva.

Jade passou o dedo ao redor do afresco.

— Espantoso! Um cogumelo que substitui a macieira do jardim do Éden. Curiosa visão da árvore do pecado original... As ilustrações da época gostavam de chocar os paroquianos.

— Não, não se esqueça de que esta capela era proibida ao comum dos mortais. Durante séculos, apenas os cavaleiros hospitalares vinham rezar e comungar aqui.

Marcas pegou um pequeno aparelho fotográfico e metralhou o desenho de cima a baixo. Jade observava os detalhes com toda atenção.

— Qual é a relação entre esse curioso afresco e os textos do maçom Du Breuil?

Marcas guardou o aparelho no bolso e sentou-se num degrau de pedra ao lado do altar, esfregando as mãos. A temperatura tinha baixado sem que eles percebessem; o calor retido durante o dia pelas paredes da capela se evaporava na noite fria. Jade foi sentar-se ao lado dele. Marcas sentiu o contato; não era desagradável.

— Lembre-se, Du Breuil compra esta capela e os terrenos que a cercam. Forçosamente, depara com esta pintura. De volta do Egito, ele quer criar um novo ritual, mudar a bebida amarga da iniciação e pôr um fosso no meio do templo para nele fincar o arbusto. Olhe as raízes pintadas desse cogumelo e a forma afilada de seus talos: quase se pode dizer que é uma árvore com frutos.

— Para mim, é um cogumelo.

— Sim, mas Du Breuil, como muitos maçons, manipula a parábola e os símbolos para nomear indiretamente outras coisas ou objetos, vegetais ou animais. Ele queria usar esse cogumelo em seu ritual. Esta é a chave. Preciso telefonar imediatamente para Jouhanneau. Este é o terceiro elemento que faltava.

Jade deu de ombros.

— Mas por que exatamente um cogumelo?

— Não é qualquer um. É, sem dúvida, um cogumelo dotado de propriedades alucinógenas. Em inúmeros cultos pagãos, em diferentes latitudes, e há milhares de anos, esses cogumelos foram utilizados para se entrar em contato com as divindades. Na Sibéria, na Índia, onde quer que ele cresça. Interpretando-se esta pintura ao pé da letra, pode-se dizer que Adão e Eva foram expulsos do paraíso por terem provado desse cogumelo, não da maçã. O conhecimento absoluto elimina a inocência. Por causa de um pequeno cogumelo...

— Li em algum lugar que na América do Sul havia cultos de cogumelos sagrados.

— Sim, os cogumelos alucinógenos são utilizados pelos xamãs em muitos cultos. No México, por exemplo, com o Teonanacatl, cujo principal componente, a psilocibina, um alcalóide muito poderoso, produz fortes alucinações de ordem religiosa. Quanto à tradução, Teonanacatl significa a *carne dos deuses.*

— Como é que o senhor sabe?

— Um de nossos irmãos, biólogo de alto nível, fez uma brilhante exposição sobre o papel dos cogumelos alucinógenos no sentimento de religiosidade das tribos indígenas da América Central. O assunto provocou um debate acalorado que durou até tarde. Esse irmão lançou a hipótese de que as narrativas dos grandes místicos cristãos se assemelhavam a alucinações idênticas às dos xamãs indianos.

Jade sorriu.

— Finalmente uma explicação racional, e um maçom que me parece simpático. Esse biólogo tinha outras provas para sustentar suas afirmações?

— Sim, ele nos falou de uma experiência desenvolvida no final dos anos 60 nos Estados Unidos. Um psiquiatra, doutor Pahnke, fez uma experiência com a psilocibina com um grupo de estudantes de teologia cristã. Três em dez descreveram, depois de terem tomado a substância purificada do cogumelo, visões místicas intensas, com a profunda sensação de materialização do Cristo e da Virgem. Quero dizer que, segundo eles, realmente viam Jesus e Maria.

Jade se levantou e observou o afresco.

— Há mais a descobrir?

— Sophie veio a esta capela e encontrou outra coisa. Mas o quê? Os detalhes... freqüentemente tudo é questão de detalhes... Este afresco deve conter uma fórmula em código ou, pelo menos, uma parte da fórmula... Em princípio, são números.

A Afegã olhou-o fixamente.

— Para o código do cofre da Embaixada, Sophie insistiu em utilizar a grafia templária de Plaincourault. Ela acrescentou duas letras, o que deu um total de 15 letras.

Marcas refletia.

— Concentremo-nos no número 15 e neste desenho. O afresco nos mostra cinco chapéus de cogumelos, ligados a cinco hastes.

Jade balançou a cabeça, em sinal de negação.

— Não, olhe bem: duas hastes mais finas partem do tronco central e sustentam o chapéu principal. Isso dá cinco chapéus e sete hastes.

O policial segurou o rosto entre as mãos para se concentrar.

— Cinco e sete; falta um número...

Ele pegou um papel e escreveu os números.

$$5, 7?$$

Jade sorriu.

— Achei.

Ela arrancou o papel das mãos dele.

$$3 + 5 + 7 = 15$$

— O número 3. Olhe, a serpente dá exatamente três voltas em torno da haste.

Marcas soltou um pequeno assobio.

— Impressionante. Você teve aulas de simbologia?

— Absolutamente. Adorava adivinhações e testes de inteligência quando era pequena. Falta saber a que corresponde essa série de três números.

Antoine sorriu.

— É minha vez de surpreender. Na simbologia maçônica, cada grau é representado por um número. O 3 é o número do aprendiz; 5, o do companheiro; 7, o do mestre.

— Concluo que se pode atribuir um número para cada ingrediente. Três medidas de um, cinco de outro, sete do terceiro. Ainda falta saber a ordem da atribuição.

— Exatamente.

Marcas discou o número de Jouhanneau, rezando para que a rede funcionasse naquele lugar isolado.

— Aqui é Marcas. Estou com pouca bateria. O terceiro elemento é um cogumelo, a muscarina mata-moscas. A dosagem poderia ser 3, 5 e 7. Telefone-me de volta. Fraternidades.

Antoine desligou e foi se colocar atrás da moça que contemplava as estrelas brilhantes por detrás dos vidros do vitral. Estavam mergulhados na escuridão, fracamente iluminados pela luz da lanterna pousada no chão. Ele colocou a mão no ombro dela. Jade deixou, continuando a escrutar o céu. Antoine disse, em voz suave:

— E se fizéssemos mesmo a paz?

O frio a fazia estremecer; por sua vez, ela pousou a mão sobre a dele. Ela se sentiu de repente intimidada naquele cenário fantasmático, e a presença tranqüilizadora de Marcas lhe trouxe um apaziguamento inesperado.

Ela não era do tipo de se angustiar, mas a atmosfera lúgubre daquela capela mergulhada na noite deixava-a amedrontada. Imaginava misteriosos cavaleiros hospitalares ou templários, que largaram a batina, enrolados em suas longas capas marcadas com a cruz, prostrados diante do afresco herético. Apertou a mão de Marcas e desejou que ele fosse mais protetor, mais terno. Permitir-se algumas fraquezas quando se é forte era um luxo que ela se dava. Achegou-se mais ao companheiro. Ele colocou a outra mão em sua cintura.

De repente, uma voz forte ressoou nas trevas. Bem diante da capela.

— Adão e Eva novamente reunidos diante da árvore do pecado. Quadro admirável!

42

Vale do Oise

As vidraças de reflexos coloridos cintilavam à luz da lua e lançavam brilhos de esmeralda na floresta circundante. As três construções hexagonais do complexo de pesquisas da multinacional Revelant ocupavam 60 hectares de terras arborizadas, ao longo do Oise, em parte escondidas pela densidade das árvores.

No segundo andar do edifício principal, Patrick de Chefdebien concluía uma reunião de planejamento mensal de marketing. Excepcionalmente, reunira as equipes comerciais no centro de pesquisas, não na sede da sociedade, na Défense. Ele queria ganhar tempo e ficar ali mesmo para conversar com o diretor de pesquisas.

A sala de conferências era banhada por uma luz ligeiramente azulada. Grandes fotos de modelos famosas estavam expostas em molduras douradas nas paredes escuras. Morenas, louras, asiáticas, africanas, de uma beleza de cortar o fôlego; eram as embaixatrizes da marca em todos os continentes. Belezas efêmeras! A cada dois anos, uma equipe de manutenção mudava as fotos, no ritmo dos contratos que ficaram obsoletos. Os cartazes eram enrolados cuidadosamente e iam para o serviço de arquivos, situado no subsolo, e caíam no esquecimento, estocados em meio a centenas de fotos empalidecidas. A firma raramente empregava uma modelo por mais de dois anos; as clientes da marca precisavam constantemente de novos rostos que se identificassem com elas. Apenas os carros-chefe da Revelant, como o batom Incandescence, o xampu Reflet Boreal ou o perfume Ariane permaneciam fieis à mesma modelo por quatro ou cinco anos.

Desde que assumira as rédeas da sociedade, Chefdebien repisava um único credo: a Revelant não vendia cosméticos, mas juventude. As mulheres pagavam por uma promessa de beleza. Cada novo produto da série tinha de atingir um único objetivo: o imaginário da cliente. Um psicanalista junguiano, pago a peso de ouro, irmão de loja de Chefdebien, organizava, dois dias por mês, reuniões de trabalho em equipe para estimular a criatividade dos diretores de marketing e comunicação. Era preciso chegar ao fundo do inconsciente coletivo feminino e apostar nos arquétipos da beleza e da juventude. No mês anterior, o psicólogo tinha elaborado, junto com a responsável pelo design, um novo frasco de perfume de forma oval, para ele símbolo da feminilidade.

No início de sua ascensão ao poder, os métodos do diretor-geral provocaram risos, mas logo, diante da explosão das vendas, os mais céticos mudaram de opinião.

Sentado ao centro de uma grande mesa de mármore claro, Chefdebien esperava que o último orador concluísse sua apresentação, mas sua cabeça estava longe. Jouhanneau lhe havia deixado na véspera duas mensagens muito breves, dando-lhe o nome de três substâncias ativas, contidas no famoso soma. O diretor-geral da Revelant imediatamente pedira ao diretor de pesquisas que sintetizasse com rapidez as duas amostras disponíveis. Os nomes dos compostos eram conhecidos e referidos no *Corpus Chimicus* internacional; a fabricação dos originais só levaria três dias, no máximo. Era uma brincadeira de criança para os químicos da Revelant, que passavam o tempo inventando novas composições moleculares para os cosméticos a serem lançados.

Na secretária eletrônica, a voz de Jouhanneau tremia de excitação, como um menino à espera de seu novo brinquedo. Aparentemente, o velho descobrira alguma coisa.

Perdido em seus pensamentos, Chefdebien não se deu conta de que a apresentação do setor comercial tinha terminado. O diretor de vendas internacionais tossiu com insistência. Chefdebien saiu da meditação e se levantou.

— Senhoras e senhores, agradeço as apresentações e, especialmente, terem aceitado essa reunião em horário tão avançado. Fico satisfeito que os números sejam excelentes. Não se esqueçam de que amanhã, às 14 horas, uma equipe de televisão virá aqui para filmar a visita de nossas instalações por moças indonésias que escaparam do tsunami. Sejam o mais receptíveis que puderem; os jornalistas são nossos amigos.

— E nós adoramos os jornalistas, especialmente quando fazem publicidade gratuita para nós — caçoou em voz baixa a responsável pelas vendas no Oriente Médio, que sabia que seria substituída antes de voltar da licença que tiraria em breve.

Os empregados deixaram a sala, um a um. Chefdebien pousou a mão no ombro da moça de tailleur Gucci.

— Eu ouvi o que você disse. Quer falar a respeito no meu escritório?

— Não. Tirando o aviso de que estou desempregada, e o fato de que terei de procurar trabalho, está tudo bem.

— Sou o primeiro a lamentar, mas a Revelant é como uma cadeia; se um dos elos enfraquece, a cadeia se rompe.

A mulher olhou-o de cara feia.

— Poupe-me de suas alegorias maçônicas. Eu também sou e acho que domino melhor do que você o sentido profundo da cadeia de união.

— O mérito é todo seu. Fiquei comovido por você não ter usado nosso pertencimento comum para manter sua posição.

— Tenho princípios, imagine você. Em compensação, espero que a coleção de zeros no meu cheque de dispensa tenda para o símbolo do infinito. Ou eu não deixarei de plantar o compasso onde você bem sabe, meu irmão.

Ela se livrou do abraço dele e saiu sem lhe dirigir um olhar. Chefdebien sorriu — humor fraternal! — e se sentou confortavelmente na poltrona. A tecla do telefone piscou. O interfone tocou:

— Senhor, o diretor de pesquisa acaba de chegar.

— Perfeito. Faça-o entrar.

Um homem de uns 40 anos, gola rulê preta, cabeça inteiramente raspada, tão polida quanto uma bola de bilhar, chegou a passos largos e sentou-se rudemente na poltrona em frente ao diretor-geral.

— Patrick, você bateu com a cabeça, ou o quê? Recebi sua lista de... *incumbências*. Revelant vai se lançar agora na fabricação de entorpecentes?

Plaincourault

Antoine e Jade não distinguiam o rosto do homem que os tinha interpelado. A luz de sua potente lanterna os cegava violentamente.

— A muscarina mata-moscas cresce em círculos que chamamos aqui de círculos das feiticeiras. É normal; o Berry sempre foi um alto lugar de feitiçaria na França. Levantem bem as mãos para o alto e afastem-se do afresco.

Três silhuetas avançavam, ameaçadoras, para o fundo da igreja, uma delas mancando levemente. Antoine lamentava ter deixado a arma de serviço no porta-luvas.

O pequeno grupo estava diante deles, e eles chegaram a distinguir seus rostos. No centro, um homem idoso, de cabelos brancos, o rosto impassível, a nuca rígida. À esquerda, Jade reconheceu Joana, que balançou a mão enrolada em curativo. À direita, um homem jovem, de cabelos curtos, indiferente, apontava para eles uma MP5, a submetralhadora das forças especiais americanas, munida de um silenciador. Sol abaixou a lanterna.

— Permiti-me ouvir a apaixonante conversa de vocês sobre a muscarina. Sua celebridade sulfúrea de cogumelo venenoso data da implantação do cristianismo. Antes, desde a noite dos tempos, ela era considerada a planta da imortalidade. Foi utilizada desde o fim do paleolítico. Os xamãs e os sacerdotes das religiões pagãs a veneravam como fragmentos de divindades ainda presentes na Terra. Eles chamavam, assim como a outros cogumelos igualmente sagrados, de carne dos deuses. Infelizmente, com a supremacia da Igreja, esses cogumelos foram rebaixados à condição de simples ingredientes de feitiçaria, servindo apenas para preparar filtros ridículos. Vocês sabiam que Santo Agostinho cismou em escrever um longo texto para denunciar o uso desses vegetais tão específicos? Mas estou divagando. Klaus, pode segurar a lanterna para mim?

O velho colocou-se diante do afresco, rindo de prazer.

— Que grande blasfêmia! A macieira da Bíblia substituída por um cogumelo alucinógeno. Esses cavaleiros da Idade Média corriam um risco imenso em tempos de Inquisição.

Marcas segurava com força o cotovelo de Jade.

— Quem é o senhor?

Sol continuava a contemplar o afresco.

— Chamam-me de Sol. Esse nome não lhes diz nada; em compensação, o de minha Ordem...

— Thulé, não é?

O velho se virou.

— Bom. Muito bom. Então existem maçons conhecedores da história deste mundo. Aliás, gostaria de lhe agradecer, comissário. Se não o tivéssemos seguido desde a reunião no Ministério do Interior, no primeiro dia, e, em seguida, ao sabor de suas deambulações até Rambouillet, quando foi buscar sua encantadora amiga, não estaríamos aqui conversando tão prazerosamente.

A voz de Marcas saiu neutra.

— O senhor não está surpreso com a presença desse cogumelo?

— Não, eu achava que ele fazia parte dos ingredientes da infusão que me interessa, mas não tinha certeza. A partir de agora, tenho os três componentes, e o senhor, sem dúvida, acaba de encontrar a dose certa. Perfeito, só resta saber a que planta corresponde cada número, e é esse caro...

Joana o interrompeu:

— Deixa a garota comigo. Quero tratar dela pessoalmente.

O velho levantou a mão.

— Mais tarde. Vamos embora. Temos uma estrada pela frente. Vamos fazer uma visitinha a seu amigo Jouhanneau. Em seguida...

Marcas interveio:

— Em seguida? Vocês vão acabar com a gente? Como Hiram?

Sol esboçou um sorriso.

— Talvez. Mas ainda não chegamos a esse ponto. Vamos!

Um dos guarda-costas adiantou-se.

— Quem é você, realmente?

A voz de Jade ressoou sob a abóbada da capela.

— Meu verdadeiro nome? François Le Guermand, anteriormente, um francês, como a senhora.

— E agora?

Sol já estava saindo.

— A nacionalidade não tem nenhuma importância, só a raça conta.

Vale do Oise

Patrick de Chefdebien observava divertido o amigo, doutor Deguy, exaltar-se diante da folha cheia de anotações. Tinham feito amizade desde que chegara na firma, e Deguy era o único que se permitia contradizê-lo.

— As três substâncias químicas que você me pediu para sintetizar são bombas para o cérebro.

— Explique os termos científicos.

— Primeiramente, o esporo de centeio, que contém ácido lisérgico.

— Sim, dizem que está na origem de inúmeras epidemias de alucinações na Idade Média e...

— Não na Idade Média. Nos anos 40, um químico purificou o esporo de centeio e encontrou por declinação o... LSD, dietilamida do ácido lisérgico. O temível LSD, a droga preferida dos hippies dos anos 60.

Chefdebien se acomodou na poltrona, alegre.

— Continuando. A iboga, a planta africana, contém ibogaína, que também faz parte da família dos alcalóides psicoativos. Não é apenas um alucinógeno poderoso, mas o único que não provoca a dependência de outras drogas. Em 1985, um psicólogo a registrou, com o objetivo de produzir medicamentos para tratar de cocainômanos e alcoólatras.

— Falando claramente, misturada com outra droga, ela atenua a dependência, ao mesmo tempo que acrescenta seu próprio poder alucinógeno...

— Bem colocado. Por fim, a muscarina mata-moscas contém muscazona e muscimol, mísseis de cruzeiro que vão direto para os neurônios, garantindo uma viagem sideral.

Chefdebien levantou-se para servir um copo de conhaque.

— Você quer?

— Não. Mas o que é que a gente tem de encontrar?

— Vou te responder, mas antes me explica como essas moléculas agem no cérebro.

— Não é nenhum mistério: a estrutura química delas se assemelha à de outras moléculas essenciais ao funcionamento de nosso cérebro, os neurotransmissores. Pois bem, essas tuas porcarias ocupam seu lugar e desencadeiam o big bang na cabeça. Visão do cosmos, de Jesus, dos sete anões ou da tua mãe transando com o dalai-lama!

— E a mistura dos três?

Deguy se serviu, por sua vez.

— Digamos que, comparativamente, a cocaína e a heroína passariam por chá de camomila. Não conte comigo nem para testar este troço, nem arrebentar com meus macacos no laboratório.

Chefdebien insistiu.

— E se, controlando as dosagens, pudéssemos modificar os efeitos?

— Teoricamente é possível, mas, na prática, outros já quebraram a cara. A CIA tentou fazer esse joguinho nos anos 50 e 60.

— Os americanos?

— Sim. As pesquisas médicas mais avançadas sobre o LSD foram, na época, financiadas por ordem direta de Allan W. Dulles, o diretor da CIA. Desde 1953, ele queria utilizá-lo como soro da verdade nos comunas, e acessoriamente como antidepressivo. A Agência financiou uma dezena de unidades de pesquisa em prestigiosas universidades de Nova York, Boston, Chicago etc. Até que foi a maior loucura quando se divertiram misturando-o no café e nas bebidas dos agentes na sede da Agência, tudo isso sob a supervisão de um doutor um pouco aloprado, o doutor Gottlieb. Esses bravos espiões fizeram viagens alucinantes, com o dinheiro dos contribuintes. Um deles, aliás, se suicidou, jogando-se da janela de um hotel. Mais de vinte anos depois, em 1977, o governo assumiu a responsabilidade e pagou à viúva cerca de 750 mil dólares. Um dinheirinho bem bom.

— Como é que você sabe disso?

— A gente aprende no último ano de farmacologia. Continuando. O doutor Gottlieb quis, em seguida, divertir-se com as plantas alucinógenas depois de ter lido a obra do pesquisador Gordon Wasson sobre os cogumelos sagrados. E em 1954 a CIA lança a operação "Corrida da carne", em referência à denominação "Carne dos deuses", cogumelos alucinógenos da América do Sul. Especialistas universitários, os micólogos, receberam então, da noite para o dia, um maná financeiro inesperado para subvencionar suas pesquisas até então secretas.

— Incrível!

— E ainda falta o mais execrável. O doutor Gottlieb, o sábio louco da CIA, não podendo mais testar suas misturas nos agentes, encontrou cobaias mais dóceis. Prisioneiros negros de uma penitenciária do Kentucky que, com a cumplicidade do hospital de Lexington, empanturravam-se sem saber, junto com a comida, do agente ativo dos cogumelos. Alguns tinham a sensação de que a carne e o sangue abandonavam-lhes os corpos.

— *A carne se desprende dos ossos...*

— Como?

— Nada, é uma expressão utilizada na franco-maçonaria.

— Os danados dos teus maninhos... Bom. Tudo isso para dizer que a CIA deitou e rolou depois de ter devorado milhões de dólares, inutilmente. As pesquisas foram interrompidas. Em resumo, não se pode controlar com exatidão essas drogas.

Chefdebien pousou o copo e olhou o relógio de pêndulo na parede. Era tarde.

— Peço-lhe como um favor: prepare uma amostra de cada uma das três substâncias e não faça perguntas. Mais tarde eu lhe direi o motivo.

O pesquisador se retirou, preocupado, mas Chefdebien sabia que ele obedeceria.

O diretor-geral da Revelant serviu-se de outra dose, observando que há alguns meses ele vinha abusando do álcool, sinal evidente de fraqueza. Prometeu atenuar rapidamente esse abuso.

As explicações do diretor de pesquisas lhe abriam possibilidades insuspeitadas na medida em que os equívocos de uma organização como a CIA não constituíam prova irrefutável da impossibilidade de controlar os efeitos da superdroga. A ciência tinha dado enormes saltos desde os anos 60, e os erros cometidos na época não poderiam se repetir nos dias atuais. O poder de cálculo dos computadores, em particular dos Cray de última geração, possibilitava simular quase que em tempo real as interações moleculares num plano virtual. Certamente, isso não substituía a experiência animal e humana, mas o que se ganhava em tempo, no que se chama de *screening* dos elementos, era fantástico.

Escreveu no palm o nome das três substâncias, com a intenção de apresentá-las também, logo no dia seguinte, ao departamento de informática, simulando uma interação dos neurotransmissores cerebrais conhecidos, como a dopamina ou a serotonina.

Tinha prometido ao velho Jouhanneau enviar-lhe os frascos para Sarlat, e manteria a promessa. Isso não o impediria de desenvolver suas próprias pesquisas com fins lucrativos. Pessoalmente, não acreditava nem em Deus nem no Grande Arquiteto do Universo. Seu engajamento maçônico constituía apenas um meio suplementar de angariar outras parcelas de poder. Ficou satisfeitíssimo por ter pagado a um historiador, especialista nos Templários, para que escrevesse sua brilhante prancha daquela noite na loja Orion. Tendo obtido sucesso no exame de ingresso, ele agora os tinha nas mãos e estava certo da boa vontade deles quanto à futura eleição. Alguns votos a mais, especialmente dos irmãos daquela tendência, constituíam um trunfo precioso.

Sua boa estrela protegia-o sempre.

Tirou da carteira a nota de sorte de um dólar que, há dez anos, data de sua volta dos Estados Unidos, não largava, e contemplou os símbolos impressos no papel. Aquela pirâmide cortada por um olho, aquela inscrição latina, *Novus Ordo Seculoroum,* "nova ordem dos tempos", sinais perfeitos dos maçons. Aquela famosa nota editada em 1935 sob a presidência do irmão Roosevelt.

E dizer que só a presença daqueles símbolos naquele dólar havia convencido um bando de gente da existência de um grande complô maçônico. O rei dólar é de inspiração maçônica, o rei dólar domina as trocas monetárias, logo, os irmãos governam o mundo... Perdera a conta dos sites da Internet ou dos livros que expunham essa tese.

Para Patrick de Chefdebien, a verdadeira força da maçonaria se resumia nessa história, no fantasma que ela produzia, quando, na verdade, seu suposto poder ultrapassava, de longe, sua real influência.

E uma parte dessa projeção do poder ficaria, talvez, em suas mãos.

43

Sarlat

Jouhanneau estacionou o carro na praça central. Àquela hora, Sarlat estava quase deserta. Para ir à loja, decidiu atravessar a cidade velha. De modo a pôr as idéias em ordem. Acabara de telefonar para Chefdebien a fim de lhe passar o último componente identificado por Marcas. Aquele cogumelo vermelho com pintas brancas, que assombrava os contos de fadas... Dentro de algumas horas a equipe da Revelant teria obtido a síntese dos três componentes ativos... O objetivo de toda uma vida.

No máximo em um dia, ele receberia aquilo com o que realizar o soma e então...

No entanto, alguma coisa atormentava Jouhanneau. Lembrava-se das cartas do pai. Este possuía uma filosofia precisa de seu engajamento maçônico. Para ele, só o trabalho praticado em loja contava. Não havia infusão mística, filtro mágico, chave única a se usar para ascender ao plano divino. Não, era necessário compreender a beleza dos símbolos. Saber descobrir no plano humano os traços da coerência global. Um esforço do espírito que Baudelaire deve ter conhecido quando falava de um mundo onde *"tudo é luxo, calma e volúpia"*.

E para isso era necessário pensar por analogia. Entrever, por detrás da opacidade do hábito, os sinais do destino. Era por isso que Jouhanneau tinha ido até lá, fazer um retiro. Uma espécie de ascese. Se sua busca tinha um sentido, um sinal lhe seria dado.

O velho marquês de Chefdebien freqüentava em Sarlat a oficina da Grande Loja de França. Uma obediência considerada mais espiritualista que o Grande Oriente, mas com a qual ela mantinha excelentes relações.

Um pouco antes, à tarde, Jouhanneau tinha telefonado para o venerável da loja para se anunciar. A cumplicidade fora imediata. Os irmãos de Sarlat ficariam encantados em receber o grande arquivista do GO. Quanto a Jouhanneau, estava feliz em participar de uma sessão de rito escocês. Os irmãos do Grande Oriente praticavam o rito francês, mais despojado. Na Grande Loja, a liturgia era mais intensa, mais dramática.

Para os maçons mais esclarecidos, essas diferenças correspondiam, de fato, aos dois caminhos da alquimia: *a via seca*, ou rito francês; *a via úmida*, ou rito escocês. Os dois tinham seu valor. De qualquer modo, como estava escrito no Evangelho: *"Há muitas moradas na casa do Pai."*

Lentamente, o venerável fez soar o malhete.

— Irmão primeiro vigilante, o que pedimos quando de nossa entrada no Templo?

— A luz, venerável mestre.

— Que esta luz nos ilumine. Irmãos primeiro e segundo vigilante, eu os convido a se juntar a mim no Oriente para acender nossas tochas e tornar visíveis as estrelas. Irmão mestre-de-cerimônias, o senhor baterá no chão com o bastão a cada invocação. Irmão experto e mestre-de-cerimônias queiram nos assistir.

Diante do trono do venerável ardia um candelabro. Com cuidado, ele pegou dali uma nova chama. A luz que iria iluminar o templo e os irmãos.

Passando pelas fileiras, cada vigilante pegava sua luz na chama do venerável, indo se colocar diante de sua coluna. Três altos ramos de bronze cercavam o tapete de loja desenrolado sobre o pavimento mosaico.

O venerável acendeu a coluna do sudeste.

— Que a sabedoria presida nossos trabalhos.

Uma batida do bastão ressoou no templo.

O primeiro vigilante iluminou a coluna do nordeste.

— Que a força o sustente.

Outro golpe de bastão ressoou no momento em que o templo começava a sair da escuridão.

O segundo vigilante deu luz à coluna sudoeste.

— Que a beleza o ornamente.

A luz plena reinava agora no templo. Os trabalhos podiam ter início.

O orador conhecia perfeitamente o assunto. Sua prancha, intitulada *As Viagens da Iniciação*, apaixonava o público. Em cada fileira, os irmãos ouviam com atenção a análise precisa dos elementos que permitiam purificar o futuro iniciado antes que ele recebesse a luz. Um único ponto causara surpresa: o orador havia preferido tratar do primeiro elemento, a terra, no final.

A voz quente e segura desenvolvia agora os valores simbólicos da água, do ar e do fogo.

A água, o ar e o fogo, pensou Jouhanneau.

Desde o telefonema de Marcas, o grande arquivista estava obcecado por uma só questão. Estava de posse dos três componentes do soma mítico bem como de suas proporções: 3, 5, 7. Faltava a ordem da dosagem. Por qual planta começar? A água, o ar, o fogo... Uma súbita iluminação tomou conta do grande arquivista. E se... a essas três viagens correspondesse...

A água, em primeiro lugar. A matéria primordial. A água na origem da vida. Dela viemos. Teve uma idéia. Uma palavra de Marcas a respeito do culto de Bwiti. Os iniciados nesse ritual esperavam voltar à origem última graças à iboga. A substância alucinógena que levava a Bwiti, o guia para os ancestrais. Bwiti que conduzia às raízes da existência. Bwiti ou água.

Agora, o ar. A *Amanita muscaria*, talvez? A muscarina mata-moscas... A mosca. Outra lembrança dominou Jouhanneau. Uma de suas leituras do tempo de escola. Na aula de grego. *O Asno de Ouro*, de Apuleio. Um dos livros de referência dos esoteristas, que viam nele uma metáfora da busca alquímica. Num dos capítulos, a mosca era considerada o símbolo do ar. O elemento do mundo superior.

O fogo. O espírito de Jouhanneau atravessava em alta velocidade a floresta dos símbolos. O fogo. As epidemias alucinatórias causadas pelo esporo de centeio. *O mal dos ardentes. O fogo de Santo Antônio.* O esporo provocava o fogo.

A iboga, a muscarina, o esporo de centeio. A água, o ar, o fogo: os três elementos da iniciação.

— Vocês certamente observaram que, em minha prancha, ainda não abordei a questão da terra. Para ser exato, a experiência da terra não constitui uma viagem. O futuro iniciado permanece sozinho no gabinete de reflexão onde deve meditar sobre os símbolos que ali se encontram, e se preparar para as provas que o esperam. A permanência na terra corresponde de fato a uma preparação, de tipo psicológico, à verdadeira iniciação. Mas não nos enganemos, ela é sua condição essencial. Sem essa predeterminação absoluta não existe verdadeira iniciação.

O orador concluía a prancha. O venerável agradeceu-lhe. As perguntas podiam começar.

Jouhanneau tinha compreendido. Faltava-lhe um elemento essencial. A prova da terra. A primeira.

Bater de mãos.

— Está com a palavra, meu irmão.

— Venerável mestre no trono, e todos vocês, meus irmãos, em seus graus e qualidades. Se o orador discorreu com maestria sobre a origem simbólica dos três elementos que constituem as provas, o que dizer da passagem pelo gabinete de reflexão, dessa estada no mundo subterrâneo? Qual é sua verdadeira origem?

O orador folheou seus papéis antes de responder.

— Acredito que nós todos conhecemos sua origem. Especialmente em nossa região. Trata-se da caverna, da gruta pré-histórica onde foi criada a religião de nossos ancestrais. Vocês sabem que, por longo tempo, as grutas ornamentadas foram tidas como templos da arte. Espécies de museus... A caverna pré-histórica é, inicialmente, um santuário. Um lugar que não pertence mais ao mundo profano e é votado aos rituais religiosos. Desde alguns anos, os mais sérios pré-historiadores estão de acordo em considerar a maioria das grutas pintadas ou gravadas como o espaço sagrado onde o homem podia entrar em contato com o mundo superior. Um espaço semelhante ao nosso templo, um lugar escolhido para um ritual iniciático.

Jouhanneau bateu as mãos. O primeiro vigilante lhe concedeu a palavra.

— Venerável mestre no trono, e todos vocês, meus irmãos em graus e qualidades. Uma única pergunta: que gruta seria o templo mais perfeito?

O orador respondeu sem hesitar:

— Lascaux.

44

Em algum lugar no sul da França

A van preta tinha deixado a rodovia para seguir por um caminho danificado por sulcos lamacentos. A pálida luz da aurora desbotava as sombras da noite que ainda se agarravam aos carvalhos centenários. A uma distância de uns 20 metros, um carrinho azul seguia a caminhonete, levando a bordo Jade e Antoine, com as mãos e as pernas imobilizadas. Três horas se passaram desde a saída de Plaincourault, e o comboio estava na metade da viagem.

Ao fim do atalho, em plena floresta, erguia-se uma casa de pedra cinzenta, de dois andares, com as janelas marrons abertas, tendo ao lado um velho pombal quase em ruínas. O interior da construção estava iluminado no térreo. Um homem de casaco de caça, fumando cachimbo, afastou as cortinas e levantou o braço, acenando para os recém-chegados.

A van e o carro estacionaram diante da escada da frente, iluminada por uma lanterna em forma de gárgula. O homem do cachimbo saiu da casa e foi ao encontro de Sol e de Joana, que caminhavam pela faixa de terra gramada que servia como caminho de acesso.

Sol dirigiu-se à moça:

— Aí está nosso amigo jardineiro que vem nos cumprimentar.

Joana fez uma careta.

— Muita gentileza da parte dele. Mas eu teria dispensado.

— Vamos. Seja gentil. Ele preparou a casa para que pudéssemos descansar.

— Que dedicação! Por que ele não encarregou um serviçal para essa tarefa?

— Você está fazendo uma pergunta judiciosa. Temo que ele tenha sido encarregado por nossos amigos do diretório de nos espionar. É a alma danada de Heimdall...

O jardineiro chegou diante deles e cumprimentou Sol, sem prestar a menor atenção a Joana.

— Encantado em revê-lo. Mandei servir um pequeno bufê, e as camas estão prontas para vocês e também para os dois distintos convidados.

— Obrigado, não deixarei de falar a respeito de sua eficiência lá em cima. Como foi que o senhor encontrou este lugar?

O bigodudo bonachão enfiou a mão no casaco e dele tirou uma tabaqueira de couro velho.

— A Ordem possui três residências secundárias deste tipo na França, para as férias de nossos membros. O conforto é limitado, mas...

O velho cortou-o, sorrindo:

— É o bastante para o pouco tempo que passaremos aqui. Mande que os hóspedes entrem, e que eles se juntem a nós para o jantar.

O homem passou a mão no rosto mal barbeado.

— Jantar, mesmo? Pensei em ter uma pequena sessão de podadeira com eles.

— Não. Contente-se em obedecer.

— E ela? — perguntou o jardineiro apontando para Joana, como se ela fosse lixo.

— Ela é minha auxiliar nesta operação. Então, considere-a sua superiora.

A moça deu um risinho de satisfação.

— Você ouviu? Exerça suas funções domésticas. Vá buscar os prisioneiros.

O homem a encarou com ar de desprezo.

— Vamos nos encontrar quando esta missão tiver terminado — disse, e em seguida dirigiu-se para a van. Sol e Joana atravessaram o grande vestíbulo decorado com galhadas de cervos envelhecidas, ilustradas com pequenas placas de cobre, indicando o ano em que foram mortos. As datas remontavam ao início do século passado.

Na grande sala de jantar, uma mesa tinha sido posta, com os pratos colocados nas extremidades. Um homem, em silêncio, acrescentava às pressas mais dois lugares. Nas paredes, fidalgos provincianos de peruca, com vestes de caça do século XVIII, olhavam os visitantes como se fossem intrusos. Instrumentos agrícolas postos aqui e ali completavam a ambientação rural da sala. Sol sentou-se numa das poltronas de madeira esculpida, varrendo a sala com o olhar.

— *A terra não mente.*

Joana tomou assento diante dele, apoiando-se com a mão boa. O cansaço estava estampado em seu rosto.

— O que quer dizer?

— Era uma das máximas preferidas do marechal Pétain a respeito da autenticidade da vida no campo.

— Na Croácia, o único militar francês que se conhece é o general De Gaulle.

Sol caiu na gargalhada.

— Sempre preferi o marechal ao general, embora sua caduquice me tenha sido insuportável. Além disso, o velho veterano se saía às vezes com frases esnobes.

— Ah, é?

— *Cumpro minhas promessas, inclusive as dos outros.* É preciso ousar!

Sons de passos ressoaram no vestíbulo. O jardineiro e o jovem guarda-costas de Sol introduziram na sala de jantar Jade e Antoine, que tinham acabado de desamarrar. Sol lhes mostrou duas cadeiras vazias.

— Venham, amigos, sentem-se e restaurem-se.

Uma expressão de ódio inflamou o rosto de Joana quando olhou para Jade.

O casal se entreolhou por alguns segundos; em seguida, sentou-se em silêncio. Diante deles alinhavam-se três grandes pratos com cenouras, beterrabas, alfaces, endívias e tomates. Uma sopeira fumegante cheia de um líquido marrom-avermelhado e um grande prato de batatas cozidas completavam o cardápio. Antoine colocou alguns legumes no prato.

— O senhor não é muito carnívoro...

Sol, que se servia fartamente, concordou com ar entendido.

— Sim, a carne nos é formalmente proibida. Eu mesmo não como há sessenta anos. O segredo da longevidade...

Jade, que não tocava nos pratos, cortou-o:

— O senhor sabe o que significa seqüestrar agentes das forças da ordem neste país? Uma ordem de busca vai ser despachada para todos os quartéis e comissariados da França. O senhor não vai se safar.

A voz de Joana silvou:

— Cale-se. Mais uma ameaça e eu mato você. Lentamente, muito lentamente.

— Com que mão, a direita?

A matadora se levantou de repente, a mão crispada na faca de mesa.

— Basta! — rosnou Sol.

Joana obedeceu a contragosto. O velho se virou para Antoine.

— Falávamos de carne. Para nós, ela é carregada de toxinas responsáveis por inúmeras doenças. Em compensação, os frutos e legumes possuem riquezas nutricionais extraordinárias. Sugiro-lhe a sopa de abóbora *potimarron*, à sua direita, é excelente.

— É o ensinamento da Thulé?

— Entre outros.

Estranhamente, Antoine tinha recuperado o apetite; estava intrigado com aquele velho de aparência juvenil.

— Já que o senhor nos dá a honra de nos alimentar com cuidado, talvez também possa esclarecer algumas zonas obscuras?

— Por que não? Converso raramente com um maçom. De hábito, mando matá-los. Mas estou ouvindo.

— Qual é o objetivo da Thulé?

— Vasto assunto, mas que se resume a preservar a superioridade de nosso sangue diante da incessante invasão das outras raças. Somos uma espécie de sociedade protetora à qual tenho a honra de pertencer. Negros, árabes, judeus, mestiços de todos os tipos, todos esses seres a cada dia que passa vão tomando posse do mundo que é nosso. De nossa parte, tentamos barrar essa invasão racial.

Jade interveio, com a voz carregada de ironia:

— A sociedade protetora da raça superior! É engraçado.

Antoine sorriu diante da observação, mas preferiu encadear:

— Como é que o senhor tomou conhecimento dos arquivos de nossa obediência?

Sol reagiu com um gesto divertido da mão.

— Prefiro lhe contar o nascimento de nossa ordem. Talvez o senhor compreenda! Embora eu duvide, visto sua filiação... Mas olhe a cabeça esculpida atrás do senhor.

Antoine e Jade voltaram-se e perceberam, posto num tripé, o busto de um homem de fronte arredondada, boca cruel e sobrancelhas franzidas.

Ele acendeu um charuto e pousou a mão nos braços da poltrona.

— Aquele homem se chamava Rudolf Grauer. Nós lhe devemos tudo. Seu busto se encontra em todas as casas da Ordem. Ele criou a sociedade Thulé, muito antes do nascimento do Partido Nazista. Esse gênio, que ninguém mais conhece atualmente, e perto de quem Hitler não era senão um bronco, mudou a face do mundo. Esse filho de ferroviário inicialmente percorreu o mundo como marinheiro, no fim dos anos 1890. Mais tarde, instalou-se na Turquia, onde ganhou uma fortuna considerável antes de voltar para a Alemanha, certo de seu destino. De volta à mãe pátria, foi adotado por um aristocrata e se tornou o conde Rudolf von Sebottendorff. Na época, a Alemanha do cáiser fervilhava de sentimentos nacionalistas encarnados em vários grupos patrióticos e anti-semitas sob a designação comum de *völkisch*.

Antoine não perdia uma palavra das explicações do velho.

— E antimaçônicas, suponho.

— O que você acha? Naquela época, nosso fundador se inscreveu num desses grupos, o Germanorden, e rapidamente tornou-se um membro influente. E em 1918 vai a Munique para fundar uma associação que chamará de Thulé Gesellschaft. Em menos de quatro meses recruta a elite da sociedade, funda dois jornais, um deles o *Beobachter*, futuro órgão da imprensa nazista, e cria círculos de influência. Ou melhor, calca seu funcionamento no da maçonaria, que ele estudou longamente.

— Calcado de que maneira?

— Os postulantes, todos da raça germânica, são iniciados; sinais secretos de reconhecimento são transmitidos, um ritual baseado no paganismo nórdico é posto em prática. E, como símbolo, Sebottendorff teve a idéia de recuperar a suástica solar, com hastes recurvas, já em voga em alguns cenáculos racistas. Um emblema que irradia acima do punhal da vingança.

— Curioso... esse punhal é também encontrado nos altos graus maçônicos...

Sol não se importou com a coincidência.

— Muito rapidamente Sebottendorff dita o primeiro e único mandamento da organização: uma raça branca deve reinar no mundo. Era um visionário cujo credo se resumia numa palavra: *Halgadom.*

Jade estava esgotada e tinha a impressão de ouvir o delírio de um alienado, mas sem sinal de incoerência. Uma loucura expressa em voz suave, tranqüila, serena.

— *Halgadom* significa templo sagrado. Enquanto vocês, maçons, querem recriar o Templo do judeu Salomão, nós desejamos ardentemente construir o de todos os povos descendentes da raça ariana de Thulé e que povoaram a Europa: nórdicos, germanos, ingleses, saxões, celtas e... franceses. Todos irrigados com o sangue das migrações das tribos bárbaras, dos godos e dos francos de boa cepa.

— Nosso Templo é o da fraternidade, da igualdade e de toda a humanidade.

— Não me faça rir! Vocês são os primeiros a praticar o elitismo em suas lojas.

Sol serviu-se de água.

— Mas estou divagando. Sebottendorff sabia que apenas o povo — os proletários — poderia regenerar a raça ariana, e ele queria que suas idéias penetrassem na classe operária. Foi um de seus auxiliares iniciados, um tal de Harrer, quem criou uma associação com esse fim. Em janeiro de 1919, encontra-se, com Anton Drexler, na chefia do Partido Trabalhista alemão ao qual, mais tarde, aderiu um tal de... Adolf Hitler, que criará o Partido Nazista.

Antoine replicou:

— Hitler prosperou nos escombros do armistício, do desemprego endêmico e do nacionalismo exacerbado.

— Sim, mas na sombra vigiava a Thulé, que, se não tinha nenhuma influência sobre o Führer, infiltrava seus dignitários em seu círculo. Hess,

Rosenberg, Himmler... Você acredita que Hitler teria efetivamente chegado ao poder se não tivesse sido financiado pelos grandes industriais alemães? Muitos deles eram membros da Thulé. Mas Hitler falhou em sua missão; tornou-se megalomaníaco. Nós o subestimamos.

Jade sentiu a raiva crescer dentro si. Aquela discussão a exasperava.

— Milhões de judeus exterminados, povos reduzidos à escravidão; a guerra e o ódio! Belo programa, magnífica realização!

Sol fez um sinal com a cabeça para o guarda-costas.

— Se der mais um grito, senhorita, mando explodir sua cabeça.

Antoine viu que ele não estava brincando e pousou a mão na coxa da moça. Tentou desviar a conversa.

— E o senhor nisso tudo? Como é que um francês...

O rosto do velho se iluminou com um sorriso de satisfação.

— Muito simplesmente. Engajei-me nas Waffen SS durante a guerra, e membros da Thulé me notaram e me iniciaram. Um apadrinhamento, como na maçonaria.

Jade não suportava aquele velho fascista.

— Demais... Na família nazista, eu queria o avô, SS francês. Por curiosidade, o senhor apagou quantas mulheres e crianças judias?

Joana deu-lhe uma bofetada com um prazer não dissimulado. Jade quis se atirar sobre ela, mas o capanga se interpôs. Sol a olhava com desprezo.

— A divisão Charlemagne lutava no front contra outros soldados; nunca tomamos parte nas matanças nos campos de concentração. Conquistei minha patente de *Obersturmbannführer* por bravura.

— E daí?

— E daí? Eu fui escolhido.

— Escolhido?

Sol serviu-se novamente de água.

— Minha missão consistia em esconder caixas de arquivos maçônicos pilhados na França e considerados muito preciosos para nossa ordem. Compreende agora?

— Mas por quê?

— Um dos ramos da Thulé no seio da SS, o Instituto Ahnenerbe, conduzia trabalhos sobre a Índia ariana. Descobriram a existência de uma infusão sagrada, o soma. Rapidamente, desenvolveram experiências com base em plantas alucinógenas num castelo da Westfália. Recrutaram arqueólogos e pesquisadores em biologia para recompor o soma. Prisioneiros russos serviam de cobaias, pois as misturas apresentavam efeitos indesejáveis bem espetaculares.

— Mas qual a relação com o arquivo?

— Um dos pesquisadores, um tal de professor Jouhanneau, era franco-maçom. Aceitou colaborar.

— Não acredito no senhor!

— A mulher dele estava grávida... Foi ele quem encontrou um dossiê manuscrito nos arquivos do Grande Oriente, referindo-se a um ritual especial baseado na absorção de uma bebida divina.

Antoine franziu os lábios.

— O ritual da sombra...

Sol acendeu um charuto.

— É isso mesmo. Quanto a Jouhanneau, a Ahnenerbe mandou transportá-lo para Berlim para que ele examinasse os arquivos recolhidos em Paris. No final de dois meses de procura, ele encontrou fragmentos esparsos desse ritual. Havia um estudo sobre o esporo de centeio e um manuscrito de um tal de Du Breuil. É claro que fizemos cópias.

— Mas como é que vocês sabiam que havia três elementos?

— Outro papel dos manuscritos Du Breuil, que faltava no nosso inventário, pois chegou a nós depois da guerra, evocava três componentes. Dos quais uma planta vinda do Oriente... O resto o senhor sabe.

— E Jouhanneau?

— Ele falhou. A Thulé só conseguiu identificar um elemento: o esporo de centeio. Quanto aos manuscritos de Du Breuil, na época eram incompreensíveis para nós. Tendo se tornado inútil, Jouhanneau foi mandado para Dachau.

— E o senhor?

— Em 1945, meu comboio caiu numa barreira do Exército Vermelho, e eu fui o único a escapar. Depois da escaramuça com os russos, recuperei os arquivos restantes — entre os quais o estudo sobre o esporo de centeio e a cópia completa do manuscrito Du Breuil. Escondi tudo numa aldeia em ruínas. Numa igreja.

"Debaixo do altar-mor. (Sol começou a rir.) Depois, tentei cruzar as linhas dos aliados."

O rosto de Marcas se fechou. Sol prosseguiu.

— Em seguida, vocês fizeram o trabalho para nós. Jouhanneau, por exemplo, quando recebeu um chamado de Israel, daquele arqueólogo judeu... Nós estávamos prontos.

— A pedra de Thebbah?

Sol balançou a cabeça antes de responder:

— Sim. Quanto à *Amanita muscaria*... nunca lhe agradecerei o bastante!

— E agora? O que vai acontecer conosco?

Sol bocejou e se levantou.

— Por enquanto, ainda preciso de vocês. Quanto à sua amiguinha, Joana — aqui presente —, ficará encantada em cuidar dela no tempo certo. A evocação dessas lembranças me cansou. Preciso repousar. Vamos nos rever amanhã à tarde para entrar em contato com seu *irmão* Jouhanneau, que deve estar na Dordogna neste momento.

— Mas como?

— Nós mandamos segui-lo também.

O homem de pele de pergaminho, vestígio vivo de outra época, pareceu repentinamente muito velho. Marcas ousou fazer uma última pergunta:

— O que este nome, Sol, quer dizer?

— É tirado de uma sentença latina do culto romano de Mithra, *Sol Invictus*. "Sol invencível." Que também designava o dia do solstício de inverno na Europa, 21 de dezembro, quando o sol renasce e os dias voltam a ficar mais longos. O cristianismo recuperou essa festa substituindo-a pelo Natal, e deslocando-a para 25 de dezembro. Mas, como o sol, serei invencível.

45

Vale do Oise

O estojo preto continha duas seringas identificadas com etiquetas semelhantes, indicando a composição do produto e sua dosagem, um pequeno frasco de desinfetante e um saquinho de algodão. Duas seringas, em caso de perda ou acidente.

Chefdebien puxou o zíper até a extremidade do estojo e o entregou ao agente de segurança.

— O senhor entendeu? Assim que chegar ao castelo de Beune, o senhor entregará este estojo ao senhor Jouhanneau. Em seguida, o seguirá discretamente e me fará um relatório de hora em hora. O avião o espera na pista do Bourget.

O agente não disse nada, contentando-se com um meneio de cabeça, em silêncio, e saiu rapidamente do escritório do diretor-geral da Revelant. Chefdebien calculou que o dignitário da loja Orion receberia os produtos no início da tarde. Sua seção de pesquisas tinha feito um bom trabalho, isolando as três moléculas e sintetizando-as. O diretor-geral convencera Jouhanneau a utilizá-las por via injetável, e não oral: não apenas ele evitaria os vômitos, mas, sobretudo, o produto agiria rapidamente no cérebro. Ele se sentiu como um traficante providenciando a dose de um viciado.

Por precaução, Chefdebien tinha fabricado outras amostras semelhantes que, naquele exato momento, estavam sendo injetadas nos macacos do laboratório.

*Casa da Ordem,
sudoeste da França*

O olho gigantesco encravado num triângulo flutuava acima da pirâmide. No segundo plano, nuvens vermelhas corriam a toda velocidade no céu escuro e ameaçador. Marcas não pode se mover, seus pés estão afundados na pedra de granito negro do chão. Ele se sente impotente e minúsculo diante do olho onipresente. Depois da distância, chega a galope um cavaleiro descoberto, brandindo um bastão chamejante, que ele gira nos ares. Antoine quer fugir, mas seus membros aderem à terra. O céu se tinge de sangue. O cavaleiro desce da montaria e vai até ele, armado com o bastão. Sua voz estrondeia na noite vermelha, cobrindo os uivos do vento gelado. Ele reconhece o cavaleiro... É ele... é seu duplo. Marcas quer gritar, mas nenhum som sai de sua boca. O sósia horrendo brande o bastão para golpear-lhe a cabeça. Antoine urra com todas as forças. A carne se desprende dos ossos. *Seu duplo recua estupefato, como que atingido de pavor. O vento faz a pirâmide vacilar. O olho começa a sangrar. Antoine repete a encantação:* A carne se desprende dos ossos.

O cavaleiro em sua montaria se vai como num filme projetado ao contrário.

Os gritos de Antoine fizeram Jade acordar assustada.

— Acalme-se.

Marcas transpirava, preso nas amarras, e tentava se erguer na cama.

— Um pesadelo...

— Se pode lhe servir de consolo, eu dormi como um bebê.

A porta do quarto se abriu, um guarda entrou no cômodo. Jade o interpelou.

— Queremos ir ao banheiro. Compreende?

O homem sacudiu a cabeça.

— *Nein, nein.*

Jade fez cara de má.

— Sol, *schnell*!

O homem hesitou por um instante, depois saiu do quarto fechando-o a chave. Antoine sentiu o suor molhar-lhe o corpo sob as roupas sujas. Virou-se para Jade.

— Situação desconfortável. A encarregada da segurança de uma Embaixada não tem um transmissor secreto escondido nos sapatos ou outro troço do gênero?

— Bem, vejamos. E o senhor, não mantém contato telepático com o Grande Arquiteto do Universo para que ele avise os maninhos?

Sorriram, olhando-se; ele, com a barba por fazer, os olhos fundos, de olheiras; ela, com os cabelos grudados, a tez pálida.

A fechadura girou novamente, e o guarda apareceu em companhia de Joana.

— Sol está descansando. Mas eu estou aqui. Falem!

Sem esperar resposta, ela se encaminhou para a cama de Jade e sentou-se ao seu lado. Instintivamente, a Afegã tentou recuar.

— Queremos nos lavar e ir ao banheiro — respondeu Marcas.

Joana tirou do bolso uma pinça cortante.

— Não somos monstros. Klaus vai acompanhá-los. Mas, antes, eu vou pegar um dedinho da tua amiga emprestado. Afinal, o jardineiro tinha razão.

Antes mesmo que Jade pudesse reagir, Joana seccionou com um movimento seco o auricular da Afegã, que berrou de dor. Antoine tentou se libertar. Em vão.

— Pare...

— Cale a boca, cadela! Não é nada em comparação com o que ela me fez — disse Joana brandindo a mão torturada. — Logo mais, quando tivermos tratado de vocês, ela vai me suplicar para dar cabo dela. Com as mãos, talvez, mas não com os dedos.

Jade continuava gritando. A dor estava ficando intolerável.

Croácia
Castelo de Kvar

Três candelabros de prata iluminavam fracamente a pequena cripta subterrânea situada nas fundações do castelo. Loki contemplava pensativamente a pedra de mármore negro marcada com o emblema da suástica solar que era usada nas comemorações dos solstícios. Não tinha notícias de Sol há 24 horas e começava a se preocupar com a filha. Os membros do diretório o olhavam, constrangidos, desde sua última conversa telefônica com Sol. Pouco importava; logo ele estaria livre de todos aqueles incapazes.

Heimdall marcara um encontro com ele para falar longe dos outros.

Sons de passos ressoaram na escada de pedra. Loki se virou e viu Heimdall acompanhado de um guarda da segurança.

— Pensei que você viesse sozinho.

— Loki é o deus da astúcia, não se esqueça. A operação Hiram foi cancelada.

Loki recuou até o altar.

— Com que direito? Sol ficará furioso.

Os dois homens avançaram para ele.

— O diretório votou essa decisão há pouco.

— Impossível! Eu não estava lá.

— Você não faz mais parte da Thulé.

Loki se maldisse por não ter levado uma arma.

— Nunca.

— Teu celular está sob escuta, e nós avaliamos, como convinha, as instruções de Sol que diziam respeito a nós, sobre uma noite das longas facas. Você entende que ficamos aborrecidos.

Ruídos de mais passos se aproximando. Mais dois homens armados apareceram na cripta. Loki se agarrava ao altar.

— Vocês não compreendem, a operação Hiram é vital para o futuro da Thulé.

— Sol é um velho senil que persegue quimeras e quase fez com que a polícia francesa nos identificasse. Acumulou erros. Esses assassinatos de maçons eram estúpidos. Quanto ao teu matador palestino, foi por pouco que os israelenses não chegaram até nossa rede. Você esqueceu os preceitos de Von Sebottendorff? Nossa força está em nossa discrição. Enquanto formos invisíveis e prosperarmos, ninguém poderá nos atingir.

— Sei disso melhor do que você...

— Basta! Foram dadas ordens para que se matem Sol e a tua filha, assim como os prisioneiros, lá mesmo onde estão. Quanto a você, vamos acompanhá-lo numa visita à tua amiga.

Loki parecia não compreender.

— ... Uma virgem.

— Você não vai...

— Uma virgem de ferro!

Casa da Ordem do sudoeste da França

O comboio estava de novo pronto para partir. Sol contemplava com ar satisfeito seus prisioneiros, mais uma vez amarrados, sendo levados para a van.

— Vou com vocês, ainda não acabamos nossa conversa. Mas, antes, vamos cumprimentar nosso hospedeiro, o jardineiro, por sua hospitalidade.

O jovem guarda-costas de Sol empurrou o homem de bigode, com o rosto inchado.

— Nosso protetor das flores e das plantas teve a absurda idéia de querer nos assassinar durante a noite. Felizmente, Klaus vigiava. Suponho que ele estava em missão comandada pelo diretório da Ordem. Joana, quer cuidar dele?

A matadora apareceu na escada da frente com uma faca na mão. Colocou-se diante do jardineiro e, com um gesto rápido, plantou-lhe a lâmina no baixo-ventre, e para cima, no lado direito. O homem arriou, berrando. Sem lhe conceder um olhar, Sol encaminhou-se para a caminhonete.

— Se Joana não perdeu a mão, ele vai levar bem uns 20 minutos para morrer. É uma loucura como hoje em dia as mulheres assumem as coisas e se tornam iguais ou superiores aos homens em certos campos. Pessoalmente, sou pela paridade.

O jardineiro se retorcia todo como uma minhoca cortada que procurasse se enfiar na terra.

Jade e Antoine foram empurrados para dentro da van. Cinco minutos depois, o comboio saía da propriedade, deixando atrás de si o torturador agonizante.

Instalado no banco dianteiro, Sol assobiava, consultando um mapa rodoviário. Marcas reatou a conversa:

— Não nos contou como foi o final da guerra para o senhor.

Sol se virou para trás.

— Foi muito rápido. Depois de ter me livrado de uma patrulha francesa que me havia interceptado, passei para a Suíça, para fazer contato com a rede Odessa.

— Odessa?

— Que falta de cultura histórica! No outono de 44, dignitários da SS, entre os quais, evidentemente, havia membros da Thulé, compreenderam que a derrota era inevitável. Montaram, então, uma rede de retirada para países neutros. Na América do Sul, principalmente, mas também para países árabes, como a Síria e o Egito.

— Odessa era o nome da operação?

— Odessa, isto é, Organisation der SS-Angehörigen. Empresas disseminadas naqueles países e compradas com o tesouro de guerra da SS se encarregaram de recolher os fugitivos. Contas foram abertas em países respeitáveis como a Suíça, naturalmente.

— Felizmente aquele crápula do Hitler não se aproveitou disso! — soprou raivosamente Jade.

Sol lhe deu um sorriso.

— A senhorita não sabe como tem razão. Hitler é um criminoso.

— Como é que é?

— Ele fez com que milhões de arianos morressem, quando caiu. Nosso sangue se exauriu nessa guerra.

— Está brincando?

Sol lhe sorriu novamente.

— Com certeza, a senhorita não pode partilhar meu ponto de vista. A Thulé não tinha poder direto sobre Hitler. Quando muito, ela podia influenciar algumas de suas decisões. Sobretudo quando ele se viu mergulhado numa loucura destrutiva. A Thulé aproveitou para usar a rede Odessa.

— E o senhor?

— Quando me infiltrei, comecei uma outra vida e subi na hierarquia da Ordem. Quando o comunismo ruiu, fomos buscar os arquivos maçônicos que eu tinha escondido. Durante a ocupação soviética na

Alemanha Oriental, a Igreja tinha se tornado um museu do ateísmo. Com a queda do muro, tudo ficou abandonado. Depois, os arquivos analisados...

Os olhos de Sol brilharam com um reflexo mineral.

— ... foi então que eu compreendi a importância daqueles documentos inestimáveis.

— Mas para fazer o que com eles? — exclamou Marcas. — Vocês querem mesmo entrar em contato com Deus?

— Não o de vocês, caro amigo. O meu, infinitamente mais temível.

46

Lascaux,
Dordogna

O vento fresco se levantara ao mesmo tempo que as estrelas. Diante da porta de entrada em forma de antecâmara, o mantenedor deu uma última olhada no visitante inesperado. Em geral, avisavam-no com meses de antecedência. Os raros convidados, a quem o Ministério da Cultura concedia uma autorização excepcional, passavam por trâmites administrativos complexos e rigorosos. Um longo processo cujos meandros ele, mantenedor há vinte anos, acompanhava em todas as etapas. Era como com os guardiões dos Infernos: ninguém conseguia entrar em Lascaux sem satisfazer previamente a todas as provas de um percurso longo e difícil. E cada eleito que penetrava na gruta tinha consciência do privilégio, quase do milagre, de estar ali. Naquele lugar de vertigem.

Os raros eminentes pesquisadores ou personalidades privilegiadas, recebidos após autorização excepcional, tinham manifestado humildade diante da experiência única que iriam viver. Antes de entrar na gruta, todos pareciam crianças, tímidas e admiradas, a quem prometeram um presente inesperado.

O visitante de hoje não pertencia a essa categoria. A longa silhueta envolvida num sobretudo escuro, uma écharpe de lã em volta do pescoço, segurando um saquinho cinza, escapava a qualquer análise. Falava pouco e contemplava, sem piscar, um ponto fixo na noite.

O mantenedor detestava acompanhar visitantes na gruta; era como se cometesse uma blasfêmia de conseqüências irremediáveis. Descoberta em 1940, a gruta foi fechada 23 anos depois, quando se perceberam os estragos causados pelo gás carbônico expirado por dezenas de milhares de visitantes no decorrer dos anos. As rochas e suas sublimes pinturas foram corroídas pela acidulação, insidiosamente, embora tenham atravessado milhares de anos sem problema, preservadas em sua atmosfera hermética.

Os sensores instalados nas diferentes salas da gruta, ligados a um sofisticado sistema computadorizado de telemetria, registravam dia e noite as variações higrométricas, de temperatura e de pressão do gás carbônico. Os técnicos do laboratório de pesquisa dos Monumentos Históricos podiam saber, a distância, se um homem, ou animal, entrara no santuário.

O mantenedor não fazia concessões; se só dependesse dele, os visitantes autorizados deveriam entrar usando escafandros.

De manhã cedo, ele tinha recebido um fax de Paris, do Ministério, assinado pelo diretor do gabinete, ordenando-lhe que se pusesse à disposição do senhor Jouhanneau no início da noite.

Um telefonema, meia hora depois, indicava as condições precisas daquela ordem hierárquica. Quase que uma requisição, pensou o mantenedor. A partir das 21 horas ele abriria a gruta para o senhor Jouhanneau e o deixaria só. Ponto.

O conselheiro do ministro tinha sido mais do que breve. À pergunta sobre a hora em que deveria buscar o visitante inesperado — o mantenedor insistira em *inesperado* —, a resposta saiu sem apelação:

— Quando lhe mandarem!

Depois, à tarde, o mantenedor acabou telefonando para a Prefeitura de Périguex. Inquieto, exaltado, pediu conselho ao secretário particular do gabinete do prefeito. Um homem afável e experiente que ele conhecia há anos. A resposta não demorou:

— Meu caro amigo, você, como eu, é um funcionário, um simples funcionário, não se esqueça!

Dessa vez, o mantenedor não insistiu. Ele não sabia que Jouhanneau tinha procurado diretamente um dos conselheiros do ministro, membro da Fraternidade dos Filhos de Cambacérès, que reunia maçons homossexuais do GO. Jouhanneau os ajudara no passado a se apresentarem a um ex-grande mestre da obediência, a fim de que ele se sensibilizasse com os problemas de discriminação encontrados em algumas empresas.

Exatamente às 21 horas, o mantenedor abria a antecâmara da entrada.

Estacionado no centro de Montignac, o burgo mais próximo de Lascaux, Sol acendeu um novo charuto. Atrás dele, Marcas e Zewinski mantinham-se silenciosos, amarrados. A conversa tinha terminado havia muito. Do lado de fora, Joana acabara de desligar o celular. Aproximou-se da janela da van, e Sol a abaixou.

— Eles acabam de entrar.
— Quantos?
— Dois.

Sol saiu do carro. Precisava esticar as pernas. E também refletir. Metodicamente.

Havia aquele desconhecido que desembarcara no castelo de Beune num carro alugado. Encontrar-lhe o rastro tinha sido fácil. Do carro alugado ao aeroporto, do aeroporto ao avião, do avião à empresa Revelant. Da empresa ao seu diretor-geral, um franco-maçom notório. Um homem ambicioso cuja firma possuía excelentes laboratórios de química molecular...

Em seguida, Jouhanneau deixara Beune para encontrar-se, diante da entrada da gruta de Lascaux, com um desconhecido. Mas um desconhecido que tinha as chaves. As chaves do santuário pré-histórico.

Acabamos por nos tornar parecidos com os adversários, pensou Sol. Eu teria agido como ele. Lascaux! A Capela Sistina da pré-história! Um lugar único! É lá que ele vai descobrir o soma dos deuses.

— Sol!

A voz de Joana soou em seus ouvidos.

— Sim — respondeu ele, calmamente.
— O carro do homem que está com Jouhanneau foi identificado. É o mantenedor da gruta de Lascaux.

O rosto de Sol iluminou-se lentamente. Como a brasa que desperta sob as cinzas.

— O mantenedor... Jouhanneau não o deixará ficar... Ele vai sair. A gruta fica longe?

— Não, apenas alguns...

— Vamos rápido, o tempo urge.

Enquanto se dirigia para o carro, Sol olhou o rosto de Joana. Durante toda a vida ele só havia contado a ela parte da verdade. Era preciso continuar. Ir até o fim.

Pegou-lhe a mão.

— Você também, Joana, conhecerá a revelação.

Lascaux

Jouhanneau avançava a passos lentos para a sala da rotunda. O mantenedor descrevia o lugar.

— Na verdade, a gruta de Lascaux é formada por duas cavidades perpendiculares. À nossa frente, a rotunda e o divertículo axial. À esquerda, a passagem que leva à nave e à abside, depois à galeria dos felinos. Que parte o senhor gostaria de visitar primeiro?

O grande arquivista apertou o estojo preto no bolso do sobretudo. Tinham acabado de entrar na primeira sala, em forma de círculo. Cada parede era coberta de pinturas. Cervos, bisões, cavalos, ursos. Todo um bestiário em cores brilhantes. Como se cada figura tivesse sido pintada na véspera.

— Magnífico. Eu tinha visto fotos, mas...

O mantenedor respirou melhor.

— Lascaux é única. Uma obra-prima da época do magdaleniano. Entre 15240 e 14150 antes de nossa era.

— Como o senhor pode ser tão preciso?

— Os pesquisadores recolheram mais de quarenta utensílios em sílex ou fragmentos de ossos no solo. A datação foi feita com carbono 14.

— Estou maravilhado! Mas só há representações de animais?

— Não, e é aí que reside todo o mistério de Lascaux. Por exemplo, encontramos um unicórnio, perto da entrada.

— O animal mítico?

— Sim. Os magdalenianos também sonhavam.

Jouhanneau se lembrava da tapeçaria *A Dama do Unicórnio*, exposta no Museu Cluny, em Paris. Imensas tapeçarias com motivo floral exuberante. Especialistas em Idade Média diziam até que algumas plantas tinham poderes alucinógenos...

— Além disso, o que me intriga são as linhas geométricas. Várias centenas, espécies de tabuleiros, de grades. Não se sabe exatamente o que significam.

— Uma significação religiosa?

— Talvez. Segundo os especialistas, esses signos tinham valor simbólico. Não remetem a uma realidade tangível como os animais. Sem dúvida, são traços de cerimônias rituais que se realizavam aqui.

— O senhor pensa, então, que Lascaux é uma espécie de santuário?

— De templo! Infelizmente, ignoramos por quê.

O mantenedor guiava o hóspede por um corredor estreito que, duas salas adiante, levava a um beco sem saída circular.

— O poço! Olhe esta cena.

Jouhanneau ergueu os olhos para a parede. Diante de um bisão com os chifres abaixados, havia um homem com o pênis ereto, os braços em cruz. Um homem que estava morrendo.

— Ele tem cabeça de pássaro. Um xamã, sem dúvida.

Ao ouvir essa palavra, Jouhanneau estremeceu.

— Um xamã?

— Sim. Os homens pré-históricos vinham aqui para entrar em contato com o mundo dos espíritos. O xamã servia de intermediário.

Jouhanneau olhou novamente a pintura do homem com cabeça de pássaro.

— Mas ele parece morto!

— Uma morte simbólica! Para melhor renascer para a vida espiritual. Por isso o senhor encontra outro pássaro desenhado próximo. A consciência do xamã assim liberada vai poder encontrar no além o mundo dos espíritos.

O grande arquivista estava fascinado por aquela imagem. O mantenedor acrescentou:

— Estamos muito longe de Lascaux, nascimento da arte, como se acreditou durante séculos. Aqui tudo é símbolo. Não foram pintores que trabalharam nesta gruta, mas homens obcecados pelo sentido do sagrado.

— Mas, então, e as representações de animais?

— Muitos pesquisadores atuais pensam que se trata do resultado de visões, de alucinações. Depois das cerimônias rituais, os homens pré-históricos pintavam o que haviam entrevisto...

Tinham acabado de passar por duas salas maiores. A abside e a nave. O conservador voltou à rotunda.

— E por ali? — perguntou Jouhanneau apontando um corredor que se embrenhava na noite.

— O divertículo axial. Representações de animais, dentre os quais um bode montês e...

O conservador consultou o relógio. Precisava despedir-se. O momento mais delicado.

— Está na hora de deixá-lo. Vão me avisar, eu acho, quando...

— E...

— O que disse?

— Foi o senhor que disse: "... um bode montês e..."

O mantenedor já estava perto da saída.

— ... e um cavalo. Um cavalo caído. Que surge de uma fenda na rocha. Como se tivesse atravessado o paredão. Uma visão.

Jouhanneau ouviu a batida seca da porta que se fechava. Virou-se. As pinturas brilhavam com todo o esplendor na palidez mineral das paredes de calcário. A partir daquele momento estava sozinho...

Vale do Oise

Os primeiros resultados acabavam de sair. Duas páginas de análises. Duas colunas de números. Termos técnicos...

Chefdebien leu-os apressadamente. O que ele procurava devia estar na segunda folha. Reconheceu a escrita, fina e cerrada, de Deguy. O biólogo tomara o cuidado de redigir ele mesmo a síntese final.

Chefdebien pousou o relatório sobre a escrivaninha e foi pegar um cigarro. Só fumava excepcionalmente. Não haveria, sem dúvida, melhor ocasião.

Antes de retomar a leitura, relembrou o protocolo de pesquisa. Era simples. Injeção de uma substância não estudada, intitulada S 357, num macaco adulto. Situação para estudo: o animal será filmado durante a experiência. Coleta e análise de sangue a cada meia hora. Estudo do biorritmo. Scanner e ressonância magnética.

Antes de chegar à conclusão de Deguy, Chefdebien percorreu a análise dos dados clínicos.

A observação do sujeito durante a experiência possibilitou pôr em evidência três modificações inabituais:

*— **no monitor cardíaco**: passagem de uma atividade cardíaca desordenada, visível em forma de uma curva caótica, a uma curva sinusoidal quase perfeita, oscilando de modo regular e ritmado entre sessenta e setenta pulsações por minuto;*

*— **no eletroencefalograma**: evolução e variação significativas das ondas cerebrais. Recobro de atividade das ondas em alta freqüência, superiores a 15 Hz. Periodicidade recorrente desse fenômeno;*

*— **por ocasião de análise por imagem cerebral**, distingue-se nitidamente o aumento de atividade do córtex cingular anterior. Uma solicitação intensa da área do tálamo e do tronco cerebral. Redução da velocidade da atividade do córtex parietal superior esquerdo.*

O diretor-geral da Revelant deu uma longa tragada antes de pousar o cigarro. O detalhe de todos aqueles parâmetros lhe escapava. Mas não as conseqüências! Aquele macaco acabara de viver uma viagem infernal!

... A análise dos dados obtidos demonstra uma modificação substancial do estado de consciência do sujeito. A atividade inusitada de áreas determinadas do cérebro e sua conexão traduzem uma mobilização excepcional das capacidades de percepção sensorial e emocional. Esse fenômeno se acopla à produção intensificada de um estado dito de sono paradoxal, *que corresponde às fases de sonho no sono dos mamíferos.*

O ritmo cardíaco, estável e regular, parece conseqüência da modificação do estado de consciência.

*No estágio atual dos conhecimentos científicos, só se pode aproximar esses fenômenos, ao mesmo tempo cerebrais e fisiológicos, das experiências desenvolvidas sobre a plasticidade do cérebro. Quer dizer, a capacidade, sob certas condições, de a própria consciência **criar** ou **reativar** algumas conexões neuronais. Essas sinapses, quer estejam adormecidas, quer empenhadas em outras atividades, são reativadas ou reorientadas, criando assim outras configurações neuronais inéditas...*

Trata-se então de um caso excepcional de reprogramação do funcionamento da atividade cerebral.

Chefdebien amassou o cigarro; suas mãos e pernas tremiam. O soma dos deuses!

Lascaux

Sozinho! Jamais em sua vida tinha experimentado aquela sensação de solidão imensa, como se ele fosse apenas um grão de poeira insignificante perdido na gruta assombrada pelos fantasmas de homens desaparecidos havia mais de 15 mil anos.

Nem quando de sua iniciação maçônica, quando da passagem pelo gabinete de reflexão, sozinho diante da morte ritual, ele se sentira tão isolado.

Aqueles touros, bisões e silhuetas humanas pintados nas paredes rochosas sobreviveriam ainda a muitas gerações, até que seus ossos, seus próprios ossos, não fossem nada além de pó na terra.

Aquele era o momento, ou nunca. Desdobrou o manuscrito Du Breuil e o pousou no chão.

O ritual da sombra.

Abriu o estojo levado pelo agente de Chefdebien; as duas seringas brilharam à luz da lanterna pousada sobre uma rocha, encostada na parede. Embebeu algodão no álcool e passou-o no antebraço esquerdo; em seguida, tirou uma das seringas do estojo de espuma cinza.

O soma, a beberagem dos deuses, a porta de acesso ao infinito. Tudo estava contido naqueles poucos centímetros cúbicos de líquido levemente azulado. Pensou no pai, em Sophie, em todos os assassinados pela Thulé... E o destino o tinha escolhido, ele, para atingir o conhecimento.

Estava na hora de dar início ao ritual da escuridão, depois de ter injetado em si mesmo o líquido sagrado. Com auxílio de uma bússola, localizou o leste e indicou-o com um seixo, para marcá-lo. Depois, no lado oposto, colocou duas balizas para simbolizar as colunas da entrada do Templo, Jakin e Boaz. No centro, traçou um retângulo tal como indicado no manuscrito Du Breuil e cavou uma espécie de pequeno fosso onde depositou um ramo de árvore que havia colhido antes de ir. O templo estava consagrado. Deixou simbolicamente seus *metais*, o relógio e todos os pertences pessoais, fora do recinto agora delimitado.

Em seguida, pronunciou as frases rituais da abertura dos trabalhos.

Se seus irmãos em loja o vissem, não acreditariam em seus olhos e o tomariam por louco.

Empunhou a seringa e enfiou a agulha num vaso sangüíneo que saltava sob a pele. Sentiu uma dor fugaz no antebraço, fechou e soltou sucessivamente o punho para fazer o sangue circular e se deitou na terra fria, no centro do templo.

A viagem iria começar, a que o levaria aos confins da consciência, talvez até o Grande Arquiteto do Universo. Alguns minutos se passaram. De repente, um calor irradiou-se em seus membros como se tivessem sido jogados num banho fervente, a onda de choque subiu-lhe ao cérebro.

Não sentia mais a friagem do chão; os animais pintados pareciam animar-se diante de seus olhos como se se destacassem de seu suporte de pedra. Um som de trompa ressoava ao longe, como um eco; seu coração batia mais rapidamente e suas pernas começaram a tremer de modo intermitente.

Virou a cabeça e viu que não estava mais sozinho na gruta. Murmúrios zumbiam nos cantos escuros em torno. Silhuetas de homens agachados desfiavam encantamentos surdos. Sabia que eles o escrutavam como uma vítima sacrificial, e o medo o dominou.

Sons de raspar de pedras rasgavam a noite. Ele chorou e lamentou a temeridade de ter ousado contemplar o proibido; seus membros tornaram-se insensíveis como objetos mortos.

— Não posso... Não posso...

O pouco de consciência que lhe restava dizia-lhe que as equipes de Chefdebien enganaram-se na dosagem, ou, pior, nos componentes. Não podia haver outro motivo para aquele pesadelo que ganhava forma dentro dele.

Seu corpo penetrava no solo negro e tenebroso que parecia querer engoli-lo para sempre. Sentia a terra putrefata meter-se em sua boca e penetrar sua carne. Ele se desintegrava na terra à medida que o pavor tomava conta de seu espírito. Suplicava ao ser de olhos vermelhos que o contemplava acima do fosso no qual afundava.

Du Breuil tinha mentido e pervertido o ritual maçônico; não era a luz que vinha até ele, mas uma sombra ameaçadora que invadia seu campo de visão. O caos engolia tudo o que ele tinha sido. O ser de olhos vermelhos sorria de seu sofrimento como se se alimentasse dele.

O medo corroía-lhe os nervos e agora lhe atacava a alma. Os músculos se dissolviam em farrapos, as unhas se enroscavam, a pele se quebrava.

A carne se desprende dos ossos.

De repente, ele compreendeu o significado último daquela invocação do mestre Hiram, no momento de sua morte, e gritou de terror.

Seus gritos se perderam nas trevas da gruta.

Laboratório de pesquisa dos Monumentos Históricos,
centro de controle da gruta de Lascaux

O técnico de plantão deu a descarga e reabotoou a braguilha, resmungando. Ainda faltava uma hora para voltar para casa e se encontrar com a família. Poderia muito bem ir embora naquele momento; a probabilidade de um incidente na gruta de Lascaux estava próxima do zero absoluto. Desde que se empregara na manutenção de instrumentos de medida do sítio pré-histórico, 11 anos antes, nunca deparara com o menor alerta. Salvo, talvez, na ocasião em que um casal de visitantes "excepcionais", um ministro e sua amante de origem asiática, aproximaram-se furtivamente da sala dos touros. Graças aos sensores, ele pôde acompanhar ao vivo a elevação da temperatura dos dois corpos e a elevação do gás carbônico no momento do êxtase final.

Voltou ao escritório para continuar a desmontar um dos sensores substituídos na semana anterior. Com um pouco de sorte, a troca do díodo e o teste de calibragem não levariam mais de 15 minutos, e ele poderia ir embora em seguida.

A tela de controle do computador principal brilhava na penumbra da saleta. Os diagramas verdes, vermelhos e azuis transmitiam fielmente as ínfimas variações de mudança da atmosfera das salas da gruta de Lascaux.

No pequeno escritório contíguo, separado por uma porta envidraçada, o técnico abria o pequeno instrumento de medida com uma chave de fenda em cruz. De repente, ouviu-se uma campainha tocar a intervalos regulares na sala de controle, sinal de anomalia detectada na gruta pelo telêmetro. Pousou a ferramenta e empurrou a porta divisória. Na tela do PC, os três diagramas de bastão piscavam aceleradamente. O homem deu um suspiro e pegou o telefone; o mantenedor deveria ter dado uma saidinha sem avisá-lo e, naturalmente, não poderia ser alcançado por celular na cavidade natural.

Girou a poltrona para a tela, desligou o alerta e analisou os parâmetros de controle. De acordo com a escala de valor do gás carbônico expirado, havia várias pessoas na gruta. O conservador certamente estava acompanhando visitantes VIP. Digitou no teclado o acesso ao programa de conversão de gás carbônico em unidades expiradas por pessoas, para saber o número de visitantes.

O número 6 apareceu na tela.

Os resultados eram apresentados em função da localização dos sensores instalados, o que possibilitava ver exatamente onde se encontravam os visitantes noturnos. Um deles já estava na sala do Poço, os outros cinco caminhavam pelas salas, indo em sua direção. O técnico praguejou e desligou o computador. Azar. Não era pago para ser polícia de privilegiados que se metiam a turistas de luxo.

47

Croácia,
Kvar

Loki se debatia com a energia do desespero para escapar à sina, mas com pés e mãos presos em algemas de fabricação russa tinha pouca margem de manobra. Os guardas o transportavam como se ele fosse uma frágil criança, leve como um saco de batatas. Via desfilar acima os pinheiros que tanto amava, entrecortados pela claridade cintilante das estrelas.

Chorava convulsivamente, implorando a piedade dos companheiros da Ordem, sabendo, horrorizado, que esse sentimento só provocava desprezo. Ele próprio não seria capaz daquilo em tempos normais. Na chefia dos comandos, ele tinha massacrado muitos inocentes, sem pestanejar, durante a guerra dos Bálcãs, sem nunca ter experimentado a menor compaixão.

O barulho da ressaca do mar contra as rochas da falésia crescia na noite, misturando-se ao canto de rouxinóis empoleirados num dos arbustos plantados no promontório.

O pequeno grupo avançava para a capela, teatro de tantos horrores cometidos que as paredes estavam impregnadas da lembrança dos gritos dos supliciados da virgem de ferro.

Loki esperava que seus carrascos regulassem o timer da virgem para uma morte rápida, e que as presas de ferro rasgassem seu corpo sem comedimento.

Os membros do diretório o esperavam em silêncio, formando um semicírculo, sob o Cristo torturado, dos dois lados da virgem sanguinária. Loki foi posto de pé e instalado no lugar do suplício. Conteve as lágrimas e se dirigiu em voz alta aos companheiros:

— Assumo meus atos e permaneço um fiel servidor da Ordem. Durante toda a minha vida trabalhei em prol da chegada do Halgadom a esta terra. Concedam-me pelo menos uma morte misericordiosa e rápida.

O grupo se concentrou perto da virgem. Heimdall foi o primeiro a quebrar o silêncio:

— Você se lembra da clemência que concedeu ao nosso irmão de Londres, da última vez que operou esta coisa que você mesmo instalou nesta capela?

— Não... mas ele tinha desviado dinheiro...

— Era meu melhor amigo. Na época, eu não fiz nada para salvá-lo, pois a Ordem vinha antes de tudo. Em memória dele, você suportará a mesma sorte. Pense em Sol e na tua encantadora filha Joana que a esta hora já deve estar no Walhalla, caso nosso amigo, o jardineiro, tenha executado nossas ordens. Vamos apagar todos os rastros da operação Hiram e voltar a ser o que deveríamos ter permanecido: invisíveis aos olhos dos homens, trabalhando em segredo. Chegará o dia em que nos revelaremos à humanidade.

Os guardas fecharam a tampa sobre Loki, com um rangido de metal. Loki viu os pregos avançarem para ele à medida que a luz se estreitava pela fresta entre a tampa e a lateral da virgem. As últimas palavras que ele ouviu provinham da voz sonora de Heimdall:

— Restam-te 20 minutos de vida; aproveita plenamente a mordida da virgem.

Lentamente, as trevas se fecharam sobre ele.

Lascaux

Antoine sentiu que acabavam de chegar ao fim da viagem e não via nenhum jeito de escapar — ele e Jade — das garras do homem da Thulé.

A entrada na gruta tinha se desenrolado sem choque; o guarda-costas de Sol derrubou, na entrada, o homem que possuía as chaves da antecâmara de acesso, e o pequeno grupo desceu rapidamente os degraus e entrou no santuário.

Sol encontrou o interruptor dos blocos de iluminação, todo um sistema sofisticado que não iluminava diretamente os afrescos para não estragá-los e que criava uma atmosfera de penumbra.

A alma danada da Thulé caminhava adiante do grupo com uma lentidão inabitual, apoiando-se num sólido cajado que tinha achado perto da entrada da gruta. Ele parecia estar sofrendo, a respiração ofegante, provavelmente por causa da rarefação do oxigênio. Atrás dele, Joana avançava sem olhar as pinturas e fumava um cigarro sem se preocupar com os danos. Jade ia à frente de Marcas, o rosto lívido, contraído pela dor lancinante que irradiava de sua mão mutilada. Ela se virou e disfarçadamente lhe deu um sorriso. Os dois sabiam que o velho os executaria sem remorsos.

Morrer numa gruta pré-histórica, na de Lascaux... Marcas se lembrou. Alguns dias antes, na Biblioteca François-Mitterrand, ele se perguntara a respeito do lugar de sua morte, enquanto meditava sobre o assassinato de Sophie Dawes. Nunca imaginara que a resposta viria tão depressa.

Pensou na ironia do destino e relembrou sua visita a Roma. Se tivesse aceitado o convite para os ágapes dos irmãos italianos, depois da apresentação de sua prancha, nunca teria ido à festa na Embaixada da França...

O grupo chegou à sala do Poço.

Um homem estava sentado, contemplando a chegada deles sem atenção especial. Com ar enigmático, juntava as mãos diante dos lábios, formando um triângulo. Um fino sorriso iluminava-lhe o rosto.

Marcas reconheceu imediatamente Jouhanneau e notou, ao seu lado, um estojo com uma seringa cheia de um líquido azul. Outra seringa estava largada no chão, quebrada.

Sol se plantou diante de Jouhanneau, com ar de triunfo.

— Vejo que o senhor chegou antes de mim. Que efeito provoca fundir-se com os deuses?

Jouhanneau ignorou as palavras do homem da Thulé e se dirigiu a Marcas:

— Estou aborrecido, meu irmão, por ter arrastado você nessa busca. Temo, infelizmente, que chova a cântaros...

Antoine compreendeu imediatamente o sentido da frase: *chove*, dito em presença de profanos, significava que havia perigo. Sol fez um sinal para seu guarda-costas, que empurrou Antoine e Jade para uma das paredes. Joana permaneceu afastada, do outro lado.

Jouhanneau continuava imóvel, como que petrificado. Seus olhos brilhavam com uma intensidade fora do comum. Sua aparência era a mesma, mas algo havia mudado em sua expressão. Uma força, uma energia surda, emanava dele. Nem Marcas conseguia sustentar aquele olhar incandescente.

Sol, como que hipnotizado pelo estojo, agarrou a seringa que ali estava e a balançou diante dos olhos.

— Pouco importa seu silêncio; olhando para o senhor tem-se a impressão de que os efeitos secundários dessa droga são muito limitados. Eu também acabo de completar minha busca neste lugar sagrado, edificado por homens puros que acreditavam nas forças da natureza. Homens não contaminados pelo Deus dos judeus e por seu filho bastardo.

Jouhanneau virou a cabeça na direção dele e lhe disse com a voz neutra:

— O senhor nada sabe do que é, do que foi e do que será. O véu do conhecimento não se erguerá para o senhor.

— É mesmo? Vamos ver.

Sol estendeu o braço e, com a outra mão, enfiou a agulha na pele pergaminácea e constelada de manchas marrons. Fechou os olhos para saborear aquele instante.

Antoine e Jade se estreitaram um ao outro como que para melhor se protegerem. Sol abriu os olhos, pegou o cajado apoiado na rocha e o apontou para Jouhanneau.

— De joelhos, maçom!

A voz do venerável da loja Orion retumbou:

— Não. Um homem livre não se curva diante de ninguém.

Sol fez um sinal para o guarda.

O tiro rasgou a noite imemorial da gruta de Lascaux.

Jouhanneau caiu no chão, segurando o ventre. Antoine rugiu:

— Canalha...

Joana lhe deu uma coronhada na nuca para fazê-lo calar-se. Antoine oscilou e bateu contra a rocha. Jade tentou socorrê-lo, mas as amarras a impediram.

Sol mantinha-se acima de Jouhanneau, que, contra sua vontade, estava de joelhos.

— Sinto crescer em mim uma força incrível, como se eu tivesse recuperado a juventude.

Seu rosto se transformava numa máscara de crueldade.

— Sou novamente o SS da divisão Charlemagne; marcho pela maior glória do Ocidente. Diga-me o que você verdadeiramente sentiu antes que eu te liquide, maçom. Você viu Deus?

Jouhanneau o olhou fixamente.

— Você não poderia compreender. Eu me vi. Foi só.

— Está mentindo, cão!

Sol ergueu o cajado e despedaçou o ombro de Jouhanneau. O maçom não gritou. Sol parecia possuído.

— Nos tempos pré-históricos, os xamãs faziam sacrifícios de animais para obter as boas graças das divindades. Olhe. Estes afrescos o atestam. Para mim, você é apenas um animal. O calor me abrasa, sinto o poder se alastrar em mim.

Desceu o bastão mais uma vez, agora na nuca. Antoine e Jade assistiam impotentes àquele assassinato e tentavam se soltar. Sol gritava:

— Vai me dizer o que sentiu?

Jouhanneau jazia por terra, a cabeça caída sobre o ombro direito. Juntava as últimas forças para articular as últimas palavras antes do golpe final.

— Morro como... meu mestre... Hiram... É uma honra. Quanto a você... você não compreendeu nada... como os maus companheiros... É preciso ter um coração puro, do contrário...

O grande arquivista estendeu a mão.

— Antoine... meu irmão... não sinto mais medo. É esse o segredo do ritual da sombra... Se você soubesse, Antoine... atravessei a obra em negro e depois houve... Não o Grande Arquiteto... mas eu, somente eu... Não sinto mais medo... Nunca mais!

Sol ria como um demente. Ergueu pela última vez o cajado e quebrou a cabeça de Jouhanneau.

Marcas gritou:

— Por quê? Por que ele e todos os outros? Por que matar do modo como Hiram foi morto?

Sol foi até ele com passo firme. Parecia possuído de juventude eterna.

— Mas eu apenas repus em prática um hábito secular. Ninguém sabe quem inventou esse ritual de sangue, mas o fundador de nossa Ordem, o conde Von Sebottendorff, o reativou na Alemanha, dando ele mesmo o exemplo. Quando Thulé decidiu se tornar invisível no momento da ascensão do nazismo, ela também decidiu enviar mensagens aos teus irmãos. Não há assinatura mais bela do que matá-los, como Hiram, permanecendo na sombra. Mas estou perdendo tempo, tenho tantas coisas a realizar. Meu destino se completa.

Ele cambaleou como se estivesse embriagado. Seu guarda-costas aproximou-se para apoiá-lo, mas Sol afastou-o com um gesto brusco. Joana também foi até o velho, que cuspia no chão.

— Não é nada. Vou me sentar; cuide deles. Mate-os. *Eu não sinto mais medo...* Ele disse: *Eu não sinto mais medo...*

Marcas olhou para Jade.

— Lamento, gostaria...

Ela o beijou nos lábios.

— Não diga nada...

Sol se agitava desordenadamente. Começou a babar. A voz urrava de angústia:

— Não! Eles não! Estão em volta de mim. Isso não! Vocês os vêem? Não deixem que se aproximem de mim. Afastem-se, eu sou um SS, vocês me devem obediência... Não!

Joana correu para ele. Aterrorizado, o capanga empunhou o revólver e mirou Marcas.

Antoine fechou os olhos. *Eu não sinto mais medo!*

Um tiro ressoou, depois outro. Marcas tombou. Sua última imagem: a de Sol torcendo-se no chão como um animal enfurecido.

EPÍLOGO

48

*Subúrbio leste de Paris,
Hospício da Caridade*

O velho chorava dia e noite no quarto acolchoado. As enfermeiras tinham pena dele. Ele não parava de suplicar que deixassem a luz acesa, como uma criança que tem medo do escuro. Seus soluços de desespero alternavam-se com crises incontroláveis de angústia. Nem mesmo os ansiolíticos mais fortes conseguiam aliviá-las. Os psiquiatras continuavam sem resposta diante daquele caso tão estranho, e tiveram de admitir que os tormentos dele permaneceriam, sem dúvida, incuráveis. Nas raras vezes em que seus olhos permaneciam secos, ele não parava de repetir a palavra *Perdão*.

Por precaução, puseram-no na camisa-de-força para que não se matasse.

*Bordeaux
Clínica de l'Arche-Royale*

Despertou com a mente nebulosa, a visão nublada. Piscou os olhos para acomodar a visão. O rosto de Jade apareceu acima dele.

— Não se mova. Você ainda está em choque.

— Onde estou?

— Em segurança. Você escapou por um fio.

— Estou com sede...

Jade lhe entregou uma garrafa de água mineral. Ele bebeu no gargalo como se não tivesse bebido nada por dias. A boca rachada se umedecia em contato com o líquido. Uma agradável sensação de frescor. Quis se levantar, uma dor transpassou-lhe o ventre, do lado direito.

— Eu lhe disse para não se mexer. A bala quase mandou você de uma vez por todas para o além. Os médicos prevêem duas semanas de repouso neste quarto e mais um mês de convalescença para a cicatrização.

— O que foi que aconteceu?

Jade acariciou-lhe a fronte.

— Devemos a vida a um total desconhecido, um tal de Mac Bena, agente de segurança de origem escocesa da empresa Revelant, mandado por seu diretor-geral para entregar as seringas a Jouhanneau e também... vigiá-lo. Quando ele nos viu chegar à gruta, com Sol, compreendeu que havia alguma coisa errada. É um ex-militar. Entrou na gruta e abateu o guarda-costas de Sol no momento em que ele ia nos liquidar. Infelizmente, o nazistinha, assim mesmo, antes de morrer, mandou bala na sua barriga.

— E Sol?

— Capturado, assim como Joana. Esta foi transferida para a prisão da DGSE para ser interrogada sobre a Ordem e suas ramificações. Quanto a Sol, apodrece num asilo psiquiátrico.

— Por quê?

Marcas teve a sensação de estar apagando; a voz de Jade enfraquecia ao longe.

— Você saberá.

Ele apagou de repente.

Subúrbio de Paris,
Hospício da Caridade,
um mês depois

De sua época de esplendor, o Hospício da Caridade tinha conservado um parque arborizado que nenhum jardineiro nunca se deu o trabalho de domesticar. As árvores estendiam as frondes centenárias ao longo da fachada recortada por lintéis arredondados. Ali não havia grades; a maioria dos doentes era inofensiva. Perdidos no mutismo ou na imaginação, o mundo real era para eles apenas uma longínqua lembrança.

Uma tília, plantada quando da construção do hospício, tinha espalhado os ramos até os quartos do primeiro andar. O odor das flores, no frescor da noite, perfumava os corredores silenciosos. Depois de ter pulado a janela, o homem tirou de um saco um jaleco branco e vestiu-o. No bolso superior, prendeu o crachá de identificação do hospital. Só faltava encontrar o quarto 37.

Quando chegou diante da porta numerada, o homem sorriu ao ler o nome do ocupante. François Le Guermand. Decididamente, sempre se era agarrado pelo passado. E a Thulé sempre agarrava aqueles que ela tinha condenado.

Antoine Marcas entrou no quarto no momento em que a enfermeira estava começando a preparar o defunto. O diretor do hospital avisara imediatamente o juiz Darsan, que logo chamou Marcas.

Aquele que se chamara Sol repousava agora num leito de ferro. Seu corpo descarnado se delineava sob a coberta. As mãos, com articulações salientes, estavam presas à cabeceira da cama. Um cheiro pesado e persistente se desprendia dos lençóis.

A enfermeira corou quando viu Marcas.

— Lamento, ainda não acabei e... o senhor é da família?

— Não.

— O senhor compreende, eles não são independentes...

O comissário a interrompeu:

— Chame o médico de plantão, por favor.

A enfermeira saiu precipitadamente.

Marcas contemplou o rosto do veterano SS da divisão Charlemagne. A boca estava deformada, imobilizada num ricto glacial. Os olhos, definitivamente abertos, olhavam para o teto com pavor.

O médico, um homem jovem, segurando um fichário, entrou. Antoine mostrou-lhe a identidade.

— Qual a causa da morte?

— O senhor está a par da ficha médica?

— Em parte.

— Este paciente apresentava psicose obsessiva em decorrência de lesões cerebrais irreversíveis.

— Que psicose?

— Medo, senhor.

A enfermeira tentava abaixar as pálpebras para esconder o olhar do morto. Mas todas as tentativas foram inúteis.

O médico deu de ombros.

— Alguns entram na morte com os olhos abertos. Ponha-lhe uma venda.

O comissário saiu. O ar quente do parque lhe fez bem. Pegou um cigarro. Suas mãos tremiam levemente.

— Você não deveria fumar.

Ele se virou. Jade estava sentada num banco, debaixo da tília cujas folhas rumorejavam ao vento. Marcas amassou o cigarro no chão.

— Darsan me avisou. A manhã está quente, não acha?

Ela se levantou. Antoine notou que ela estava usando luvas. Cruzaram a grade. Lá fora, o dia começava.

— Tenho uma pergunta — anunciou Jade.

— Qual?

— O segredo do ritual da sombra!

Marcas deixou o olhar correr pelos muros que cercavam o hospital.

— O soma acaba com o medo.

— Só isso?

— É mais do que tudo! Imagine uma vida sem medo, sem futuro, sem os outros, sem velhice ou morte. Mais nada para paralisar a pessoa. Nunca mais um único obstáculo. A serenidade absoluta. Jouhanneau sorriu quando Sol o matou. Ele não conhecia mais o medo. Em todas as religiões, o único ser que não conhece o medo é Deus. Nós, humanos, nascemos com medo de sair do ventre de nossa mãe e morremos com medo de deixar a vida.

A Afegã o olhou surpresa.

— Mas por que a droga não teve o mesmo efeito em Sol?

— *Ele não tinha o coração puro.*

— Mas...

— ... Então ele experimentou o efeito contrário e conheceu a culpa sem fim. Talvez seja essa a força do segredo maçônico, pelo menos tal como o percebo: a iniciação e a prática do ritual. Esse esforço na direção da luz. Sol apenas se picou como um drogado. Um drogado com a cólera de Deus.

Zewinski diminuiu o passo.

— Você vai fazer a experiência?

— Não, tenho o orgulho de acreditar que posso prescindir de uma droga, ainda que celestial, para avançar no caminho do conhecimento. Mesmo assim, as questões postas pelos efeitos dessa mistura são surpreendentes. Se o sagrado e o religioso têm origem em perturbações provocadas por relações químicas sob a ação de estimulantes externos, então as religiões se baseiam apenas em imposturas. Deus seria uma droga. A luz divina, um simples big bang neuronal. Mas...

— Mas o quê?

— Talvez também essa substância tenha realmente o poder de nos pôr em contato com alguma coisa que nos ultrapassa...

Jade sorriu.

— Adoro quando você assume esse ar sentencioso. É muito engraçado. O uso do cachimbo deixa a boca torta. Você não deveria se levar tão a sério... Preste atenção para não comercializar o seu soma; pulverizaria o *box-office* dos entorpecentes.

Ele caiu na risada.

Diante da banca de jornal, um entregador desembalava uma remessa de revistas. O vento derrubou as que estavam no alto da pilha, na calçada. Marcas prendeu com o pé um exemplar que deslizava para a rua. Inclinou-se para pegá-lo. Na capa, via-se um esquadro atravessado por um compasso.

Revelações
Os mistérios da franco-maçonaria desvendados
Entrevista exclusiva com
Patrick de Chefdebien

Ele folheou a revista. Um quadro acompanhava a entrevista.

... e tudo sorri para o brilhante diretor-geral da Revelant, que acaba de anunciar o próximo lançamento de um novo remédio antidepressivo revolucionário à base de plantas: o Somatox...

E tudo por um antidepressivo!

Marcas atirou a revista no chão.

Jade estava diante dele. Sem luvas. Ele segurou sua mão estendida. Ao longe, o sol nascente iluminava a rua deserta. Do lado do Oriente.

Agradecimentos

A Béatrice Duval, Anne-France Hubau e Marie-France Dayot, da Fleuve Noir, por suas sensatas sugestões. A Frédérika, por sua inspiração, a Virginie, por sua paciência.

ANEXOS

Os arquivos maçônicos

O manuscrito Du Breuil e os arquivos concernentes ao ritual da sombra e à pedra de Thebbah são imaginários, mas o percurso de pilhagem e recuperação dos arquivos do Grande Oriente e da Grande Loja descrito no livro é, em linhas gerais, idêntico ao que aconteceu na realidade. Mais de 750 caixas, devolvidas pelos russos nos anos 2000 e 2001, estão depositadas na sede do Grande Oriente de França, à rue Cadet, em Paris, à espera de serem examinadas. Outra parte está na sede da Grande Loja de França. Uma excelente reportagem de vinte páginas foi publicada em *Sciences et Avenir*, nº 672, de fevereiro de 2003, por Bernadette Arnaud e Patrick Jean-Baptiste.

Vichy e as perseguições contra a maçonaria

"A franco-maçonaria é a principal responsável por nossos desastres; foi ela que mentiu para os franceses e que lhes incutiu o hábito da mentira."

"Um judeu não é responsável por sua origem, um franco-maçom sempre o é, por sua escolha."

Marechal Philippe Pétain

A chegada ao poder do marechal Pétain em julho de 1940 foi seguida da rápida promulgação de leis antimaçônicas. A 13 de agosto de 1940, todas as sociedades secretas são dissolvidas, especialmente as obediências maçônicas. Uma exposição antimaçônica é organizada em Paris, em outubro de 1940, no Petit Palais, pelo diretor do jornal *L'Illustration*.

Um ano depois, a 11 de agosto de 1941, outra lei proíbe aos maçons ocupar cargos públicos, a partir do grau de mestre, o que atinge três quartos do efetivo francês. Esses maçons perdem os meios de subsistência em tempos de guerra e, além disso, são denunciados no *Journal Officiel* a partir de 12 de agosto. Os jornais colaboracionistas publicam listas de nomes. A 2 de dezembro de 1941, é criada a Comissão Especial das Sociedades Secretas, com o objetivo de intensificar a luta contra os maçons no país todo.

Foram fichados pelo serviço francês das sociedades secretas 64.350 maçons. Um pouco mais de mil foram deportados para os campos de concentração. Diferentemente do caso dos judeus, o fato de ser maçom não queria dizer que fossem obrigatoriamente deportados. Os irmãos presos e deportados para os campos da morte eram, em grande parte, membros de redes de resistência, dentre elas, Patriam Recuperare e Liberdade. O comitê clandestino da Ação Maçônica coordenava as reuniões. Pierre Brossolette, iniciado na loja Émile Zola, e Jean Moulin fazem parte dos grandes mártires da Resistência, mas houve também muitos anônimos, membros das diferentes obediências, cujos nomes foram descobertos depois da guerra. A obra *La Franc-Maçonnerie Française Durant la Guerre et la Résistance* [A franco-maçonaria francesa durante a guerra e a resistência], de Maurice Vieux (Grande Loja de França), lista seus nomes. Gallice Gabriel, da loja Arago; Jacques Arama, da loja Os Inseparáveis de Osíris; Joseph Marchepoil, da Estrela Escocesa... Uma sessão fúnebre teve lugar a 17 de setembro de 1945, no Grande Oriente, para fazer o elogio dos desaparecidos: Bascan, dos Amigos Filantrópicos; Fourneyron, dos Demófilos; Gilloty, da Aurora Social...

Conforme a imagem da França da época, nem todos os maçons foram resistentes, e houve mesmo os que colaboraram. Quando da Liberação, as obediências expulsaram as ovelhas negras com firmeza, como o I.∴ Li... *participante da magistratura de Pétain que conquistou sua fortuna com os Negócios Judeus (Cartas maçônicas confidenciais, janeiro de 1958)*.

A repressão maçônica foi encorajada pelos alemães, mas foi especialmente obra de Pétain e seu círculo, oriundos da direita nacionalista, apelando para o testemunho de Charles Maurras, em particular Raphaël

Alibert, na época ministro da Justiça. O marechal nunca escondeu seu desprezo pela maçonaria. A chegada em 1942 de Pierre Laval, que não era hostil aos maçons, colocará um freio no zelo antimaçônico.

Sobre esse período sombrio, a completíssima obra *La Franc-Maçonnerie sous l'Occupation, Persécutions et Résistence* [A franco-maçonaria sob a ocupação, perseguições e resistência] (Editions du Rocher). E mais: Dominique Rossignol, *Vichy et les Francs-Maçons* [Vichy e os franco-maçons] (J. C. Lattès); Lucien Botrel, *Histoire de la F-M sous l'Occupation* [História da F-M sob a ocupação] (Editions Détrad). E também o livro escrito por Henry Coston, do outro lado da trincheira sob a ocupação; partidário da colaboração, ele trabalhava nas instalações tomadas à Grande Loja de França... *Les Francs-Maçons sous la Francisque*[1] [Os franco-maçons sob a Francisque] (Publications H.C. 1999).

A maçonaria na Internet

Cada obediência possui um site com boa quantidade de informações específicas. O modo mais simples de encontrá-las é digitar o nome num site de busca ou ir diretamente a www.franc-maconnerie.org, excelente site, bastante completo, que abre para outros sites.

Outro site de vigilância a respeito de tudo o que diz respeito à maçonaria é o blog maçônico www.hiram.canalblog.com, site belga, constantemente atualizado, e que se dá ao luxo de oferecer acesso aos sites antimaçônicos no mundo. Recheado de informações surpreendentes.

Revistas

O dossiê mais recente, no momento em que esta obra estava sendo redigida, é o publicado em *Historia Thématique*, que traça um rico panorama sobre a franco-maçonaria (janeiro-fevereiro 2005).

---

[1] A Ordem da "Francisque" é uma condecoração conferida pelo Estado francês como prova da estima do marechal Pétain, sob o regime de Vichy. A medalha exigia um juramento de fidelidade pessoal ao marechal. (N. da T.)

Livros

Sobre os símbolos, os rituais e a iniciação: *Dictionnaire Thématique Illustré de la Franc-maçonnerie* [Dicionário temático ilustrado da franco-maçonaria], Jean Lhomme, Edouard Maisondieu, Jacob Tomaso, Editions EDL; *Dictionnaire de la Franc-maçonnerie* [Dicionário da franco-maçonaria], Daniel Ligou, PUF.

Testemunhos: *Carnets d'un Grand Maître* [Anotações de um grande mestre], Jean Verdun, Editions du Rocher; *La Conversion du Regard* [Conversa do olhar], de Michel Barat, Albin Michel; *Grand O: Les Vérités du Grand Maître du Grand Orient de France* [Grande O: As verdades do grão-mestre do Grande Oriente de França], Alain Bauer, Folio.

Política e negócios: *Les Franc-Maçons des Années Mitterrand* [Os franco-maçons dos anos Mitterrand], Christian de Villeneuve, Patrice Burnat, Grasset; *Les Frères Invisibles* [Os irmãos invisíveis], Ghislaine Ottenheimer, Renaud Lecadre, Albin Michel.

A Sociedade Thulé Gesellschaft e a Ahnenerbe

Essa confraria secreta, de inspiração esotérica, e seu fundador, o conde Rudolf von Sebottendorff, existiram de fato. A obra de referência *Adolf Hitler*, do historiador Ian Kershaw (Editions Flammarion), lembra a existência da Thulé e seu papel na criação do Partido Trabalhista alemão, DAP, embrião do que seria o futuro Partido Nazista. Segundo o autor, a lista de partidários da Thulé pode ser "lida como o *Quem é quem* dos primeiros simpatizantes e personalidades nazistas de Munique". Seu papel, contudo, enfraquece com a ascensão de Hitler, e, de acordo com a maioria dos historiadores, a sociedade Thulé perde rapidamente sua influência.

Num tom diferente, outras obras se interessaram particularmente pela Thulé: *Le Matin des Magiciens* [A manhã dos magos], de Louis Pauwels e Jacques Bergier; *Les Sociétés Secrètes Nazies* [As sociedades secretas nazis], de Philippe Azis (Editions Magellan); *Thulé, le Soleil Retrouvé des Hyperboréens* [O sol reencontrado dos hiperbóreos], de Jean Mabire (Robert Laffont); *Hitler et l'Ordre Noir* [Hitler e a Ordem Negra], de André Brissau (Librairie académique Perrin).

Alfred Rosenberg, teórico do Partido Nazista, autor de *Mythe du XXe siècle* [Mito do século XX], e dignitário da Thulé, comandou pessoalmente a pilhagem de parte dos arquivos maçônicos, certo da existência de um segredo oculto guardado pelos maçons. Uma mensagem enviada a Martin Bormann o alerta sobre o fato de que "imensos tesouros tinham sido descobertos nas lojas parisienses do Grande Oriente e da Grande Loja". A história sobre a rede informatizada neonazista batizada de Thulé é exata.

A Ahnenerbe, instituto em prol "da herança dos ancestrais", foi criada em 1935 por ordem de Heinrich Himmler. Esse instituto desenvolvia pesquisas científicas, históricas e esotéricas com apoio de uma centena de pesquisadores ligados a diversos departamentos científicos. Viagens ao Himalaia para encontrar as raízes da raça ariana, pesquisas sobre o Graal e os símbolos bíblicos (neles se inspirou livremente a série *Indiana Jones*). Astrologia, traços da cultura viking nas cerâmicas, cultos pagãos, experiências com videntes... A Ahnenerbe lançava-se em qualquer coisa, ao sabor dos caprichos dos dirigentes da SS.

Menos folclórico, mas lamentavelmente bem real, o departamento H da Ahnenerbe ocupava-se, com a colaboração de médicos, de experiências médicas atrozes nos campos de concentração, particularmente em Dachau e Natzweiler. Wolfram Sievers, secretário-geral da Ahnenerbe, foi julgado e executado em Nuremberg. Grande parte dos arquivos daquele organismo, que era o mais científico da Thulé, nunca foi encontrada.

Por fim, a divisão Charlemagne, composta de 8 mil SS franceses, dos quais uma centena fez parte dos últimos defensores de Berlim.

A capela de Plaincourault

Situada na comuna de Mérigny (Indre), abriga magníficos afrescos, dentre os quais, muito enigmático, Adão e Eva em torno de um grande cogumelo no lugar da árvore do conhecimento. Fica aberta ao público no verão.

As plantas alucinógenas

Os autores desta obra desaconselham a absorção da mistura das três espécies alucinógenas citadas na narrativa; seus efeitos, descritos no final do livro, são imaginários.

Em contrapartida, existe uma disciplina científica, a enteobotânica, cujo objetivo é compreender as ligações entre o consumo de plantas ou de cogumelos alucinógenos e as visões religiosas e místicas nas culturas e civilizações.

Uma revista muito apreciada pelos botânicos franceses, *Garance Voyageuse*, dedica, no número 67, longo artigo a esse respeito, escrito por Vincent Wattiaux. Muito documentado sobre a questão científica, o autor se refere ao afresco da capela de Plaincourault. Disponível no site www.garance.voyageuse.free.fr.

A obra mais completa e original, do ponto de vista científico, escrita sobre os alucinógenos e seus efeitos no cérebro é, sem contestação, *Trips* [Viagens], de Cheryl Pellerin (Editions du Lézard), recheada de histórias estupendas.

Bwiti. O culto gabonense de raízes de iboga foi estudado por etnólogos do CNRS, Robert Goutarel, Otto Gollnhofer e Roger Sillans. Pode ser consultado no site Meyaya, inteiramente dedicado à iboga e ao culto Bwiti: www.iboga.org. O escritor Vincent Ravalec, iniciado no culto Bwiti, dedicou uma obra ao assunto, *Le Culte de l'Iboga* [O culto da iboga]. Ler também seu testemunho em forma de entrevista a Patrice van Eersel e Sylvain Michel na revista *Nouvelles Clés*: www.nouvellescles.com.

Esporo de centeio. Esse cogumelo parasita do trigo provocou epidemias de alucinações nos campos, na Idade Média. Seu papel na descoberta do LSD, descrito na narrativa, corresponde integralmente à realidade.

Amanita muscaria. É o primeiro cogumelo alucinógeno da história da humanidade, utilizado pelos xamãs em diferentes culturas. Várias obras foram dedicadas a ele, das quais a mais conhecida é *Soma, Divine Mushroom of Immortality* [Soma, divino cogumelo da imortalidade], escrita por um pesquisador, Robert Wasson, em 1968 (HS). Seu consumo é muito perigoso.

CIA. A agência de informações americana realmente financiou pesquisas sobre as espécies alucinógenas; os fatos descritos sobre a operação "Carne dos deuses", no México, são exatos. Pode-se ler: *Enquête sur les Manipulations Mentales, les Méthodes de la CIA* [Investigações sobre as manipulações mentais, os métodos da CIA], do americano Gordon Thomas (Albin Michel). Ver também *Trips*, citado acima.

Glossário maçônico

Abóbada celeste: teto simbólico da *loja*.
Ágape ou *banquete*: refeição feita em comum depois da *sessão*.
Alto grau: depois do grau de mestre existem outros graus praticados nas oficinas superiores, chamados de perfeição. O rito escocês, por exemplo, comporta 33 graus.
Avental: usado em torno da cintura. Varia segundo os graus.
Balaústre: ata de uma *sessão* anotada pelo *secretário*.
Cadeia de união: ritual de comemoração efetuado pelos maçons ao término de uma *sessão*.
Cobridor: oficial responsável pela guarda do *templo* durante as *sessões*.
Colar: écharpe decorada usada ao pescoço por ocasião das *sessões*.
Colunas: situadas na entrada do *templo*. Elas levam o nome de Jakin e Boaz. As colunas simbolizam também as duas carreiras de bancos, a do *Norte* e a do *Sul*, onde se sentam os irmãos durante a *sessão*.
Compasso: junto com o *esquadro*, é um dos dois instrumentos fundamentais dos franco-maçons.
Constituições: datando do século XVIII, são o livro de referência dos franco-maçons.
Debbhir: nome hebraico do *Oriente* no *templo*.
Delta luminoso: triângulo ornado com um olho localizado acima do *Oriente*.
Direito humano: obediência maçônica mista. Aproximadamente 11 mil membros.
Esquadro: ver *compasso*.

Grande experto: oficial que celebra o ritual de iniciação e passagem de grau.

Grande Loja de França: obediência maçônica de inspiração espiritualista. Aproximadamente 27 mil membros.

Grande Loja Feminina de França: obediência maçônica feminina. Aproximadamente 11 mil membros.

Grande Loja Nacional Francesa: única obediência maçônica reconhecida pela maçonaria anglo-saxônica. Aproximadamente 33 mil membros.

Grande Oriente de França: primeira obediência maçônica, não dogmática. Aproximadamente 46 mil membros.

Graus: em número de três: aprendiz, companheiro, mestre.

Hekkal: parte central do *Templo*.

Hiram: segundo a lenda, o arquiteto que construiu o Templo de Salomão, assassinado por três maus companheiros que desejavam arrancar-lhe seus segredos para se tornarem mestres. Ancestral mítico de todos os franco-maçons.

Loja: lugar de reunião e de trabalho dos franco-maçons durante a *sessão*.

Luvas: sempre brancas e obrigatórias na *sessão*.

Mestre-de-cerimônias: oficial que dirige os deslocamentos ritualísticos em loja.

Obediências: federações de lojas. As mais importantes na França são: GODF, GLF, GLNF, GLFF e o Direito Humano.

Ocidente: Oeste da *loja* onde oficiam o *primeiro* e o *segundo vigilantes,* assim como o *cobridor*.

Oficiais: mestres eleitos pelos irmãos para dirigir a *oficina*.

Oficina: reunião de franco-maçons em loja.

Orador: um dos dois oficiais situados no *Oriente*.

Ordem: sinal simbólico de pertencimento à maçonaria, que pontua o ritual de uma *sessão*.

Oriente: Leste da *loja*. Lugar simbólico onde oficiam o *venerável,* o *orador* e o *secretário*.

Pavimento mosaico: retângulo em forma de tabuleiro de jogo de damas, situado no centro da *loja*.

Pórtico: lugar de reunião na entrada do *templo*.

Prancha: conferência apresentada ritualmente na *loja*.

Rito: ritual que regulamenta os trabalhos em *loja*. Os dois mais praticados são o rito francês e o rito escocês.

Sala úmida: espaço separado do templo onde se realizam os *ágapes* ou *banquetes*.

Secretário: anota os acontecimentos da *sessão* num *balaústre*.

Sessão: reunião da *oficina* na *loja*.

Templo: nome da *loja* durante uma *sessão*.

Toque: sinais manuais de reconhecimento, variáveis conforme os graus.

Ulam: palavra hebraica que designa *pórtico*.

Venerável: mestre maçom eleito por seus pares para dirigir uma *oficina*. Ocupa o *Oriente*.

Vigilantes: primeiro e segundo. Ocupam lugar a *Ocidente*. Cada um deles dirige uma *coluna*, quer dizer, um grupo de maçons durante os trabalhos da *oficina*.

Conheça mais sobre nossos livros e autores no site
www.objetiva.com.br
Disque-Objetiva: (21) 2233-1388

markgraph

Rua Aguiar Moreira, 386 - Bonsucesso
Tel.: (21) 3868-5802   Fax: (21) 2270-9656
e-mail: markgraph@domain.com.br
Rio de Janeiro - RJ